문학이
무엇인지
다시
묻는 일

문학이 무엇인지 다시 묻는 일

민족문학과 세계문학 5

백낙청 평론집

창비

　나는 문학평론가로 즐겨 자처하지만 정작 나의 비평가 생활은 악전
고투의 연속이었다는 느낌이다. 무엇보다 독서량의 절대 부족에 끊임
없이 시달려왔다. 체력이 떨어지고 시력도 수상해진 노년기야 더 말할
나위 없으려니와, 한참 이것저것 주워 읽던 초·중·고교 시절에는 수준
높은 읽을거리를 구해보기가 워낙 힘들었고, 대학 시절은 당시 유학생
활의 사정상 고국과 거의 절연된 상태로 여러 해를 보냈다. 그곳에서
외국문학을 전공한 덕에 귀국 후 일찍부터 교수직을 얻어 영문학을 읽
고 가르치는 일이 생업이 되긴 했다. 그렇다고 영문학 하나만도 깊이
파고들지 못했고, 더구나 한국이나 동아시아의 고전은 물론 현대 한국
문학에 대해서조차 제대로 된 교양을 갖출 기회가 제한되었다. 또한 나
자신의 문학관이 그렇기도 하고 시대현실이 강요하기도 해서, 나의 글
쓰기는 점차 문학 이외의 분야까지 건드리게 되었고 나아가 문필활동
이외의 사회활동으로까지 번져갔다.

　원래 부족한 역량을 이렇게 쪼개고 쪼개어 비평작업에 쏟고도 내가

문학평론가임을 내세우고 싶어하는 데는 그래도 이유가 있다. 무엇보다 사람이 사람답게 사는 데 필요한 인문적 교양의 기본이 일종의 문학비평적 능력이라 믿고 지금도 그 믿음에 따라 살고자 하기 때문이다. 물론 이때 '문학'은 좁은 의미의 문예물이 아니라 동서양의 전통에서 오랫동안 그랬듯이 좋은 글들을 두루 가리키는 것이다. 따라서 '비평'은 이런 글을 읽으면서 생각을 하고, 생각한 것을 이웃들에게 말하는 작업을 뜻한다. 이렇게 읽고 생각하는 사람들의 활기찬 회화가 진행되는 일이야말로 문명사회의 필수조건 중 하나가 아닐까.

그렇다면 그러한 회화에 이바지하려고 진지하게 노력하는 한 비록 부족함이 많을지라도 문학평론가로 자처하지 못할 이유도 없겠다는 생각이다. '아는 만큼 보인다'는 말은 되도록 많이 알아서 잘 보도록 하라는 다그침으로 주로 해석되고, 연부역강(年富力强)한 후학들일수록 그렇게 일러주고 싶다. 아니, 나 자신도 그 다그침을 아주 외면할 생각은 없다. 하지만 읽어야 할 너무나 많은 것들을 못 읽고 지내는 날들에 익숙해진 지금, 스스로 이렇게 달랠 필요도 느낀다. '아는 만큼만 보자. 그리고 보이는 것만큼만 말하고 가자.'

여기에 '가자'가 덧붙은 데는 시간의 흐름을 인정하는 개인적 소회가 작용한 것도 사실이다. 하지만 비평적 발언이란 어차피 잠정적 판정이요 중요한 것은 그런 발언들이 촉발하는 회화의 활력과 그 토양에서 꽃피는 문학이기에, 각자가 자기 할 만큼 하고 가면 된다는 소신이 바탕에 깔려 있다.

이처럼 약간은 안빈(安貧)하는 심경으로 또 한권의 평론집을 묶어낸다. 지난번 『통일시대 한국문학의 보람: 민족문학과 세계문학 4』의 간행(2006) 이후에 쓴, 주로 한국문학에 관한 평론을 제1부로 삼았고, 영문학에 관해 1980년대 이래 써온 글들을 제2부에 모았다. 1, 2부의 소재가 많이 다른 것이 나의 비평가 생활이 감당해야 했던 내적 분열상을 반영한 것이라면, 일견 판이한 소재를 대상으로 어떤 일관된 관점에서 '문학비평'을 수행하고자 한 점이 내 나름으로 '일이관지(一以貫之)'를 꿈꿔온 징표라고 내세우고 싶다.

19세기와 20세기 초의 영국소설을 주로 다룬 제2부에서 정작 나의 전공인 D. H. 로런스에 관한 글은 제외했다. 아직도 계획으로 머물고 있는 로런스 관련 단독저서의 자료로 활용하기 위해 아껴둔 것이다. 이 계획은 아는 분들은 알고 있은 지 오래고 지금은 거의 조롱거리가 될 정도로 미뤄져왔다. 게다가 올해도 책이 나올 가망은 없고 오랜만에 작업에 다시 시동을 건 상태에 불과하다. 어쨌든 평론집을 내면서 그 작업을 더는 미룰 핑계거리를 없애기 위해 '마지막 재고정리'를 하는 마음도 없지 않았다. 아무쪼록 앞으로 사회활동이나 정치운동을 하는 동지들이 장기적 저술에도 촌각을 아낄 필요가 있음을 이해해주었으면 한다.

'문학이 무엇인지 다시 묻는 일'이라는 책 제목은 근년의 평론 표제를 따온 것인데, 그 물음을 신실하게 계속 묻는 일이 문학하는 사람에게는 긴요하다는 믿음에서 택한 것이다. 더구나 문학평론이 인문적 교양의 기본이라고 한다면 그 중요성은 문명사회의 누구에게나 해당된다고 할 수 있다. 그런데도 그 물음이 중단될 가능성은 많고 실제로 중단되는 일이 너무도 흔하다. 중단하는 방법도 가지가지여서, 문학이 무엇이다라는 정답을 임의로 설정해서 더이상의 묻기를 끝내버리는 방식도 있고, 정답이 없음에 자족하고 마는 또다른 정답주의도 있으며, 작품을 실제로 읽고 생각하는 작업을 소홀히함으로써 묻기를 저버리는 경우도 있다. 1, 2부를 통틀어 그 어느 하나에도 빠지지 않으려는 저자의 고투를 독자가 읽어준다면 더없이 고마운 일일 테다.

부제 '민족문학과 세계문학'을 항상 고집할 필요는 없지만 이번 평론집에는 잘 어울린다고 보았다. 자칫 제1부가 '민족문학', 제2부가 '세계문학'을 다뤘다고 도식적으로 처리될 가능성이 께름칙하긴 하다. 그러나 저들 개념을 조금이라도 진지하게 검토했거나 1, 2부의 실제 내용을 들여다본 독자들이 그리할 위험성은 적다고 보며, 왕년의 민족문학론에 여러가지 자체점검과 자기수정 작업이 요구되는 지금이야말로 오히려 그 본래의 문제의식을 되새기고 '민족문학과 세계문학'을 함께 천착할 필요성이 절실하지 않은가 한다.

주제목과 부제목에서 다 빠졌지만 이 책의 또하나 여전한 열쇠말은 '리얼리즘'이다. 특히 그것은 1980년대에 집필된 영문학에 대한 평론에서 두드러진다. 이는 1990년대 들어 「민족문학론과 리얼리즘론」(1991, 『통일시대 한국문학의 보람』에 수록)이라든가 로런스 문학에서의 '재현' 또는 '전형성' 문제에 대한 검토를 통해 한층 진전된 정리에 이르기 전의 일이지만, 리얼리즘론이 제기하는 문제의식이 얼마나 긴요한 것이며 동시에 '리얼리즘'이라는 낱말이 얼마나 함부로 내두를 것이 못되는지를 읽어내는 일이 가능하리라 믿는다. 시기적으로 한참 뒤에 오는 제1부의 글들을 이런 관점에서 잇따라 검토하는 일도 도움이 되지 싶다.

이번 책은 나의 첫번째, 두번째 저서를 한권으로 합쳐 다시 펴내는 합본평론집 『민족문학과 세계문학 1/ 인간해방의 논리를 찾아서』와 동시에 나오게 되어 나로서는 더욱 고맙고 감개가 깊다. 그만큼 실무를 맡은 창비 문학출판부의 노고가 컸고, 나의 평론활동 초기부터 최근에 이르기까지 음양으로 도와준 많은 분들의 은공을 상기하는 계기가 되었다. 이번 평론집을 위주로 말한다면 그 내용상, 창비를 함께해온 편집진 동료들과 김윤수 고세현 전·현직 대표, 그리고 다른 한편으로 제2부에 직간접으로 기여한 영문학계의 제자와 동학들이 특별히 떠오른다. 여기에 일종의 상수(常數)로 아내에 대한 고마움을 명기한다면 독자들이 어떻게 생각하실지 모르겠다.

2011년 5월 효창동에서

백낙청 삼가 씀

차
례

제1부

외계인 만나기와 지금 이곳의 삶

'외계인 인터뷰'와 시적인 것의 탐구

이장욱(李章旭)의 「외계인 인터뷰——시적 윤리와 질문의 형식」은 몇가지 이유로 무척 매력적인 글이다. 물론 가장 큰 매력은 『나의 우울한 모던 보이』[1]에 실린 다른 글들과 마찬가지로 작품을 가려 읽는 능력과 구체적인 사례를 통해 자신의 이 능력에 대한 독자의 판단을 묻는 진솔함이다. 그러나 이런 미덕은 좋은 평론의 기본에 해당하는 것이고, 「외계인 인터뷰」의 논지가 특별히 나의 관심을 끈 이유를 정리해보면 다음과 같다.

첫째, 이 글은 요즘 한국시단의 젊은 시인들이 많이 써내는 난해한 시들을 옹호하고 있지만 난해성 자체의 옹호보다 '시적인 것'의 본모습에 대한 탐구를 목표로 한다. "외계인 인터뷰로서의 시. 이 비유는 시가 요령부득의 알아들을 수 없는 말을 해야 한다는 뜻이 아니며, 말의 지시적 의미를 무시해야 한다는 뜻도 아니다. (…) 외계인 인터뷰는 요컨대, '당신이

---

1 이장욱 『나의 우울한 모던 보이 —— 이장욱의 현대시 읽기』(창비 2005). 앞으로 이 책에서의 인용은 본문 중에 면수만 표시한다.

하고 싶은 말을 하라'라는 '시적 정언명령'에 대한 응답이다"(73~74면)라는 입장인 것이다. 둘째로 이장욱은 "외계인은 하늘 저편에 있는 것이 아니라, 나와 당신들의 내부에 있고, 나와 당신들의 보이지 않는 사이에 있다"(74~75면)는 명제로 그의 외계인 논의를 '지금 이곳의 삶'으로 끌어들인다. 그리고 셋째는 그의 논의에서 큰 지면을 차지하지 않지만 역시 본질적인 사안인데, 세르반떼스와 도스또옙스끼 그리고 발자끄 같은 소설가들이 "스스로에게 하나의 질문이 되었"(95면)음을 상기함으로써 논의를 소설로까지 확장할 근거를 마련해준다.

여기서 '외계인 인터뷰'라는 개념이 생소한 독자를 위해 이장욱의 설명을 요약 소개하면, 그것은 '메소드'(The Method) 연기론의 '지버리시(gibberish) 훈련', 즉 "의미없는 말을 지껄이면서 자신을 표현하는 연기훈련"(72면)의 일환이다. 인간의 말을 모르는 외계인 역의 배우가 온갖 표정과 제스처와 무의미한 소리를 통해 표현하는 것을 다른 배우가 인간의 언어로 번역하는 것이다. 이것이 시인에게 의미를 갖는 까닭은, "우리가 정말 하고 싶은 말은 언제나 외부에서 부여된 언어 바깥에 존재"(74면)하기 때문이다.

이장욱이 '다른 서정시'라 부르는 시들은 그런 의미로 외계인을 만나고서 기존의 언어로 표현할 수 없는 말을 지금 이곳의 언어로 써낸 것이다. '서정시'라는 표현을 버리지 않는 것은 그가 문제는 "서정 자체가 아니라 서정의 '권위'"(「꽃들은 세상을 버리고」 38면)라고 믿기 때문이다. 이에 대해 신형철(申亨澈)은 '서정성' 자체를 해소하고 '서정적인 것에서 시적인 것으로' 한걸음 더 나아갈 것을 주장하는데,[2] 내가 보기에 이는 '시적인 것'에 대한 이견이라기보다 '서정적인 것'에 대한 견해차이가 작용한 결과인 것 같다. "고전적인 정의대로 서정성의 원리를 '세계의 자아화'라고 할

---

2 신형철 「문제는 서정이 아니다」, 『문학동네』 2005년 가을호; 『몰락의 에티카』, 문학동네 2008

때"(신형철, 같은 글 347면)는 이장욱 역시 '서정성의 해소'에 동의하겠지만, 더욱 고전적이랄 수 있는 헤겔『미학』의 정의에 따른다면 서정시의 본질은 주관성의 발로에 있고 그것이 세계를 자아화(自我化)하는 주관성인지, 또는 '외계인 인터뷰'를 수행하는 자아인지는 불문에 부쳐진다. 실은 이장욱이 문제삼는 서정의 '권위'에 대해서도 "모든 것을 제 느낌과 깨달음과 전언에 귀속시키는"(35면) 권위가 아니라 외계인과의 만남에서 저절로 우러나오는 권위를 상정해볼 여지가 있을 것이다.[3]

오늘의 젊은 시인들이 써내는 난해시가 이런 '시적인 것'의 기준에 과연 얼마나 부합하는지는 사안별로 따질 일이다. 또한, 흔히 '전래의 서정시'로 분류되는 선배세대의 시에 외계인이 출몰한 흔적이 있는지도 탐색해볼 만하다. 나는 두 가지 모두 정면으로 논할 능력이 태부족이고 특히 전자에 대해 그렇다. 여기서는 최근에 읽은 비평담론을 비빌 언덕 삼아 우회적인 접근을 시도해본다.

황병승 시에 관한 논의들

「외계인 인터뷰」에서 "외계인 전집(全集)"(87면)으로 지목된 황병승(黃炳承)의 『여장남자 시코쿠』(랜덤하우스중앙 2005)는 '미래파'라고도 불린 바 있는 일군의 젊은 시인들의 작업 중에 근래 가장 큰 관심을 끈 시집일 게다. 이장욱이 쓴 해설 「체셔 고양이의 붉은 웃음과 함께하는 무한전쟁 연

---

3 박형준(朴瑩浚) 시인의 다음과 같은 지적은 수긍할 만하다. "하나의 화자로 된 서정시라고 해서 다 권력적이고 일인칭에 봉사하는 것은 아니라는 거죠. 그러니까 새롭게 표출된 과거나 새롭게 의미부여된 과거, 새롭게 의미작용을 하는 과거들도 지금 다시 한번 성찰해볼 필요가 있다고 봅니다."(좌담 「우리 문학의 현장에서 진로를 묻다」,『창작과비평』2006년 겨울호 175면)

대기」(『나의 우울한 모던 보이』에 재수록)를 비롯해 수많은 평자의 찬사를 받았는가 하면, 시 자체의 문제점에다가 그의 명성으로 말미암아 양산될 아류들로 한국시단이 그릇될 위험성을 경계하는 비판도 적지 않았다.[4]

어느 작가가 두각을 드러냄으로써 아류가 뒤따르는 현상은 딱하지만 불가피하다. 그러나 이에 대한 비평의 책임있는 대응은 진품에 대한 인정을 유보하기보다 진품과 아류의 차이를 어김없이 구별해주는 일일 텐데, 나 자신은 황병승 시에 대해 정확한 판정을 내릴 능력을 갖추지 못했음을 자인한다. 무엇보다 시인의 세대가 친숙한 '비주류문화'[5]의 세계에 거의 외계인 급으로 생소한 탓이고, 게다가 진품이든 모조품이든 황병승과 비교하여 상대평가에 도움을 얻을 젊은 시인들에 대해 너무도 독서가 부족하기 때문이다. 다만 이 시집이 거듭 읽어도 지루하지 않은 것이, "사물과 의미에 대해 소실점과 위계질서를 설정하려는"(「꽃들은 세상을 버리고」 38면) 시인의 존재가 거의 완벽하게 지워진 느낌과 더불어, "미친 듯이 질주하는 상징들", 그러나 "상징 아닌 상징들"(「체셔 고양이의 붉은 웃음과 함께하는 무한전쟁 연대기」 171면 및 173면)을 뿜어내는 시인의 에너지를 실감하겠기 때문이다. 그리하여 "미묘하게 서정적인 이 매력적인 구절들을 아무렇지도 않게 쓸 줄 아는 감각이야말로, 이 시집을 지탱하는 힘이다"(176면)라는 평과

---

4 내가 읽은 황병승론 중 매우 적극적이거나 대체로 호의적인 평가로는 이장욱의 해설 외에 황현산 「완전소중 시코쿠 ─ 번역의 관점에서 본 황병승의 시」(『창작과비평』 2006년 봄호)와 오형엽 「환상 가로지르기 ─ 새로운 시적 징후를 읽는 한 방식: 황병승을 중심으로」(『세계의 문학』 2006년 여름호)가 많은 도움이 된 경우이고, 황병승 및 '황병승현상'을 비판한 예로는 『오늘의 문예비평』 2007년 봄호의 특집 '한국문학의 새로운 신화 만들기: 박민규·황병승'에 실린 엄경희 「난독(難讀)의 괴로움을 넘어서 독자는 무엇을 얻는가?」와 하상일 「황병승현상과 미래파의 미래」를 들 수 있다.

5 흔히 이렇게들 말하지만, "이들〔최근 환상적 경향의 시들〕이 기대고 있는 문화는 하위문화도 아니고 비주류문화도 아니다. 그것은 이 시대의 트렌드를 지배하는 주류문화다"(이숭원 「환상 혹은 관념, 그 너머의 진실」, 『시작』 2006년 겨울호 38면)라는 주장도 참작할 일이다. 또한 김민정·황병승·이민하·유형진을 "한통속으로 묶어서 다루면 정말 곤란하다"(같은 글 28면)는 지적도 경청할 만하다.

함께 인용된 여러 시구들을 접하면서 '시집의 힘'과 '평자의 맛썰미'를 동시에 인정하게 된다.

그러나 몇몇 빛나는 구절이 아니라 한편의 시를 놓고 제대로 평가하기는 쉽지 않다. 이는 추상화를 놓고 구상화 해설하듯 과잉해석을 내릴 위험과도 같은데, 예컨대 황병승의 「커밍아웃」에 대해 권혁웅(權赫雄)처럼 그 비유를 하나하나 설명해준다거나 시집에 등장하는 대상들의 '성적인 기표' 목록을 작성해주는 일은[6] 외계인 언어의 낯섦을 제거해버리는 과잉 친절이 될 수 있다. 그렇다고 각편의 '의미'에 대한 논의가 무가치하다는 것은 아니다. 특정한 의미로 국한하려 하지 않는 한 이런 논의도 시의 힘을 느끼고 평가하는 하나의 방법인데, 예컨대 「둘에 하나는 제발이라고 말하지」에 관한 황현산(黃鉉山)과 이숭원(李崇源)의 서로 다른 해석은 작품감상에 도움을 준다. 물론 두 해석이 다 일리가 있다고 넘어가는 것은 평자의 책임회피일 테다. 다만 이 시가 "그렇게 뛰어난 작품이라는 생각은 들지 않는다"는 판단에 굳이 동조하지 않고도, 이 시에 관한 한 "황병승이 시를 쓰는 비밀을 그 자신의 입으로" 들려주는 작품이라기보다 "이 시에 장난기가 듬뿍 담겨 있다"는 전제 아래 반론을 제기하는 이숭원의 해석이 '외계인 전집'의 시에 오히려 어울릴 것 같다.[7]

시쓰기에 대한 황병승의 태도가 좀더 충실하게 드러난 예는 「밍따오 익스프레스 C코스 밴드의 변」이 아닐까 한다. 황현산은 이 작품에서

다른 밴드들 역시 우리와 같은 순간의 낭패감을 경험했을 것이고 그

---

6 「미래파—2005년, 젊은 시인들」, 권혁웅 비평집 『미래파—새로운 시와 시인을 위하여』 156~57면, 158~60면.

7 황현산, 앞의 글 365~67면 참조(인용은 365면); 이숭원, 앞의 글 41~42면 참조(인용은 각기 42면과 41면). '제발'이라는 단어도 춤을 청할 때의 please를 뜻한다는 이숭원의 해석이 옳다고 본다. 황병승 특유의 고의적으로 서툰 번역이지 싶다.

들은 갑자기 너무 어른스러워지거나 터무니없이 유식해지거나…… 더
이상 음악이라고 할 수 없는, 도무지 엉터리 라라라에 열정을 허비하고
있어, 밍따오들

이라는 대목에 주목하여, "타지 사람의 언어(이장욱의 표현을 빌린다면
외계인의 언어—인용자)를 끝내 지키지 못하고 자기번역을 통해 주류문화
에 항복한 사람들에 대한 경멸"(황현산, 앞의 글 356면)을 읽어낸다. 이장욱
자신은 주로 첫 대목, 즉

　　우리는 똥이 막 나오려고 하는 순간의 감정, 이 세상에서 가장 부끄
러운 감정으로 음악을 만들었네 사라지려는 힘과 드러내려는 힘의 긴
장 속에서 악기를 연주하고 노래를 불렀지 우리가 생각하는, 우리들만
의 익스페리멘틀(experimental)이라고, 라고나 할까

하는, 시에서 만나기 힘든 특이한 감정과 "이상하게 슬프고도 희극적인"
긴장을 부각시키면서 "이 긴장은 나이가 들어도 사라지지 않는 것"(87면)
임을 강조한다.
　그러나 이런 긴장이 "밍따오는 밍따오, 시코쿠는 시코쿠"(같은 면)이기
에 저절로 지속된다고 보아서는 안된다. 이 시 1~2연에서 절정의 순간
을 맛본 예술가들도 밍따오(名導, 즉 名人이라는 뜻인 듯)로 불리지만 그
런 순간이 되돌아오지 않음에 낭패감을 느껴 엉터리가 된 (황현산이 언
급한) 음악인들도 '밍따오들'로 되어 있다. 따라서 시의 마지막에 나오는
'밍따오들'이라는 낱말 자체가 저들이 여전히 참 예술가로 남았음을 보장
해주지 않는다. 다만 "우리는 혼동 속에 있고 그 혼동을 위장하려고 애쓰
지만 않는다면 말이지"라는 다짐으로 시작되는 마지막 연이 제2연의 '거
인족이 사는 마을의 약간 기울어진 구름', 그 구름들이 서서히 엉겨붙고

커다란 산맥을 향해 천천히 몰려가는 모습 등의 이미지를 변주하고 부분적으로 재연하면서

> (…) 금세 마흔이 되고 오십이 될 테지만 점점 더 똥마려운 익스페리멘틀에 사로잡히고 점점 더 기울어져서 어느 죽음과 가까운 우스스한 산맥을 지날 때쯤, 우리는 언젠가 환각 속에서 스쳐 지난 적 있는, 어느 외로운 말을 타는 자들의 땅을 내려다보며 조금씩 서서히 한 덩어리의……, 밍따오들

하고 끝나기 때문에, 생략표(……)의 여운을 통해 '외계인 인터뷰'가 지속됨을 점쳐볼 수 있는 정도다.

　이장욱의 해석에 약간의 사족을 달아본 것은 그에게도 어떤 편향이 작용하고 있지 않은가 하는 생각에서다. 「밍따오 익스프레스 C코스 밴드의 변」의 예술 및 예술가들은 '똥마려운 익스페리멘틀'을 고수하기 위해서도 그 나름의 성찰과 성장이 필요한데, 이장욱은 "문학적 생로병사는 어느 순간, 성찰과 바라봄의 귀환을 요구할 것이다. 하지만 그때에 귀환할 성찰과 바라봄은 다른 종류여야 할 것이다. 삶을 바라보되 끝내 그것이 객관화될 수 없음을 이해하는 시, 혹은 객관화하되 그 객관화를 다시 주관화하지 않을 수 없는 시. 삶의 진리를 말하면서 그 진리의 개별성과 임의성을 은폐하지 않고 적극적으로 드러내는 시"(89면)라는 온당한 진술을 내놓기는 하지만, 그 진술이 '문학적 생로병사'(?)의 과정을 거쳐서 돌아올 미래가 아닌 현재에 이미 해당된다는 인식은 약한 것 같다. 혹시 그는 잘못된 종류의 성찰과 바라봄을 극복하는 데 열중한 나머지, "삶을 바라보되 끝내 그것이 객관화될 수 없음을 이해하는 시"야말로 언제나 씌어져야 하며 황병승도 완전히 외면하지 못하는 '시적인 것'의 일면임을 간과한 것이 아닐지. 또한 「체셔 고양이의 붉은 웃음과 함께하는 무한전쟁 연

대기」에서, "지금 당신과 내가 살아가는(혹은 살아간다고 믿고 있는) 이 세계는 질서와 위계와 이성 위에 세워져 있음으로써 겨우 안전하고 평화롭다. 잘 알려져 있다시피, 이 세계는 병원과 감옥과 지하실과 무의식과 환상을 '타지'로 밀어내는, 그 지속적인 타자화를 통해서만 존속하는 거대한 학교이다"(170면)라는 푸꼬(M. Foucault)풍의 단언을 서슴지 않는 것도 '똥마려운 익스페리멘틀' 및 황병승류의 '무한전쟁'에 대한 약간의 과대평가와 무관하지 않을지 모른다.

'기존' 서정시 속의 외계인들

『나의 우울한 모던 보이』는 '미래파'로 일컬어지는 시인들을 주로 다루고 있으나 외견상 '전래의 서정시'에 가까운 작품에서 진정으로 시적인 것을 찾는 작업도 배제하지 않는다. 문태준(文泰俊)의 시에서 '사물과 사물 사이의 유현(幽玄)'을 발견하는가 하면(22~5면) 손택수(孫宅洙)의 「방심(放心)」에서 "오래된 풍경을 새로운 것으로 만드는 마법의 순간"(48면)을 잡아내기도 한다. 이들의 작품에서도 외계인 만나기는 이뤄지고 있음을 인정하는 셈이다.

실제로 이장욱이 외계인 인터뷰의 사례로 드는 이기인(李起仁) 시집 『알쏭달쏭 소녀백과사전』(창비 2005)은 예전 같으면 '민중시'의 좀 야릇한 변형으로 분류되었을 법하다. 이장욱 자신은 거기 나오는 "소녀/노동자를 외계인이라고 말하는 것은 어딘지 이상하"(77면)다고 말하지만, 노동자──여성노동자라면 더욱이나──가 자본주의 세상의 타자며 일종의 외계인이라는 것은 맑스주의의 흔한 주장이다. 아무튼 "이 소녀는 내게 기이하고도 슬픈 외계생물처럼 느껴졌다"(같은 면)는 그의 읽기는 적절한 인용과 인용된 시구에 대한 날카로운 논평으로 독자를 설득하기에 모자람이 없다. 그의 외계인은 전통적인 민중생활 현장에도 어김없이 출몰하고 있는 것이다.

이 시집이 낯익은 '현실비판'의 시가 아니라는 그의 주장도 옳다.

이상하게도, 이 시집은 자본주의 생산체계와 음란한 남근중심주의에 대한 '비판'으로 읽히지 않는다. 이 시집은 생산라인의 저 완악하고 차가운 기계가 파괴하는 소녀의 영혼과 육신을, 애처로운 시선으로 바라보지 않는다. 그러니까 이것은 윤리를 가장한 제3자의 연민이 아니며, 체제비판을 위한 시적 우화도 되지 않는다. (80면)

그러나 이것이 자연주의 문학이 진보적 의도를 담았다 해도 진정한 리얼리즘은 못된다는 루카치의 주장과 본질상 그토록 다른 것일까? (루카치가 이기인 시를 제대로 알아주었을지는 별개문제로 치고 말이다.) 아니, 앞의 인용문 첫문장에서 '비판'이 '관념적인 비판'임을 암시하는 따옴표를 떼어버린다면 이 시집에서 자본주의 생산체계와 음란한 남근중심주의에 대한 비판을 읽어내는 일이 반드시 이상한 일일까? 외계인의 출현을 정치학 또는 정치경제학의 언어로 번역하는 것은 부당한 '편집'작업이지만, 현실을 비판하는 많은 육성과 맑스의 ('정치경제학'이 아닌) '정치경제학 비판'도 외계인과의 만남을 전하고 있을 가능성을 이장욱은 너무 쉽게 닫아버리지 않나 싶다.[8]

---

8 마찬가지로 '민중'에 관한 다음과 같은 성찰도 민중운동가들이 곧잘 간과하는 적절한 민중론이기는 하지만 기존의 민중운동에서도 아주 생소한 이야기는 아니다. "진보적 민중과 비합리적 군중과 소비대중은 서로 다른 집단이 아니라 동일한 집단의 이질적 현현으로 드러난다. 민중의 내부는 균열로 가득하며, 이 균열에 의해서만 민중은 '실재'한다. (…) 문제는 '민중' 개념의 정치적 가치론이 이데올로기 층위에서 초월적 특성을 획득하는 순간에 일어난다. 그것이 불가침의 윤리적 맥락으로 격상되는 순간, 진짜 '민중'은 사라져버린다."(81면)

아무튼 이기인의 소녀노동자나, 역시 문자 그대로의 외계인은 아닌 황병승 시의 인물들, 게다가 문태준과 손택수의 시에까지 적용 가능한 '외계인' 및 '외계'의 개념이 흔히 '전래의 서정시'로 분류되는 선배세대의 작품에 어떻게, 얼마나 적용될 수 있을지는 흥미로운 공부거리가 아닐 수 없다. 이장욱처럼 눈 밝은 평자들이 이 작업을 좀더 본격적으로 해주기를 기대하면서 우선 두어 가지 사례를 통해 내 생각을 정리해볼까 한다.

작고시인 가운데 이상(李箱)과 김수영(金洙暎)은 '다른 서정' 또는 '서정성 해소'의 선구자로 널리 떠받들어지는 형국이니 여기서 새삼 거론할 필요가 없다. 그런데 김수영이 "그의 업적은 소위 참여파의 다른 어떤 시인보다도 확고부동하다"⁹라고 평가한 신동엽(申東曄)은 어떨까? 이렇게 높이 평가하면서도 "그는 50년대에 모더니즘의 해독을 너무 안 받은 사람 중의 한 사람이다"(같은 책 396면)라는 토를 달았으니, 오늘의 젊은 시인들이 김수영이 격찬한 「껍데기는 가라」 같은 명편에서조차 서정의 '권위'를 문제삼고 낡은 서정을 발견한다 해도 김수영의 권위에 대한 정면도전이 될 까닭은 없다. 다만 시적 화자가 발산하는 '권위'가 외계인 만나기를 수행한—김수영의 표현으로는 "사상(事象)이 죽음을 통해 생명을 획득"(같은 면)한—시인의 당당한 권위일 수도 있다는 점은 숙고할 여지가 있다.

첫시집 『아사녀(阿斯女)』에 실린 「아니오」도 김수영의 열렬한 찬사를 받았는데,¹⁰ 시적 화자가 '아니오'를 연발하며 자신의 감정을 토로하는 이 시는 '전래의 서정시'를 좀더 닮은 모습인 게 사실이다. 그러나 미워한 적도 괴로워한 적도 없으며 "옷 입은 도시 계집"을 사랑한 적도 없다는 화자

---

9 김수영 「참여시의 정리」, 『김수영전집』 제2권(민음사, 개정판 2003) 395면.
10 "신동엽(申東曄)의 이 시에는 우리가 오늘날 참여시에서 바라는 최소한의 모든 것이 들어 있다. 강인한 참여의식이 깔려 있고, 시적 경제를 할 줄 아는 기술이 숨어 있고, 세계적 발언을 할 줄 아는 지성이 숨쉬고 있고, 죽음의 음악이 울리고 있다."(같은 책 394~95면)

의 진술을 곧이곧대로 믿어주기는 어렵다. 오히려, "아니오/미워한 적 없어요,/산마루/투명한 햇빛 쏟아지는데/차마, 어둔 생각 했을 리야"라는 제1연은 어둔 생각에 잔뜩 찌들었던 삶이 어느 순간 탁 트이면서 미움조차 이겨냈음을 암시하며, 마지막 연을

> 아니오
> 사랑한 적 없어요,
> 세계의
> 지붕 혼자 바람 마시며
> 차마, 옷 입은 都市 계집 사랑했을 리야.

라고 끝맺은 것도 그러한 '마법의 순간'을 기록한 것이라 볼 수 있다.

　신동엽보다 더욱 철저히 '전래의 서정시'를 대표하는 김소월(金素月)은 어떨까? 신형철은 소월의 「산유화(山有花)」에 빗대어 "'저만치' 피어 있는 '산유화'는 (…) 매번 서로 다른 욕망의 필터를 거쳐 반복 인화되었다. 부당한 권력의 강압, 피폐한 현실의 압력, 이념의 하중 등이 약화〔악화?―인용자〕되어 서정성의 순혈성이 증가할 때, 자연의 가상화는 더불어 증가하며 자연성은 인간성으로부터 점점 유리되어 하나의 '풍경'이 된다"(「문제는 서정이 아니다」, 358면)라고 말한다. 이는 수많은 '자연시'에 적중하는 발언이지만 「산유화」 자체에 들어맞는지는 의문이다. 도대체 「산유화」에 무슨 풍경이 있는가? 이 시에서 '산' '꽃' '새' 같은 일반명사들은 거의 추상명사에 가깝다. 시의 '내용'도 제목 그대로 '산에 꽃이 있다'(山有花)라는 추상적인 명제를 약간 부연한 정도다. 따라서 한폭의 풍경화라기보다는 오히려, 서정적 도피와 가상화를 끊임없이 유혹하면서도 그런 인간사에 대해 어떤 절대적 타자(=외계)로 존재하는 자연을 상기시키는 일종의 추상화로 볼 수도 있을 듯하다.

엄연한 현역시인인데 '다른 서정'을 옹호하는 젊은 평론가들이 요즘 약속이나 한 듯이 외면하는 고은(高銀)의 경우는 어떨까. 나는 최근 시집 『부끄러움 가득』(시학 2006)만 해도 도처에 '외계인 만나기'의 흔적이 감지된다는 생각이다. 가령 「동굴 밖」이라는 시.

> 강원도 정선 비룡동굴 천장 종유석마다
> 거기 매달린 박쥐들의
> 그 태연자약의 한평생이라니
>
> 이 사실이 알려지는 건 큰 잘못이다
>
> 동굴 밖에서는 흰 머릿수건 쓴 할멈 혼자
> 황기를 팔고 있다
>
> 황기 한 다발 1만원
> 에누리 없다
>
> 그것이 동굴 안으로 알려지는 건 더욱 큰 잘못이다
>
> ──「동굴 밖」 전문

처음 두 연만으로는 일종의 자연시, 심지어는 '자연보호'를 주장하는 시라는 인상을 줄 수도 있다. 그러나 마지막 행으로 가면서 홀연, 동굴 안 박쥐들과 동굴 밖 황기장수 할멈이 서로서로에 일종의 외계로 존재한다는──적어도 외계로서의 존재가 지워져서는 안된다는──실감을 안기면서 끝맺는 것이다.

짧은 시 하나만 더 예로 든다면,

저 연못
바야흐로 연꽃들 한창이구나
저 연못 속
무지무지한 생과 사 한창이구나

이 세상은 어머니만이 아니다 결코 아버지만이 아니다

—「이 세상」전문

누가 이 세상이 어머니만, 아버지만이라고 주장하기라도 했단 말인가! 더구나 연꽃 만발한 연못에 가서. 하지만 '진흙 속에 핀 연꽃' 운운하는 흔한 상징성을 내팽개친 "무지무지한 생과 사 한창이구나"라는 구절이 그것대로 또 빠질 수 있는 상투성을 예방하면서 '외계'의 실감을 전하는 데는, "이 세상은 어머니만이 아니다 결코 아버지만이 아니다"라는 비논리적 명제만 하기도 쉽지 않을 듯하다.

소설 속의 외계인

서두에 말했듯이 평론「외계인 인터뷰」의 매력 가운데 하나는 시에 대한 논의를 소설로까지 확장한다는 점이다. 이는 소설 또한 '시의 경지'에 달할 때 비로소 언어예술의 한 장르로서 그 고유한 몫을 다할 수 있다는 나의 지론과도 통한다.[11]

이런 맥락에서 전래의 소설과 다른 소설을 쓰는 것으로 각광을 받은 박

---

11 "평균성과 다른 전형성이란 것도 어디까지나 작품의 유기적 일부로서만 주어지며 그

민규(朴玟奎)의 작품에 외계인이 자주 등장한다는 사실이 흥미롭다. 장편 『지구영웅전설』(문학동네 2003)에 나오는 슈퍼맨, 배트맨, 원더우먼 등은 문자 그대로 외계인은 아니지만 만화의 세계를 벗어나서 작중인물로 활약하며, 최근의 장편 『핑퐁』(창비 2006)에는 실제로 외계인과 외계생물이 등장한다. 단편집 『카스테라』(문학동네 2005)에서는 「코리언 스텐더즈」와 「몰라 몰라, 개복치라니」가 외계인 또는 외계여행을 다루고 있고, 최근의 단편 「깊」(『더블』, 창비 2010)은 훌륭한 과학소설로서 은하계의 각 행성에서 모인 인물들이 좀 다른 의미의 외계여행, 즉 지구의 바닷속에 새로 생긴 해구(海溝)의 탐험을 수행하면서 '인간의 한계점'과 '죽음의 세계'라는 또다른 외계에 대한 소설적 탐색이 병행되기도 한다. 그러나 여기서는 「코리언 스텐더즈」를 중심으로 '외계인 만나기와 지금 이곳의 삶'이라는 주제를 더 생각해보고자 한다.

그것은 이 작품 속 외계인의 출현이 지금 이곳의 삶에 대한 가장 직접적인 발언을 내포하기 때문이기도 하지만, 그렇다고 「코리언 스텐더즈」를 단순히 농촌현실에 대한 알레고리적 비판으로 읽는 것은 외계인의 언어를 내계인들에게 친숙한 말로 번역하는 안이한 대응이다. 외계인 습격 장면들의 공포와 처절함을 작중사건으로 실감하는 것이 무엇보다 중요하며, 동시에 17년 사이의 변화를 44킬로그램에서 72킬로그램으로 바뀐 아내의 체중으로 집약한 이미지를 계속 변주해가며 재활용함으로써 작품의 '시적' 구성을 돕는 박민규 특유의 기법도 놓치지 말아야 한다.

이것은 단순히 기법 차원의 문제가 아니다. 신도시에 아파트를 장만한 72킬로그램의 아내가 당시 운동권이자 기하형의 애인이던 44킬로그램의 여자에 대해 전혀 딴 사람이 되었듯이, 그리고 아내보다는 좀 덜 변한 화

성패는 바로 작품이 '시의 경지'에 다다르는 데 성공했느냐는 문제 자체와 떼어놓을 수 없는 것이다."(졸고 「시와 리얼리즘에 관한 단상」(1991), 『통일시대 한국문학의 보람』, 창비 2006, 428면)

자가 기하형과 아내 모두로부터 단절감을 느끼듯이, "인간은 서로에게, 누구나 외계인이다"(『카스테라』194면)라는 화자의 실감이 그러한 기법에 담겨 있는 것이다. 이 문장 자체는 작가의 속내를 너무 드러낸다는 비판의 소지가 있지만, 지금도 농촌에서 공동체운동을 벌이고 있는 기하형의 딱한 처지에 대한 사실적 묘사(같은 책 191면)가 진부함을 벗는 것이 외계인 습격의 충격적이며 엽기적인 묘사(193, 200~201, 204~209면)로 이어지기 때문이듯이, 후자의 장면들이 독자를 우롱하는 자의적 환상놀음을 넘어서는 것도 외계인 습격을 받은 마을이나 안 받은 마을이나 "결과적으론 다들 마찬가지"(196면)라는 인식이 뒷받침하기 때문이다. 게다가 화자가 첫번째 습격을 목격한 직후 걸려온 아내의 전화는 '외계인'의 실재성과 다양한 의미를 새삼 실감케 한다. 예정했던 가족여행을 자기들끼리 떠난 아내와 딸은 호텔의 노래방에서 휴대전화를 걸어 딸의 노래솜씨를 들려준다.

어머나 어머나 이러지 마세요. 여자의 마음은 갈대랍니다. 안돼요, 왜 이래요 묻지 말아요. 수화기 너머의 외계에서, 딸의 목소리가 들려왔다. 그리고 다시 아내의 호들갑이 시작되었다. 어때, 죽이지? 얘가 춤도 보통이 아니야. 여보, 아무래도 우리 혜인이 가수 시켜야 될 것 같아. 그지? 아무래도 목소리가 기하형의 귓전까지 스밀 것 같았다. 그래그래. 나는 재빨리 고개를 끄덕였다. 들고 있던 휴대폰의 무게가, 그래서 마치 72킬로그램처럼 느껴졌다. (203~204면)

「코리언 스텐더즈」는 박민규의 자유분방한 문체가 최대한으로 구사된 단편은 아니지만 그의 작품세계가 지금 이곳의 삶에 뿌리내리고 있음을 보여주는 좋은 예다. 물론 바로 이 점을 박민규 소설의 한계로 보는 평자도 있다. 김형중(金亨中)은 박민규와 박형서(朴馨瑞)의 '편집증적 서사'를 비교하면서 「코리언 스텐더즈」를 염두에 두고 이렇게 말한다. "박민규의 편집증은 사실은 위장된 편집증, 현실을 끝없이 참조하는 편집증이다. 현실적부심이 박민규 소설에서는 항상 치러진다. 그러나 박형서는 아니다. 그의 편집증은 페이소스도 없고 위장도 없는 채로 오로지 유쾌하고 유치하다."[12]

박형서의 소설이 '오로지' 유쾌한지는 독자마다 판단이 다를 것이다. 그런데 '편집증적 서사'란 정확히 어떤 것인가? 리얼리즘적 '총체성'을 지향하는 작가라 해도 모든 사물 전체를 골고루 그려내지는 못하며 오히려 평균적이 아닌 어떤 인물이나 상황에 집중함으로써 그 전형성을 부각시키려 한다는 점에서 그 또한 '편집증적(偏執症的)'인 서사를 한다고 말할 수 있다. 따라서 김형중이 뜻하는 '위장'되지 않은 진짜 편집증은 '현실을 참조하지 않는' 편집증, '현실적부심'과 무관한 편집증으로 좁혀진 개념이다.

'현실적부심'에 대해서도 너무 간단히 생각할 일은 아니다. 법관이 현실에 대한 선입견을 갖고 법조문을 기계적으로 적용하지 않는다면 구속적부심(拘束適否審)은 매우 훌륭한 제도이다. 마찬가지로, 현실에 대한 고정된 관념이나 지식을 현실 그 자체인 양 들이대지 않는다면 현실적부심이야말로 작가에게 더없이 소중한 과정이다. 아니, 아무도 현실을 다 알지 못한다는 바로 그 이유로 인해 현실적부심은 작가에게나 독자에게나 작품과 현실을 모두 하나의 '질문'으로 성립시킨다. 반면에 현실적부심에서 면제된—또는 스스로 현실적부심을 기피하는—박형서의 단편들은 분명히 재기발랄하고 더러 유쾌하기도 하지만, 대개는 그 자의적이고 편집증적인(=유치한?) 서사의도가 뻔히 읽혀서 맥이 빠지곤 한다. 그래서 실제로 외계인이 등장하는 「날개」 같은 작품에서도 번역 불가능한 외계인의 언어를 지금 이곳의 언어로 전달해보려는 고투는 엿보이지 않는다. 물

12 김형중 「소설 이전, 혹은 이후의 소설」, 박형서 소설집 『자정의 픽션』(문학과지성사 2006) 해설 275면.

론 그런 고투를 수행할 의도가 처음부터 없었을 테지만.

소설의 새로움과 '시의 경지'

박형서를 비롯하여 요즘 많이 거론되는 일군의 젊은 작가들이 진정한 새로움을 성취했는지에 대해서는 젊은 평자들 사이에서도 여러 문제제기가 나온 바 있다. 그중 이들의 소설이나 '미래파'의 시에 대해 아예 부정적이랄 수 없는 한 평론가는 이렇게 묻는다.

그들의 소설은 '아직 아닌' 소설인가, 아니면 '더이상 아닌' 소설인가? 어찌됐건 분명한 것은 지금의 많은 젊은 소설들이 비록 형식적으로는 새로워 보이기는 하지만, 의외로 현재 우리의 삶에 실존적·존재론적 물음을 던지거나 인간과 세계에 관한 새로운 인식적 통찰에 이르기보다는 일면 현실에 대한 통념을 반복하면서 독아론(獨我論)적 물음이나 유희에 몰두하고 있다는 사실이다.[13]

다만 내가 보기에 소설 이전이냐 이후냐, 또는 예컨대 박형서의 「두유전쟁」이나 「'사랑손님과 어머니'의 음란성 연구」를 두고 "이것을 우리는 과연 소설이라고 부를 수 있을 것인가"(같은 글 381면)를 묻는 것보다는, 그것이 읽을 만한 작품인지, 일단 소설이라 치면 좋은 소설인지 나쁜 소설인지 아니면 좀 덜 좋은 소설인지를 묻는 것이 한층 뜻있는 작업일 것 같다. 그리고 이런 작업을 위해서는 심진경(沈眞卿)이 이기호(李起昊)를 박형서, 한유주(韓裕周)와 동렬에 놓는 것이 논지의 설득력을 반감한다고 본다. 다

---

13 심진경 「뒤로 가는 소설들」, 『창작과비평』 2007년 봄호 386면.

시 김형중의 재치있는 표현을 빌리면 이기호는 '현실적부심'을 결코 생략하지 않는 작가인데,[14] 심진경이 그 점보다 이기호의 형식실험을 주로 부각시키는 것은 한편으로 카라따니 코오진(柄谷行人)의 다분히 일방적인 근대소설관을 그대로 수용한 탓이고, 다른 한편 표제작 「갈팡질팡하다가 내 이럴 줄 알았지」를 비롯한 이기호의 소설들을 좀 고지식하게 읽었기 때문이 아닌가 한다.

한국의 소설문학을 제대로 논하는 일은 훨씬 많은 작품들을 읽은 후라야 가능하겠지만, 여기서 일단 상기할 점은 소설의 개념에 대한 기존의 대다수 정의들이 '장편소설'(the novel)에 관한 이론이라는 것이다. 그런데 정작 이 초보적인 사실마저 요즘 평단의 논의에서 간과되는 경우가 흔하다. 김형중의 해설에서도 "여러 거장들의 개성적인 소설 정의가 박형서의 소설을 이해하는 데 하등 도움이 되지 않는다"(앞의 글 265면)는 점을 내세우지만, 저들의 이론이 장편소설론이기 때문에 단편에 들어맞지 않는 면에 대한 배려는 보이지 않는다.

물론 장편이냐 단편이냐를 떠나서 가령 루카치의 소설론이 박형서의 소설을 즐기는 데 도움이 안되는 건 분명하다. 그러나 루카치 소설론이 박형서를 포함한 현재 한국의 소설문학에 대해 얼마만큼의 설명력을 갖는가를 판단하려면 루카치에 대해서도 좀더 곡진한 이해가 필요하다. "문학공부 좀 했다는 사람이라면 누구나 거의 외우고 있을 루카치의 소설에 대한 정의"(같은 글 264면)라는 것도 실은 김형중이 인용한 초기의 『소설의 이론』(1920)과 맑시스트가 된 후기 루카치의 리얼리즘론이 꽤 다르다.[15] 이

---

14 이 점은 이기호 소설집 『갈팡질팡하다가 내 이럴 줄 알았지』(문학동네 2006)에 부친 신형철의 해설이 풍부하게 논증하고 있다.

15 루카치는 1962년에 가서야 『소설의 이론』 재판발행을 허락하면서 초기의 입장에 대한 자기비판을 담은 머리말을 실었는데, 이와 관련해서 졸고 「문학의 사회적 의미와 사회학적 연구」, 『민족문학과 세계문학 2』(창작과비평사 1985) 152~53면 참조.

과정에서 '총체성'의 개념 역시 초기의 관념성에서 상당부분 탈피해갔다고 보아야 옳을 것이다. 물론 나 자신 그 탈피가 충분했다고는 보지 않고 루카치 미학의 기본적인 문제점에 대한 소견도 밝힌 바 있지만,[16] 생산적인 소설론의 전개를 위해서는 단편적이고 관념적인 루카치 이해에서도 탈피할 필요가 절실하다.

그런 점에서 나는 "관례적 코드의 변환을 시의 임무로 이해하는 야꼽손의 후예들과, 궁극적으로 현실과 실재의 변환을 꿈꾸는 루카치(G. Lukács)의 후예들은 배타적이다"(『나의 우울한 모던 보이』 71면)라는 이장욱의 주장에 대해서도 토를 달고 싶다. 루카치 및 그 후예들의 배타성은 비판해 마땅하나, 루카치가 강조하는 현실변혁의 전망을 야꼽손적 코드변환과 동렬에 놓는 것은 또하나의 '관례적 코드'이기 쉽다. 물론 이장욱의 의도는 야꼽손과 루카치를 잇는 '송과선(松果腺)'[17]을 구축하려는 것일 테고, 그는 '세계관에 대한 리얼리즘의 승리'라는 엥겔스의 명제를 "세계인식에 대한 미적 지각의 승리"(같은 책 95면)라고 재해석하면서도 '현실인식'이나 '현실변혁' 자체를 폐기물 취급하는 '호들갑'을 떨지 않는다. 하지만 '미적 지각'이 "온몸으로, 바로 온몸을 밀고 나가는"[18] '시'의 이행에 걸맞은 표현인지도 더 생각해볼 여지가 있으려니와, 발자끄가 "세계인식의 바깥으로 나아가 스스로에게 하나의 질문이 되었던 것"(같은 면)이라는 일반화된 명제는 발자끄가 구체적으로 어떤 세계인식의 소유자였고 이에 대한 '리얼리즘의 승리'가 어떤 식으로 진행되어 얼마나 온전하게 또는 미흡하게 진행되었는지에 대한 탐구를 장려하지 않는다.[19] 나아가 현실인식과

16 졸고 「'다른 어떤 율동적 형식'과 리얼리즘」, 『황찬호 교수 정년기념논문집』(명지출판사 1987) 및 「작품·실천·진리」, 『민족문학의 새 단계』(창작과비평사 1990) 367~74면.
17 '송과선'에 대해서는 이 인용문의 출처인 「오감도들─21세기 송과선」 참조.
18 김수영 「시여, 침을 뱉어라」, 『김수영전집』 2권 403면.
19 엥겔스의 명제를 내 나름으로 발전시키려는 시도로 졸고 「민족문학론과 리얼리즘론」 제4절 '엥겔스와 발자끄론', 『통일시대 한국문학의 보람』 379~96면 참조.

현실변혁에의 의지 또한 살아감의 필수적인 여건이며 '시의 경지'의 필연적인 파생물임을 간과한다는 느낌이다. 아니 '언어'에 대해서도 실제 살아 있는 인간들의 언어가 "외부에서 부여된 언어"와 그 "바깥"(74면)으로 양분될 수 있는지 연구해볼 문제다.

　물론 이장욱에게 이 모든 문제를 다루어주기를 요구하는 것은 무리다. 다만 「외계인 인터뷰」에서 시에 대한 논의를 세르반떼스와 도스또옙스끼 그리고 발자끄로 확장한 그 자신도 참여하는 가운데, 앞으로 장편소설 논의를 포함한 우리의 문학담론이 '시의 경지'에 대한 진지한 성찰과 예민한 감각을 바탕으로 진행되면 좋겠다.

―『창작과비평』 2007년 여름호

문학이 무엇인지 다시 묻는 일
촛불과 세계적 경제위기의 2008년을 보내며

촛불과 한국문학

지난여름의 촛불집회에서 문학의 역할은 별로 두드러지지 못했다. 많은 문인들이 개별적으로 또는 한국작가회의의 깃발을 들고 시위에 나섰고, 촛불을 주제로 삼은 작품의 발표도 적지 않았던 걸로 안다. 그러나 수만 내지 수십만 군중 틈에서 문인들의 참여가 특별히 눈에 띄기 어려운데다, 대중집회에 비교적 어울리는 장르인 시에서도 2000년 6월 남북정상회담의 현장에서 나온 고은(高銀)의 「대동강 앞에서」와 같은 기념비적 작품은 없었던 것 같다.

하지만 축제와 시위의 현장에서 문학이 어떤 직접적인 역할을 했는가 하는 것으로 한국문학의 생명력을 가릴 일은 아니다.[1] 다만 '촛불'이 세계

---

1 촛불시위에서의 문학의 역할에 대해서는 이문재(李文宰) 시인의 지적과 자성이 모두 경청할 만하다. "우리가 놓치고 있는 대목이 하나 있습니다. 이번 촛불집회를 최초로 제안했던 친구가 문창과 4학년 여학생입니다. 그리고 최초 연행자도 문창과 학생이고, 아고라의 대표 논객 가운데 한 사람도 시인 지망생이라고 알려져 있습니다. 그렇다면 촛불집

적으로도 유례가 드문 사태이자 한국사회의 체질을 바꿔놓은 일대 사건이라고 한다면, 촛불의 정신에 부합하는 문학을 얼마나 생산해왔고 앞으로 어떤 문학을 만들 것인지가 문학의 생명력을 가늠하는 하나의 판단기준이 될 것이다.

독자의 입장에서 촛불을 겪은 뒤로 기왕에 씌어진 작품을 읽는 데 어떤 변화가 일어났는지를 살펴보는 것도 한 가지 방법이다. 그런 안목으로 새로운 작품을 찾아내는 데는 시간이 걸릴 수 있지만, 전부터 친숙한 작품도 새로이 보게 되는 바가 있어야 마땅하겠기 때문이다. 내 경우 예컨대 김수영(金洙暎)의 「절망」(1965)을 전혀 달리 읽게 된 것은 아니나, 촛불 이후 그 시가 한결 새롭게 다가오는 바 있다.

> 風景이 風景을 반성하지 않는 것처럼
> 곰팡이 곰팡을 반성하지 않는 것처럼
> 여름이 여름을 반성하지 않는 것처럼
> 速度가 速度를 반성하지 않는 것처럼
> 拙劣과 수치가 그들 자신을 반성하지 않는 것처럼
> 바람은 딴 데에서 오고
> 救援은 예기치 않은 순간에 오고
> 絶望은 끝까지 그 자신을 반성하지 않는다
>
> ——「절망」 전문

이 시의 묘미로서 "바람은 딴 데에서 오고…"라는 구절에서 보이는 논리

회에 문학이 없었던 것은 아니지요. 시대의 흐름을 먼저 읽어내는 문학적 감수성은 엄연히 살아 있다고 봐야 하지 않을까요? 문제는 저를 포함한 '기성세대'의 안일함이 아닐까 싶습니다. 문학에 안주하는 문학이라고 해도 될지 모르겠습니다." 심보선·이현우·오은·이문재 좌담 「'촛불'은 질문이다」, 『문학동네』 2008년 가을호 44면.

적·시적 비약을 들 수 있음은 물론이지만, "절망은 끝까지 그 자신을 반성하지 않는다"라는 마지막 행에서 '끝까지'라는 단어의 울림이 내게는 새삼스럽다. 촛불시위 확대 직전까지도 '절망'에 안주하던 지식인들이 많았기에 그렇고, 촛불이 뜸해지자마자 다시 그 분노 섞인 절망으로 되돌아가는 활동가들 또한 적지 않기에 더욱이나 그렇다. 또한 반성하지 않는 것들을 나열하는 가운데 '곰팡이'를 '곰팡'으로 멋대로 바꿔서 읊은 제2행 "곰팡이 곰팡을 반성하지 않는 것처럼"이 없었다면, 오히려 '졸렬과 수치'를 지목한 제5행이 너무 맨얼굴의 '현실고발'이 될 뻔했다. 장난기 섞어 '곰팡'이를 불러내는 시인의 가벼움이 있기에 「절망」의 진지한 목소리가 더욱 정확하게 전달되는 것이다. 실제로 촛불 이후 많은 독자들이 김수영처럼 진지하되 엄숙하지 않고 발랄하되 경박하지 않은 문학에 더욱 민감해지지 않았을까.

촛불은 '광장'을 둘러싼 논란도 새로운 방식으로 정리해주었다. 2002년의 월드컵 응원과 미선이·효순이 추모시위가 일어나기 전의 시점에서 고은은 "광장의 이데올로기는 끝났다"고 선언하면서도 "저마다 돌아가 혼자인 누에집" 속에, "사랑하는 싸이버 속에" 들어가버린 현실을 개탄하고 광장의 복원을 촉구했었다.

> 지금 가랑비가 내리고 있다
> 아무도 미쳐버리지 않는데
> 가랑비가 내리고 차들이 가다가 막혀 있다
> 그러나 옛 친구들이여 기억하라
> 이 광장이 우리들의 시작이었다 언제나
> ──「광장 이후」 마지막 연(고은 시집 『두고 온 시』, 창비 2002)

그런데 2008년의 촛불시위는 싸이버 세계를 부정하기보다 적극 활용하는 형태로 '누에집'을 뛰쳐나왔고, 정권의 어설픈 독주에 저항하되 미쳐버리기보다는 조롱하며 축제를 벌이는 새로운 광장을 창출한 것이다. 이 촛불시위에 대해 고은 자신은 "한국의 촛불은 지구상의 축복입니다. 나는 너무 황홀해서 촛불시 한편도 쓸 수 없었습니다"(고은·이장욱 대화 「정박하지 않는 시정신, 고은 문학 50년」, 『창작과비평』 2008년 가을호 200면)라고 했거니와, 거듭 말하지만 당장에 촛불시를 쓰고 안 쓰고보다 '지구상의 축복'에 걸맞은 문학을 창작하고 향수하는 일이 우리의 과제일 것이다.

문학이 뭐길래…

진지한 작가와 독자들이 그러한 작업을 이곳저곳에서 진행하겠지만 근년의 한국문학이 보여준 지배적인 경향들, 특히 문학담론의 대세는 그것과 거리가 멀다는 느낌이다. 오히려 일반 독자들이 보기에, 도대체 문학이 뭐길래 수많은 평론가들이 자기네끼리만 읽히는 글쓰기로 자족하고 작가들조차 상당수가 그런 평론에 언급되기 위한 작품만 쓰는 듯한 인상을 주는가 하는 의문이 일곤 한다. 이는 촛불 이전에도 들었던 의문이지만 '촛불의 승리'로 한국사회의 큰 전환이 시작되고 이 승리를 지켜내고 완성해야 할 과업이 절실한 현시점에서는 초미의 관심사로 대두한다.

상황과 맥락이 달라졌고 70년대 나름의 엄숙주의가 촛불과의 거리감을 주기는 하지만, 35년도 더 된 옛날에 던졌던 다음 질문이 기본적으로는 여전히 유효하다는 생각이 든다. "오늘날의 한국문단에서는 문학을 한다는 것이 얼마나 무서운 일일 수 있는가 하는 생각은 거의 찾아보기 힘들게 되었고, 문단은 민중현실과 완전히 격리된 세계라는 인상마저 풍기고 있습니다. 그야말로 '문학이란 도대체 무엇이기에 이런 횡포가 용납될 수 있는가?'라는 의문이 일반 민중의 마음속에 우러나지 않을 수 없게 된 형편입니다."(졸고

「문학이란 무엇인가」(1973), 『인간해방의 논리를 찾아서』, 시인사 1979, 20면; 합본평론집 『민족문학과 세계문학 1/인간해방의 논리를 찾아서』(이하 '합본평론집'), 창비 2011, 443면)

　물론 오늘도 수많은 문학론·시론·소설론 들이 '문학이란 무엇인가'라는 물음을 계속 묻고 있는 듯이 보인다. 문제는 대개가 어떤 정답을 이미 전제하고 출발하거나 쉽게 정답에 도달하고 만다는 것이다. 그러나 이 물음을 제대로 물을 때 정답이란 없다. 한편의 작품이 탄생할 때마다 '문학'의 내용이 달라지게 마련이며, 심지어 독자 한 사람이 작품 하나를 제대로 읽을 때마다 이미 씌어진 문학의 내용도 달라진다고 봐야 옳다. 그리고 작가든 독자든 시대의 변화에 따라──특히 촛불시위 같은 사건을 겪을 때면──문학에 대한 생각과 감각 자체에 다소간의 변화가 일어나는 것이다. 사정이 이러한데도 '문학이란 무엇인가'라는 물음을 묻기를 중단한다면 이는 자신이 옛날에 도달한, 또는 내가 알건 모르건 남이 기왕에 제출한, 불완전한 답변에 안주하는 결과가 될 수밖에 없다.

　그렇다고 추상적인 질문으로서 '문학이란 무엇인가'를 계속 묻고만 있는 것도 또다른 안주행위다. 최종적인 정답에 미달하더라도 어떤 것이 문학다운 문학이며 어떤 작품들이 가장 방불한 작품인지에 대한 구체적인 탐구를 통해 수행되는 물음이어야 하는 것이다.[2]

　1970년대 들어 본격화된 '민족문학' 논의도 그 참뜻은 이런 물음의 실행에 있었다. "문학이란 도대체 무엇이기에…"라는 물음은 곧 '민중현실

---

2 졸고 「문학이란 무엇인가」 역시 앞에 인용한 대목에 이어 한국의 문학사와 동시대 문학에 대해 간략하게 언급한 뒤 다음과 같이 끝맺었다. "이러한 예들은 모두 하나의 출발에 지나지 않습니다. 우리 문학사에 대한 더욱 철저한 탐구와 아울러 현역작가들에 의해 더욱 훌륭한 작품들이 씌어짐으로써만 지속될 수 있고, 또 지속되어야 할 과업입니다. 그리고 이 과업이야말로 '문학이란 무엇인가?'라는 물음을 제대로 묻는 일과 일치하는 것이며 역사를 묻고 역사에 대해 스스로의 책임을 묻는 일과도 떼어 생각할 수 없는 것입니다./ '문학이란 무엇인가?' 이것은 확실히 우리에게 벅찬 물음인 동시에 우리 모두 그 구체적 실천을 시작하지 않을 수 없는 물음이라 하겠습니다."(21면; 합본평론집, 443~44면)

이 도대체 어쩌하고 지금 시대가 어떤 시대이기에 문학에 대해 그런 물음을 던지는가'라는 질문과 맞물려 있었고, 이 두 물음과 동시에 씨름하면서 그 과정을 작가 또는 독자로서의 문학적 실천을 통해 전진시키려는 것이 당시의 민족문학운동이었다. 물론 시대와 사회현실에 대한 정답을 쉽게 내린 뒤 그로부터 문학에 대한 답을 연역하는 경향도 없지 않았다. 특히 광주의 참극을 겪고 난 80년대의 급박한 상황에서 '노동해방' '민족해방' '민중적 민족문학' 등 각종의 정답주의가 민족문학론의 이름으로 성행했다. 그러나 '문학이란 무엇인가'를 제대로 묻고자 하는 초심을 간직한 민족문학론을 아주 밀어내지는 못했다.

90년대 중반 이후로는 처음부터 민족문학론의 핵심적 관심사이던 한반도 분단의 현실을 '분단체제'라는 관점에서 이해하는 노력이 성숙해감에 따라, '민족문학'이라는 틀이 '문학이란 무엇인가'라는 물음을 실행하는 데 제약이 많다는 인식이 커지게 되었다. 분단체제의 극복이 '민족문제'임은 분명하지만 동시에 세계체제 변혁작업의 일환이요, 또한 남한사회 내부의 딱히 '민족적'이랄 수만은 없는 여러 모순들을 해결하는 개혁과 직결된 사업이니만큼, 민족문학론의 일정한 상대화가 불가피해진 것이다. 하지만 이는 애초 민족문학론을 제기할 때의 초심을 견지한 데 불과하며, 민족문학의 깃발이 전면에 나부끼지 않는다고 비통해할 이유도 없고, '문학이란 무엇인가'라는 물음과 더불어 "역사를 묻고 역사에 대한 스스로의 책임을" 동시에 묻고자 하는 민족문학론의 초심마저 버리라고 다그치는 것도 우스운 짓이다.

다시 생각하는 사실주의

문학에 대한 물음과 세상에 대한 물음의 불가분성을 역설한 일반이론에 해당하는 것은 민족문학론보다 리얼리즘론이다. 물론 후자도 '문학이란 무엇인가'라는 물음에 섣부른 정답을 제시함으로써 물음의 이행을 봉쇄하는 이론이 되는 경우가 적지 않았다. 대표적인 예가 문학의 본분은 '객관적 현실'을 사실적(寫實的)으로 재현하는 것이라는 '정답'을 내놓은 사실주의 문학론일 게다. 이에 맞서 염무웅(廉武雄)의 「리얼리즘론」(1974)을 비롯한 한국평단의 대응은 "자연주의적 모사론"(염무웅 평론집 『민중시대의 문학』, 창비 1979, 109면)과 이를 지양함으로써 심화된 리얼리즘을 구분하는 길로 나아갔다. 전자를 '사실주의'(내지는 루카치G. Lukács의 표현으로 '자연주의'), 후자를 '리얼리즘'(또는 중국인들의 번역을 따라 '현실주의')으로 구별해서 일컫는 방식도 어느정도 일반화되었다.

나 자신도 이 구분을 고수해왔는데 최근에는 과연 언제까지 고수해낼지 의심스러울 때가 없지 않다. 양자의 대비는 루카치 등 맑스주의 비평가들이 강조하던 바로서 우리 평단에서도 상당히 유통되기에 이른 개념이었다. 그러나 학계에서는 사실주의 이외의 다른 리얼리즘 개념을 인정않는 구미 주류학계의 용법이 지배했고 평단의 논의가 여기에 별로 영향력을 끼치지 못했다. 그러던 중 쏘비에뜨사회주의권의 몰락 이후 사회주의리얼리즘 담론의 제도적 기반이 유실되면서 '리얼리즘=사실주의'라는 간편한 등식의 지배적 위치는 더욱 굳어졌다. 나 개인의 경험으로는 근년에 와 문학적 동지라 할 논자들마저 '리얼리즘'을 '사실주의'의 뜻으로 쓰는 것을 목격하면서 거의 체념상태에 빠진 것이 사실이다. 하지만 그 사용에 더욱 신중을 기할지라도 완전히 포기할 마음은 없는 것이, '문학이란 무엇인가'라는 근본적 질문과도 직결된 문제의식마저 버릴 수는 없기 때문이다.[3]

---

3 황종연(黃鐘淵)과의 대화에서 나는 이런 심경을 토로한 바 있다. "사실 리얼리즘 이야기가 나오면 나도 골치 아파요. (…) 황교수 말씀대로 차라리 '특수한 시대와 문화에서 유래한 특수한 문학관습'으로 정리해버리는 게 편하겠다는 생각도 들어요. 그러니까 19세

'사실주의'와 '리얼리즘'의 구별이 지켜지지 않는 것이 사용자의 부주의나 무지 때문만은 아니다. (물론 그런 구별이 존재한다는 사실조차 모르는 학계 인사들도 의외로 많지만!) 우선 '사실주의'에 해당하는 영어가 곧 리얼리즘(realism)인데다, 비록 참된 리얼리즘이 사실주의적 기율에 얽매이는 것이 아니라 해도 사실주의와 각별한 관계에 있는 점 또한 엄연하기 때문이다. 적어도 근대 장편소설의 발달과정에서는 새롭게 전개되는 근대세계의 핵심적 진실을 포착하려는 노력이 현실세계에 대한 과학적·실증적 인식을 확보하려는 노력과 불가분의 관계에 있었다. 세계체제의 중심부에서 이런 노력이 과학주의·실증주의로 굳어져 원만한 세계인식과 창조적 대응을 도리어 저해하는 상황으로 바뀐 뒤에도, 과학과 실증의 훈련을 생략하고서 뜻있는 실험과 창조가 진행되기는 여전히 힘든 일이다. 더구나 세계체제의 주변부나 반 주변부에서는 사실주의 자체가 갖는 실험성과 창조성——즉 참된 리얼리즘으로서의 생명력——이 여전히 위력적인 경우가 숱하다. 다만 '참된 리얼리즘'이라는 것도 '문학이란 무엇인가'라는 질문에 '총체적 현실(또는 본질적 진실)의 재현'이라는 정답을 제공하는 입장으로 굳어질 때, 또 한번 해체와 극복을 요하는 형이상학적 명제가 됨을 유의해야 할 것이다.

　　아무튼 한국문학의 경우도 최소한 소설 분야에서는 사실주의적인 성취

기 한때 서구에서 성행했던 문예사조로서의 사실주의(寫實主義)로 이해하고 잊어버리는 거지요. 하지만 사실주의와 모더니즘과 포스트모더니즘이 각기 다른 방식으로 소홀히하는 문학에서의 원만한 현실인식과 현실대응 문제마저 잊어버릴 수는 없는 거지요. 부담이 따르고 부작용이 따르더라도 이런 문제제기를 할 무슨 용어가 필요하다고 봅니다. 그런 점에서 '리얼리즘'도 '민족문학'과 마찬가지로 엄밀한 분석적 개념이라기보다 논쟁적 개념이에요. 논쟁의 주된 축을 사실주의 대 모더니즘, 또는 모더니즘 대 포스트모더니즘으로 설정하는 풍조에 맞서서, 그렇게 편하게만 가는 것이 문학의 큰길은 아니라고 일깨워주는 하나의 방편이지요." 황종연「무엇이 한국문학의 보람인가 ——문학평론가 백낙청과의 대화」,『창작과비평』2006년 봄호 300면;『백낙청 회화록』제5권, 창비 2007, 246~47면.

가 압도적이다. 물론 이것은 한국소설이 다양성과 풍성함에서 아직껏 모자람이 많다는 말도 된다. 그런 의미에서 사실주의 문법을 파괴하는 온갖 실험들은 존중해야 옳다. 하지만 리얼리즘이 낡은 것이 되었다는 언설이 무성한 오늘날에도, 한국문학의 대표적인 성취의 사례 가운데는 원로세대 박완서의『친절한 복희씨』(2007)부터 전성태의『국경을 넘는 일』(2005), 공선옥의『명랑한 밤길』(2007), 정지아의『봄빛』(2008), 신경숙의『엄마를 부탁해』(2008)와 신예 김애란의『침이 고인다』(2007), 그리고 '청소년문학'으로 분류되어 본격적인 비평적 고려에서 제외되기 일쑤인 김려령의『완득이』(2008)에 이르기까지, 대체로 사실주의 전통에 뿌리를 둔 작품들이 도드라진다는 점 또한 간과할 수 없다.

작품의 우수성 여부 이전에, 작가가 사실주의적 기율을 함부로 어기는 문제점도 그냥 넘겨버릴 일은 아니다. '함부로' 어긴다는 것은, 독자로 하여금 객관적 현실에 크게 상치하지 않는 전개를 기대하게 만들어놓고서 정당한 이유 없이—작가의 무지나 무성의, 그리고 더러는 빗나간 과시욕으로—그 기대를 저버리는 행위를 말한다. 물론 일단 사실주의적 진행을 기대하게 만들었다가 사실주의의 관행을 파괴함으로써 독자의 의표를 찌르는 창작방법도 있을 수 있다. 하지만 이런 경우에도 독자의 의표를 찔러서 어쩌자는 것인지가 중요하지, 사실주의적 관습에 젖은 독자를 놀래키고 흔들어놓는 계몽작업이라면 한두번의 시도로 족하다. 반사실주의적 창작의도를 빙자해서 자의적인 묘사와 서사를 되풀이하는 작법은 독자에 대한 초보적인 예의에도 어긋난다고 할 것이다.

그런데 이런 초보적 예절 이상의 다른 차원도 있다. D. H. 로런스는 인간의 온갖 표현형식 중 장편소설이 탁월하다고 주장했는데 작품의 정직성을 담보하는 장치를 내재한 장르가 장편소설이라고 보았기 때문이다.

〔장편소설 이외의〕 다른 매체들은 거의 다 속일 수 있다. (…) 시나 드

라마에서는 무언가 마당을 좀 너무 말쑥히 쓸어버리고, 인간의 말씀이 좀 너무 멋대로 날아다니게 내버려둔다. 그런데 장편소설에서는 항상 수코양이 한마리가 있어서 말씀의 흰 비둘기가 조심하지 않으면 비둘기를 덮쳐버린다. 잘못 밟으면 미끄러지는 바나나 껍질도 있다. 또 울안 어딘가에 변소가 있다는 사실도 누구나 안다. 이 모든 것들이 균형을 유지하는 데 도움을 준다.[4]

이는 물론 사실주의나 재현주의 자체에 대한 옹호가 아니다. 작가가 마음대로 못하는, 그런 의미에서 '객관적'인 사실들에 대한 기본적인 존중심이 없다면 작가는 쉽사리 자기기만에 빠지고 부분적인 진실을 전체인 듯 독자를 오도할 수 있음을 상기시킨 것이다. 아무튼 '문학이란 무엇인가'―나아가 '예술이란 무엇인가'―라는 물음은 언제 어떤 식으로 중단될지 모를 위태로운 모험이다.

글쓰기와 『소설 쓰는 밤』

그 물음을 진행하는 한 가지 방식은 작가 스스로 글쓰기가 무엇인지를 진지하게 묻는 길이다. 글쓰기로 진실을 포착하고 전달하는 일이 가능한지, 어떤 글쓰기가 '문학'이 되며 '소설'이 되고 '시'가 될 수 있는지 등등을 성찰하며―또는 성찰하는―글을 쓰는 것이다. 하지만 객관적인 실체나 그 재현 가능성에 대한 소박한 믿음에 도전하는 일이 인식의 불확실

---

4 D. H. Lawrence, "The Novel," *Study of Thomas Hardy and Other Essays*, ed. Bruce Steele, Cambridge University Press 1985, 181면, 번역은 인용자. 재현(representation)을 절대시하지 않되 그나름의 의의를 중시하는 예술관에 대해서는, 졸고 「로렌스와 재현 및 (가상)현실 문제」, 『안과밖』 1996년 하반기호 참조.

성이라든가 재현의 불가능성 같은 명제에 탐닉하는 결과가 될 때, 글쓰기에 대한 성찰이라는 것 자체가 하나의 매너리즘이 되고 '문학이란 무엇인가'라는 질문의 이행에서 벗어나고 만다. "내게 글쓰기란 무엇인가?"라고 물으면서 시작하는 신경숙(申京淑)의 『외딴방』(1995)이 글쓰기에 대한 뛰어난 성찰이 되는 것은 이 물음이 그가 꼭 전하고 싶은 이야기, 그러나 쉽게 전해지지 않는 이야기를 서술하고 재현하려는 혼신의 노력과 결부되어 있기 때문이다. 이런 것이 빠지면 어느 젊은 소설가의 표현대로 "포즈만 남고 이야기는 없는 소설"(백가흠 「작가의 말」, 『귀뚜라미가 온다』, 문학동네 2005, 277면)이 되기 십상이다.

물론 글쓰기에 대한 자의식적 물음이 드러나지 않았다고 해서 작가가 '문학이란 무엇인가'라는 질문에서 비켜서 있었다고 단정할 일은 아니다. '글쓰기란 무엇인가' 같은 원론적 질문이 끼어들 여지가 없을 정도로 사실주의적 재현에 몰두한 작품 중 한 세대가 지난 황석영(黃晳暎)의 중편 「한씨연대기」(1972)를 일부러 예로 들어보자. 주인공 한영덕씨가 남북 양쪽에서 겪은 수난을 여실하게 그려낸 이 소설은 지금 다시 읽어도 그 감동과 충격이 새로운 기법을 활용한 어느 젊은 세대 작가의 문제작 못지않다. 그런데 이런 탁월한 작품이 '문학이란 무엇인가, 이런 이야기를 어떻게 해야 문학이 되고 소설이 되는가'에 대한 진지한 고민 없이 씌어졌을 리 없으며, '이것이 문학이 아니라도 나는 쓸 수밖에 없다'는 마음 한구석의 비장한 각오마저 수반했을 공산이 크다.

『외딴방』과는 매우 다른 방식으로 글쓰기에 대해 진지한 성찰을 수행하는 최근 작품으로 윤영수(尹英秀)의 『소설 쓰는 밤』(랜덤하우스중앙 2006)이 있다. 윤영수는 「내 안의 황무지」 같은 단편에서 보듯이 초현실적인 요소도 동원할 때는 동원하는 작가지만 이 연작소설은 사실주의적 기율에 대체로 충실하다. 그런데 바로 그 점 때문에 작품의 곳곳에서 마주치는 우연의 일치 또는 예기치 못했던 인연의 얽힘이 사실주의적 개연성 차원에서 문제가 될 수 있다.

작중의 그런 진행이 철저히 의도적임은 연작의 서장에 해당하는 「무대 뒤의 공연」에서 이미 분명해진다. 무대는 어느 내과병동의 4인용 여자 병실인데, 네 명의 환자와 2번 침상 환자의 남편, 1번 환자의 간병인, 이들의 병실에 목소리로만 등장하는 라디오 아나운서, 그리고 병실에는 모습을 안 보이는 여러 가족들이 이래저래 얽혀 있거나 장차 얽히게 되어 있다. 그러나 많은 경우 인물들 자신이 그걸 '물론 모른다'는 사실을 화자는 대놓고 독자에게 일러준다.

물론 그(2번 환자의 남편—인용자)는 모른다. 어머니가 일을 다니던 그 축대 집, (…) 그 큰 집의 도도한 주인 여자가 바로 이 병실, 창가 쪽 1번 침상에 누운 중풍 들린 노파라는 사실. (11면)

간병 여자는 물론 모른다. 그녀가 가슴 졸이며 기다리기도 하고 기다리지 않기도 하는 통나무의 아들이 지금 어디서 무엇을 하는지. (14면)

자신에게 신라 장군 김유신 대감의 신이 내려 인간의 전후생을 빤히 꿰뚫어본다고 확신하는 불명열 여자는 물론 모른다. (22~23면)

당뇨 여자는 물론 모른다. (26면)

불명열 여자는 물론 모른다. 봄밤, 전생도 후생도 아닌 현생의 자기 남편이 현재 어디에서 무엇을 하고 있는지. 영업용 택시 운전기사인 그녀의 남편은 지금 (…) (31면)

간병 여자는 물론 모른다. 이 깊은 밤 시간, 고등학생이면서 엄마 몰

래 중국집 음식 배달을 하는 자신의 아들이 어떻게 하다가 독신 여자의
아파트에 들어가 있는지. (33면)

인연들의 기이한 얽힘은 「만장」 「개나리가 활짝 핀 봄날 버스를 타다」(『내
안의 황무지』, 민음사 2007) 같은 단편에서도 작가가 즐겨 다루는 주제인데,
한권의 연작소설집을 통해 줄기차게, 거의 전방위적으로 진행되는 인연
들취내기는 읽는 재미를 돋우면서도 좀 과한 것 아닌가 하는 의구심을 안
겨줄 법하다. 그러나 작가는 전혀 개의하는 빛 없이, 첫 단편에 이미 등장
한 인물들과 그들이 알고 있는 인물이나 사실, 그리고 저들이 '물론 모르
는' 사실들로 수많은 이야깃거리를 심어놓은 뒤 네 편의 후속 단편을 통
해 바로 그 봄밤에 거의 동시적으로 진행되는 이야기들을 하나하나 풀어
나간다.

　여기서 그 정교하게 뒤얽힌 복잡한 이야기들을 소개하는 것은 부질없
는 일일 테다. 「무대 뒤의 공연」에서 「성주(城主)」에 이르는 일련의 단편
들은 각기 서술양식과 주인공을 달리하면서 당대현실의 다양한 면모를
냉철하고 신랄하게 그려나간다. 이런 작업이 어떤 의미로 클라이맥스에
달하는 것이 제5작 「성주」인데, 이 단편의 주인공은 제3작 「당신의 저녁
시간」에서 정부(제1작에 목소리로 등장했던 아나운서)를 만나러 가다가
교통사고를 내는 성형외과 의사의 아버지이고 '통나무'(1번 침상의 중풍
들린 노파)의 남편이자 자수성가한 내과의사다. 보험판매원으로 만난 한
참 연하의 여인과 결혼을 앞두고 있는 그는 "어쩌면 늙은이로 태어나 어
린이가 되는 쪽이 훨씬 행복할 수도 있다"(174면)고 생각하다가 실제로 그
렇게 되어가고 있다는 환상에 빠져들어, 아들이 사고를 당했다고 경찰이
전화했을 때 어린애 같은 무의미한 소리밖에 내지 못한다. 그러다가 운전
기사네 식구가 사는——출입구를 만들어달라는 기사의 부탁을 그날 아침
에도 거절했던——주차장에 불이 나서 119가 황급히 문을 열라고 다그칠

때쯤에는 완전히 어린애로 돌아가, "무섭다. 아빠도 엄마도 집에 없는데 나쁜 사람들은 자꾸만 문을 열라고 한다"면서 "잔디밭에 모로 누워 몸을 옹크린 그는 자신의 주먹을 빨아댄다."(192면)

아들의 죽음과 '성주' 자신의 노망 및 집안의 화재 참사로 끝나는 이 단편은 탐욕과 허영과 몰인정으로 얼룩진 우리 사회 특권계층의 삶에 대한 결정적인 단죄로 해석할 만하다. (살아남은 며느리와 손녀딸도 어지럽게 살아가고 있음이 「당신의 저녁 시간」에 생생하게 그려져 있다.) 실제로 이 결말은 「무대 뒤의 공연」의 끝머리에서 노인의 아내 '통나무 여자'가 투시했던 상황인데, '그는 물론 모른다'를 연발하던 화자가 유독 이 대목에서는 거의 식물인간 상태의 이 여자 말고는 '아무도 모른다'고 말하는 것도 맛깔스러운 디테일이다.

> 1번 침상의 통나무가 두 눈을 번쩍 뜬다. 통나무가 허공을 한참 동안 노려본다. 아무도 모른다. 통나무가 무엇을 그리 심각하게 노려보는지. 천천히 눈을 되감은 통나무가 다시 황급히 눈을 뜬다. 보이는 것을 보지 못하는 사람은 보이지 않는 것을 본다. 들리는 것을 듣지 못하는 사람은 들리지 않는 것을 듣는다. (34면)

평생을 탐욕스럽게 살아온 '성주' 노인이 마지막으로 젊음을 탐하여 나이를 거꾸로 먹는 환상에 빠지면서 치매상태로 돌입한다는 발상도 기발하고 매력적이다. 다만 그토록 건강하던 사람이 갑작스레 발병하는 것이 약간 실감이 떨어지는데, 아내가 아직 살아 있는데도 결혼하겠다고 나선 것 자체가 단순한 몰염치가 아니라 노망의 전조임을 미리 부각시키는 노력이 더 있었더라면 좋았을 것 같다.

그런데 「성주」는 연작의 끝에서 두번째 단편일 뿐이므로 이것이 연작의 '대단원'으로서 만족스러운지를 따질 일은 아니다. 그렇다면 대미를 장식하는 표제작 「소설 쓰는 밤」은 어떤가? 독자는 그토록 숱한 복선을 깔고서 진행되어온 이야기가 어떻게 매듭지어지는가 하는 궁금증을 안고 중편 규모의 이 마지막 작품을 읽게 된다. 벌여놓은 이야기들의 완벽한 수습도 기술적으로 쉽지 않으려니와 설혹 특단의 기술을 발휘하더라도 너무 인위적이고 기교적인 마무리라는 비판을 예상해야 할 상황을 작가는 어떻게 감당하려는가.

윤영수의 해법은 아예 '대단원'을 포기하는 길이다. 즉 마무리 아닌 마무리로 독자의 의표를 찌르면서 끝맺는 것이다. 「소설 쓰는 밤」에서 무대는 다시 첫 단편의 병원으로 돌아가지만 원래의 병실은 시선 밖에 있고 주요인물도 이제까지 한번도 등장한 적이 없는 경비원과 어느 소설가다. 시간은 다시 봄밤인데, 분명치는 않지만 처음 다섯 편과는 다른 날이기 쉽다. 이 점이 확실치 않은 것도 작가가 깔끔한 마무리를 거부한 결과일 텐데, 제목이 암시하듯이 초점은 소설가라는 인물과 그의 행태에 맞춰져 있다.

줄곧 '소설가'로만 불리는 이 무명인물은 세상의 인정을 못 받고 있다는 의미로 무명작가이기도 하다. 행색도 추레한데다 종합병원의 이곳저곳을 기웃거리면서 소일하고 더러 작품소재도 찾는가 하면 모르는 사람의 빈소에 들러 음식대접을 받기도 하는, 도무지 수상쩍은 인간이다. 자주 들르는 경비실에서도 경비원이 먹는 떡을 주워먹기 바쁘다. 대화 도중에는 목전의 단편적인 사실들을 윤색하여 허구적인 이야기를 늘어놓기 일쑤인데, 묘한 것은 경비원이 "또 허공에 소설 쓰느면"(207면) 하고 코웃음 치다가도 어느새 이야기에 말려들곤 한다는 점이다. 구급차에 어떤 환자가 실려오자 소설가는 그를 떡장수 아줌마로 설정하고 주인집 부엌에서 나는 구수한 된장 냄새를 못 이겨 몰래 한 숟가락 퍼내려는 장면을 상상한다.

"된장 딱 한 숟가락. 농산물 시장에서 주워온 배추 겉대라도 넣고 한 소끔 끓이면 한이 없을 것 같단 말이에요. 장독대에 올라가 향긋한 된 장을 한 양재기 퍼서는 그만 쫘당!"

경비원이 깜짝 놀라 소설가를 올려다본다.

"쫘당? 다쳤어? 다치게 하면 어떡해. 돈도 없다면서. 사람 심보가 어째 그리 꼬였어?"

"안 다치면 돼요? 구급차에 실려와야 하는데. 발목 한군데라도 와지끈, 확실하게 부러져야지."

"인정머리라고는 하여간."

경비원이 소설가에게 눈을 흘긴다. (208면)

그러나 얼마 안 가 경비원도 자기 이야기를 하며 끼어든다. 서울 올라와 처음 방을 얻었을 때 자기네는 오히려 주인 여편네 때문에 골치였다, 없는 살림에 쌓아놓은 연탄이 자꾸 비더라는 것이다.

"이건 소설 되겠는데. 곤고하고 험난한 인생, 어머니의 파란만장한 일대기. 한 여자의 인생 역정을 연대기로 그릴까, 어렸을 때부터 한 여든까지?"

"밤에, 마누라하고 둘이서 전등을 끄고 자는 척 누웠는데, 아니나 달라, 뭐가 바시락거리는 거야. 장지문을 벌컥 열어젖혔지. 쥔 여편네야. 세상에, 연탄 한 장 훔쳐려고 그 추운 밤에."

경비원이 한바탕 웃어젖힌다.

"구급차에 같이 타고 온 주인 여자는 지금 안절부절못해요."

"안절부절뿐이야? 얼굴을 못 들지. 그 여편네 참 볼 만하더면. 우리 마누라가 마구 소리를 지르니까 땅바닥에 털썩 주저앉아서는."

"장독대 계단 하나가 벌써 어느 때부터 부서져 있었거든요. 시멘트

가루 좀 얻어다 발라야지 마음먹고도 차일피일 미루고 있었는데 이런 일이 터졌으니. 수술비를 보태줘야 하나, 전전긍긍하고요."

"그렇게 창피를 당하구두 버릇 못 고치더라구. 우리 집 아궁이의 덜 핀 연탄하고 저희 집 하얀 백탄을 슬쩍 바꿔놓고. 치사했지 참. 모두 못 살던 시절이었으니까."

"주인 아저씨한테 연락도 되지 않는 거예요. 전화기를 꺼놓았는지. 다 큰 딸년도 이 시각까지 꿩 구워먹은 소식이고."

경비원이 소설가를 얼떨떨한 눈으로 올려다본다.

"누구 딸년? 그 집에 딸이 있었어?"

"주인집 딸이 명물이거든요. 동네 화장품 가게에 널어놓은 외상이 수십만원에 카드 빚도 연체되어 전화통에 불이 나는데, 무슨 조홧속인지 새 옷은 계속 사 나르고."

"그랬어, 그 집 딸이?" (209~10면)

이렇게 제가끔의 이야기를 나누던 중 인절미를 하나도 안 남기고 소설가가 다 먹어버린 것을 발견하고 경비원은 버럭 화를 내며 쫓아내버린다. 소설가는 다시 병원 안팎을 쏘다니다가 「내 창가에 기르는 꽃」에 등장했던 김기섭(당뇨병 여자의 아들)과 어울려 술잔을 나누기도 하고 불명열 여자의 죽음에 대해 듣기도 한다. 이 과정에서 그가 엉터리 인간만이 아니고 그 나름의 소신과 통찰력을 지녔음도 드러난다. 한편 경비원의 마음도 그사이 많이 풀려서 드디어는 스스로도 '허공에 소설 쓰기'를 하게 된다. 소설가가 인간성이 나쁜 녀석은 아니므로 언젠가 장가를 잘 들어 산골 어느 작은 음식점의 여주인과 함께 단란하게 살아갈지 모른다는 생각에 빠져드는 것이다.

바로 그 허름한 음식점에 경비원 부부가 들르는 것이다. 빈 식탁에

앉아 한가로이 신문을 뒤적이던 소설가가 깜짝 놀라 자리에서 일어난다. 그는 경비원 부부를 제 부모 맞듯 반긴다. 예쁘장한 아내를 불러 큰절을 올리게 하는 그의 두 눈에는 눈물까지 그렁하다.

인사드려. 내 아버님이나 마찬가지신 분이야.

녀석의 행색이 제법 그럴듯하다. 빵떡모자에 턱수염, 파이프 담배도 물고. 대박은 터뜨리지 못했어도 그런대로 먹고살 정도의 글 수입은 된다며 너털웃음을 터뜨린다. 그들은 옛날 경비실에서 인절미 먹던 이야기를 나눈다. 살기 팍팍하던, 그리운 날들. (240~41면)

이쯤 되면 소설가가 따로 없다. 「소설 쓰는 밤」의 이야기가 진행되면서 사실과 허구의 경계가 흐려진 지도 오래다. 혹시 「무대 뒤의 공연」에서 「성주」까지 작가가 진지한 목소리로 세심하게 들려준 이야기들도 그런 수상쩍은 성질이 아닐까? 독자의 생각이 이런 의문에 미치는 건 당연하다. 하지만 모범인간이 아닌 소설가가 꾸며낸 이야기라고 해서 진실이 아니랄 수도 없다. 독자가 자기 나름의 상상력과 지혜를 한껏 동원해서 판단할 일인 것이다.

『소설 쓰는 밤』은 이렇게 '작가'의 엄숙한 이미지를 해체하고 글쓰기의 문제성을 상기시키지만 글쓰기에 대한 그 물음은 결코 경박하거나 자기탐닉적인 것이 아니기 때문에 날카로운 현실비판을 담은 풍성한 이야기와 공존한다. 아니, 이야기가 고지식한 현실인식의 소박한 전달이 안되게끔 해주는 소설적 장치로 동원된 면도 없지 않다 할 것이다.

판타지의 용도: 『핑퐁』의 경우

상상이나 공상을 뜻하는 일반적인 의미의 판타지(fantasy)는 창작의 필수적인 요소다. 그러나 의미를 좁혀서 실재하지 않을뿐더러 실재할 가능성이 전혀 없거나 거의 없는 공상의 세계에 몰입하는 작품을 뜻할 때, 처음부터 사실주의적 요소의 폭넓은 도입으로 특징지어진 근대의 장편소설 문학에서 판타지는 하나의 특정한 갈래로 인식되며, 비판적인 뜻으로 '장르문학'이라 일컬어지기도 한다. 따라서 장르문학이 어떤 것이고 제대로 된 문학으로서 어떤 문제점이 있는지(혹은 없는지)를 묻는 작업은 '문학이란 무엇인가'라는 질문을 이행하는 한 가지 방법이기도 하다.

이러한 작업 중 정영훈(鄭英勳)의 평론 「장르문학과 본격문학이라는 시빗거리」(『창작과비평』 2008년 여름호 특집)는 장르문학의 현황에 대한 서술이나 점검에 머물지 않는 이론적 모색이 돋보였는데, 다만 '본격문학 대 장르문학'이라는 잘못된 도식의 비생산성을 지적하는 데 치중함으로써 문학이 무엇인지를 묻는 작업 자체는 소홀해진 느낌이다. "대중문학이 장르문학으로 바뀌었을 뿐이다. 여전히 반대편에는 본격문학이 있고 둘 사이의 위계도 그대로이니, 근본적인 구도는 달라지지 않았다"(71면)라고 할 때의 '본격문학'은 '대중문학' 또는 '장르문학'을 타자로 설정함으로써 자신의 존재가치를 주장하는, 그런 의미에서 문학이란 무엇인가라는 물음의 진지한 수행에서 이미 멀어진 문학이다. 따라서, "확실히 본격문학은 현재 우리가 직면한 복잡한 현실을 형상화하는 데 그다지 성공적이지 못하다"(78~79면)는 그의 주장은 꽤나 설득력이 있고, "좋은 장르와 나쁜 장르는 없다. 좋은 작품과 나쁜 작품이 있을 뿐"(79면에서 재인용, 원문은 이영도 「장르 판타지는 도구다」, 『문학과사회』 2004년 가을호 1107~8면)이라는 명제에도 얼마든지 동의할 수 있지만, 특정한 본격문학론에 대한 지당한 비판에서 크게 벗어나지 않는 것이다.

이에 비해 같은 특집에 「장르의 경계와 오늘의 한국문학」을 기고한 유희석(柳熙錫)은 "장르문학 고유의 성취는 게토화된 장르문학 자체의 극복에 다름아니다"(『창작과비평』 2008년 여름호 15면, 강조는 원문)라고 힘주어 말하면서도 곧바로 "그렇다고 '게토'에서도 꽃이 필 수 있으며 더 나아가 문화적 해방구로서의 게토야말로 문학 본연의 창조성이 발화되는 지점이라는 주장 자체를 부정하자는 뜻이 아니다"(같은 면)라고 다소 모호한 입장을 취한다. 그러다보니 "요는, 서로 다른 서사적 구조와 관습을 내장한 개별 장르들의 통합적 진화가 '작품'으로 드러나는 현상에 대한 탐구가 장르문학론에서 핵심이라는 것이다"(같은 면)라는 그의 주장이 오늘날 한국문학 논의에서 핵심적인 과제 하나를 제기한 것은 분명하지만, 장르문학론 자체로서는 "문화적 해방구로서의 게토야말로 문학 본연의 창조성이 발화되는 지점이라는 주장"을 검토하는 것이 도리어 핵심일 가능성도 배제할 수 없다.

정영훈이 지적하듯이 "장르'문학'이라고 했지만 사실상 장르문학은 장르'소설'이다."(75면) 나아가 정작 시빗거리가 되는 것은 장르 '장편소설'이라 해야 옳다. 문학사적으로 볼 때, 장르문학의 문제란 곧 "서로 다른 서사적 구조와 관습을 내장한 개별 장르들의 통합적 진화"의 결과로 바흐찐(M. Bakhtin)이 말하는 '총체적 장르'(total genre)로서의 장편소설(the novel)이 일단 성립한 후의 상황에서 그것이 파편화·특성화되어가는 현상인 것이다. 그러므로 '본격문학 대 대중문학'은 더 말할 나위 없고 '본격문학 대 장르문학'의 대비보다도 '총체적 장르를 지향하는 장편소설──이를 편의상 본격 장편소설이라 못 부를 것도 없겠다──과 장르화된 장편소설'의 대비가 한결 생산적인 구도일 듯하다. 그리고 이때 "좋은 작품과 나쁜 작품"은 양쪽에 다 있게 마련이라 봐야 한다.

그러므로 소설에서 판타지가 얼마나 동원되고 있느냐는 것 자체가 중요한 판단기준은 아니다. 더구나 전체적인 설정이 공상적이기 때문에 작가가 엄격한 사실주의적 기율에 오히려 더 의존할 수도 있다. 초기 서구 장편소설의 명작인 디포우(D. Defoe)의 『로빈슨 크루소』만 해도 공상적인 작중상황──실제 무인도에 표류됐던 인물의 경험과도 판이한 상황──

을 설정하고 이를 여실하게 형상화하려는 노력의 결과로 사실주의문학의 선구적 업적이 되었다. 최근의 화제작인 코맥 매카시(Cormac McCarthy)의 『로드』(*The Road*)의 경우도 핵전쟁 이후라는 공상적 상황을 그리고 있기 때문에 작가는 인물의 신체동작 하나하나, 다루는 물건 하나하나에 대한 자연주의적 묘사에 남다른 공력을 쏟고 있음을 본다.

박민규(朴玟奎)의 『핑퐁』(창비 2006)은 전혀 다른 종류의 소설이다. 통상적인 판타지소설도 아니려니와 공상적인 설정 내에서의 사실주의적 기율에 일관성을 보이는 작품도 아니다. 유희석을 비롯한 여러 평자가 지적했듯이 이 소설은 그 '잡종성'이 매력이기도 한데, 요는 어떤 요소들을 어떻게 혼합해서 얼마나 좋은 작품을 만들었느냐가 핵심문제일 게다. 여기서는 『핑퐁』이 한국소설에서 공상적 요소를 매우 특이하게 활용한 사례라는 시각에서 기왕의 논의에 몇마디 보태고자 한다.

『핑퐁』에서 공상적인 요소를 대표하는 것은 탁구와 탁구대다. 나중에는 허공에서 커다란 핑퐁이 내려와 '탁구계'가 '세계'와 '폐합'되기도 한다. 그런데 가령 단편 「깊」(『더블』, 창비 2010)에서는 박민규 자신도 SF(과학소설)의 문법에 충실한 장르문학을 선보이지만, 『핑퐁』에서는 탁구의 세계를 여실하게 형상화하는 일에 다분히 건성이다. 오히려 '믿거나 말거나' 식으로 내던져두는 식인데, "벌판의 중심에는 탁구대가 놓여 있었다. 어떻게 된 일인지, 그랬다"(10면)라는 작품 서두의 두 문장은 그런 태도의 전형적 표현이다.

탁구로 대표되는 공상적인 세계는 알레고리나 상징이라기보다 소설의 주제를 추동해가는 일종의 수사적 장치라 할 수 있다. 다시 말해서, 현존하는 인류의 세계— '뭇'과 '모아이' 두 중학생의 입장에서는 왕따와 폭력배에 의한 일상적 구타 및 갈취 그리고 무의미한 공부에 시달리는 학교생활에 더해 '다수인 척'하며 살아가는 다수 인간들의 절망적인 이 세계—에 숨통을 열어주고 다른 가능성을 생각하게 해주는 하나의 방편일 뿐이다. "행복할 수, 있을까? 인류에게도 2교시라는 게 있을까?"(35면)라는 물음이 그나마 힘을 받는 것이 탁구가 있고 탁구인(卓球人) 세끄라탱이 있기 때문인데, 정작 중요한 것은 바로 그 물음이다.

따라서 소설의 결말에서 인류의 대표선수로 나온 비둘기와 쥐를 이긴 못과 모아이가 승자에게 주어진 선택권을 행사하여 인류를 '언인스톨'하기로 하는 것을 두고 작가의 반지구적 태도라고 비판하는 것도 너무 고지식한 알레고리적 독법이다. 아니, 인류의 1교시가 얼마나 무의미한 시간인지를 풍성한 사실묘사와 날카롭고 발랄한 수사법으로 제시해온 이 소설의 맥락에서 인류의 '유지'를 선택하는 일이야말로 더 깊은 의미로 반인류적이고 반지구적이었을 것이다.

두 사람의 승리는 스스로도 반신반의하던 "인류에 대한 의지"의 승리에 다름아니다.

핑퐁이란 건, 내 생각에 인류가 깜박해버린 것과 절대 깜박하지 않을 것 간의 전쟁인 셈이야. 생명은 스스로의 의지에 의해 스스로를 의지한다는 세끄라탱의 말이 옳다면, 그 의지를 결정할 마지막 기회인 셈이지. 그래서 줄곧 나는 스스로의 의지에 대해 생각해봤어. 인류에 대한 의지, 인류가 〈깜박〉해버린 것으로서의 의지, 그럼에도 불구하고 인류로서의 의지… 그 의지는 무엇일까?

그런 게

있을 리 없잖아. 내 말도 그 말이야. 그러니 한결 마음이 편해지더라구. 어차피 이길 수도 없고… (219~20면)

그러나 실수없이 리씨브를 지속하도록 기계처럼 훈련된 인류의 대표선수들이 '과로사(過勞死)'함으로써 "인류가 깜박해버린" 쪽이 승리를 차지한다. 그리고 실제로 '언인스톨'을 실행한 후 두 사람이 깨어났을 때 탁구대도 탁구계도 사라졌지만 지구는 그대로 있다. 모아이는 예전에도 그러던 것처럼 "열심히… 스푼을 구부리며 살아갈까" 한다고 말하고, '나'는 한참 생각한 끝에 "학교를 열심히 다녀볼까 해"라는 전에 없던 의욕을 보인다.

> 그리고 우리는 헤어졌다. 벌판의 끝을 향해 걸어가는 모아이에게 나는 손을 흔들었고, 그 모습이 보이지 않을 때쯤 발길을 돌렸다. 핑퐁, 경쾌한 소리가 마음을 울릴 만큼 숲의 공기는 상쾌했다. 천천히

> 나는 학교를 향해 걸었다. (252면)

소설은 이렇게 끝난다.

그렇다면 어떤 상태가 된 것인가? 최종선택을 앞두고 '인류 제거'의 의미를 물었을 때 세끄라탱은 이렇게 답한다. "우선 인류가 언인스톨되고, 오랜 시간에 걸쳐 생태계는 다시 무(無)로 돌아갈 거야. 하지만 너희 둘은 여전히 지구에 남게 돼. 성장하고, 마지막 인류로서 수명을 다하는 거지."(245면) 도시와 문명의 그 많은 물질에 대해서는, "너희가 생존하는 동안은 큰 변화가 없겠지. 그리고 어떻게든 소멸될 거야. 그건 지구가 소화할 문제지. 새로운 생태계를 위해선 어차피 수만년, 혹은 수십만년이 필요한 거니까."(같은 면)

이 설명을 문자 그대로 받아들이면 마지막 장면의 두 사람은 인류의 유일한 생존자들이고, '나'는 사람은 다 없어지고 물질만 남은 학교를 향해 걸어가는 상황이 된다. 하지만 이 대목에서도 그런 괴기적 상황을 재현하려는 기미는 없으며 오히려 일상의 회복과 쇄신을 기대하게 만드는 분위

기다. 그것이 '인류의 2교시'라는, 저자가 「작가의 말」에서도 거듭 언급하는(256면) 문제의식에 더 어울리기도 한다.

이처럼 모호한 결말은 작품의 미덕일까 결함일까? 이런 식의 추궁은 박민규의 "어떻게 된 일인지, 그랬다"는 식으로 능청스럽게 치고 빠지는 기술과 독특한 '언어의 시적 사용'(황종연 「무엇이 한국문학의 보람인가—문학평론가 백낙청과의 대화」316~17면; 『백낙청 회화록』제5권, 262~63면 참조) 앞에서 무색해지기 쉽다. 그렇다고는 해도 결말의 모호함이 '인류의 2교시'에 대한 성찰의 치열성에 부합하는 미덕이라고는 보기 어렵다. 아니, '1교시'의 현상에 대한 성찰도 날카롭고 흥미진진한 바 많기는 하지만 실은 '1교시'의 한 부분에 대한 인식을 자의적으로 확대했다는 혐의도 걸린다. '1교시'의 인류도 처음부터 "그냥, 사는 게 이런 것 같다"(12면)는 식으로 살았던 건 아니지 않았을까. '자기 의견'을 내세우고도 '깜박'해버림을 안 당한 수많은 선수들이 있었기에 세상이 그나마 여기까지 왔고 지금 같은 말기국면에서도 '2교시'를 꿈꿀 수 있는 것 아니겠는가.

'다음은 무엇?'을 모색하는 문학

아무튼 문학을 한다는 사람들조차 '1교시'의 현실에 매몰되어 근본적인 물음을 망각하는 경우가 숱한 시대에 『펑퐁』이 '2교시'의 가능성을 진지하게, 그러면서도 '촛불'의 정신과도 통하는 경쾌하고 자유분방한 기법으로 제기했다는 점은 높이 사줄 만하다. 인류의 1, 2교시 전환을 기존 인류사회의 '언인스톨' 수준의 획기적 변동으로 파악하는 관점은 19세기 후반 이래로 한반도의 자생종교들이 줄기차게 설파해온 '후천개벽(後天開闢)', 즉 '선천시대(先天時代)'에서 '후천시대(後天時代)'로의 대전환과 상통하는 시각이다. 지난여름의 촛불집회가 단순히 미국산 쇠고기 반대운동이나 정권규탄운동이 아니라 후천개벽의 징표이기도 함을 가장 열정적으로 역설해온 것은 김지하(金芝河) 시인인데, 나 자신도 그런 주장에 기본적인 공감을 표한 바 있다(소태산아카데미 강연 「변혁적 중도주의와 소태산의 개벽사상」, 2008. 9. 30(졸저 『어디가 중도며 어째서 변혁인가』, 창비 2009에 수록)). '촛불 이후'의 시각을 이렇게 설정한다면 앞서 『핑퐁』의 결말에 관해 피력한 아쉬움은 작가가 후천개벽의 예감을 전하면서도 후천시대에 대한 확고한 신념과 경륜에는 미흡한 바 있으며, 선·후천이 바뀌는 '선후천 교역기(先後天交易期)'의 난맥상을 선천시대 전체에 소급 적용하는 폐단도 없지 않다고 할 것이다.

물론 이것은 『핑퐁』의 주제를 나 역시 '자유분방'하게 확대해본 것으로, 박민규로서는 가당찮게 큰 틀에 그의 작품을 끌어넣는다고 생각할 수 있다. 아니, 그 특유의 냉소와 조롱을 살지도 모르겠다. 그러나 '지구'와 '인류'를 들먹이고 '인류의 2교시'가 기존 인류의 '언인스톨'을 요할 정도의 거대한 전환임을 제시한 것은 바로 『핑퐁』이며, 그러한 상념 자체도 냉소하지는 않는 것이 이 작품의 건강성이다. 반면에 그런 기본적인 건강성에도 불구하고 '2교시'에 대한 탐구에 치열성이 부족하기 때문에 '1교시'를 서술하는 과정에서도 다분히 습관화된 재담으로 흐르는 대목이 있다는 비판도 가능할 것이다.

아무튼 촛불이 한국과 한반도에서 후천개벽의 진행을 실감케 했다면 미국에서 시작된 2008년의 금융시장 파탄과 전지구적 경제위기는 선천시대가 막바지에 이르렀음을 확인해준다. 지금이야말로 모든 분야에서 '다음은 무엇?'이라는 질문을 던지고 해답을 모색할 때이며, 이런 시대에 문학이 과연 무엇이고 어떠해야 하는가를 다시 물을 때이다.

세상의 전체 기존질서 밑에서 폭탄이 곧 터진다고 치자. 우리는 무엇을 추구할 건가. 어떤 감정을 가지고 새로운 시대로 넘어가기를 원하는가. 어떤 감정이 우리를 넘어갈 수 있게 해줄 것인가. 이 '민주적–산업적–사랑해요–어쩌고저쩌고–엄마한테데려다줘' 하는 식의 세상질서가 끝장났을 때, 새로운 질서의 원동력을 마련해줄 우리 속의 충동은 무엇일까.

'다음에는 무엇?' 이것이 나의 관심사다. '지금은 무엇!'은 더이상 재미가 없다. (D. H. Lawrence, "The Future of the Novel," 앞의 책 154면, 번역은 인용자)

그런데 '문학이란 무엇인가'라는 물음이 관념적인 논의로 흐르지 않으려면 개별 작품에 대한 개별 독자의 반응을 토대로 그 물음을 진행해야 하듯이, 후천개벽론도 허황된 거대담론에 머물지 않으려면 한국과 한국사회의 당면현실 및 세계체제의 현황에 근거한 분석과 대응책으로 구체화되어야 한다. 몇몇 동학들과 더불어 나 자신이 제창해온 것은 한반도 차원에서는 분단체제의 극복이요 남한사회 차원에서는 이런 변혁을 개혁운동의 핵심과제로 삼는 변혁적 중도주의이다. 이들 개념을 여기서 설명할 계제는 아니다. 다만 분단체제의 극복이 그 자체로 최종목표는 아니고, 어디까지나 세계체제의 변혁을 향한 한반도 나름의 도정인 동시에 현존 자본주의 세계질서에 대한 적응과 그 극복의 '이중과제'를 수행하는 방도일 따름이라는 점을 상기시키고자 한다.

이중과제론은 한편으로 '적응'에 치우쳐 순응주의의 겉치레가 되거나 다른 한편으로 '극복'에 몰두한 나머지 적응도 극복도 다 제대로 못하게 될 위험을 상시적으로 안고 있는 담론인 것이 사실이다. 그러나 정작 다른 대안이 있는지를 따져보면 답이 안 보이려니와, 문학의 세계에서는 이중과제의 수행이야말로 하나의 상식이라 일컬음직하다. 셰익스피어에 대해서는 워낙 해석들이 다양하지만, 자본주의 세계체제 도래의 불가피성을 인지하면서 동시에 그 극복의 필요성을 선각했기에 영국 근대문학·국민문학의 확고한 성과로 자리잡으면서도 '다음에 무엇?'을 말해주는, "새로운 질서의 원동력을 마련해줄 우리 속의 충동"을 내장한 오늘의 문학이 되었다는 해석이 『헨리4세』와 『햄릿』, 『리어왕』 같은 작품을 두고서도 얼마든지 가능하다. 자본주의의 전개가 훨씬 본격화된 시기의 발자끄, 디킨즈, 도스또옙스끼, 똘스또이 같은 작가가 근대세계의 과학과 실증의 정신을 수용하되 현존하는 세계에 대한 실증주의적 인식을 넘어 그 핵심적 모순을 파악하고 변혁의 전망을 열어주었다는 리얼리즘론 역시 예의 이중과제론과 통한다. 게다가 로런스의 『무지개』(The Rainbow)로 말하면 이중과제론의 소설적 교본이라 불러도 무리가 없을 정도다.

타율적인 근대편입과 뒤이은 식민지화, 분단 등의 난경 속에서 남들 못지않은 국민문학을 건설하되 이런 난경을 안겨준 근대 세계체제의 극복을 동시에 내다보겠다는 민족문학론의 취지도 한국문학의 예외적 입장이라기보다 앞에서 말한 '상식'의 한국적 표현이었다. 한반도 현실에 대한 인식이 세계체제의 일환으로서의 분단체제에 대한 인식으로 확장된 이제, 분단체제의 극복에 대한 문학의 기여를 모색하는 작업은 '분단체제극복문학'이라는 별개의 장르를 설정하여 '문학이란 무엇인가'라는 물음에 또하나의 섣부른 정답을 공급하는 행위가 아니다. 어디까지나 민족문학론의 초심을 계승하여 문학에 대한 물음을 한반도의 현실에 발딛고서 지속하는 하나의 방법인 것이다.

'문학이란 무엇인가'라는 물음이 필연적으로 세상에 대한 물음으로 이어지고 세상과 문학의 관계에 대한 물음이 된다는 점은 예술의 절대적 자율성이라는 이념에는 어긋나지만 결코 생소한 논리가 아니다. 이 친숙한 명제가 번번이 새로운 물음으로 진행될 수 있고 되어야 하는 것은 그 물음이 구체적인 작품의 창작과 수용을 통해서만 이행되는 물음이기 때문이다. 다만 내 경우 그 물음을 충실히 이행하기에는 국내외 작품에 대한 지식이 너무도 부족한 것이 아쉬움인데, 이 물음이 본질상 완결될 수 없는 성질이라는 사실에서 위안을 찾으며 훗날을 기약한다.

──『창작과비평』 2008년 겨울호

현대시와 근대성, 그리고 대중의 삶

1. 언어의 실험, 문학의 실험

문학의 정치성에 대한 논의가 요즘 활발하다. 특히 진은영(陳恩英)의 「감각적인 것의 분배─2000년대의 시에 대하여」(『창작과비평』 2008년 겨울호)를 계기로 한층 활기를 더한 느낌이며, 2000년대 한국문학에서 하나의 흐름을 형성한 새로운 어법의 시와 그 정치적 가능성이 집중적으로 논의되고 있다.

진은영의 글이 하나의 계기를 만든 데에는 여러가지 이유가 있을 터이다. 글 자체를 놓고 본다면 우선 스스로 주목받는 신예시인의 한 사람으로서 진솔한 개인적 고민에서 출발하여 동시대 많은 시인들의 문제의식을 대변했기 때문일 것이다.

사회참여와 참여시 사이에서의 분열, 이것은 창작과정에서 늘 나를 괴롭히던 문제이다. 나는 이 난감함이 많은 시인들이 진실된 감정과 자신의 독특한 음조로 새로운 노래를 찾아가려고 할 때 겪는 필연적 과정

일 거라고 믿고 싶다. (69면)

이런 고민에 따른 성찰을 그는 랑씨에르의 저서『감성의 분할』[1]을 소개하는 방식으로 진행하는데, 수많은 문헌 중에 자신의 논지에 딱 맞는 한권을 집어내어 그 내용을 깔끔하게 정리한 것 또한 글의 매력이며 만만찮은 내공이 엿보이는 대목이었다. '미학'이라든가 '감성'이라는 번역어의 문제점에 대한 인식도 정확하다. 예컨대 책제목도 '감각적인 것의 분배: 감성론과 정치'로 읽을 때 그 "말 자체에 이미 그의 문제의식과 결론이 압축적으로 표현되어 있다"(71면)는 점을 일깨워준다.[2]

그러나 진은영의 문제제기가 중요한 것은 무엇보다도, 랑씨에르의 '감성적 예술체제'에서 강조되는 '감각적인 것의 자율성'이 모더니즘 이론가들이 곧잘 내세우는 '예술의 자율성'과 다르다는 사실을 그가 분명히 인식하기 때문이다.[3] "랑씨에르의 관점에 따르면, 어떤 작품이 전통과 결별

---

1 자크 랑시에르 지음, 오윤성 옮김『감성의 분할―미학과 정치』(도서출판b 2008). 원저 Jacques Rancière, *Le Partage du sensible: Esthétique et politique* (2000)는 참조하지 못했고, 역자의 머리글 및 용어해설, 저자 인터뷰, 슬라보이 지젝의 후기 등이 함께 실린 영역본 *The Politics of Aesthetics* (tr. Gabriel Rockhill, Continuum 2004)를 주로 참고했다. 앞으로 이 책을 인용할 때 *PA*로 약칭하며 국역본의 면수도 병기한다. 다만 번역은 국역본을 참고하되 영역본을 근거로 상당부분 수정을 가했다.

2 다만 더욱 정확한 이해를 위해서는 le sensible이 '감지된(및 감지 가능한) 것'을 뜻하며 '감각적인 것'의 통상적인 의미와는 구별됨을 덧붙일 필요가 있다. Esthétique를 '감성론'으로 옮기는 것 역시, aisthesis가 이성(logos)에 대비되는 감성(pathos)이 아니라 감각적 경험을 통한 지각작용도 포함한다는 점에서 꼭 맞는 번역은 아니다. 그러나 진은영 자신이 그러듯이 본고에서도 이런 점들을 전제한 채 기존 번역본의 용어를 혼용하기도 했다.

3 내가 보기에 강계숙(姜桂淑)「'시의 정치성'을 말할 때 물어야 할 것들」(『문학과사회』 2009년 가을호)도 랑씨에르의 '자율성' 개념을 일면적으로 이해한 예인 것 같다. 이 글은 싸르트르의 참여문학론과 랑씨에르의 미학의 정치성 논의를 대비하며 여러가지 섬세한 분별을 보여주고 생각거리를 제공하지만, 결국 "시는 예술로서 언제나 자율의 영역에 있"(388면)고 다만 '해석'을 통해 정치적 지평으로 옮겨질 뿐이라는 다소 거친 ─ 어떤 점에서는 시와 산문에 대한 싸르트르의 이분법적 인식을 계승하는 ─ 이분법으로 끝

하여 모험적인 실험을 시도했다는 사실만으로 새로운 감성적 분배에 참여했다고 할 수는 없다. 다시 말해 미학적-감성적 체제에서는 시도되는 모든 새로운 실험들이 감성적 특이성을 지닌 것이 아니다. 예술의 정치적 잠재성은 (…) 예술의 자율성이 아니라 감성적 경험의 자율성에 의해 규정된다."(77면)[4] 그리하여 "삶과 정치가 실험되지 않는 한 문학은 실험될 수 없다"(84면)는, 감당하기 결코 수월치 않은 결론에 도달하는 것이다.

독자로서는 그런 실험이 진은영 자신이나 동시대 시인들의 문학에서 얼마나 수행되고 있는지를 구체적인 작품을 놓고 말해주었더라면 하는 아쉬움을 느낄 법하다. 그러나 창작자의 입장에서 자신이나 동료의 작업을 평하기가 껄끄러운 면도 있었을 테고 섣부른 작품론이 글의 짜임새를 흩어놓을 수도 있으므로 작품론이 없었던 점을 탓할 일은 아니다. 실제로 그 작업은 평론가의 몫인데, 나 자신은 이 분야에 너무 생소한 탓에 본고의 논지가 요구하는 범위 안에서의 단편적인 진술로 그칠까 한다.

진은영 자신의 시는 "의미의 가독성을 의도적으로 포기하거나 부정하고 기묘함을 극단화"(82면)하는 흐름의 일부이긴 하되 극단적인 예는 아닌 것 같다. 첫 시집의 표제작 「일곱개의 단어로 된 사전」(『일곱개의 단어로 된 사전』, 문학과지성사 2003)만 해도 그 낱말풀이가 상식인의 의표를 찌르는 건 분명하지만 나름의 잠언적 가독성이 충분하다. 더구나 '자본주의'와 '문학' 항목을 보면 시의 정치성에 대한 시인의 고민이 랑씨에르와의 만

맺는다.

4 이 점은 랑씨에르가 『미학 안의 불편함』 같은 후속작업에서도 거듭 강조하는 그의 핵심 논지다(자크 랑씨에르 지음, 주형일 옮김 『미학 안의 불편함』, 인간사랑 2008; 원제 *Malaise dans l'Esthétique*, 2004). 예컨대, "이 (미학적-감성적) 체제 안에서 예술은 그것이 동시에 비예술, 즉 예술이 아닌 다른 것인 한에서 예술"이며, "한마디로 예술의 미적(-감성적) 자율성은 그것의 타율성의 다른 이름일 뿐"이라고 잘라 말한다(70면 및 113면; 영역본 Jacques Rancière, *Aesthetics and Its Discontents*, Polity Press 2009, 36면 및 69면). 이 책에서의 인용문 역시 영역본을 참고해서 인용자가 손질했다.

남 훨씬 전부터 진행되었음을 알 수 있다.

> 자본주의
> 형형색색의 어둠 혹은
> 바다 밑으로 뚫린 백만 킬로의 컴컴한 터널
> ―여길 어떻게 혼자 걸어서 지나가?

> 문학
> 길을 잃고 흉가에서 잠들 때
> 멀리서 백열전구처럼 반짝이는 개구리 울음
> ―「일곱개의 단어로 된 사전」 2, 3연

동일한 시집의 「시(詩)」나 다음 시집의 「앤솔러지」(『우리는 매일매일』, 문학과지성사 2008) 같은 작품에서도 시에 대한 저자의 생각과 느낌을 읽는 데 넘기 힘든 벽은 없다. 그리고 후자에서 시인의 속에 있는 다섯명의 시인 중 기존의 공인된 유형 어느 것에도 속하지 않는 '엉터리'에 대해 저자는 은근한 자부심을 토로한다.

> 마지막 사람은 엉터리
> 서툰 시 한 줄을 축으로 세계가 낯선 자전을 시작한다
> ―「앤솔러지」 마지막 2행

그런데 그의 시들이 과연 세계의 '낯선 자전'을 얼마나 시작하고 있는가? 나로서는 쉽게 답할 수 없는 물음이지만, 「물속에서」 「나의 친구」(『우리는 매일매일』) 등 여러 매력적인 작품을 읽을 때, 그가 단순한 언어실험에 안주하지 않는 '문학의 실험'을 진지하게 수행하고 있다는 신뢰감이 든다.

가독성을 한층 눈에 띄게 부정하며 각광을 받은 최근의 예로『기담』(문학과지성사 2008)의 김경주(金經株)와『소설을 쓰자』(민음사 2009)의 김언을 들 수 있을 것이다. 특히 후자의 시집이 나의 주목을 끌었는데, '김언 시집 사용 설명서'라는 부제가 달린 신형철(申亨澈)의 해설이 이 난해한 시들을 되새겨보는 일을 도와주는 훌륭한 '고객' 써비스를 제공했다. 해설은 "이 책은 말을 **통해서**가 아니라 말에 **대해서** 뭔가를 하려 하는 책"[5]임을 강조하는데, 언어에 대한 기존의 생각을 뒤집는 발언 자체는 '백명의 민중'을 포기하고 '한명의 과학자'를 움직이라는 명령이건 '사건의 시학'이건(166면 및 190면) 지금쯤은 그다지 새로운 이야기가 아니다. 요는 정상적인 모국어 사용으로부터의 "전적으로 의도적인 일탈"(168면)이 어떤 언어를 낳았고 어떤 문학을 낳았느냐는 것일 터이다.

아무튼 김언의「문학의 열네 가지 즐거움」을 시 또는 문학을 거론하는 진은영의 작품들과 비교해보면 김언의 언어실험이 훨씬 '과격한' 것임을 실감할 수 있다.

> 아무 의미 없는 숫자를 말할 수 있다는 것
> 고통에 사족을 달아 줄 수 있다는 것
> 자기 전에 오줌을 누고 침을 뱉을 수 있다는 것
> 거품이 인다는 것 쓰레기를 버리지 않는다는 것
> 냄새나는 친구들과 집을 같이 쓴다는 것
> 밟히는 대로 걷고 숨쉬는 대로 말하고 이제는 참을성을 기르는 것
> 그럴 수 있다는 것 오줌을 참듯이
> 똥 마려운 계집애의 표정을 이해한다는 것
> 빨개진다는 것 벌게진다는 것 이것의 차이를

5 신형철「히스테리 라디오 채널─김언 시집 사용 설명서」, 김언 시집『소설을 쓰자』167면, 강조는 원문.

저울에 달아 본다는 것 눈금을 타고 논다는 사실
시소게임 하듯 사랑이 먼저냐 사람이 먼저냐
단어 하나에도 민감한 사상을 다 용서할 것
그럴 수 있다는 것 모처럼 좋아지려는데
여기서 시작하고 저기서 끝난다는 것
아니면

—「문학의 열네 가지 즐거움」 부분

여기서는 진은영처럼 기발하지만 잠언적인 의미로 찬 시론을 펼칠 의지가 ― 전혀 없다고는 할 수 없을지 몰라도 ― 훨씬 미약하다. 오히려 신형철이 「아름다운 문장」을 두고 쓴 표현을 빌리면 "시인의 의도가 아니라 말들 자신이 시를 끌고 간다"(183면)는 인상을 줄 정도로, '시론'에 대한 독자의 관념과 동떨어진 말들이 이어진다. 물론 이것이 통념을 뒤엎으려는 '의도'마저 잊은 채 진짜로 '말들 자신이 시를 끌고 간' 작품인지는 논란의 여지가 있다. 어쨌든 이 시만 해도 무의미한 언어유희는 결코 아니며, 말이 말을 낳는 재미와 더불어 생각을 촉구해주는 재미를 제공한다. 특히 바로 다음에 실린 짤막한 문답형의 시 「당신은」과 함께 읽을 때 오늘의 우리 사회와 문학에 대한 시인의 오연하고도 신랄한 비판의식이 작동하고 있음이 확인된다.

충분한 논의를 위해서는 더 많은 작품을 인용해가며 분석해야 할 것이다. 본고의 성격상 그 작업을 생략하지만, 자세히 논하고 싶은 작품 중 하나가 「분신」이다.[6] 신형철의 해설은 "다소 불친절한 방식으로 이 시는 '분

---

6 독자의 편의를 위해 전문을 인용한다. "그는 가만히 앉아서 사건이 되는 방식을 택하였다./얼굴이 공기를 감싸고 돈다. 윤곽은 피부를 헤집고 다닌다. 불이 붙는 순간//그 자리의 공기가 모조리 빨려 들어가는 입속에서 발견되는 사건들./기껏해야 몇가지 단어들의 기괴한 조합. 가령/과도한 자신감에 시달리는 남자가 보는 새들의 울창한 숲소리.//한 문

신'이라는 사건과 '말' 혹은 '문장'을 이어놓으면서 이 분신을 시작(詩作)의 은유로 읽게 만든다"(187면)는 점을 부각시키는데, 작품의 일면을 예리하게 꿰뚫은 통찰임은 분명하다. 나 자신은 그러나 이 시가 '분신'이라는 사건 자체를 독특한 언어로 포착한 점 — 사실주의적으로 모사한 게 아니라 언어로써 구현한 점 — 을 더 평가하고 싶다. 우리 사회에서 분신자살은 일단 정치적 저항의 의미를 띠기 십상인데, 김언은 그때마다 '열사'를 운위하는 태도와 거리가 멀고 신형철의 말대로 "특유의 무정한 스타일"(같은 면)을 구사한다. 그러나 냉소주의와도 무관하여 그 충격적인 순간을 사건화하는 데 성공한다. '말'이 제구실을 하는 좋은 예가 아닌가 한다.

최근의 한국시단에서 난해한 실험시가 어느덧 하나의 유행을 이루고 말았다는 우려는 그것대로 근거가 없지 않다. 하지만 진지하고 의미있는 언어실험을 수행하는 시인이 진은영, 김언 등 한둘에 머무는 것이 아님 또한 분명하다. 나 자신은 그런 작품을 널리 섭렵하지 못했고 개별적인 사례의 문학적 성취도를 가늠할 능력도 부실하다. 그러나 예컨대 김행숙(金杏淑)의 『사춘기』(문학과지성사 2003)와 『이별의 능력』(문학과지성사 2007) 같은 시집은 김언의 『소설을 쓰자』 못지않게 난해한 운산을 요하면서도, 어떤 점에서는 말들의 운행에 더욱 순수하게 몰입한 결과라는 느낌을 준다.

이런 시인들을 대하노라면 산사의 선방에 들어앉아 용맹정진하는 선승(禪僧)들이 연상되기도 한다. 속인의 눈에 그들은 세상일을 나몰라라 하며 무위도식하는 집단으로 보일 수 있고 실제로 그들 가운데 겉모양만 그

장씩 증가해 가는 연기를 따라서/뱀의 외모를 갖추어 가는 그의 사방이 이 자리에서 멈추고 저 자리에서 뭔다.//투명한 날짜를 지나서//그의 친구들이 온다. 그가 공기를,/가스라고 발음하는 순간에도 그것은 터지지 않고/다만 타오른다.//불타는 두개골 속을 들여다보는 자의 자기 시선과 과대망상. 협소한 두개골 내부의 끓는 뇌는//사건이 되기 전에도 그랬고 가만히 앉아서 사건을 저지른 후에도/그는 그 형태의 생각을 고집한다. 그는 움직이지 않는다./그는 그 자신의 고통을 앉은 자리에서 수행했다.//공기가 그를 도와주었다."(『소설을 쓰자』 128~29면)

럴듯한 '땡추'도 없지 않을 것이다. 하지만 이들의 수행이 있기에 불가(佛家)의 중생제도 사업이 가능한 것이며, 그런 의미로 일종의 특공대 임무를 수행하고 있는 셈이다. 다만 큰 깨달음이 세속의 현장에서 대중의 언어로 중생과 소통하는 능력을 수반하는 것이라면, 이런 대승(大乘)의 길을 위한 좀더 원만한 공부의 필요성도 부인할 수 없을 것이다.

2. 모더니즘과 모더니티

예술의 특공대원들이 곧바로 정치실험의 전위부대로 나선 경우도 드물지 않다. 진은영의 문제제기에서 출발하여 바로 그런 사례들을 서구문학사에서 찾아본 것이 이장욱(李章旭)이다(「시, 정치 그리고 성애학」, 『창작과비평』 2009년 봄호). 그는 이 작업을 현대예술에서 '새로움이라는 역설'에 대한 검토와 함께 진행하는데, 두 가지 모두 "문학의 자율적 영역이 세계와 만나는 절합 지점에 대한 질문"(297면)과 연결되어 있다. 이때 문학의 자율성을 두고, "자율성을 신화화하는 소위 예술지상주의적 태도는 치기만만한 것이지만, 반대로 삶/정치의 내부로 환원될 수 없는 이 '잉여' 혹은 '불순물'이 바로 문학의 가치"(311면)라는 그의 주장은 표현을 달리했을 뿐 랑씨에르와 진은영의 논지에 이어지며, 예술의 '자율성'은 '반 자율성'(semi-autonomy)으로 재정립되어야 한다는 프레드릭 제임슨의 주장과도 기본적으로 일치한다.[7]

이장욱은 "삶과 예술의 관련성이 극도로 일치했던(혹은 일치시키고자했던) 예들"(304면)을 주로 20세기 서양에서 찾아본다. 볼셰비끼 혁명 직후 러시아의 레프(Lef, 예술좌익전선), 사회주의리얼리즘이 관제화되기 전

---

[7] Fredric Jameson, *A Singular Modernity: Essay on the Ontology of the Present* (Verso 2002), 160면.

초기형태로서의 유물론 미학, 마리네띠(F. Marinetti) 등 이딸리아의 미래파, 20세기 중반 프랑스의 『뗄껠』(Tel Quel)지 집단이나 '국제상황주의' 집단 등, 그 사례는 풍부하고 다양하다.[8] 그러나 이장욱의 지적대로 "삶의 실험과 문학적 실험의 일치에 대한 전위의 기획이 파탄을 맞이한 것은 러시아만의 현상이 아니다."(307면)

이에 대해 이장욱은, "하지만 이 경험들을 실패 사례라고 할 수 있을 것인가? 이 사례들로부터 모종의 암시와 열기를 느낀다는 것은 또다른 문제가 아닌가? 명약관화한 답을 제시할 수는 없으되, 그 없음으로써 더 나아갈 수 있는 것이 또한 문학이 아닌가?"라고 물으면서, "정답이 없는 물음을 계속하는 것, 그것이 문학이다"(310면)라는 명제로 나아간다. 이 명제 자체는 십분 공감할 만하다. 그러나 이런 타당한 명제와 저들 사례에서 느끼는 "모종의 암시와 열기"를 구실로 실패의 엄중함을 직시하는 작업을 회피하는 면도 있지 않을까?

명약관화한 답을 구하는 건 아니다. 그러나 "삶과 문학의 순연한 일치라는 또다른 이상주의의 산물"(305면)이라는 점에서 이들 기획의 실패는 이장욱 스스로 강조한 바 있는 '리얼리즘'—사실주의가 아니라 '이상주의에 반대되는 현실주의'로서의 리얼리즘—의 실패였음을 부인하기 어렵다.

이제 시인은 이 세계에 포함되어 있는 자기 자신을, 요컨대 그 '폐허'에 내속되어 있는 자기 자신을 응시한다. 그것은 '아름다운 영혼'(헤겔)의 '타락'을 스스로에게 용인하는 일이며, 심지어 그것을 요청하는 일

---

8 마야꼽스끼(V. Mayakovskii) 등 러시아 사례들에 대한 훨씬 충실한 논의로는 이장욱 『혁명과 모더니즘—러시아의 시와 미학』(랜덤하우스중앙 2005) 참조. 이 책에서 저자의 비평적 맛썰미는 아흐마또바(A. Akhmatova), 빠스쩨르나끄(B. Pasternak), 브로드스끼(I. Brodskii) 등의 다양한 '서정시'를 아우를 만큼 포용성이 큼을 확인할 수 있다.

이기까지 하다. 이 '타락'은 자신의 삶이 이 세계에 대해 외부적 존재가 아니라는 자명한 사실을 응시하는 것이며, 이로부터 세계의 타락을 넘어설 '시'를 발생시키기 위한 조건이다. 이것은 위험한 리얼리즘일 터이다. 하지만 이것은 혹시, 불가피한 리얼리즘은 아닌가? (302~303면)

저들 이상주의자는 정치의 세계에 뛰어들기를 마다하지 않았다는 점에서 '타락'을 외면하지 않았다고 할 수 있다. 하지만 "삶과 예술의 관련성이 극도로 일치"할 수 없는 세상에서 (이장욱이 세심하게 괄호 안에 토를 달아놓은 대로) "일치시키고자 했던" 그들은 결국 '시'를 발생시키는 기본조건에 온전히 충실했달 수 없다. 비유컨대 참선공부에서 일정한 경지에 달했다고 곧바로 경세사업에 뛰어든 승려처럼 파국을 기약한 꼴이었다. 우리는 저들의 열기와 부분적 성취에 충분한 경의를 표하면서도—또한 그 누구도 완전한 성공을 거둘 수 없는 것이 세상 이치임을 인정하면서도—그것이 사업의 실패인 동시에 원만한 공부의 실패인 점을 되새길 일이다.

근대예술에서 삶과 예술의 관계를 제대로 성찰하려면 시야를 넓혀볼 필요가 있다. 이장욱의 사례들이 다소 편중된 데는 지면의 제약도 분명 있었을 것이다. 그러나 '현대예술'과 '모더니티' 같은 개념의 용법을 보면 또다른 요인도 작용한 것 같다. 그가 검토대상으로 삼은 '현대예술'이나 진은영을 인용하며 언급한 '모더니즘', 꽁빠뇽(A. Compagnon)의 저서가 다루는 '(미적) 모더니티'는 대동소이한 것으로 그 상이한 용어 자체가 혼란스러울 것은 없다(이장욱, 297면 및 300면). 그러나 또다른 인용대상인 마셜 버먼의 '모더니티'만 해도 그 외연이 한결 넓으며,[9] 만약 '모더니

---

9 버먼은 첫 장을 괴테의 『파우스트』론으로 시작하여 2장에서 맑스의 『공산당선언』을 논하고 '근대화'(modernization)를 논한 뒤에야 제3장의 보들레르론으로 나아간다. 뻬쩨르부르그의 모더니즘을 다룬 4장의 논의에는 20세기의 전위들 외에 뿌슈낀, 고골, 체르느

티'를 '근대' 또는 '근대성'으로 번역한다면 대대적인 시각조정이 필요해진다. 특히 근대를 세계사 속에서 자본주의의 시대로 이해할 경우, 그 내부의 비교적 새로운 시기로서의 '현대'와 '현대 이전의 근대' 사이에 어떤 단절과 연속성이 있는지에 대해 세심한 검토가 요긴해지는 것이다.[10]

근대(모더니티)의 진행과정에서 — 더욱이 예술 분야에 주목할 때 — 보들레르(C. Baudelaire)가 하나의 "기원으로 정초된"(301면) 점은 상당한 설득력을 갖는다. 그러나 '현대'나 '현대 이전'이나 모두 자본주의 근대로서의 공통성을 지닌 점을 외면하거나 보들레르 이전에도 예의 '현대예술'적 특성을 보여주는 사례들이 풍부하게 존재한다는 사실을 경시하게 되면, 김수영(金洙暎)의 '온몸'을 끌어낸 이장욱의 '성애학'이 원만해지기 어렵다.

> 오늘의 이질적인 시적 경향들은 어떤 것이 저 은유적인 '온몸'에 조응하는 것인지를 두고 경합한다. 어떤 시가 제 삶을 떠나 머릿속의 가상을 창안하는 데 머무르고 있는지, 어떤 것이 그것으로 일종의 자기위안에 안주하고 있는지, 어떤 것이 제 '몸'의 외부에 완성되어 있는 틀의 반복에 머물러 있는지를 상호 조명한다. (313면)

이는 전적으로 공감이 가는 주장이다. 다만 이때의 '경합'이 온전히 작동하려면 그 참가범위가 특정한 '모더니티'의 개념, '현대예술' 개념을 기준으로 제한되지 않아야 한다. 엄연히 근대의 공동산물인 온갖 '이질적인

이쎕스끼, 도스또옙스끼 등이 중요하게 등장한다. 이 책의 부제를 '근대성의 경험'이 아닌 '현대성의 경험'으로 번역하는 게 맞는지부터가 의문이다. Marshall Berman, *All That Is Solid Melts Into Air: The Experience of Modernity* (Verso 1983).

10 '근대'에 대한 나 자신의 인식과 '모더니티'라는 영어의 번역에 따르는 혼란에 대해서는 졸저 『한반도식 통일, 현재진행형』(창비 2006) 246~47면 참조.

시적 경향들'이 그야말로 자유롭게 자기 몫을 주장하며 경합할 수 있는 열린 마당이 필요할 것이다.

3. '미학적-감성적 예술체제'와 근대예술

랑씨에르의 세 가지 '예술체제'— 플라톤으로 대표되는 '윤리적 체제'(ethical regime)와 아리스토텔레스가 처음 이론화한 '시학적-재현적 체제'(poetic-representative regime) 그리고 근대(또는 현대) 특유의 '미학적-감성적 체제'(aesthetic regime)— 에 관해서는 진은영의 소개(앞의 글 72~80면)를 출발점으로 삼아도 무방하리라 본다. 그런데『감성의 분할〔감각적인 것의 분배〕』에서 이들 예술체제를 설명하는 대목은 '예술체제들에 대하여 그리고 모더니티 개념의 결함에 대하여'(Artistic Regimes and the Shortcomings of the Notion of Modernity)로 되어 있다. 예술체제론이 곧바로 모더니티 논의로 연결되는 것이다.

랑씨에르가 모더니티 개념의 '결함'을 말하는 까닭은, 그것이 미학적-감성적 예술체제의 특성에 주목하는 대신 '낡은 것에서 새로운 것으로' '재현에서 비(非)재현 또는 반(反)재현으로' 같은 순차적 이행의 개념을 앞세우기 때문이다(*PA* 24면, 국역본 31면). 그는 이런 식의 단순화에 따른 모더니즘의 이념이야말로 근대적 예술체제의 불가피한 혼란스러움을 제거하고자 발명된 '방벽'이라고 못박는다.[11] 따라서 모더니즘이 단순화해놓

---

11 "Against this modern disorder, a rampart has been invented. This rampart is called modernism." (*Aesthetics and Its Discontents*, 68면; 국역본 114면) 물론 이때 그가 비판하는 것은 모더니즘 예술 그 자체가 아니라 "예술의 자율성을 고수하고자 하지만 그 자율성의 다른 이름인 타율성을 받아들이기를 거부하는"(같은 면) 예술이념이다. 이 점에서도 그는 '이념으로서의 모더니즘'을 모더니스트들의 실제 활동과 구별한 제임슨과 일치하며(*A Singular Modernity*, Part II 'Modernism as Ideology'), 루카치의 모더니즘

은 이런 '모더니티'와 단절했다고 자부하는 '포스트모더니즘' 역시 미학적-감성적 예술체제의 근대적 성격을 호도하는 것으로 보면서 '모던/포스트모던' 간의 '단절'을 부정하는 것이다.[12]

그런데 랑씨에르 자신의 '모더니티'가 '근대'와 '현대' 어느 쪽에 가까운 것인지는 분명치 않다. 한편으로 그는 발자끄를 포함한 세칭 사실주의 소설가들에 많은 논의를 할애함으로써 '보들레르 이후의 현대예술'이라는 현대주의적 국한을 넘어서는가 하면, 다른 한편 모더니티를 18세기 후반 이후, 즉 칸트와 실러 등의 미학론에서 '감성적 예술체제'의 이론적 기초가 세워진 이후로 설정하고 말라르메(S. Mallarmé)에 와서야 의식적인 예술기획으로 정립되었다고 보기도 한다. 아무래도 '현대예술'에 편중된 인상을 주는 것이다. 하지만 사실주의에 대한 그의 발언은 어쨌든 의미심장한데, 국내 논의에서는 별로 주목받지 못한 것 같다. 이 대목을 좀더 자세히 검토함으로써 '근대'의 성격을 둘러싼 혼란을 정리하는 데 일조할 수 있으리라 생각된다.

모더니즘의 모더니티 개념을 비판하는 대목에서 랑씨에르는 '재현적 예술체제'로부터의 이탈이 재현의 거부를 뜻하지 않음을 밝힌다.

미메씨스 밖으로의 도약은 결코 형상적 재현에 대한 거부가 아니다. 뿐만 아니라 그러한 도약의 시발점은 자주 사실주의(realism)라 불려왔는데, 사실주의는 결코 닮음의 중시(valorization of resemblance)를 의미하는 것이 아니고 닮음의 기능을 규정하던 구조들의 파괴를 뜻하는 것이다. 따라서 소설적 사실주의는 무엇보다도 재현의 위계들(묘사에 대

비판(Georg Lukács, *The Meaning of Contemporary Realism*, 1962, 제1장 'The Ideology of Modernism')과의 접점이 발견되기도 한다.

12 "There is no postmodern rupture." (*Aesthetics and Its Discontents*, 36면, 42면에도 똑같은 문장이 나옴; 국역본 70면 및 78면) 이 점에서는 제임슨과의 차이가 완연하다.

한 서사의 우위라든가 소재들 간의 위계질서 같은 것)의 전복(…)을 뜻하는 것이다. (*PA* 24면, 국역본 32면)

따라서 랑씨에르가 미학적-감성적 체제의 사례를 플로베르뿐 아니라 발자끄와 위고, 심지어 17세기 초의 『돈 끼호떼』에서도 찾아보는 것은 당연하다.[13] 그러나 『돈 끼호떼』나 발자끄의 『마을 신부』(*Le Curé de village*)에 관한 논의가 주로 '문학성'에 대한 이론적 검토를 위해 단편적으로 진행될 뿐 아니라,[14] 사실주의가 '닮음(즉 모사의 정확성)의 중시'로 환원될 수 없음을 명시한 대목에서도 '재현적 체제'의 위계질서를 전복한 점이 주로 강조되고 근대의 도래와 더불어 예술에서 사실적 재현이 남다른 의미를 갖게 된 점에 대한 인식은 미흡해 보인다.

한국평단에서는 '닮음의 중시'로 환원되지 않는 realism을 지칭하기 위해 '사실주의' 대신 '리얼리즘' 또는 '현실주의'라는 별도의 용어를 선호해왔다. 이러한 리얼리즘 문학의 의의를 고전주의와 대비해서 살펴본 나 자신의 발언을 좀 길지만 인용해본다.

---

13 같은 책 32면(국역본 43면) 및 Jacques Rancière, *The Flesh of Words: The Politics of Writing*, tr. Charlotte Mandell, Stanford University Press 2004 (원저는 *La chair des mots: Politiques de l'écriture*, 1998), 제2부 제2장 'Balzac and the Island of the Book'; 『돈 끼호떼』에 대해서는 후자의 제2부 제1장 'The Body of the Letter: Bible, Epic, Novel' 및 제3부 제1장 'Althusser, Don Quixote, and the Stage of the Text' 참조.

14 랑씨에르의 littérarité(영어로는 literarity)가 '문학성'으로 번역되면서 '문학을 문학으로 성립시키는 고유의 예술적 본질'을 연상케 되는 문제가 생긴다. 그러나 *The Politics of Aesthetics* 영역자의 용어해설(87면)이 강조하듯이 랑씨에르가 뜻하는 바는 거의 정반대다. 그것은 재현적 예술체제에서 예술과 예술 아닌 것 사이 — 문학에서라면 '순문예'와 '비문학' 사이 — 의 차별과 위계질서를 허물고 문자로 된 온갖 생산물이 자유롭게 유통되는 '민주적 체제'를 가리키는 것이다. 그렇다고 이 단어를 '문자성'으로 번역할 수는 없지만, '예술의 자율성' 이념을 강화하는 개념으로 오용되지 말아야 할 것이다.

장르의 혼합 현상과 더불어, 리얼리즘 문학에 이르러 소멸되다시피 하는 또하나의 고전적 구별은 이른바 스타일(문체·양식)의 분리 원칙이다. (…) 이것 역시 단순한 양식상의 문제가 아니다. 변화하는 역사, 곧 예전과 달라진 세계와 예전과 달라진 인간의 세계인식의 산물인 것이다. 그 결과는 앞서 거론했던 아리스토텔레스 시학의 명제 자체에 일정한 수정을 가할 만큼 엄청나다면 엄청나다. 즉 문학은 실제로 일어났기보다 일어남직한 일을 말해준다는 대원칙만은 그대로 남는다 해도, '일어남직한 일'의 정립에 있어서 실제로 일어났던 일, 일어나고 있는 일, 일어날 수밖에 없거나 일어나야 마땅한 일 들에 대한 사실적(事實的) 인식——아리스토텔레스의 표현을 빌린다면 '역사가'의 인식——이 전혀 새로운 비중을 차지하게 되는 것이다. 사실주의의 사실성(寫實性)이 갖는 본질적 의의는 바로 이러한 역사인식·세계인식의 전환에서 찾아야 할 것이다.[15]

그렇다고 '재현' 또는 '현실반영' 그 자체를 예술의 본분으로 설정하는 데 동조하는 것은 아니다.[16] 진리의 세계가 사실과 현상으로부터 격리된 것이 아니고 개별적인 사실이 곧 일반적 진실을 담을 수 있다는 이런 인식이야말로 오히려 '미학적-감성적 예술체제'의 속성이랄 수 있으며 랑씨에르가 강조하는 새로운 예술의 '민주적' 성격과 부합한다.

　　랑씨에르가 리얼리즘론이라는 특정 담론에 얼마나 정통한가를 여기서 따지자는 것은 아니다. 다만 한국에서의 리얼리즘 논의를 제대로 되새기고 천착할 때, 랑씨에르 예술체제론의 중요한 통찰들을 그것대로 수렴하면서 근대예술의 전개과정에 대해 훨씬 원만한 이해가 가능하지 않을지

---

15 졸고「리얼리즘에 관하여」,『민족문학과 세계문학 2』, 창작과비평사 1985, 372면.
16 같은 책의「모더니즘 논의에 덧붙여」중 '리얼리즘론에서의 "현실반영" 문제'(443~46면) 및 졸고「로렌스와 재현 및 (가상)현실 문제」,『안과밖』1996년 하반기호 참조.

를 생각해보자는 것이다. 예컨대 그가 편의적으로만 거론하는 세르반떼스라든가 (내가 읽은 범위에서는) 별로 관심을 안 보이는 셰익스피어 같은 근대 초기의 작가들이야말로 리얼리즘 문학의 거장인 동시에 미학적–감성적 예술체제로의 전환에 결정적인 역할을 한 예술가들이라는 점을 온전히 인식하기에 유리한 관점이 그러한 리얼리즘론이다. 동시에 블레이크나 워즈워스의 시,[17] 그리고 소설에서 발자끄뿐 아니라 스땅달, 디킨즈, 도스또옙스끼, 똘스또이 등의 문학이 그런 성취의 맥락에 놓이며, 플로베르나 말라르메에 이르러 그중 어느 부분──통상적인 리얼리즘론에서 간과되기 쉬운 부분──이 더욱 첨예해지긴 하지만 동시에 그 분야의 '특공대 작전'으로 왜소화된 면도 있다는 인식이 가능해지는 것이다.

이러한 리얼리즘론은 동시에 근대에 대한 '적응과 극복의 이중과제'라는 관점으로 이어진다. 자본주의 근대 속에서 최근 시기의 '현대성'에 과도하게 집착하는 모더니즘은 강렬한 근대극복 의지를 과시하지만 실제로 의도한 만큼의 극복을 달성하지 못할뿐더러 많은 경우 과거의 예술보다

---

17 워즈워스가 대표하는 근대(현대?) 서정시의 '혁명'에 대해 랑씨에르가 *The Flesh of Words* 제1부 제1장에서 길게 논의하는 것은 사실이다. 그러나 여기서도 고대의 시학에서 독자적인 위상이 없던 '서정시인의 자아'의 탄생이 갖는 정치적 의미에 주로 관심을 돌리고, (광의의) 리얼리즘 문학의 성취로서 워즈워스의 시가 갖는 의미는 그다지 주목하지 않는다. 양창렬과의 최근 인터뷰(양창렬 「자크 랑씨에르 인터뷰──'문학성'에서 '문학의 정치'까지」, 『문학과사회』 2009년 봄호)에서 그는 『서정담시집』(*Lyrical Ballads*)의 1800년 서문을 언급하며 "시가 비범한 인물의 정신상태만을 대상으로 삼는 것이 아니며, 농부나 평범한 인간의 머릿속에서 스쳐가는 것 역시 시의 주제가 될 수 있다고 말했지요"(445면)라고 하면서 역시 장르 간 위계의 붕괴라는 면에 초점을 둔다. 그러나 영국 시의 역사에서 워즈워스는 그에 앞서 셰익스피어 등 16, 17세기 시극작가들(및 존 던John Donne 같은 서정시인들)이 그러했고 20세기 초에 T. S. 엘리엇 등이 또 그러하듯이 시의 언어를 동시대인이 실제로 사용하는 구어에 가깝게 쇄신했다는 점이 '위계의 파괴' 못지않게 중요하다(졸고 「시와 민중언어──워즈워스의 『서정담시집』 서문을 중심으로」, 『민족문학과 세계문학 1』, 창작과비평사 1978; 합본평론집, 창비 2011 및 본서 제2부의 「'감수성의 분열' 재론──현대 영시에 대한 주체적 접근의 한 시도」 참조).

훨씬 손쉽게 자본주의 소비문화에 편입되곤 하는데, 이것이 앞시대의 대가들—또는 20세기에 와서도 토마스 만(Thomas Mann)이나 로런스(D. H. Lawrence) 같은 '덜 전위적'인 작가들—이 보여준 '이중과제'에 대한 한결 원숙한 접근과 무관하지 않으리라는 것이다.

여기서 3개의 예술체제라는 랑씨에르의 분류법 자체를 다시 살펴볼 필요가 있다. 그 자신이 거듭 강조하듯이 '재현적 예술체제'와 '미학적-감성적 예술체제' 사이에 엄격한 단절은 없다.[18] 하지만 '미메씨스'를 장르와 양식 및 소재에 따른 엄격한 위계질서의 시학—아리스토텔레스의 시학에서 기원하지만 실은 근대의 신고전주의에 와서 더 엄격히 적용되는 시학—이라는 의미의 '재현적 체제'(representative regime 또는 mimetic regime)로 규정함으로써 일반적인 의미의 미메씨스(mimesis) 내지 재현이 모든 예술체제에 공존한다는 사실이 흐려지고 만다. '재현적 체제'의 문제점이 신고전주의적 규범 문제로 축소되기 십상인 것이다.[19] 게다가 미메씨스의 인식론적 기능을 예술성의 기준으로 삼지 않으면서도 재현의 인식기능을 수용하는 예술론이 고대·중세·근대의 작품에 두루 적용될 수 있다는 점도 제대로 검토되지 못한다.

그런 점에서 '윤리적 체제' 논의 역시 다분히 일면적이다. 플라톤이 그의 이상적 공화국에서 시인을 배제한 것이 예술에 대한 윤리의 우위를 설정한 것임은 분명하다. 그러나 플라톤이 시의 독자적 영역에 무감각했던 것은 아니다. 「이온」(Ion)편에서 시인의 '영감' 내지 '광기'를 설파한 것이 훗날 낭만주의의 천재론을 오히려 북돋운 데서 보듯이, 그는 시 특유의 기술과 성능이 있음을 인정했고 다만 교육적으로 바람직하지 않은 것이라고

---

18 앞에 참조한 PA 24면 및 양창렬과의 인터뷰 450~51면.
19 그는 이 체제를 poetic regime이라고도 부르는데 이때의 poetic은 (국역본이 잘 번역했듯이) '시적'이 아니라 '시학적'이라는 뜻이며, 프랑스문학에서 유달리 위력을 발휘했던 고전주의적 시학을 염두에 둔 개념이 아닌가 한다.

배척했을 뿐이다. 그리고 이렇게 배척하는 데 기준이 된 것이 바로 미메씨스의 진실성 문제다. 다시 말해 플라톤의 '윤리적 체제'와 아리스토텔레스의 '시학적-재현적 체제' 사이에도 무시 못할 연속성이 존재하는 것이다.

물론 어떤 윤리적 명제를 앞세워 예술을 억압하거나 추방하는 것은 그것이 진부한 도덕주의의 표현이건 '사회주의리얼리즘'이나 나찌의 '민족사회주의' 같은 그때그때의 정치적 정답을 강요하는 것이건 받아들일 수 없는 일이다. 나아가 '예술작품의 부담없는 즐김'을 표방하거나 반대로 '비인간적인 것' 또는 '숭고한 것'을 내세운 현대의 한층 교묘한 윤리적 예술론 또한—— 랑씨에르가 『미학 안의 불편함』에서 '윤리로의 선회'라는 제목으로 날카롭게 분석하듯이('The Ethical Turn of Aesthetics and Politics,' *Aesthetics and Its Discontents*)—— 경계해야 옳다. 그러나 윤리적 충동 자체는 인간의 모든 언행에 묻어나게 마련이며 예술의 '효용' 또한 정도의 문제요 그 좋고 나쁨의 문제일 뿐 실제 작품에서 결코 제거할 수 없는 요인이다.

물론 이런 윤리적 차원과 현실적 효용은 '예술의 자율성'이 아닌 '감각체험의 자율성'에 근거한 예술이 태생적으로 내장하고 있다는 것이 랑씨에르의 주장이다. 따라서 그것을 환기하는 일이 그의 '미학적-감성적 예술체제' 개념에 대한 반론이 될 수는 없다. 다만 예술작품은 아마도 태곳적부터 윤리적이고 재현적이면서 미적(=감각체험적)이기도 했으리라는 점이 랑씨에르적 분류법을 도식적으로 적용함으로써 간과되지 말았으면 하는 것이다.

4. 시적인 것과 대중의 삶—— 결론을 대신하여

랑씨에르에 대한 극히 한정된 독서를 바탕으로 그의 예술체제론을 비판적으로 검토해본 것은 한국시의 현장으로 되돌아오기 위해서였다. 첨단의 언어실험을 감행하는 일군의 시인들을 선승에 빗댄 바 있지만, 대중에 대한 불신과 때로는 경멸마저 포함하는 일종의 엘리뜨주의를 느끼게 되는 것이 '미학적－감성적 예술체제'에 대한 배타적 지지와 무관하지 않을지도 모르기 때문이다. 참선수행을 통해 저 하나 깨끗이 간직하는 것[獨善其身]도 대단한 일이긴 하지만 궁극에는 중생의 마음이 곧 부처 마음이요 성불(成佛)과 제중(濟衆)이 둘 아님을 망각하고 자기만이 옳다는 '독선'으로 흘러서는 곤란하듯이, '감각적인 것의 배분'을 바꾸는 시적 돌파가 반드시 난해한 언어를 통해서만 이루어진다고 고집할 일은 아니다. 더욱이 대중이 감동하거나 위안을 느끼는 예술을 원천적으로 배제하는 태도는 경계할 일이다.[20]

아무튼 이장욱이 제의한 이질적인 시적 경향들 간의 경합을 활성화하기 위해서도 일견 익숙한 감동을 제공하는 것으로 보이는 시들을 미리부터 제외하지 말아야 하며, 그런 시 또한 감각체험의 특이성을 구현하는 것 아닌지를 사안별로 판별하는 일이 중요하다.

예컨대 정지용(鄭芝溶)의 「향수(鄕愁)」를 보자. 제목 그대로 향수라는 낯익은 정서를 환기하는데다 친숙한 토속적 언어로 씌어졌고 노래가사로도 이름난 작품이다. 하지만 이를 '낡은 서정'으로 간단히 제외해버린다면 '온몸'의 시를 향한 '경합'을 사전에 제약하는 꼴이 아닐 수 없을 것이

---

20 물론 '감동'도 여러 질이며 '위안'도 마찬가지다. 특히 후자의 경우 대중의 현실순응을 부추기는 기능을 문제삼는 것이 당연하다. 그러나 이에 관해서도 프랑꼬 모레띠는——나로서 동의할 수 없는 입장이지만——하피(Harpy: 상반신은 여자고 날개와 꼬리, 발톱은 새인데 그리스신화에서 죽은 사람의 영혼을 저승으로 데리고 감)에 물려가는 영혼이 불가피한 운명을 받아들이듯이 비극적인 현실을 수용하게 하는 '현실원칙'을 대표하는 것이 문학이라고 주장한다(Franco Moretti, *Signs Taken for Wonders*, tr. Susan Fischer et al., Verso 1983, 제1장 'The Soul and the Harpy: Reflections on the Aims and Methods of Literary Historiography').

다. 오히려 이 시야말로 누구나 쉽게 읽지만 결코 아무나 쓸 수 없는 난작 (難作)의 시가 아닐까 싶다. 이 점은 같은 애창곡 가사인 이은상(李殷相)의 「가고파」에 비교할 때 실감된다. 어릴적 고향의 평화로운 바다를 "꿈엔들 잊으리오"라고 그리워하며 "가고파라 가고파"를 호소하는 작품과는 표현 하나하나의 구체성도 격이 다르거니와, "그곳이 참하 꿈엔들 잊힐리야" 를 되뇌는 '나'의 정서 자체가 질이 다르다.

> 흙에서 자란 내 마음
> 파아란 하늘빛이 그립어
> 함부로 쏜 화살을 찾으려
> 풀섶 이슬에 함추름 휘적시던 곳,
>
> (민영·최원식·최두석 편 『한국현대대표시선 1』 증보판, 창비 1993, 89~91면)

처음부터 '이향(離鄕)'을 꿈꾸었던 자아를 ── 지용의 다른 시 「고향」의 표현을 따르면 "마음은 제 고향 지니지 않고/머언 항구로 떠도는 구름" 인 그런 복합성을 ── '향수'를 노래하는 중에도 의식하고 있다. 바로 이어 지는

> 傳說바다에 춤추는 밤물결 같은
> 검은 귀밑머리 날리는 어린 누이와
> 아무렇지도 않고 여쁠 것도 없는
> 사철 발벗은 안해가
> 따가운 햇살을 등에 지고 이삭 줍던 곳,

을 그리워하는 다음 연에서 어린 누이가 거의 전설적인 면모를 얻는 반 면, 아내에 대한 정서는 사뭇 다르다. 복합적이며 미묘하기까지 하다. 그

82

시절의 관습대로 결혼했던 신지식인 남성 대다수처럼 무덤덤한 감정이지만, 상당수의 경우와는 달리 본처를 버렸거나 버리려는 태도와는 거리가 멀다. 오히려 '이삭 줍던 곳'이라는 장소를 매개로 아내 또한 '향수'의 대상으로 자리잡는다. 「향수」가 이처럼 적확하고 생생한 언어구사로 상투적 감정의 틀을 깨는 데는 저자가 "함부로 쏜 화살"처럼 객지를 돌며 세련된 모더니스트의 안목을 획득한 점도 긴요하게 작용했을 것이다.

전혀 다른 정서지만 가독성이 높은 시의 또다른 예를 들어보자.

아편을 사러 밤길을 걷는다
진눈개비 치는 백리 산길
낮이면 주막 뒷방에 숨어 잠을 자다
지치면 아낙을 불러 육백을 친다
억울하고 어리석게 죽은
빛 바랜 주인의 사진 아래서
음탕한 농짓거리로 아낙을 웃기면
바람은 뒷산 나뭇가지에 와 엉겨
굶어 죽은 소년들의 원귀처럼 우는데
이제 남은 것은 힘없는 두 주먹뿐
수제비국 한 사발로 배를 채울 때
아낙은 신세 타령을 늘어놓고
우리는 미친놈처럼 자꾸 웃음이 나온다

신경림(申庚林) 「눈길」의 전문이다. 비유라고는 "바람은 (…) 굶어 죽은 소년들의 원귀처럼 우는데"라는 직유(直喩) 하나뿐인 이 서술문들도 '아무나 쓸 수 없는 좋은 시'에 해당하는가? 그렇다면 어째서 그런가?

이런 '쉬운' 시일수록 그 물음에 답하기는 난감하다. 다만 이 시에 담긴 그 많은 이야기를 상상하면서 그것이 얼마나 압축적으로 제시되었는지를 설명하는 작업이 아마도 필요할 것이다. 다시 말해 '경합'에서의 탈락 여부를 가리는 기준으로 시인이 어떤 언어를 사용했느냐에 못지않게 어떤 언어의 사용을 억제했는지도 포함되어야 하리라는 것이다. 여기서는 개인적인 소회로 비평작업을 대신한다면, 「눈길」이 『창작과비평』 1970년 가을호에 「그날」 「파장(罷場)」 등과 함께 실린 것을 처음 읽었을 때 나는 형언할 수 없는 감동을 받았다. 이 시가 성취한 '재현'이 생생한 점도 있었고 재현된 내용의 '윤리적' 함의도 가세했을 것이다. 동시에 ── 그때는 물론 이런 용어를 쓰지 않았지만 ── 누구나 쉽게 이해할 언어만을 사용해서 이런 감동을 준 것 자체가 '언어의 실험'이자 '문학의 실험'으로 다가왔던 것이다.

「향수」나 「눈길」처럼 읽기 쉬운 시와 "의미의 가독성을 의도적으로 포기"한 전위적인 시들 사이에는 여러 종류의 중간적 사례들이 있게 마련이다.[21] 또한 김언이 시에 대한 통념을 깨는 시라는 의미에서 '소설'을 쓰자고 했는데, '시적인 것'을 추구하는 과정에서는 통념상으로도 소설 장르에 속하면서 심지어 대중적 감동을 불러일으키기도 하는 작품도 '온몸'의 이행을 향한 경합대상에 포함시켜야 할 것이다.

끝으로 '정치적인 것'에 대해 한마디 덧붙이고자 한다. 시인에게는 개인적 정치참여보다 작품의 정치성이 핵심문제고 작품은 사람들의 감성을 바꿈으로써 가장 본질적인 정치참여를 수행한다는 말은 맞다. 그리고 이 점에서도 랑씨에르가 통상적인 의미의 정치는 '치안'(la police, 영어의

---

21 박형준(朴瑩浚)은 「우리 시대의 '시적인 것', 그리고 기억」(『창작과비평』 2007년 가을호)에서 장석남(張錫南), 고형렬(高炯烈), 김사인(金思寅) 등을 그런 사례로 다룬 바 있다. 나 자신은 한 사람의 시세계 안에 초기 『만인보』의 누구나 쉽게 읽을 이야기 시와 선승의 난해한 언어를 망라하고 있는 고은(高銀)을 특별히 주목해왔다.

police)에 해당하고 참된 의미의 '정치'(la politique, 영어의 politics)는 예술을 통해서건 다른 방법으로건 '감지 가능한 것의 배분'을 재조정하는 작업이라고 지적한 것은 경청할 만하다.[22] 그러나 '치안'——물론 이는 랑씨에르가 말하는 치안으로 이른바 제도권 정치만이 아닌 온갖 정치행위를 뜻한다——에 대한 고민이 결여된 '정치'에의 관심이란 무관심과 무책임에 대한 일종의 알리바이로 기능할 우려가 없지 않다. 랑씨에르 자신도 '정치'와 더불어 '정치적인 것'(le politique, 영어의 the political)이라는 낱말을 거의 동의어로 쓰다가도 후자를 치안과 정치의 접점을 가리키는 말로 쓰기도 한다는데(PA, 용어해설 89면), 그렇기는 해도 근대국가의 나라살림을 남들보다 모범적으로 운영해온 국가 중 하나인 프랑스의 지식인이기에 '치안'에 대한 개입을 덜 중시했을지도 모른다. 그러나 제3세계라든가 분단체제의 변혁과정에 놓인 한국의 경우 치안의 영역이 극히 불안정하며 '감각적인 것의 분배'에 직접적인 영향을 미친다. 가까운 예로 '용산'만 해도, 우리 사회에서 '감지 가능한 것'의 구조에 대한 근본적인 반성을 촉구하는 사태인 동시에 경찰권과 사법권 같은 치안행위에 약간의 개입이 있고 없음에 따라 사람들의 삶에 엄청난 차이가 벌어지는 현장이 아닌가.

물론 정치적인 것에 대한 관심을 작가가 생활에서는 어떻게 실험하고 작품으로는 어떻게 구현할지에 대해 정해진 답은 없고, 창작을 위해 어떤 생활을 해야 된다고 강요하는 일은 백해무익이기 쉽다. 이 대목에서도 각자 자기 방식으로 치열한 실험을 진행하는 것이 바람직한 것이다. 다만 자기 나름으로 치열했기에 곧 정답을 찾았다고 생각한다면 문학을 또다른 관념의 틀에 가두는 결과가 되기 쉽다. 특공대의 용맹은 존중하

---

22 이런 구별은 이장욱이 원용한 샹딸 무페(Chantal Mouffe)의 '정치'(politics)와 '정치적인 것'(the political)의 대비(이장욱, 300면 주6)와 상통한다. 즉 전자가 랑씨에르의 '치안', 후자가 그의 '정치'에 해당하는 셈이다.

되 대중과 함께하는 좀더 다양한 공부와 사업을 게을리하지 말아야 할 것이다.

─『창작과비평』 2009년 겨울호

세계화와 문학

세계문학, 국민/민족문학, 지역문학

1. 여는 말

이 대회의 공통주제인 '세계화'를 나는 자본주의적 근대의 전지구화 과정으로 이해한다.[1] 그럴 경우 세계화 내지 전지구화(globalization, 줄여서 '지구화')는 근대 세계체제의 속성에 해당하며 특별히 새로운 현상이랄 수 없다. 그러나 이런 속성이 지구 전체로 관철되는 데는 세월이 걸리게 마련이다. 그 과정은 19세기 후반에 한반도를 포함한 동아시아 지역이 세계시장에 포섭됨으로써 일단 완수되었다고 볼 수 있고, 자본주의 세계경제로부터 독립된 별도의 세계체제를 자처하던 이른바 사회주의권이 붕괴한 20세기 말엽에 와서는 자본주의적 세계화의 위력을 거의 누구나 실감

1 이 글은 2010년 5월 29일 "'세계화', 문학, 문학연구"를 주제로 서울대학교에서 열린 영미문학연구회 2010년 봄 학술대회에서의 기조발제 내용을 첨삭하고 상당부분 보완한 것이다. 발제에 이은 질의와 토론이 많은 참고가 되었다. 토론에 참여한 동학들과 발표의 기회를 준 박찬길 대표, 김성호 학술대회준비위원장 등 영미연 여러분께 감사드리며, 원고를 읽고 논평해준 최원식, 한기욱, 유희석 세 동학께 특별한 고마움을 전한다.

하게 되었다.

실제로 1990년대 이래 지구상의 상품과 자본의 이동은 전에 없이 가속화되고 있다. 인구의 이동도 늘어나긴 했다. 하지만 특별한 사람들을 빼면 자본과 상품에 비해 훨씬 많은 제약 아래 움직인다. 그리고 경제의 또 한 가지 기본요소인 토지는 바로 이동 불가능성이 그 특징이다.

문학은 어떤가? 시대와 장소의 국한을 넘어선 감동을 지향하는 점에서 문학 또한 세계화에 대한 지향성을 애초부터 내장하고 있다. 여기에 현실 세계의 지구화 경향이 가세하여 상품으로서의 이동성은 물론, 번역 또는 원어로 국경을 넘어 읽힐 기회가 대폭 증가하고 있다. 하지만 다른 한편으로 문학은 특정언어로 창작되는 예술이기 때문에, 인간의 다른 예술활동이나 소통행위에 비해 토지만큼은 아니지만 세계화에 큰 제약을 받는다.

이러한 제약을 뛰어넘는 방법으로는 번역작업의 확대, 외국어학습의 강화, 그리고 언어다양성의 축소(더 노골적으로 말하면 소수언어들의 퇴출) 등을 생각할 수 있다. 나아가 생산되는 문학의 성격 자체에도 어떤 변화가 진행되거나 의식적으로 추구되어야 하지 않느냐는 문제가 더해진다.

세계화의 영향으로 문학생산에 일어날 수밖에 없는 변화를 일찌감치 감지하고 그런 변화를 앞당겨야 한다고까지 주장한 유명한 예가 괴테(Johann Wolfgang von Goethe)이다. 그의 '세계문학'(Weltliteratur) 개념에 대해서는 국내에서도 이미 많은 언급이 있었다. 그중 임홍배(林洪培)의 논의가 자상한데, 그는 이 개념을 자본주의적 근대의 진전에 대한 괴테의 현실인식과 연결지으면서, 괴테가 기대감뿐 아니라 우려와 당혹감을 표현하기도 했음을 예시한 점이 특기할 만하다.[2]

나 자신은 각국 지식인들의 소통과 교류를 통해 이러한 세계문학의 도래를 앞당겨야 한다는 괴테 세계문학론의 '운동적' 성격에 주목하며 그

---

2 임홍배 「괴테의 세계문학론과 서구적 근대의 모험」, 『창작과비평』 2000년 봄호.

현실인식이 맑스의 세계문학 논의와 상통함을 지적했고, "괴테·맑스적 기획이라 이름붙일 만한"[3] 세계문학 운동을 거론한 바 있다. 이런 문제제 기를 논의의 출발점으로 삼고자 한다.

2. 괴테·맑스적 세계문학 기획과 국민/민족문학

괴테가 세계문학을 말할 때 세계 각국 명작들의 단순집합이 아니라 새 로운 현실에 부응하는 문학, 더 나아가 이를 촉진하는 국제적 연대운동을 말했음은 이미 여러 사람이 지적했다.[4] 맑스 또한 단지 자본주의의 진전 에 따른 문학의 세계시장 진입을 예견하는 데 머물지 않고 괴테적인 세계 문학의 생산을 목표로 설정했던 것으로 보인다. 아무튼 국내에서는 '괴테 적·맑스적 기획'(Goethean-Marxian project)의 개념을 어떤 식으로든 공 유하는 논의가 지속되었다.[5]

3 졸고 「지구화시대의 민족과 문학」, 『통일시대 한국문학의 보람』(창비 2006) 79면. 애초에 이 글은 1994년 미국 듀크대학에서 열린 '지구화와 문화' 국제학술대회에서 "Nations and Literatures in the Age of Globalization"이라는 제목으로 영어로 발표했고 영문본은 Fredric Jameson and Masao Miyoshi, eds., *The Cultures of Globalization* (Duke UP 1998)에 수록되 었다. 국역본은 『내일을 여는 작가』 1997년 1-2월호에 처음 실렸다. 괴테와 맑스의 상통 점에 대해서는 그에 앞서 『창작과비평』 1993년 가을호의 「지구시대의 민족문학」(『통일 시대 한국문학의 보람』에 수록)에서도 거론했다.
4 내가 알기로 이 점을 처음 명확히 지적한 것은 프레드릭 제임슨이다(Fredric Jameson, "The State of the Subject (III)," *Critical Quarterly*, 1987년 가을호). 그는 1989년 방한하여 나와 대담했을 때도 그 주장을 되풀이했다(제임슨·백낙청 대담 「맑시즘, 포스트모더 니즘, 민족문화운동」, 『창작과비평』 1990년 봄호; 영어 원문은 Rob Wilson and Wimal Dissanayake, eds., *Global/Local: Cultural Production and the Transnational Imaginary* (Duke UP 1996)에 처음 실렸고, Fredric Jameson, *Jameson on Jameson: Conversations on Cultural Marxism*, ed. Ian Buchanan (Duke UP 2007)에도 수록되었음).
5 주1에 언급한 임홍배의 글 외에 한기욱 「지구화시대의 세계문학」(『창작과비평』 1999년 가을호), 윤지관·임홍배 대담 「세계문학의 이념은 살아 있다」와 이현우 「세계문학 수용

외국에서도 세계문학 논의는 근년에 매우 풍성하며 괴테와 맑스를 연결해서 논한 예도 없지 않다. 하지만 그 문제의식이 '괴테적·맑스적 세계문학 건설운동'과 얼마나 일치하는지는 의문이다. 예컨대 프랑꼬 모레띠의 화제의 논문 「세계문학에 관한 시론(試論)」은 괴테와 맑스의 '세계문학'이 곧 자신이 추구하는 개념임을 밝히며 출발하지만,[6] 그의 실제 작업은 세계 각국의 문학을 분석하고 분류하는 데 치우쳐 있다. 『세계문학이란 무엇인가』의 저자 데이비드 댐로쉬도 『공산당선언』의 해당 대목을 책의 제사(題詞)로 따온 데 이어 '괴테가 새 문구를 지어내다'(Goethe Coins a Phrase)라는 제목의 제1장에서 맑스와 괴테의 상통성을 언급한다.[7] 그러나 이 책이야말로 기존의 비교문학 연구를 세계화시대의 풍부해진 자료와 다양해진 독서층의 욕구에 부응하여 진행한 미덕을 지닐지언정 '괴테적·맑스적 기획'에 해당하는 문학운동과는 전혀 다른 발상에 근거하고 있다.

실제로 오늘의 지구상에서 그러한 문학운동을 만나보기는 힘든 것 같다. 한때 공산권의 '사회주의리얼리즘'(Socialist Realism) 운동이 문학적 고전주의의 계승과 맑스주의적 실천을 자임하면서 상당한 조직력과 국제적 규모를 갖춘 일종의 세계문학 운동을 추진했다. 그러나 지금은 참담한 실패로 끝난 상태이며, 애당초 그것이 괴테적·맑스적 기획에 부합하는 운동이었는지도 의문이다.[8] 그런가 하면 자본주의 선진국들에서는 모레

에 관한 몇가지 단상」(『창작과비평』 2007년 겨울호), 유희석 「세계문학의 개념들: 한반도적 시각의 확보를 위하여」(『영미문학연구』 17, 2009. 12) 등 참조. 영미연 학술대회에서 함께 발제한 윤지관 교수의 「'경쟁'하는 문학과 세계문학의 이념」도 이 문제를 재차 다루었다(자료집 『'세계화', 문학, 문학연구』 9~18면 『안과밖』 2010년 하반기 34~54면). 또한 윤지관의 영문 논문 "Discourses on World Literature and the Question of Nation"(『영미문학연구』 18, 2010. 6)도 참조.

6 Franco Moretti, "Conjectures on World Literature," *New Left Review 1*, 2001년 1-2월호.

7 David Damrosch, *What Is World Literature?* (Princeton UP 2003), 13면 및 3~4면.

8 "이 특정한 형태의 세계문학운동은 현재 거의 무너진 상태이며 이는 자업자득이라 할 만

띠조차 자신의 목표를 "학문작업"(scientific work)[9]으로 규정하고 있는 데서 보듯이, 세계문학에 대한 연구는 활발하지만 비평과 창작을 포함하는 문학운동으로서의 괴테적·맑스적 세계문학 기획은 눈에 띄지 않는다.

외국 학계의 이런 풍조의 영향 탓인지 국내 논의에서도 세계문학 논의가 연구자(내지 강의자)의 시각에 국한되는 예를 곧잘 만나게 된다.[10] 물론 문학연구는 그것대로 중요하며 어떤 이념을 지닌 문학운동에 종속되는 것이 바람직하달 수는 없다. 그러나 학문적 연구와 창조적 운동의 차이를 망각한다면 연구 자체의 명확한 문제인식을 저해할 뿐 아니라 문학연구와 문학운동이 행복하게 공조할 가능성도 줄어들게 마련인 것이다.

아무튼 괴테적·맑스적 기획이 거의 실종된 문학생산 현장에서는 작품 자체가 진정으로 '세계문학적'이 됨으로써 문학 특유의 이동제약성을 넘어서려 하기보다 세계시장에서의 단기적 유통가치에 몰두하는 '시장리얼리즘'[11]이 맹위를 떨치고 있다. 그 가장 천박한 예는 여행객들이 공항 서

하다. '사회주의리얼리즘'의 이름 아래 예술과 문학에 대해 억압이 너무나 많이 행해졌기 때문만이 아니라, 더욱 중요한 것은 그 운동이 괴테가 일찌감치 예측했고 맑스가 명백히 강조한 현실, 즉 세계시장의 전지구화와 그에 상응하는 지적 생산의 변모를 무시하려 했기 때문이다."(『통일시대 한국문학의 보람』79~80면) 다른 한편 소련 공산당 주도 아래 조직적으로 추진된 사회주의리얼리즘 운동보다 더 넓은 의미의 프롤레타리아 문학 운동의 경우는 양상이 훨씬 다양할뿐더러 그 성과도 한마디로 실패로 끝났다고 말할 수 없다. 사회주의리얼리즘을 포함하는 이 폭넓은 세계적 움직임에 대해서는 Michael Denning, "The Novelists International," in: F. Moretti, ed., The Novel, Vol. 1, (Princeton UP 2006) 참조.

9 Moretti, 앞의 글 54면.

10 예컨대 "비교문학의 '죽음'과 세계문학의 '부활'"을 논한 박성창의 「민족문학·비교문학·세계문학」(『안과밖』 28호, 2010년 상반기, 인용된 구절은 제2절의 제목)이 그러한데, 연구자 및 강의자의 관점에서 여러가지 도움이 되는 정리를 해준 것은 분명하다.

11 Tariq Ali, "Literature and Market Realism," New Left Review 199, 1993년 5–6월호 144면. 이와 관련해서 「지구화시대의 민족과 문학」 80~81면 참조. 윤지관의 발제도 이 점에 주목했다. "역설적이게도 맑스가 당시에 예고한 부르주아의 세계확산으로 야기된 세계문학이란 것은 현재로서는 국경을 넘은 세계 자본시장에 더욱 제한없이 놓이게 된 문학

점에서 시간 때우기를 위해 집어드는 저급한 베스트쎌러들이지만, 훨씬 고급한 능력의 산물이되 처음부터 국제적 문학시장에서의 유통을 겨냥한 '중간 부류'의 소설들도 포함될 수 있다.[12]

이런 식의 세계화가 문학 자체를 위협하고 인간의 품위있는 삶을 위협하는 것이라면, 괴테적·맑스적 기획의 의의는 오히려 더욱 절실해진 셈이다. 동시에 흔히 괴테와 맑스가 외면한 것으로 오인되는 국민/민족문학(Nationalliteratur, 영어로는 national literature)의 의미도 새삼 되새겨볼 필요가 생긴다.[13] 실제로 괴테의 세계문학은 특정 국가, 민족 또는 지역의 언어로 된 문학들을 당연히 전제한 것이었고 그 점은 맑스도 마찬가지였다. 이는 문학의 본질적 조건에 다름아니랄 수도 있는데, 모더니즘의 상징적 인물 가운데 하나인 말라르메가 '부족의 낱말에 한층 순수한 의미를 부여하는 것'(Donner un sens plus pur aux mots de la tribu)을 시인의 작업으로 인식했던 것도 그 때문이다.[14] 따라서 세계시장에서의 유통능력이 심

들의 상품화로, 민족범주를 넘어섰다고 자임하는 탈민족적 성향의 문학들의 성행으로 드러난다."(앞의 자료집 12면)

12 유통력이 뛰어난 작품들의 문학적 가치는 물론 사안별로 판단할 문제다. 현시점의 한국 평단에서 시급하게 다뤄볼 사안 중 하나는 무라까미 하루끼(村上春樹)를 이 맥락에서 어떻게 자리매기느냐는 문제일 것이다. 나 자신은 그의 작품을 읽은 게 워낙 적어서 이를 감당할 처지가 못되는데, 예컨대 댐로쉬 등이 편찬한 *The Longman Anthology of World Literature: Compact Edition* (2008) 같은 교재에 무라까미가 (그것도 일본작가로는 유일하게) 포함된 것을 문학적 성취에 대한 정당한 인정으로 볼지 아니면 유통능력의 성공사례라는 면에 더 주목할지는 진지한 문예비평적 판별을 요한다.

13 '국민/민족문학'이라는 어색한 표현을 쓴 것은 Nationalliteratur가 '국민문학'과 '민족문학' 두 가지로 번역될 수 있으며 한국어에서는 경우에 따라 달리 번역해야 맞기 때문이다. 괴테 시대의 독일을 두고서는 '민족문학'이 적당한 표현이지만 프랑스나 영국처럼 국민국가가 이미 자리잡은 경우에는 '국민문학'이 더 적절하다. (문맥에 따라서는 '일국문학'이라는 또하나의 번역이 가능하다.)

14 Stéphane Mallarmé, "Le tombeau d'Edgar Poe." 물론 말라르메는 부족언어의 무조건적인 지지자는 아니다. 인용된 구절은 시인에 의해 정화된 언어만이 본연의 구실을 한다는 신념을 표현한 것이기도 하다(이와 관련하여 스테판 말라르메 지음, 황현산 옮김 『시집』,

각하게 제약됨을 감내하면서도 모(국)어에 뿌리내린 문학을 고수하는 일이 세계문학의 존립 자체를 위해서도 필수적인 작업이 된다.

물론 여기에는 괴테가 경계한 편협한 민족주의 문학, 폐쇄적인 일국문학의 위험이 따른다. 더구나 민족주의적 국민/민족문학은 세계에 대한 폐쇄성과 더불어 자국(또는 자기 언어권) 내부의 다양한 지방문학을 억압하고 획일화함으로써 문학 자체의 빈곤화를 초래하기 일쑤다. 지방적 다양성도 당시 독일어권의 현실에서 괴테가 당연시했던 전제인바, 세계문학 기획의 일환이 되는 '국민/민족문학'은 국민국가나 민족을 고정된 단위로 삼기보다 지방의 특수성이 적절히 반영되는 '국민/민족/지방 문학'의 약칭으로 이해하는 게 옳다. 이 점은 오늘날 '트랜스내셔널 문학'을 주장하는 논자들이 '내셔널 문학은 곧 국민국가의 국어문학'이라는 일방적인 단정에서 출발함으로써 국민국가와 민족주의에 대한 낯익은 비판을 크게 넘어서지 못하는 일이 흔한 상황에서 새삼 강조할 필요가 있다.

한국의 국민/민족문학으로 눈을 돌리면 세계문학의 일원으로서의 의의와 편협한 민족주의 문학으로 전락할 위험성이 늘 함께해왔음을 볼 수 있다. 한말 애국계몽기(1905~10)는 선발 국민국가들을 문학의 영역에서도 따라잡아 세계문학의 대열에 합류할 것을 겨냥한 국민문학운동기였다. 이때의 민족주의는 국권수호와 근대민족으로서의 각성을 도모하는 긍정적 면모가 많았지만 세계문학의 창조적 대열로부터는 동떨어진 수준이었다. 아무튼 1910년에 국권을 상실하면서 '국민문학'은 그 의미를 잃었고 일제 말기에는 일본의 황국신민을 지향하는 '황도문학(皇道文學)'의 대명사가 된다. 그에 반해 일본의 국민문학이기를 거부하는 조선민족의 문학은 여러 면으로 값진 모색을 진행하면서도 새로운 민족문학운동으로 통합되지는 못했다. 다소 고루하고 민족해방운동에 소극적인 민족주의 문

문학과지성사 2005, 역자 주석 304면 참조; 인용문은 이 시집 112면에 "옛날 종족의 말에 더욱 순수한 의미를 주는…"으로 번역되어 있다).

학에 머물거나, 강렬한 항일정신을 대변했지만 교조적인 계급이념에 얽매여 독자적인 민족문학론을 아직 정립하지 못한 프롤레타리아 문학운동, 아니면 서구의 최신 흐름을 도입하여 조선문학의 쇄신에 기여했지만 전체적으로는 외국의 전위를 뒤쫓는 수준이었지 세계문학의 창조적 대열에 가담한 국민/민족문학으로서의 한계가 뚜렷했던 모더니즘운동 등, 이런저런 모색이 진행된 정도였다.

민족주의적 관점과 국제주의적 관점이 결합된 민족문학론이 정립되기 시작한 것은 해방직후 임화(林和) 등의 노력에 의해서였다. 그러나 남북분단이 동족간의 전쟁으로 치달으면서 이 시기의 민족문학운동은 단절을 겪었다. 물론 1970년대 초에 민족문학론이 본격적으로 재출범하기 전에도 개별적인 이론적 모색이나 작품생산이 아주 끊긴 것은 아니지만, 민족주의의 저항적 에너지를 동원하면서도 국제적 연대와 세계문학적인 시야를 향해 열린 문학운동이 지속적인 동력을 확보한 것은 70년대부터라고 봐야 할 것이다.

여기서 그 진행과정을 길게 회고할 생각은 없다. 다만 분단시대에 어느한쪽의 국민문학이기를 거부하고 민족문학이라는 표현을 고집하던 상황이 1990년대 들어 다시 한번 큰 변화를 겪었음을 짚고 넘어갈 필요가 있다.[15] 간략히 요약하면, 1) 반독재시대 민족민주운동의 정치적 구호로서의 '민족문학'은 그 효용이 거의 소진된 반면, 2) 한반도의 남과 북뿐 아니라 전세계 한인 디아스포라도 참여하는 '민족문학'의 의미는 전에 비해 커졌고, 3) 남한의 민주화가 진행되고 남북의 재통합이 국가연합이라는 중간단계를 거쳐서 진행될 전망이 열림에 따라 '남한의 국민문학을 겸한 한반도의 민족문학'이라는 한층 복잡한 목표가 대두했으며, 4) 세계화의 진전으로 전지구적으로 문학 자체가 위협받는 상황에서 한국의 국민/민족문

---

15 2000년대 중반의 시점에서 '민족문학' 개념의 쓸모를 다시 점검해본 나 자신의 시도로는 『통일시대 한국문학의 보람』의 '서장: 민족문학, 세계문학, 한국문학' 참조.

학이 세계문학의 당당한 일원이 될 명분은 더욱 뚜렷해졌다는 것이다. 물론 이러한 포부에 상응하는 문학적 결실이 얼마나 있었는지는 따로 점검할 문제다.

3. '문학의 세계공화국'과 한국문학

괴테와 맑스의 세계문학 개념을 기본적으로 계승하면서 세계문학의 현황을 그 불평등구조라는 관점에서 분석한 저서가 빠스깔 까자노바의 『문학의 세계공화국』이다.[16] 이 책을 두고 제임슨은 비교문학·세계문학 연구의 패러다임을 바꾼 "획기적 저서"(foundational work)이며 "비범하고 개척적인 작업"(extraordinary and pathbreaking work)이라고 격찬했는가 하면, 댐로쉬는 차라리 책제목을 *La République parisienne des lettres* 즉 '문학의 빠리공화국'이라고 붙이는 게 낫겠다고 일축한 바 있다.[17] 실제로 까자노바가 유럽중심주의를 비판하면서도 도리어 프랑스중심주의 내지 빠리중심주의에 빠졌다는 혐의가 적지 않다. 그러나 괴테를 포함하여 기존의 논의에서 곧잘 간과되어온 세계문학 시장의 위계적 권력관계를 집중적으로 분석한 공로는 무시할 수 없는데,[18] 까자노바가 비판하는 대다수

---

16 Pascale Casanova, *La République mondiale des lettres* (Editions du Seuil 1999). 나 자신은 영역본 *The World Republic of Letters*, trans., M. B. DeBovoise (Harvard UP 2004)를 참조했다(이하 인용문도 이 책을 대본으로 하며 번역은 인용자의 것임).

17 Fredric Jameson, "Does World Literature Have a Foreign Office?," Keynote Speech at 2008 Holberg Prize Symposium 〈http://holbergprisen.no/fredric-r-jameson/holbergprisens-symposium-2008.html〉; D. Damrosch, *What Is World Literature?*, 27면 각주.

18 윤지관은 그의 발제에서 "1820년대의 괴테에서나 그 약 20년 후 이 이념을 새로운 경제구조의 차원에서 다시 내세운 맑스에서나, 민족문학들 사이의 경쟁이라는 개념은 그들의 발상에서 거리가 먼 것"(「'경쟁'하는 문학과 세계문학의 이념」, 앞의 자료집 12면; 『안과밖』 2010년 하반기 40면)임을 부각시켰다. 다만 "괴테의 '세계문학' 개념에 스

기존의 연구자와 중심부 문인들처럼 댐로쉬도 그런 현실에 둔감한 것이 분명하다. 실제로 댐로쉬의 주된 관심은 문학작품의 국제적 수용과 유통에 집중되며, 생산을 말할 때에도 현존 시장에서 얼마나 국제적으로 유통되는지가 '세계문학'의 척도가 되고[19] 이 시장의 구조 자체를 문제삼지 않는다. 그에 비해 까자노바는 불평등구조에 주목함은 물론, 월러스틴의 세계체제론을 모레띠처럼 곧바로 문학에 적용하기보다 실물공간과 깊은 연관을 가지되 일정한 독자성을 지닌 '문학공간'(literary space)을 따로 설정하는 미덕을 보여주기도 한다.[20]

정치적, 언어적 또는 문학적인 피지배자 위치에서 출발하는 문학들에 대한 그녀의 관심도 중심부의 세계문학 연구에서 흔치 않은 일이다. 까자노바는 후발 국민/민족문학의 노력을 제대로 이해하기 위해 세계적 문학공간의 불평등구조를 인식하는 것이 필수적임을 거듭 강조한다.

역사를 부정하고 무엇보다도 문학공간의 불평등한 구조를 부정하는 일은 자산이 상대적으로 빈한한 문학공간들을 구성하는 민족적(national), 정치적, 민중적 범주들의 이해 및 수용을 저해하며 결과적으로 문학공간의 변두리 지역에서 진행되는 많은 작업의 목적을 파악할

며들어 있는 전형적으로 근대적인 문제의식"(9면; 37면)을 인정하더라도, 맑스는 물론이고 괴테 역시 근대극복의 의지를 동시에 간직한 작가였음을 기억할 필요가 있다.

19 이 점은 우드하우스(P. G. Wodehouse)를 '세계문학의 작가'로 지목하는 중요한 이유로 그가 "실제로 국제적인 시장을 직접 겨냥해서 작품을 쓰고 있었다"(he was actually writing directly *for* an international market)라는 사실을 드는 데서도 실감된다(*What Is World Literature?*, 212면).

20 '문학공간'에 관해서는 P. Casanova, "Literature as a World," *New Left Review* 31호 2005년 1-2월호에서 한층 명료하게 정리했고, 80면 각주14에서는 모레띠가 세계체제론을 기계적으로 적용했음을 비판하고 있다. 모레띠의 세계문학론에 대한 국내 논의로는 유희석 평론집 『근대극복의 이정표들』, 창비 2007에 실린 「세계문학에 관한 단상──프랑꼬 모레띠의 발상을 중심으로」 참조.

수 없게 만든다. (…) 그리하여 위계적 구조, 경쟁관계, 문학공간의 불평등성 등을 부인함으로써 〔중심부의〕 종족중심주의적 무지의 오만한 시선은 보편주의의 틀에 맞춘 인증 아니면 대대적인 축출선고를 낳는다.[21]

나아가 피지배자 위치의 작가들에게 도움이 되고자 하는 저술의도를 털어놓는다.

나의 희망은 이 저서가 문학세계 주변부의 모든 빈한하고 지배받는 작가들에게 도움이 될 일종의 비평적 무기가 되었으면 하는 것이다. 뒤벨레이, 카프카, 프루스뜨, 조이스, 포크너 들의 텍스트에 대한 나의 읽기가 문학으로 성립하는 상태에 접근하는 과정 자체의 불평등성이라는 기본적 사실을 무시하는 중심부 비평가들의 주제넘은 가정과 오만과 독단적 판정에 대한 투쟁의 도구가 될 수 있기를 바란다.[22]

이는 한국의 민족문학론이 지향해온 바와도 상통한다. 그런데도 실제로

---

21 "The denial of history and, above all, the denial of the unequal structure of literary space prevent an understanding—and an acceptance—of national, political, and popular categories as constitutive of less endowed literary spaces, thereby making it impossible to grasp the purpose of many enterprises from the suburbs of literary space (…) Thus the denial of hierarchical structure, of rivalry, of the inequality of literary spaces transforms the haughty regard of ethnocentric ignorance into either universalizing consecration or wholesale excommunication." (*The World Republic of Letters*, 152~53면)

22 "My hope is that the present work may become a sort of critical weapon in the service of all deprived and dominated writers on the periphery of the literary world. I hope that my reading of the texts of du Bellay, Kafka, Proust, Joyce, and Faulkner may serve as an instrument for struggling against the presumptions, the arrogance, and the fiats of critics in the center, who ignore the basic fact of the inequality of access to literary existence." (354~55면)

문학공간에 대한 분석이나 구체적인 작품읽기에서 공감하기 힘든 대목이 적지 않다면 그 원인이 어디에 있을까?

유희석은 까자노바가 "일면 서구중심주의에서 벗어났다고 평가"하면서 그 근거의 하나로 "중심부와 주변부의 문학이 맺는 결코 간단치 않은 긴장관계를 입체적으로 조명했다는"[23] 점을 든다. 그러면서도 '반(半) 주변부' 개념이 빠진 점을 중대한 결함으로 규정하는데, 그가 이 결함과 직결되었다고 보는 '모더니티' 개념의 문제점은 따로 살필 일이지만 반 주변부 개념의 결락 자체가 치명적인 문제는 아니지 싶다. 자신의 주된 관심사가 '지배자와 피지배자'이며 이때 상정하는 것은 "다양한 상황들의 연속체이고 매우 다양한 정도의 예속을 내포하는 연속체"(a continuum of different situations in which the degree of dependence varies greatly)[24]라는 까자노바의 해명은 중심부도 주변부도 아닌 반 주변부의 존재를 포용하고 있는 셈이다. 실제로 그는 유희석이 각별한 관심을 보여온 반 주변부 브라질의 경우를 "중간적 문학공간"(median literary spaces)[25]의 한 예로 거론하기도 한다. 그가 중요하게 다루는 '피지배' 작가들 다수가 최소한 반 주변부 소속인물이기도 하다. 물론 앞 인용문의 뒤벨레이, 카프카, 프루스뜨, 조이스, 포크너 들이 모두 유럽 또는 미국의 문인이며 영·불·독 3대 '지배언어' 중에 하나를 사용한 작가라는 점을 기억하면, '반 주변부'에 대한 인식이 투철치 못하다는 의심이 나는 것도 사실이다. 주변부에서 볼 때 이들은 엄연히 '중심부' 작가들로서 중심부 안에서의 이런저런 '변두리'에 위치했던 것일 뿐이다. 그들의 이런 '중심부 위상'에 대한 인식의 부족이야말로 까자노바의 서구중심주의 내지 프랑스중심주의를

---

23 유희석 「세계문학의 개념들: 한반도적 시각의 확보를 위하여」 72면. '모더니티' 개념에 대한 문제제기는 같은 면 바로 앞단락.

24 Casanova, "Literature as a World," 80면 각주14.

25 The World Republic of Letters, 277면.

말해주는지도 모른다.

하지만 근본적인 문제점은 '세계공화국'이라는 발상, 더구나 그것이 '본초자오선' 혹은 '그리니치 표준시'(the Greenwich meridian)에 해당하는 보편적 기준을 가진 공화국이라는 발상이 아닐까 한다. 문학공간은 실물공간과 다른 차원에 존재한다는 것이 까자노바 자신의 값진 통찰인데, 그렇다면 세계시장과 달리 세계문학의 공간은 아직도 지구화의 완성과 거리가 멀다는 현실을 인정해야 옳다. 물론 정치에서의 '세계공화국' 실현보다는 조금 더 진도가 나간 상태고, 이만큼 오는 데는 (지구화가 진행중인) 국제적 문학시장의 동력도 큰 이바지를 한 것이 사실이다. 그렇더라도 '문학의 세계공화국'이란 하나의 원대한 목표가 아니면 비유에 그친다고 봐야 할 것이다.[26]

더구나 이 공화국에서 '그리니치 표준시'처럼 보편적으로 받아들여지는 기준이 통용되고 있다는 것은 비유를 넘은 독단에 가깝다. 영국의 그리니치에 본초자오선이 그어진 것이 당시 영국의 지배적 위상과 무관하지는 않다. 하지만 그것은 지도제작과 거리측정의 편의를 위해 종이 위에 임의로 그은 선일 뿐, 0도가 아닌 50도나 100도에 위치했다고 해서, 아니 −100도에 놓였다고 해서, 실제 지형이 바뀌는 것은 아니고 그 자체로 정치·경제적 불이익을 수반하지도 않는다. 그래서 '보편적 동의'가 가능한 것이다. 반면에 문학의 세계에서는 유럽중심의 '국제적 시장'에 한정된 상태에서도 빠리의 중심성은 항상 다소간에 도전의 대상이었다.[27] 도전한

---

26 까자노바의 저서에 대해 신랄하지만 대체로 진지한 비판을 시도한 프렌더가스트는 까자노바가 '세계공화국'이라고 할 때의 world는 international을 뜻할 뿐 global은 아니며, '시장'에 대한 괴테의 언급이 결코 비유가 아니라는 까자노바의 주장은 말이 안되는 소리라고 일축한다(Christopher Prendergast, "Negotiating World Literature," *New Left Review* 8, 2001년 3–4월호 104~105면).

27 까자노바의 저서에서 읽을 수 있는 이런 도전의 양상은 크게 두 가지다. 하나는 (저자가 큰 지면을 할애하지는 않지만) 일찍부터 프랑스에 필적할 '문학자본'을 축적했으나 빠

다는 사실 자체가 헤게모니에 대한 암묵적 인정이라는 까자노바의 주장을 수긍하더라도 그것이 지리적 본초자오선에 대한 합의처럼 절대적일 수는 없는 것이었다. 더구나 최근의 지구화 국면에서는 한편으로 빠리 중심의 국제 문학시장의 위세가 강화되기도 하지만, 동시에 뉴욕이 중심이 된 상업출판의 대대적인 확장과 동아시아처럼 뒤늦게 세계시장에 편입되었지만 고대 이래 축적된 문학자본(또는 잠재적 문학자본)의 규모가 엄청난 지역의 존재가 '문학의 세계공화국'을 탈중심화하는 경향도 뚜렷하다. (동아시아 지역문학에 대해서는 다음 절에서 논한다.)

무엇보다 심각한 문제는 '표준시'의 구체적 내용을 이루는 '모더니티' 개념이다. 그런데 이에 대한 생산적 논의가 한국어로 진행되려면 우선 이 낱말을 '근대성'보다 '현대성'으로 번역할 필요가 있음을 지적하고자 한다. 물론 후진지역의 전근대사회를 거론할 때는 '전통적=전근대적'과 대비되는 '근대적'(내지 '근대성')이라는 표현도 타당하지만, 자본주의 근대가 한동안 진행된 지역 내에서 그때그때 최신의 경지에 도달함으로써 성취되는 '모더니티'는 '현대성'이 아닐 수 없다. "Il faut être absolument moderne"[28]라는 랭보의 주문도 "절대적으로 근대적이 돼야 한다"가 아니라 "절대적으로 현대적이 돼야 한다"로 번역해 마땅한 것이다. 그것은 작가라면 누구나 시대의 첨단에서 끊임없이 새 경지를 개척해나가야 한다는 당연한 주문으로 이어지는 동시에, 근대 전체에 대한 근본적 성찰을 제쳐둔 채 특정한 영역에서의 새로움이라는 한정된 의미의 현대성에 집

리와 같은 범유럽적 중심성을 지향하지도 행사하지도 않은 영국과 그 수도 런던의 존재이고, 다른 하나는 프랑스의 헤게모니가 본격화된 18세기 후반에 의식적인 반헤게모니 전략을 제시하여 세계문학에 두고두고 영향을 끼친 독일의 헤르더(Johann Gottfried Herder) 및 '헤르더 효과'(the Herder effect)이다(전자에 관해서는 제1부 제2장 중 'The English Challenge' 대목, 후자에 관해서는 같은 장의 'The Herderian Revolution' 대목뿐 아니라 이후 여러 군데에서 언급).

28 Arthur Rimbaud, "Adieu," *Une Saison en Enfer*.

착하는 태도를 초래하기 쉬운 명제이기도 하다. 이런 편향된 태도를 우리는 '모더니즘'이라 부르고, 근대화를 전반적으로 지지하는 '근대주의'와 구분하기 위해 '현대주의'로 번역하자는 것이다.[29]

요컨대 현대주의의 현대성에 보편적 가치를 부여하는 까자노바의 시야에는 근대 세계문학으로의 편입을 지향하면서도 자본주의적 근대 자체에 저항하고 그 극복을 시도해온 한국 민족문학운동의 '근대극복과 근대적응의 이중과제'가 없다.[30] 따라서 민족문학론에서 중시해온 리얼리즘에 관해서도 그것을 편협한 민족주의 문학이나 통속화된 일국문학에서 애용되는 낡은 기법으로서의 사실주의로 이해할 뿐이다. 모더니즘의 불철저한 근대인식을 비판하며 '이중과제'의 좀더 효과적인 수행을 지향하는, 사실주의와 비사실주의의 대립구도를 일찍부터 넘어서 있는 예술로서의 리얼리즘을 ─ 사실주의자 겸 사실주의를 뛰어넘는 리얼리스트였던 입쎈(Henrik Ibsen)에 대한 그의 높은 평가에도 불구하고 ─ 제대로 인식하지 못한다.[31] 자신의 작업이 "문학세계 주변부의 모든 빈한하고 지배받는 작가들에게 도움이 될 일종의 비평적 무기가 되었으면" 한다는 갸륵한 뜻에도 불구하고 까자노바는 문학공화국의 '본초자오선'을 특징짓는 '현대성'을 곧 '자율성'으로 단정하고 '자율적이고 국제적이며 현대적'인 작가들과 '정치적이고 일국적이며 비현대적'인 작가들의 단순화된 대비를 부각함으로써 현존 세계문학 시장의 위계구조를 오히려 강화하는 데 일조하기도 하는 것이다.

---

29 이들 용어에 대한 내 나름의 정리로는 「근대성과 근대문학에 관한 문제제기와 토론」, 『통일시대 한국문학의 보람』 91~95면 참조.
30 '이중과제'에 대해서는 이남주 엮음 『이중과제론』(창비담론총서 1), 창비 2009 참조.
31 물론 국내 학계와 평단의 대다수도 마찬가지다. 이런 상황에서 '리얼리즘'이라는 용어를 쓰기도 부담스럽지만 아주 포기할 수도 없는 곤경에 대해 백낙청·황종연 대담 「무엇이 한국문학의 보람인가」, 『창작과비평』 2006년 봄호 300면 (『백낙청 회화록』 제5권 246~47면 참조).

4. 동아시아 지역문학의 가능성

동아시아라는 말에서 짐작되듯이 이 대목에서 거론하는 '지역문학'은 국내의 한 지역 또는 지방이 아니라 일국보다 광범위한 '지역'(region)의 문학이다. 그런데 '문학공간'에서의 지역은 지리적으로 인접한 공간일 수도 있고 물리적으로 떨어져 있지만 동일언어 내지 유사언어를 사용하는 언어권일 수도 있다. 때로는 둘 사이의 복합작용이 개재하기도 한다. 게다가 하나의 국민/민족문학이 복수의 '지역문학'에 소속되는 일 또한 가능하다.

예컨대 라틴아메리카문학은 중남미 지역에 자리한 문학인 동시에 스페인어와 뽀르뚜갈어라는 비교적 유사성이 높은 언어를 공유하는 지역문학이다. 그런데 이들 언어는 원래가 유럽의 언어이기 때문에 예컨대 브라질문학은 라틴아메리카의 여타 지역이 빠지고 뽀르뚜갈이 포함되는 뽀르뚜갈어 문학권이라는 좀 다른 차원의 지역문학에 소속될 수 있고, 마찬가지로 스페인어 사용 중남미문학은 브라질보다 스페인(그리고 어쩌면 북미대륙의 히스패닉 거주지역)과 더 긴밀히 연결된 별개의 '지역문학'의 일부가 될 수 있다. 우리가 정치적으로는 아시아·아프리카·라틴아메리카 세 대륙의 '제3세계적' 연대를 말할 수 있어도, 문학에서는 라틴아메리카문학의 성격과 세계시장에서의 유통가치가 아시아나 아프리카와 확연히 다를 수밖에 없음을 인정해야 하는 것은 그러한 사정과 직결된다.[32]

---

32 여기서 상기할 점은 7, 80년대에 민족문학론이 제기한 제3세계론은 지역 개념이라기보다 지구적 현실을 보는 '관점'의 문제라는 사실이다. "곧, 세계를 셋으로 갈라놓는 말이라기보다 오히려 하나로 묶어서 보는 데 그 참뜻이 있는 것이며, 하나로 묶어서 보되 제1세계 또는 제2세계의 강자와 부자의 입장에서 보지 말고 민중의 입장에서 보자는 것이다."(졸고 「제3세계와 민중문학」, 『인간해방의 논리를 찾아서』, 시인사 1979, 178면; 합본평론집, 창비 2011, 580~81면) 비슷한 시기에 브라질의 평론가 호베르뚜 슈바르

'동아시아문학'은 어떤가? 먼저 아시아의 정확히 어느 부분을 동아시아로 보느냐는 문제가 있는데, 문학에 관한 한 동일언어권은 아닐지라도 일정한 문화유산을 공유하며 번역과 학습을 통해 지역적 동질성을 확보할 가능성이 남다른 지역으로 한정하는 것이 옳다고 본다. 곧, 아시아대륙의 동쪽 일대 전체라기보다 지난날의 유교문명권 내지 한자문명권 유산의 상속자인 중국과 일본, 한반도, 베트남 등의 국민/민족문학들이 기본 구성이 되는 것이다. 그런데 이 경우에도 '중국문학'에는 동아시아 전체의 공동유산인 한문고전들 외에도 동남아시아 등의 화교사회를 망라하는 '화문문학(華文文學)'이 포함될 것이며, 한국의 민족문학 역시 한반도 주민들의 문학생산에 국한되지 않는 지구적 외연을 지니고 '동아시아 지역문학'에 참여하게 된다.

물론 이것이 남아시아 또는 서아시아 지역문학과 더불어 가는 '아시아문학'의 연대와 교류를 배제한다는 말은 아니다. 나아가 '아시아·아프리카문학'의 대의를 포기할 이유도 없다. 그러나 한층 실질적인 의미를 갖는 '동아시아 지역문학'이 중요한 것은 동아시아 주민들의 욕구에 좀더 직접적으로 부응할 수 있다는 현실 외에도, 까자노바가 강조하는 '문학의 세계공화국'의 불평등구조에 저항하는 데 남다른 위력을 발휘할 수 있기 때문이다. 실물공간에서도 세계화가 진행될수록 지역통합 내지 지역연대의 필요성이 더욱 절실해지거니와, 문학공간에도 비슷한 논리가 적용된다. 라틴아메리카 지역문학이 성립함으로써 중남미 작가들의 세계문학시장 진출이 한결 원활해지고 문학 자체의 질적 향상에도 도움이 된 사실이 그러한 '지역주의'의 이점을 말해준다.

그런데 동아시아는 라틴아메리카에 비해——실은 프랑스나 영국에 비

스도 '제3세계적 미학이 있는가?'라는 물음에 부정적인 답을 내놨다(Roberto Schwarz, "Is There a Third World Aesthetic?"(1980), *Misplaced Ideas: Essays on Brazilian Culture*, ed. John Gledson, Verso 1992).

해서도──훨씬 오래전부터 풍성한 문학유산을 축적해온 지역임에도 불구하고 까자노바의 '세계적 문학공간'에서는 '본초자오선'으로부터 훨씬 먼 변방으로 밀려나 있는 실정이다. 이는 문학시장의 질서에도 미묘한 문제를 제기한다. 까자노바 자신도 고도의 문학적 자율성을 확보한 '가장 오래된 공간들' 대 일국적 정치와 시장에 예속된 상태로 문학공화국 진입을 위한 자산축적에 골몰하는 '빈곤한 공간들'이라는 구도가 지나치게 단순화된 점을 의식하여, '가장 오래된 공간들'은 "더 정확히 말하면 문학적 경쟁의 공간에 가장 오래 참여해온 공간들"을 뜻한다고 토를 단다. 중국, 일본, 아랍권 등이 그들 자체로는 오래됐으면서도 예속적인 이유가 거기 있다는 것이다.[33]

20세기의 시점에서, 아니 21세기에 들어선 오늘에도, 이러한 진단에 상당한 근거가 있는 것은 사실이다. 하지만 이런 종류의 예속성은 문학적 자산의 절대적 빈곤에서 오는 예속성과 달리, 특히 해당 지역의 정치적·경제적 세력증대가 뒷받침할 경우, 얼마 안 가서 급격히 개선될 여지가 있다. 그 점에서 동아시아 지역문학의 세계적 위상을 세계시장에서의 '현재 시세' 위주로 판단하는 것은 현명한 투자자의 처신도 아닐 것이다. 『시경(詩經)』이나 『장자(莊子)』 또는 『사기(史記)』가 아직도 미미한 존재감밖에 지니지 못하는 '세계시장'이라면 그것은 이 시장이 진정한 세계시장으로서는 아직 미개발상태임을 나타낸다고 봐야 한다. '문학의 세계공화국'이 실은 전지구적이기보다 유럽과 북미 중심의 '국제적 문학시장'일 뿐이라는 방증이 아닐 수 없으며, 무엇이 '문학'이냐는 상장종목의 자격규정도 다분히 '순문예'(belles-lettres) 쪽에 치우친 시장임을 암시하기도 한

---

33 "More precisely, those that have been longest in the space of literary competition. This explains why certain ancient spaces such as China, Japan and the Arab countries are both long-lived and subordinate: they entered the international literary space very late and in subordinate positions." (Casanova, "Literature as a World," 83면 각주20)

다. 따라서 지금 이 시장에서의 '예속성'이라는 것 자체가 해당 문학의 생사를 좌우하는 문제가 아니고, 동아시아문학의 관점에서는 더욱이나 그렇다. 물론 까자노바의 '그리니치 표준시'를 상징하는 노벨문학상이 오늘날 지구상의 가장 위신있는 문학상이요 그에 대한 열망은 지구화의 현국면에서 ─ 한·중·일 등 동아시아 나라들의 경우를 포함해서 ─ 오히려 증대하는 느낌도 있다. 하지만 노벨상을 많이 못 타거나 전혀 못 탔다고 해서 중국이나 일본 또는 한국의 문학이 어떻게 되는 것은 아니다. 국제시장에서의 동아시아문학 수용을 획기적으로 촉진할 계기를 못 잡는 것일 뿐, 세계문학의 유산을 흡수하여 각자의 국민/민족문학을 살찌우는 데 별다른 지장을 주지 않으며 언젠가 세계가 공인할 문학적 유산을 창작하는 작업에도 결정적인 영향을 미치지는 않는다. 한 작가의 작업을 이해하려면 그 개인이나 그가 속한 일국문학의 맥락에 머물러서는 안되고 "작가는 그가 태어난 국민/민족적 공간이 세계적 문학공간 속에 차지하는 위치에 따라 후자와의 특정한 관계에 놓이〔며…〕 한 작가의 작품을 특징지으려 할 때 세계문학 속에서 그가 태어난 국민/민족적 공간이 차지하는 위치와 이 공간 속에 그 자신이 차지하는 위치라는 두 가지를 동시에 감안하여 자리매김해야 한다"[34]는 까자노바의 통찰은 값진 것이지만, 예의 '세계적 문학공간'이 충분히 세계적이지 않다는 문제점 외에도 대다수 작가의 창작과정에서 국제적 인정에 대한 지향이 차지하는 비중을 ─ 무의식적인 지향까지 포함하더라도 ─ 과장하고 있는 것이다. 이 또한 빠리의 중심성을 과대평가하고 탈민족적 '현대성'에 과도한 의미를 부여하는 편향의 드

---

34 "〔T〕he writer stands in a particular relation to world literary space by virtue of the place occupied in it by the national space into which he has been born. (…) 〔I〕n trying to characterize a writer's work, one must situate it with respect to two things: the place occupied by his native literary space within world literature and his own position within this space." (Casanova, *The World Republic of Letters*, 41면)

러남인지 모른다.

아무튼 동아시아 내부에서 활발한 지역문학 건설이 진행되고 동아시아 나름의 국제적 문학시장과 공인기관이 형성된다면 까자노바가 말하는 예속성의 무게는 더욱 줄어들 것이다. 이런 여건의 형성이라는 면에서도 동아시아는 유럽 지역문학이나 영어권 지역문학에 비해 훨씬 뒤떨어진 것이 사실이다. 하지만 한·중·일 3국(또는 그들 가운데 어느 양국)의 지식인·문학인·출판인이 교류할 때마다 실감하듯이 공동의 문명유산에다 지역적 근접성과 통역작업의 상대적 수월함, 일정한 경제능력의 뒷받침 등 지역문학 발전의 잠재력을 동아시아가 풍부히 갖추고 있는 것 또한 분명하다.

물론 동아시아 지역문학이 형성되더라도 그 나름으로 풀어야 할 문제는 많을 것이다. 그 하나가 지역문학 내부의 위계구조 문제일 텐데, 이미 축적된 문학자본의 양적 차이뿐 아니라 해당 국가의 정치적 위상의 격차——현시점에서 가장 두드러진 예는 북조선의 고립과 궁핍일 것인데——도 문제가 된다. 이에 대해, 한편으로 얼마간의 격차는 불가피한 현실이고 선의의 경쟁을 북돋는 요소로 받아들여야 옳지만, 다른 한편 문학뿐 아니라 정치·경제·문화 등 여러 차원에서 동아시아연대를 적극 추진함으로써 격차를 극소화하려는 노력을 진행해야 한다.[35]

불평등하고 유럽중심적인 '세계공화국'과의 관계설정도 당연히 핵심적인 문제로 남는다. 이 문제를 폐쇄적인 일국문학 대신에 폐쇄적인 지역문학 건설로 해결하는 것이 불가능함은 새삼 언급할 필요가 없다. 동아시아 나라들의 경제가 그렇듯이 그들의 문학 및 문화 생활도 애당초 그러한 폐쇄성을 허용치 않을 만큼 이미 세계화되어 있다. 더구나 '괴테적·맑스적 세계문학 기획'의 일환으로서 동아시아 지역문학을 추구한다고 할 때,

---

35 동아시아 연대에 관해 졸고 「'동아시아공동체' 구상과 한반도」, 『역사비평』 2010년 가을호 참조.

기획 자체가 유럽에서 태동한 것임을 부인할 수 없다. 다만 어디까지나 특정한 언어에 뿌리를 둔 국민/민족/지방문학이 세계문학의 기본을 이룬다는 사실이 오늘날 지구화를 주도하는 이른바 선진국에서 곧잘 망각되고 외면되는 현실이기에, 이처럼 문학의 존립 자체를 위협하는 근대 세계체제에 적응하면서 동시에 이를 극복해가는 과제가 전세계의 진지한 문학인과 시민들에게 부과되는 것이다. 바로 이 과제 —— 예의 '이중과제' —— 에 가장 충실한 문학이 진정한 현대성을 개척하고 세계문학의 선도적 위치에 서는 것은 당연하다. 그리고 이를 통한 '문학의 세계공화국' 형성은 하나의 수도가 전체를 지배하는 '단일형 국가'보다는 다극화된 '연방공화국' 내지 '공화국들의 연합'이라는 한층 건전한 모습으로 진행되지 않을까 한다.

—— 『안과밖』 2010년 하반기

1

페스티벌의 주제어에 포함된 '소통'을 중심으로 시에 대한 몇가지 생각을 정리해볼까 한다. 어쩌면 오늘 제1차 포럼의 주제 '상상의 바다'보다 이튿날 2차 포럼의 '소통의 바다'에 더 어울리는 발제가 될지 모르겠다.

고은(高銀) 시인의 회갑을 기념하는 글모음에 나는 선시(禪詩)와 리얼리즘의 합일 가능성을 논한 글을 기고한 바 있다(「선시와 리얼리즘—최근의 고은 시집 세권을 중심으로」, 백낙청·신경림 외 엮음 『고은 문학의 세계』, 창작과비평사 1993; 졸저 『통일시대 한국문학의 보람』, 창비 2006에 재수록). 그 글에서 나는 1990년대 고은 시의 특색으로 "'어떤 시에도 거기에 반드시 내재하는 선적인 것'이 드디어 튼튼히 자리잡으면서 짧은 시들로서는 쉽지 않은 리얼리즘적 성취마저 보여주게 된 점"(『통일시대 한국문학의 보람』 221면)을 들었다. 이

---

* 이 글은 단국대 국제문예창작센터가 주최하여 '바다의 시 정신—소통의 공간을 노래하다'라는 주제로 열린 '2010 세계작가 페스티벌'의 제1차 포럼(2010. 10. 4) 발제문 원고이다.

러한 특색은 고은의 이후 시집들과 『만인보』(창비, 전30권으로 2010년 완간) 같은 대작 속의 많은 작품에서도 유지되고 있다. 하지만 이는 고은의 작품뿐 아니라 모든 진정한 시적 성취에 적용될 수 있는 말이 아닌가 한다. 오해를 방지하기 위해 한마디 덧붙인다면, 이때의 '리얼리즘'은 사실주의적 기법의 채택 여부보다도 시인이 자기가 사는 시대의 현실에 대해 진실되고 원만하게 인식하고 대응하는 태도와 관련된 개념이라는 점이다.

2

소통에 대한 요구는 요즘 한국사회에서 유달리 빈번하다. 정치권을 비롯하여 사회 곳곳에서 '불통' 현상이 너무 심하기 때문일 것이다. 그렇다고 오늘날 한국시의 세계가 반드시 원활한 '소통의 공간'인 것도 아니다. 이는 이번 작가 페스티벌이 내세우는 '바다의 시정신'과는 거리가 느껴지는 현상인데, 그렇다고 시정신 자체에 위배되는 현상으로 볼 것인가?

다른 예술과 마찬가지로 시가 사람들 간의 소통매체로 기능해온 것은 분명하다. 특히 인쇄술이 발달하기 이전의 세계에서는 산문보다 운문이 알아듣기도 편하고 외우기도 쉬우며 노래나 춤 같은 다른 예술과 결합하기가 용이하여 문학의 소통기능을 주도했다고 할 수 있다. 근대사회로 오면 문예창작에서는 장편소설이 대중적 소통의 총아로 떠오르고 과거에 운문으로 씌어지던 많은 내용이 산문의 영역으로 이동하면서 시문학의 비중이 크게 줄어들었다. 그러나 전자영상매체 등 새로운 소통공간의 발달은 이런 현상에 또 한차례의 변화를 일으키고 있다. 혼자서 많은 시간을 들여서 읽어야 하는 장편소설보다 대중 앞에서, 또는 대중과 더불어, 낭송이 가능하고 인터넷 등 다른 매체와의 결합도 용이한 짧은 시들의 일정한 위상회복이 이루어지는 면이 있다. 그러나 이런 상대적 위상의 회복에도 불구하고 문학의 전반적 쇠퇴라는 더 큰 흐름을 얼마나 이겨낼지는 두고 볼 일이다.

소통이 단지 문학(및 예술)의 여러 기능 중의 하나가 아니라 그 본질에 해당한다는 주장을 펼친 예도 많다. 그중 하나가 똘스또이인데, 『예술이란 무엇인가』(1896)에서 그는 기존의 수많은 이론들이 예술을 제대로 정의하는 데 실패한 것은 "예술이라는 개념의 근본에 미라는 개념을 두고 있기 때문"(Leo N. Tolstoy, *What Is Art?*, tr. Aylmer Maude, The Liberal Arts Press 1960, 제4장 47면; 신구문화사 간 『大톨스또이全集』 제9권에 李徹 번역으로 실려 있음)이라면서, 예술은 "인간과 인간 사이의 교섭의 한 수단"(제5장 49면)이며 자신의 감정을 남들에게 의도적으로 '감염'시키는 인간활동이라고 규정한다(제5장 51면). 따라서 감염력이 강하면 강할수록 일단 예술로서는 더 성공적인데(제15장 140면), 다만 어떤 감정 또는 느낌을 전달하느냐에 따라 좋은 예술과 나쁜 예술을 구별할 수 있다는 것이다(제16장).

이러한 똘스또이의 예술관은 '미'보다 '선'을 우선시하는 플라톤 이래의 커다란 흐름에 속한다. 그렇다고 똘스또이가 (플라톤도 마찬가지지만) 예술 고유의 특성을 무시한 채 '선'을 설명하고 설교함으로써 예술이 된다고 주장한 것은 아니다. 그가 말하는 예술의 감염력은 어디까지나 예술가가 자신이 선택한 장르에서 가장 적절한 기법을 동원하여 이성적 설득이 아닌 감정의 공유를 이끌어내는 힘인 것이다. 동시에 그는 플라톤이 시적 감염의 바람직하지 못한 작용을 경계하여 이상적인 공화국에서 시인을 추방하려 했던 데 반해, 예술을 각 시대 고유의 '종교적 인식', 곧 "삶의 의미에 대해 그 사회의 인간들이 도달한 최고의 수준을 대표하는 이해"(an understanding of the meaning of life which represents the highest level to which men of that society have attained, 제16장 143면)를 전달하고 소통하는 수단으로서 적극 옹호한다.

여기서 똘스또이의 예술론을 자세히 검토할 겨를은 없다(필자 나름으로 비교적 상세한 검토를 시도한 예로는 졸고 「문학적인 것과 인간적인 것」, 『민족문학과 세계문학 1』, 창작과비평사 1978, 89~100면; 합본평론집, 창비 2011, 113~26면 참조). 그러나 삶의 의미에 대해 시대마다 성취한 당대 최고수준의 인식이 있다면 이를 이성과 학문의 언어로써만 아니라 감정과 느낌을 통해서도 전파하는 일이 중요함은 부인할 길 없다. (이 거대한 사업을 떠맡는 것이 '바다의 시정신'에 해당한다고 말할 수도 있을 것이다.) 그리고 이런 최고의 인식을 똘스또이처럼 '종교적 인식(또는 의식)'(religious perception, religious sense)이라 부르는 것도, 특정 종교의 교리나 의식(儀式)에 얽매이지 않고 인간과 어떤 궁극적인 것과의 관계(똘스또이의 표현으로는 "인간과 신의 관계 man's relation to God," 제10장 97면)를 탐구하는 것을 종교의 본질로 이해한다면 문제될 바 없을 듯하다.

3

똘스또이가 자신의 예술론을 구체적으로 적용하는 과정에서 지나치게 편협하고 독단적인 면모를 보인 것은 사실이다. 그것은 또한 "인간들 사이에 형제애를 이룩하는 일"(제20장 191면)을 우리시대가 공유하는 유일무이한 목표라고 너무 쉽게 단정해버리는 태도와 무관하지 않을 듯싶다. 그러나 더 근본적인 문제는, 형제애든 인류애든 또다른 무엇이든 그것이 언어로 정리된 목표인 한에는 '불립문자(不立文字)'의 깨달음 — 곧 최고수준의 종교적 인식 — 에는 미달하게 마련이라는 불교의 비판에 마주치게 된다는 것이다.

불교와 그리스도교(또는 똘스또이적 그리스도교) 사이에 우열을 따지자는 이야기가 아니다. 실제로 그리스도교 전통 안에도 '불립문자'에 해당하는 전통이 다양하게 존재하는 것 또한 사실이다. 그러나 여기서는 똘스또이 예술론에 다분히 공감하면서도 어떤 근본적인 의문을 제기하는 방편으로 선불교를 끌어낸 것이다. 똘스또이가 예술적 소통이 정서적 감염력을 행사한다는 점에서 언어를 통한 일상적 의미의 소통과 구별한 것은 타당하다. 그러나 이것이 '이성의 언어 대 감정(또는 감성)의 언어'라는 이분법으로 나간다면 예술의 실상을 왜곡하는 것이 된다. 진정한 예술의 감염력은 이성의 작용마저 포용하는 공감, T. S. 엘리엇의 표현을 빌린다면 '감수성의 분열'(the dissociation of sensibility)로 인해 사고와 정서가 분리되기 이전의 '통합적 감수성'에 호소하는 감염력이라는 인식은 충분하지 않은 듯하다. 다시 말해 학술언어와 예술언어의 차이는 이성의 언어와 감성의 언어 간의 차이가 아니라, 이성에 국한된 언어와 이성과 감성이 아울러 작동하는 언어, '온몸으로 온몸을 밀고 나가는'(김수영) 시의 언어 사이의 차이인 것이다.

한 시대 최고수준의 (종교적) 인식이라는 것도 그것이 진정코 최고의 것이 되려면 첨단에 서서 계속 새로운 수준으로 밀고 나가는 인식이라야 한다. 자신이 이미 획득한 선진적 인식을 동시대인들과 공유하려는 강렬한 욕구와 함께, 아직 획득하지 못했고 어떻게 남과 공유할지 알지도 못하는 인식을 향한 필사적 탐구가 병행되어야 하는 것이다. 이미 언어로 소통이 가능한 일체의 것을 넘어 어쩌면 소통이 불가능할지도 모를 경지를 포착하려는 선시의 존재근거가 바로 그것이며, 난해한 작품이라고 해서 똘스또이처럼 간단히 배척하기 어려운 이유이기도 하다. 다만 그런 난해성이 궁극적으로는 인류가 다함께 최고수준의 인식을 획득하고 형제로서 공유하는 데 이바지하지 못하고 난해성 자체를 소수의 예술가와 감상자들끼리 즐기는 상태에 머물 때——"인류가 도달한 최고의 감정들, 종교적 인식으로부터 흘러나오는 감정들을 전달하는 대신에 사회의 특정한 부류에게 최대의 향락을 제공하는 것을 목표로 하는 활동"(제9장 71면)이 될 때——그것이 특권계급의 타락한 예술이요 거짓예술이라는 똘스또이의 비판을 면할 길이 없을 것이다.

시에서 선적인 것을 요구함과 동시에, 시가 동시대 최고의 현실인식을 쟁취하고 전파하며 그에 걸맞은 세상을 만들고자 하는 '리얼리즘적' 욕구를 어떤 식으로든 보여줄 것을 요구하는 것도 그 때문이다. 거듭 말하지만 이때의 '리얼리즘'은 사실주의와는 구별되는 개념으로서, 똘스또이 자신은 사실주의 내지 자연주의적 모사를 예술작품의 질적 기준으로 삼는 것을 단호하게 비판한다(제11장 104면). 그렇다고 물론 사실주의를 굳이 배제해야 한다는 것은 아니며, 사실주의적 디테일의 활용 여부를 포함한 작가의 선택이 '선적인 것'과 '리얼리즘적인 것'의 결합에 얼마나 성공하고 있는지는 그때그때 작품을 놓고 판별할 일이다.

서두에 언급한『만인보』는 그러한 비평작업을 감당하기에 충분하고 또 그런 구체적인 검토를 요구하고 있다. 30권의 대작을 놓고 몇마디 일반론으로 넘어가는 대신, 너무 많지도 않고 너무 적지도 않은 수의 작품을 골라서 치밀한 검토를 해볼 필요가 절실하다. 이것은 하나의 개인적인 숙제이기도 한데 여기서는 숙제로 남겨둘 수밖에 없다. 대신에 전혀 다른 세대 다른 성격의 시인이 쓴 한편을 살펴보는 것으로 이야기를 마칠까 한다. 송경동(宋竟東)의 이 시가 딱히 선시와 리얼리즘의 최상의 결합을 예시하고 있어서가 아니라, 얼핏 선시와 무관한 사실주의적 현실고발의 시처럼 보이는 작품이라도 그것이 시로서 성공할 때 '선적인 것'과 아예 무관할 수 없어짐을 실감하기 때문이다.

영장 기각되고 재조사 받으러 가니
2008년 5월부터 2009년 3월까지
핸드폰 통화내역을 모두 뽑아왔다
난 단지 야간 일반도로교통법 위반으로 잡혀왔을 뿐인데
힐금 보니 통화시간과 장소까지 친절하게 나와 있다

청계천 탐앤탐스 부근……

다음엔 문자메씨지 내용을 가져온다고 한다
함께 잡힌 촛불시민은 가택수사도 했고
통장 압수수색도 했단다 그러곤
의자를 뱅글뱅글 돌리며
웃는 낯으로 알아서 불어라 한다
무엇을, 나는 불까

풍선이나 불었으면 좋겠다
풀피리나 불었으면 좋겠다
하품이나 늘어지게 불었으면 좋겠다
트럼펫이나 아코디언도 좋겠지

일년치 통화기록 정도로
내 머리를 재단해보겠다고
몇년치 이메일 기록 정도로
나를 평가해보겠다고 너무하다고 했다

내 과거를 캐려면
최소한 저 사막 모래산맥에 새겨진 호모싸피엔스의
유전자 정보 정도는 검색해와야지
저 바닷가 퇴적층 몇천 미터는 채증해놓고 얘기해야지
저 새들의 울음
저 서늘한 바람결 정도는 압수해놓고 얘기해야지
그렇게 나를 알고 싶으면 사랑한다고 얘기해야지,

이게 뭐냐고

—「혜화경찰서에서」 전문, 송경동 『사소한 물음들에 답함』, 창비 2009

일차적으로 촛불시위에 대한 과잉수사, 과잉단속을 고발하는 저항시로 읽을 수 있는 이 시는 사실주의적 묘사도 풍부하고 정확하며, 뒷부분에 화자의 상상력이 한껏 발동할 때도 사실주의의 영역을 아주 이탈하지는 않는다. 그러나 초점은 물론 사실주의적 충실성 자체가 아니라, 한심하고 옹졸한 목전의 현실을 세밀하고 정확하게 그림으로써 그것과 대조되는, 말하자면 '상상의 바다'로 열린 참 나의 세계가 더 실감나게 다가온다는 사실이다. 그런데 이 멋진 연의 정점은 역시 마지막 두 줄이다.

그렇게 나를 알고 싶으면 사랑한다고 얘기해야지,
이게 뭐냐고

똘스또이를 포함한 수많은 사람들이 강조하는 '사랑'의 메씨지가 담겨 있어서가 아니다. 오히려 '사랑'이라는 말을 너무 쉽게 쓰면 시의 긴장을 떨어뜨릴 수 있는데(송경동 시집에서도 더러 그런 경우가 보인다), 여기서는 수사경찰관더러 제대로 조사하려면 사랑한다고 얘기하라는 주문의 터무니없음이 그런 긴장의 해이를 막아준다. 결정타는 '이게 뭐냐고'라는 마지막 한마디다. 요즘의 젊은 누리꾼이라면 '이게 모야?'라고 표기함직도 한 이 질문은 발랄한 야유의 극치를 이루면서도, "저 새들의 울음/저 서늘한 바람결"에 나의 진실이 있고 우리 모두의 진실이 있다는 깨달음을 결코 약화시키지 않는다. 아니, '이 뭐꼬?'라는 참선 화두의 원형을 연상한대도 아주 엉뚱하달 수는 없을 것이다.

토론문

염무웅

 그동안 백낙청 교수의 비평이 고은 문학의 독특한 성취를 해명하는 데 선도적 관점을 제시해왔다는 것은 평단의 상식일 것이다. 뿐만 아니라 그의 비평적 관점은 단순히 한 시인의 문학세계를 설명하는 차원을 넘어, 그 설명 자체가 한국시와 한국문학 전반에 걸친 문제점을 진단하고 질적 향상을 촉구하는 이론적 각성제 역할을 해왔다고 생각한다. 알다시피 선시(禪詩)는 동양의 전통종교에 뿌리를 둔 개념이고 리얼리즘은 서구의 근대문학이론에 기반한 개념이어서 양자의 '합일 가능성을 논'한다는 발상 자체가 언뜻 보기에는 아주 대담하고 파격적인데, 백교수는 1990년대 초 고은의 시집 세권을 대상으로 했던 「선시(禪詩)와 리얼리즘」(1993)에서나 그 문제를 재론한 이번의 발표문 「시와 소통에 관한 단상」(2010)에서나 그 와 같은 개척적인 자세를 견지하고 있다.

 선시에만 국한해서 본다면, 백교수의 논의가 새로운 것은 아니라고 생 각된다. 한국시와 불교가 역사적으로 깊은 친연관계를 맺고 있다는 것은 공지의 사실이다. 고은의 수많은 작품들은 그 최신의 예가 될 터인데, 그는 시작품을 통해서뿐만 아니라 이미 1961년의 산문 「시의 사춘기」 및 백교수도 인용한 1993년의 좌담 발언("시에는 어느 시든 그 안에 선적인 요소가 들어 있다") 등을 통해 자신의 시적 사색에 선(禪) 또는 선승의 경험이 본질적인 기여를 하고 있음을 보여온 바 있다. 백교수 자신도 불교에 남다른 조예를 쌓아왔음은 알 만한 사람은 다 아는 사실이지만, 그러나 역시 만해(萬海)부터 고은까지, 아니 어쩌면 멀리 향가(鄕歌)시대나 일연

(一然)부터 고은까지의 오랜 선행업적이 알게모르게 바탕에 깔려 있었기에 리얼리즘의 이름으로 행해진 그의 독보적인 천착과 선시에 관한 논의가 새롭게 접목될 수 있었던 것이 아닌가 한다. 가령 이번 발표문에서 "시에서 선적인 것을 요구함과 동시에, 시가 동시대 최고의 현실인식을 쟁취하고 전파하며 그에 걸맞은 세상을 만들고자 하는 '리얼리즘적' 욕구를 어떤 식으로든 보여줄 것을 요구"한다고 했을 때, 이 요구가 두개이면서 동시에 하나라는 인식은 백교수가 우리에게 열어준 새로운 시야이다.

그런데 이번 발표는 지면(발표시간)의 제약 때문에 '선시와 리얼리즘'에 관련된 후속논의들을 충분히 더 파고들지 못한 것이 유감이다. 예컨대 "근대사회로 오면 문예창작에서는 장편소설이 대중적 소통의 총아로 떠오르고 (…) 시문학의 비중이 크게 줄어들었다. 그러나 영상매체 등 소통공간의 발달은 이런 현상에 또 한차례의 변화를 일으키고 있다"는 언급은 이런 언급만으로 지나가기에는 너무 크고 중요한 주제가 아닌가 한다. 다른 한편, 고은의 대작 『만인보』에서 적절한 수의 작품들을 골라 "'선적인 것'과 '리얼리즘적인 것'의 결합에 얼마나 성공하고 있는지" 치밀하게 검토할 필요를 개인적인 숙제로 제시하고 있는데, 독자의 입장에서는 그야말로 학수고대하지 않을 수 없다. 그밖에 질문사항도 여럿 있지만, 다만 한 가지 의문을 덧붙이는 것으로 토론을 마치려 한다.

"이미 언어로 소통이 가능한 일체의 것을 넘어 어쩌면 소통이 불가능할지도 모를 경지를 포착하려는"것이 선시의 존재근거라는 백교수의 지적에 나는 이의없이 동의한다. 그런데 소통의 가능성 여부를 초월하여 궁극의 지혜에 도달하고자 하는 것은 선시라기보다 선 자체의 목표가 아닌가 생각한다. 깨달음을 일상적인 언어로 나타낼 길이 없어 시적인 언어로 표현하고, 시적인 언어로도 표현 불가능한 무엇인가를 단말마적인 외침이나 괴기한 몸짓으로 나타낸 사례는 선의 역사에 흔히 보이는 것이다. 그런 높은 경지의 선과 선의 최소표현으로서의 선시가 그 나름으로 정신의 집중을 요구하는 시 일반에 무한한 영감을 주어온 것은 사실이다. 그러나 그럼에도 불구하고 시는 불가피하게 언어적 형상물, 즉 언어로 포착된 그 무엇이다. 똘스또이가 말하는 '종교적 인식'이든 선불교가 추구하는 극한의 깨달음이든 그 인식의 깊이에 상응하는 언어적 형상이 이룩되었을 때 비로소 시의 범위에 드는 것이 아닌가 한다. 물론 종교에서도 율법주의나 형식주의가 종교 본연의 구원의 역사(役事)를 훼손하고 제약하는 것처럼, 시에서도 틀에 박힌 형식적 규범과 상투화된 표현기법들이 시의 생명력을 파괴하고 고갈시키는 것은 흔히 목격되는 바이다. 그런 점에서 시가 사람이 사람에게 거는 말하기의 한 방식, 그중에서도 가장 참신한—때로는 가장 난해한—언어적 소통의 한 형식이라는 불변의 사실에 근거하여 선시 또는 시 일반을 구체적으로 설명할 필요는 여전히 과제로 남아 있다고 하겠다. 그것은 백교수가 똘스또이의 예술관을 설명하면서 플라톤의 이름을 호출했던 선례에 따른다면 아리스토텔레스적인 과제라고 말할 수 있다.

세교연구소 회원게시판 댓글*

백낙청

저의 발제문에 이어 염무웅 선생의 토론문 파일이 올라오고 다시 이걸

---

* 이 글은 '2010 세계작가 페스티벌' 포럼에서 토론자로 참여해 발표한 염무웅의 토론문이 세교연구소(www.segyo.org) 회원게시판(2010. 10. 6)에 오른 뒤 그에 대한 댓글로 작성한 것이다.

계기로 염선생의 게시판 참여가 시작되었으니 간접적 원인제공자로 무척 즐겁습니다.

염선생이 첨부하신 강남/강북에 관한 '단상'도 잘 읽었습니다. '단상'이라거나 '회고담'이라는 말이 다소 안 어울릴 만큼 중요한 문제들을 진지하게 다루셨더군요. 유희석 교수의 일차적 반응이 있었지만 여러 사람(나 자신을 포함해서)의 후속 논의가 진행되면 좋겠습니다.

우선은 '시와 소통' 발제에 대한 염선생의 토론문에 대해 몇자 적으렵니다. 주로 그날 현장에서 답변한 내용인데, 세교의 동료들과 공유하는 것이 훈훈한 덕담과 중요한 문제제기에 보답하는 일도 되리라 믿습니다.

덕담에 대해서는 거듭 감사드린다는 말로 넘어가기로 하고요.

문제제기는 세 가지였는데 그것도 두 가지에 대해서는 미리 면죄부를 마련해주셨습니다. 발제문의 지면이나 현장의 시간제약으로 온전한 답변을 하기 어려울 거라고 전제하셨거든요.

충분한 답변은 지금도 엄두가 안 나지만 첫번째 문제에 대해 언급했던 내용을 조금 보완해보렵니다. "'근대사회로 오면 문예창작에서는 장편소설이 대중적 소통의 총아로 떠오르고 (…) 시문학의 비중이 크게 줄어들었다. 그러나 영상매체 등 소통공간의 발달은 이런 현상에 또 한차례의 변화를 일으키고 있다'는 언급은 이런 언급만으로 지나가기에는 너무 크고 중요한 주제가 아닌가 한다"라는 지적이었지요.

실은 이장욱 형도 '시의 위상회복'이라는 명제에 의문을 표시했더랬습니다. 베스트쎌러 저자와는 거리가 먼 시인의 실감을 담은 의문이었겠지요.^^

그 말을 듣고 원문을 약간 수정하여 이것이 예술 전반에 걸친 장편소설의 주도적 위치 상실을 수반하는 '상대적 위상의 회복'이라는 점을 명시했습니다. 하지만 뉴미디어 등 다른 매체와의 결합 가능성에서의 우위라는 논지는 그대로 유지했지요.

한때 장편소설이 차지하던 압도적 위상은, 인쇄문화의 발달이나 여가 시간의 증대 같은 현상뿐 아니라 옛날에는 음악과 춤, 연극 등과 가까이 있던 문학이 다른 예술로부터 분리되는 현상의 일환이기도 했습니다. 따라서 장편의 쇠퇴로 시가 저절로 뜨는 건 아니지만, 그것이 문학과 여타 예술의 새로운 결합과정의 불가피한 일부라면 이 결합이 진정한 문학적 가치 —장편소설이 그동안 성취해온 가치들을 포함하여—를 얼마나 살리는 결합이 될 것이냐가 중요한 과제일 거예요. 이를 위해 시문학이 남다른 역할을 할 가능성에 주목하고자 했던 거지요.

그런데 이때 더 정확히 말하자면 '시'가 아니라 '운문예술'이라 해야겠군요.

두번째 문제제기는 『만인보』에 대한 구체적인 검토를 숙제로 미룬 데 대한 아쉬움이었는데, 이건 여전히 숙제로 남겨둘 수밖에 없군요. 다만 그것이 나 개인의 숙제일 뿐 아니라 독자와 비평가들도 자신의 과제로 생각했으면 좋겠다는 말을 했습니다.

세번째는 선시와 선 자체를 구별해서 생각할 필요, 즉 "소통의 가능성 여부를 초월하여 궁극의 지혜에 도달하고자 하는 것은 선시라기보다 선 자체의 목표가 아닌가" 하는 것이었습니다. 저는 일단 이것이 정확한 지적이라고 수긍하고 승복했어요.

그러면서도 한마디 덧붙인 것은, 딱히 '선시'는 아니더라도 "소통의 가능성 여부를 초월한 궁극의 지혜"를 어떤 식으로든 소통시킬 수 있는 것이 큰 깨달음의 경지며 참 지혜가 아닐까 하는 되물음이었어요. "시적인 언어로도 표현 불가능한 무엇인가를 단말마적인 외침이나 괴기한 몸짓으로 나타낸 사례"의 경우도, 그것이 혼자서의 외침이나 몸짓으로 끝난다면 아직은 '작은 깨달음'의 수준이고 큰 공부의 '입구'에 불과하리라는 거지요. 그것 자체가 소통에 이바지하고 좀더 원만하고 광대한 소통으로 발전할 때 공부의 '출구'에 이르렀다 할 수 있을 듯합니다.

"시가 사람이 사람에게 거는 말하기의 한 방식"이라는 염선생의 명제에 전적으로 동의하면서 선시뿐 아니라 '선 자체'도 실은 그 경지를 영영 떠나서는 안된다고 생각합니다. 떠났다가도 되돌아와야지요.

다만 그 되돌아옴을 '아리스토텔레스적인 과제'로 설정하는 게 적절한지는 의문이에요. 화엄의 세계는 '아리스토텔레스적인 것'도 수용하는 광대한 것이지만, 아리스토텔레스적 사유에는 선적인 것을 원천적으로 방해하는 요소가 있지 않은가 합니다.

우리시대 한국문학의 활력과 빈곤

2010년대 한국문학을 위한 단상들

1. '우리시대'가 정확히 언제를 말하는지는 정하기 나름이다. 한국어는 더러 '나'라고 할 자리에 '우리'라고 쓰기도 하는데, 그럴 경우 필자 개인이 살아온 '우리' 시대는 오늘날 많은 독자에게 먼 옛날 '남의 시대'로 느껴질 법하다. 하지만 실제로 4·19 이후의 한국문학, 특히 민족문학운동이 다시 전개된 1970년대 이래의 문학은 여전히 '우리시대의 문학'인 면이 없지 않다. 범위를 더 좁힌다면 1987년 6월항쟁 이후의 20여년이 더욱 분명하게 '우리시대'가 될 것이고 이 시기의 문학은 오늘의 젊은 독자들에게도 '우리시대의 한국문학'으로서 별다른 거리감을 안 주지 싶다.

문학의 활력과 빈곤을 논하면서도 대략 이런 다양한 의미의 '우리시대 한국문학'을 염두에 두고 있다. 동시에 새로운 10년대로 넘어가는 2010년의 시점에서 구체적인 성찰은 2000년대의 문학에 집중되는 것이 당연하다.

2. 1970년대 이래 민족문학론이 한국문학의 빈곤보다 활력과 가능성을 강조한 것이 빈곤에 대한 인식이 결여되었기 때문은 아니다. 외국문학 특히 서양문학의 선진성을 일방적으로 신봉하고 홍보하면서 우리 문학의

낙후성을 과장하여 더욱 조장하기도 하는 풍조에 맞서, 비록 가난하나마 그 무엇도 대신할 수 없는 우리 자신의 문학이 있고 더구나 '제3세계적 인식'이라는 진정으로 선진적인 시각을 확보함으로써 우리의 문학 또한 세계문학의 선두대열에 합류할 수 있음을 상기하고자 했던 것이다.

3. 그때나 지금이나 세계적 시야는 중요하다. 요즘은 '제3세계'라는 말을 잘 안 쓰지만, 서구중심적인 세계의 문학시장이 설정한 '보편성'의 잣대를 맹종하지 않되 세계적인 잣대 자체의 수정을 실현할 수 있을 정도로 보편성에 육박하는 세계문학에 동참할 필요성이 절실하다(이런 의미의 세계문학운동에 관해서는 졸고 「세계화와 문학—세계문학, 국민/민족문학, 지역문학」, 『안과밖』 2010년 하반기호〔본서에도 수록〕; 비슷한 문제의식을 지닌 국내의 세계문학 논의를 모은 책으로 김영희·유희석 엮음, 『세계문학론』 창비담론총서 4, 창비 2010 참조).

내가 문학활동을 시작하던 무렵에 주체적인 창작을 수행하면서도 세계적인 시야를 유난히 강조한 이가 김수영(金洙暎)이다. 그는 신동엽의 「아니오」 같은 시에 "세계적 발언을 할 줄 아는 지성이 숨쉬고 있"다고 칭찬하면서 동시에 신동엽 시인이 "50년대에 모더니즘의 해독을 너무 안 받은 사람 중의 한 사람이다"라는 말로 폐쇄적인 민족주의로 흐를 가능성을 경계했다(「참여시의 정리」, 『창작과비평』 1967년 겨울호 636면). 다시 말해 모더니즘이라는 세계적 흐름에 접할 필요성을 강조하면서도 그 '해독'을 말할 만큼 모더니즘과 거리를 두는 입장이었기에, 김수영은 그의 사후에 본격화된 민족문학론에도 두고두고 하나의 길잡이가 되었다.

4. 2000년대의 한국문학으로 눈을 돌리면 우선 시단의 활력이 눈에 띈다. 이른바 선진국들에 비해 시집이 많이 나오고 잘 팔린다는 사실 자체가 한국시의 높은 수준을 보장하는 것은 아니다. 그러나 좋은 시를 쓰는데 고무적인 조건임은 분명하다. 시집의 발간 부수나 판매량이 한국에서

도 점차 줄어드는 추세이긴 하지만 여전히 미국이나 영국, 프랑스 또는 일본에서는 생각하기 힘든 수준이다. 더 중요한 것은 이러한 대중적 관심과 애정 속에서 2000년대의 한국시단은『만인보』30권을 완간한 원로시인 고은(高銀)에서부터 중진·중견과 신예에 이르는 수많은 시인들이 괄목할 활약을 보여주었다는 사실이다.

5. 그중에는 대중의 폭넓은 이해를 일부러 외면하는 듯한 시쓰기를 해온 이른바 '미래파' 시인들의 중요한 몫도 인정해야 한다. 물론 이들의 시가 다 훌륭할 수는 없다. 그런데도 일종의 인정투쟁을 위해 그들의 성과를 통째로 긍정하며 더러는 현학적이고 자폐적이기도 한 비평담론이 독자를 시 자체로부터 멀어지게 만드는 경향도 있었다. 그러나 내가 최근에 읽은 김소연(金素延)의『눈물이라는 뼈』(문학과지성사 2009)와 신해욱(申海旭)의『생물성』(문학과지성사 2009)이 좋은 예지만, 재능있고 진지한 시인들이 한국어를 자유자재로 구사하며 난해한 시를 써내는 모습은 그 자체로도 은근한 감동을 준다. 비평담론은 여전히 외국의 이론에 잔뜩 꼭지를 잡힌 경우가 허다하다 해도, 시인들은 '모더니즘의 해독'을 입을 대로 입으면서 자기만의 언어를 발성하는 경우가 거듭 발견되는 것이다. 물론 그들 중 누가 얼마나 성공했고 그 언어가 우리에게 어떤 의미를 지니는가를 가려내는 비평작업은 앞으로 더 정밀하게 진행되어야 할 것이다.

'미래파' 시인들의 활약이 가져온 한 가지 부수적 효과는 그들과 성향을 달리하는 시인이나 독자들의 감수성과 맛썰미에도 적잖은 영향을 끼쳤다는 사실이다. 익숙한 언어와 나른한 서정으로 독자의 감성에 호소하면서 지성을 잠들게 하는 시들이야 예전부터 경계의 대상이었지만, 그러한 경각심이 '미래파' 시를 읽고 시달리기도 하면서 더욱 높아졌다고 할 수 있다. 최근 시집들 가운데 예컨대 전통적 연시(戀詩)의 요소도 듬뿍 담긴 안현미(安賢美)의『이별의 재구성』(창비2009)이라든가 농촌시에 해당하는 작품이 많은 고영민(高榮敏)의 『공손한 손』(창비 2009), 정치적 저항의 전통을 이어가는 이영광(李永光)의 『아픈 천국』(창비 2010) 등을 보면 2000년대의 새로운 시와 시적 담론에 의해 단련된 언어가 한층 빛을 발하고 있다. 이들보다 약간 선배에 해당하는 이문숙(李文琡)이 『한 발짝을 옮기는 동안』(창비 2009)에서 세상살이의 실상 포착을 참신한 언어실험과 결합하는 데도 '미래파'의 자장(磁場)이 작용한 바 있을지 모르며, 송경동(宋竟東)처럼 지난날 저항적 민중시의 흐름을 온몸으로 이어받은 시인이 옛날식 저항시에 안주하지 않게 된 것 또한 개인의 재능에 더해 시단의 전반적 분위기에 힘입은 바 없지 않을 것이다.

6. 우리 비평계에 활력을 더해준 문학의 정치성 논의가 시를 중심으로 촉발된 것은 그런 점에서 당연하다. 지속적인 논의에 시동을 건 이가 시인이기도 했다(진은영 「감각적인 것의 분배」, 『창작과비평』 2008년 겨울호 참조). 물론 그 배경에는 2008년의 촛불시위가 있었고, 뒤이어 2009년 초에 '용산참사'가 일어나면서 논의에 절실성을 더해주었다.

비평담론에서는 정치성 논의 이전에 '문학과 윤리'라는 주제가 지배적이었다. 그것은 두 가지 측면을 동시에 지닌 것이었다고 생각된다. 곧, 한편으로는 사회현실에 눈을 돌리는 것 자체를 냉소하던 한때의 문단풍조에서 점차 벗어나는 과정이었는가 하면, 동시에 문학의 정치성 문제와의 정면대결을 여전히 미룬 채 변죽만 울려대는 형국이기도 했다. '윤리'가 선악의 분별을 절대시하는 자세일 경우 외부로부터 문학에 부과되는 일종의 질곡이 되고, 진정한 정치도 부당하게 제약하기 쉽다. 반면에 이런 통상적인 의미의 윤리 내지 도덕(morality, morals)을 거부하는 것 자체가 문학의 진정한 윤리임을 강조하는 데 머물 경우 그것은 구체적인 정치현실과 무관한 또하나의 정언명령(定言命令, categorical imperative)을 발하는 것밖에 안된다. 이런 '문학의 윤리'는 레비나스(E. Levinas)의 '타자의 윤리학'이나 데리다(J. Derrida)의 '환대의 철학'을 원용하여 그 권위를 강화하기도 한다.

여기서 내가 레비나스나 데리다의 철학을 비판하려는 것은 아니다. 다만 그들의 경우건 우리 문단의 윤리 논의에서건 서양의 개념을 근거로 윤리와 도덕을 구별하다보면 원래 동아시아 전통에서 말하던 도덕, 즉 도(道)와 '도의 힘'으로서의 덕(德)에 대한 사유가 실종되고 만다는 점을 지적하고 싶다. 문학의 정치성 논의도 구체적인 정치현실에 대한 관심을 그러한 도덕을 사유하는 경지로까지 끌고가지 못할 때 또 한번의 추상화나 편협한 정치주의에 머물 수밖에 없으리라 본다.

7. 아무튼 시인의 개인적 실감에서 출발하여 랑씨에르를 적절히 참고한 진은영(陳恩英)의 문제제기 이래 활발한 논의가 뒤따랐고 앞으로 더욱 알찬 논의를 벌일 바탕이 마련되었다. 새로운 진전의 하나는 정치행위 ── 적어도 문학이 문제삼을 만한 차원의 정치행위 ──에 따르는 '보편성' 문제가 대두했다는 점이다.

예컨대 비평동인지『크리티카』4집(2010)은 '문학, 정치, 보편성'이라는 특집을 마련했는데 특집의 소개말에 해당하는 김성호(金成鎬)의「문학의 정치와 정치적 보편성」은 우리 문단의 랑씨에르 활용이 여전히 미학주의, 전문가주의에 치우쳐 있음을 비판한다. "랑씨에르는 바로 이러한 경향의 문학적·비평적 실천에 '정치'의 이름을 선사함으로써 그것으로 하여금 '탈정치적'이라는 비판에서 벗어나게 하면서도 실제로는 그것에 아무런 변화도 강요하지 않는, 그러니까 '직접적으로 정치적'이거나 '현장에 밀착'되어 있거나 혹은 '구체적으로 반체제적인' 어떤 행위도 문학인들에게 요구하지 않는 고마운 존재로 등장했다"(17면)는 것이다. "'문학의 정치'라는 주제 역시 보편성에 관한 물음, 즉 문학이 꼭꼭 닫힌 기존 질서 내부에 열어놓는 자유의 공간이 보편성의 차원을 함축하고 있는지, 어떤 성질

의 보편성을 어떤 방식으로 지향하고 있는지에 관한 물음을 피해갈 수 없다."(27면)

글의 성격상 이 물음에 대한 논자 자신의 답이 나와 있지 않은 점이 아쉽다면 아쉽다. 이 물음을 오늘날 흔히 보편성의 전형적 사례로 언급되는 '인권'과 관련해서 발전시킨 것이 같은 특집에 실린 황정아(黃靜雅)의 「인권의 보편성과 정치성」이다. 그는 현존하는 대표적 인권담론들을 비판한 뒤, 용산사태를 두고 '아우슈비츠' 운운하는 일부 문인들의 반응에도 의문을 제기한다. "그것은 말하자면 우리가 용산에서 뒤늦게나마 발견한 '사람'이 권리의 기입과 현실 사이의 불일치를 구성해내는 정치적 주체가 아니라 잔혹한 국가 폭력에 의해 권리 없음의 현실을 강요당한 희생자로만 보이게 만든다"(같은 책 108면)는 것이다. "랑씨에르에 따르면 인권은 이렇듯 특정 주체에 할당된 권리가 아니라 주어진 전체 공동체에서 자리를 갖지 못한 자들이 권리 박탈에 대항하여 무언가를 할 때 갖게 되는 권리이고 따라서 그가 말하는 인권의 '주체'는 곧 정치적 '주체화 과정'에 다름아니다"(105면)라는 것이 황정아의 지적이다. 그런데 '보편성' 또한 자신의 정치적 주장을 보편적인 것으로 만들어가는 보편화 과정에 다름아닌 것이라면, 그것은 문학이 열어놓는 공간에서 '보편성의 차원'을 인지하는 데 그치지 않고 레닌의 유명한 문구대로 '구체적 상황에 대한 구체적 분석'에 입각한 정치행위를 고민하지 않을 수 없을 것이다.

8. 진은영 자신은 문학의 정치성에 관한 진지한 고민이 자기보다 훨씬 전에 김수영에 의해 이미 시작되었음을 논술했다(「한 진지한 시인의 고뇌에 대하여」, 창작과비평 2010년 여름호). 여기서 랑씨에르가 말하는 '감각적인 것(또는 감성적 경험)의 자율성'을 모더니즘에서 흔히 말하는 '예술의 자율성'과 달리 보아야 하고 "삶과 정치가 실험되지 않는 한 문학은 실험될 수 없다"(「감각적인 것의 분배」 84면)는 그의 애초 주장이 한층 힘을 얻는다.

다른 한편 '삶과 정치의 실험'이 문학의 진정한 새로움에 필수적이라는 인식을 갖고 '진지한 고뇌'를 1970년대부터 진행해온 한국평단의 다른 흐름에 대해서도 주목할 필요가 있다. 문학에서의 현실인식과 문학인의 정치적 실천을 강조하면서도 예술성을 희생하는 정치주의를 경계하고 '현실재현'에의 과도한 집착을 넘어서는 길을 모색해온 리얼리즘론은, 모더니즘의 극복이 김수영에서 이미 시작되었다는 인식과 더불어 이러한 극복의 작업이 김수영에서 한발 더 나가 민중의 현실에 한층 밀착할 필요성을 제기하는 것이기도 했다(예컨대 졸고 「역사적 인간과 시적 인간」, 『민족문학과 세계문학 1』, 창작과비평사 1978, 187~93면; 합본평론집, 창비 2011, 228~34면 참조).

그 점에서 류준필(柳浚弼)이 내 리얼리즘 논의의 궤적을 자상하게 되짚으면서 여러가지 오해를 풀어준 것은 개인적으로 고마운 일이 아닐 수 없다(「백낙청 리얼리즘론의 문제성과 현재성」, 『창작과비평』 2010년 가을호). 그는 한국의 리얼리즘 논의를 제대로 발전시키면 랑씨에르보다 "근대예술의 전개과정에 대해 훨씬 원만한 이해가 가능"(같은 글 384면, 원문은 졸고 「현대시와 근대성, 그리고 대중의 삶」, 『창작과비평』 2009년 겨울호 29면; 본서 77면)하리라는 나의 주장을 언급하기도 했다. 그러나 랑씨에르의 예술체제론이 한국평단의 리얼리즘론에 의해 충분히 수렴 가능한 반면 후자의 문학론 중 핵심적인 사항을 놓치는 바 있다는 다분히 논쟁적인 문제제기는 "역시, 마구 가거나 너무 가서는 잘 갈 수가 없다"(류준필, 앞의 글 384~85면)는 경구적 발언으로 넘겨버릴 뿐 더 검토하지 않는다.

9. 진은영에게 리얼리즘 논의까지 거들어달라는 것은 무리한 주문일 게다. 하지만 문학과 정치에 대한 그의 문제제기 방식에 애초부터 논의의 폭을 제약하는 면은 없었을까. "이주노동자와 비정규직 노동자들의 투쟁을 지지하며 성명서에 이름을 올리거나 지지 방문을 하고 정치적 이슈를 다루는 논문을 쓸 수도 있지만, 이상하게도 그것을 시로 표현하는 것은

쉽지가 않다"(「감각적인 것의 분배」 69면)는 그의 고백이 후속 논자들의 생산적 토론을 끌어내는 진솔함과 날카로움을 지닌 것은 사실이다. 동시에 여기서 언급되는 '사회참여'는 어디까지나 글쓰기가 본업인 시인의 관점에서 파악된 것이라는 점도 유념할 필요가 있다. '사회참여'는 쉬운데 '참여시'는 어렵다는 시인의 고뇌는 창조적인 정치행위가 창조적인 글쓰기보다 본질상 쉬워서가 아니라, 시인이 시를 쓸 때는 글쓰기의 온전한 주인으로 임하는 데 반해 사회활동·정치행위의 영역에서 시인은 남이 차려놓은 판에 객(客)으로 끼어드는 것만으로도 '참여'한 것으로 간주될 수 있기 때문이다. '구체적 상황에 대한 구체적 분석'을 자기 나름으로 수행하여 거기에 꼭 맞는 행위를 찾아내고 실행하는 것이 ─ 지도적인 위치에 서느냐 마느냐와 무관하게 ─ 정치영역에서 온전한 주인이 되는 길이라면 그 길을 제대로 걷는 일은 시를 제대로 쓰기만큼이나 지난한 과제일 것이다.

10. 정치는 어차피 싸움이다. 사회를 통합하고 적대세력과 화해하는 정치적 노력 역시 그나름의 싸움인 것이다. 문학의 정치성 논의가 리얼리즘 논의로 번지게 마련인 것도 그 때문이다. 사실주의적 재현 자체보다도 "역사의 싸움에 임한 동지와 동지 사이에 수행되는 일종의 전황점검(戰況點檢)"에 이바지하는 재현의 신빙성이 중요해지고 나아가 "그것 자체로서 동지와 동지 간의 사랑을 전달하고 굳히는 기능"(졸고 「문학적인 것과 인간적인 것」, 『민족문학과 세계문학 1』 99면; 합본평론집 125면)을 갖게 되는 것이다. 이 싸움을 단지 남들과의 싸움으로만 이해하면, 정치는 레토릭(수사학)을 낳고 자신과의 싸움에서 시가 나온다는 낭만주의적 공식에 귀착한다. 그러나 어떤 식으로든 시 자체에 정치성이 내재하고 정치 또한 개개인의 자기수련을 포함하는 '주체화 과정'이라면, 문학과 정치 모두가 남들과의 싸움이자 자신과의 싸움이 아닐 수 없다.

11. 문학의 정치성 논의가 확장되는 또하나의 영역이 소설에서의 정치성 문제다. 김영찬(金永贊)은 최근의 논의에서 "정치와의 관계가 문제시되는 바로 그 '문학'의 범주에서 '소설'이 소외되고 있다는 사실"을 지적하면서 "지금 한국소설에 정치는 없다"고 비판한다(「문학 뒤에 오는 것」, 『문예중앙』 2010년 가을호 378면 및 379면). 그의 말대로 한국소설이 "근대적 노블(novel)에 요구되는 자질 자체를 애당초 그 자신의 유전자로 갖고 있지 않은"(374면) 문학인지는 따져볼 일이고, 소설의 정치성 논의가 없다는 주장도 다소 과장된 느낌이다. 그러나 시를 중심으로 전개된 논의가 소설 분야로 충분히 번져가지 못한 것은 분명한데, 한기욱(韓基煜)의 「문학의 새로움과 소설의 정치성 ─ 황정은 김사과 박민규의 사랑이야기」(『창작과비평』 2010년 가을호)는 그런 아쉬움을 달래줄 좋은 출발이 아닌가 한다.

구체적 작품논의의 적확성 여부를 논할 자리는 아니다. 어쨌든 가장 사적인 연애의 영역에서 정치성을 읽어내는 발상은 "개인적인 것은 정치적이다"(The personal is political)라는 페미니즘의 유명한 명제에 비춰서도 적절한 것이며, 그 과정에서 한기욱은 사실주의와 리얼리즘의 관계를 랑씨에르의 '치안'과 '정치' 구분을 끌어와 새롭게 조명한다. 곧, 양자는 엄연히 구별되어야 하지만 동시에 각별한 관계를 유지한다는 것인데, 이는 리얼리즘 개념의 재조명인 동시에 문학의 정치성 논의 중 랑씨에르 학설을 편의적으로 이용하는 일부 논자들에 대한 김성호 등의 비판을 다른 각도로 제기한 셈이다.

12. 한기욱이 '시대의 성격' 및 그에 따른 시대구분 문제를 끌어들인 것도 '정치성' 논의의 구체화를 위해 중요한 전진이다. 그는 일찍이 '6·15시대의 문학'이라는 가설을 제시했다가 좀더 유연한 '6·15시대론'으로 자기수정을 한 바 있는데(「문학의 새로움은 어디서 오는가」, 『창작과비평』 2008년 겨울호, 3절 '문학과 시대적 과제'), 이번에는 97년체제론, '속물시대' '냉소주의시

대'론 등의 지나친 단순화를 비판하면서 2000년 남북정상회담 이후 한반도 상황의 변화나 2008년의 촛불시위에 나타난 우리시대의 다른 측면을 함께 고려할 것을 강조한다. 그 자신 1997년 IMF구제금융사태의 획기성을 부인하지 않지만 이를 김종엽 등이 주장하는 87년체제론(김종엽 엮음, 『87년체제론』 창비담론총서 2, 창비 2009)의 틀 안에서 설명 가능한 새 국면으로 파악한다. 이는 기본적으로 나도 공감하는 입장인데, 강조하고 싶은 점은 87년체제론이 — 어떤 시대구분론이든 당연히 그래야 하듯이 — 오늘 우리가 살고 있는 현실을 정확히 자리매기는 데 도움을 줘야 한다는 것이다. 곧, 우리가 지금 87년체제 속에 살고 있다는 말은, 이명박시대가 '선진화시대'가 아닐뿐더러 김대중·노무현 시대에 시작된 '신자유주의시대'의 심화에 불과한 것도 아니라는 말이 된다. 이미 생명력이 다한 87년체제의 말기증상을 대표하는 혼란기이며, 1987년에 그랬던 것처럼 범국민적 역량을 — 물론 6월항쟁과는 다른 방식이라야겠지만 — 또 한번 결집함으로써 새로운 시대를 열 수 있다는 것이다.

이런 인식을 작품읽기에 적용하고 안하는 것이 어떤 비평적 의미를 지닐까? 이 자리에서 본격적으로 다뤄보기는 어렵지만, 단순히 '반신자유주의' 노선에 따른 현실고발의 문학보다 이 시대의 삶을 훨씬 혼란스럽고 때로는 엽기적인 것으로 그리되 1997년의 위기에도 불구하고 6·15공동선언을 만들어내고 이명박시대 벽두에 촛불군중의 축제적 시위를 선보인 한국사회의 생명력이 간과되지 않는 한층 고차원의 작품을 선호하게 되리라는 점을 지적할 수는 있겠다.

13. 장편소설로 눈을 돌리면 우리시대 한국문학의 빈곤이 좀더 실감되는 듯하다. 훌륭한 단편을 곧잘 써내다가도 장편을 시도하면 이름값을 못하는 작가들이 적지 않은 것이다. 이는 아마도 오랫동안 한국 소설문학의 예술적 성취가 단편소설에 집중되었던 탓일 게다.

2000년대 들어 장편소설의 생산량은 비약적으로 늘어났고 그중에는 상업적으로 성공함과 동시에 평단의 상찬 대상이 된 예도 적지 않다. 하지만 이른바 '주례사 비평'의 혐의가 뚜렷한 경우를 제외하더라도, 비평가의 긍정적 평가가 세계적인 시야를 결함으로써 실질적인 과찬으로 귀결하는 수가 허다하다. 국내용으로나 통할 법한 작품에 대한 국내에서의 상대평가가 마치 세계시장에서 우수성을 주장할 만한 절대평가처럼 표현되는 것이다.

물론 당장에 번역해서 외국의 독자들로부터 얼마나 평가받을 것인가, 즉 서구중심적인 현존 세계시장의 당일 시세로 어떤 '절대치'를 갖는지를 말하는 게 아니다. 다만 독자나 비평가가 자기 나름으로 생각하는 세계문학의 성격과 그 중요 작품들, 바람직한 진로 등을 머릿속에 갖고서 작품평가를 하는 훈련이 필요하다는 것이다.

14. 나 자신 2000년대 한국문학의 활력을 보여주는 뛰어난 소설이며 세계시장에 내놓음직한 많지 않은 문제작의 하나라 생각하는 신경숙(申京淑)의 『엄마를 부탁해』(창비 2008, 이하 『엄마』)는 한국의 출판시장에서 보기 드문 대형 베스트쎌러가 되기도 했다. 그런데 일반독자들의 열띤 호응에 비해 평단의 반응은 엇갈렸다. 실제로 (과찬을 포함한) 긍정적 평가에 비해 부정적인 비평이 더 많지 않았나 싶다. 독자의 감상(感傷)을 자극하는 대중소설에 불과하다거나 전통적 모성을 신비화하는 불건전한 문학이라고 비판한 몇몇 사례에 대해서는 유희석(柳熙錫)의 「'엄마'의 시대적 진실을 찾아서 ─『엄마를 부탁해』론」(『창작과비평』 2009년 여름호)이 비교적 잘 정리했다고 보기에 여기서는 따로 논하지 않는다.

15. 이 작품의 진가를 비평의 언어로 전달하기는 쉽지 않다. 유희석처럼 부당한 평가를 반박하면서 엄마 박소녀를 통해 시대적 진실을 읽어내는

것도 한 가지 방법이긴 하다. 그러나 무엇보다 선행되어야 할 것은 작품 속 인물과 사건의 절절한 실감을 직접 느끼는 일인데, 『엄마』의 작중현실이 '자기 일처럼' 느껴지는 기본적인 원인은 엄마를 비롯한 여러 인물이 딱히 자기 주변에 아는 사람들을 닮았다기보다— 개인에 따라 그럴 수도 있고 안 그럴 수도 있을 것이다—『엄마』라는 개별 작품을 읽는 도중에만 만날 수 있는 유일무이한 개별자로 형상화되었기 때문이다. 이는『엄마』뿐 아니라 다른 훌륭한 소설에 두루 해당하는 이야기일 테지만, 아무튼 이런 개별자를 개별자로 대하며 나의 관념을 덧씌우지 않는 읽기야말로 '타자의 윤리학'을 이행하고 낯선이(l'étranger)를 '환대'하는 길이 아닐까.

16. 따라서 엄마 박소녀가 과연 현존하는 한국 노인여성의 몇 퍼쎈트를 대표할 수 있느냐는 것은 핵심을 비껴간 질문이다. 전혀 다른 유형의 어머니와 모녀관계가 김애란의 「칼자국」이나 권여선의 「가을이 오면」 「K가의 사람들」 등에서 확인된다는 것을 두고 현실성의 우열을 다툴 일도 아니다. 이들 단편은 모두가 빼어난 소설적 성취를 이루었기에 각기 그나름의 진실성을 지니며, 바로 그렇게 때문에 같은 작가의 작품이면서도 「가을이 오면」과 「K가의 사람들」의 어머니는 상이한 개별자들이다. 다른 한편 정지아의 최근 단편 「목욕가는 날」(『문학사상』 2010년 8월호)에 그려진 모녀관계는『엄마』의 큰딸과 어머니 관계와 정서적으로 상통하는 바 많은데, 이때도 비슷하면서도 각기 다를 뿐 작중인물이나 상황 자체의 우열이 문제될 까닭이 없다.

17. 박소녀가 '신화화된 모성' 또는 '가부장사회의 전형적인 여성'에 부합하지 않는 점들은 유희석 등 여러 평자가 이미 지적한 바 있다. 제4장 '또다른 여인'에서 가족 그 누구도 모르던 그녀 삶의 일면—이은규라는

남자와의 기이한 인연 —— 이 밝혀지기 전에도, 그녀가 주어진 삶으로부터의 일탈을 꿈꾸었고 딸들에게 다른 세상을 열어주기 위해 반항도 불사했음이 드러난다. 더구나 "부엌이 감옥 같을 때는 장독대에 나가 못생긴 독뚜껑을 하나 골라서 담벼락을 향해 힘껏 내던졌단다"(『엄마』74면)라고 큰딸에게 말해준 경우가 그렇듯이, 엄마의 이런 면모는 그녀의 실종으로 새롭게 떠올랐을 뿐이지 실종이 아니더라도 언젠가는 떠오를 기억으로 각인되어 있는 것이다.

이은규와의 관계는 그런 엄마로서도 또다른 차원의 일탈인 셈인데, 그 정확한 성격을 제대로 감지하려면 그야말로 이 관계의 유일무이한 개별성을 존중하는 읽기가 필요하다. 박소녀 자신은 혼령이 되어 떠돌며 그를 찾았을 때 이렇게 말한다. "내가 당신에게 어떤 사람인지는 모르겠으나 당신은 내 인생의 동무였네. (…) 우리 자식들은 우리를 이해 못할 거요. 당신과 나를 이해하느니 전쟁통에 수십만명의 사람이 죽은 일을 더 잘 이해할 거요."(231면) 물론 '인생의 동무'도 완벽한 성격규정은 아니다. "당신은 내게 죄였고 행복"(234면)이었다는 그녀의 고백이 뒤따르기도 하는데, 이 또한 아무도 모르게 그를 만나곤 한 것이 죄라는 통상적인 의미보다 불안할 때마다 그를 찾아가고 그에게 의존했으면서도 "당신이 내게 다가오는 것 같으면 몰인정하게 굴었네. (…) 참 나쁜 일이었네"(같은 면)라는 뉘우침에 무게를 두어야 할 발언이다. 혼령이 '나는 당신을 좋아했소' 또는 '나는 당신이 좋았소'가 아니라 "나는 당신이 있어 좋았소"(236면)라고 말하는 것은 더없이 적확한 표현이다.

18. 『엄마』가 지니는 흡인력의 일부는 "엄마를 잃어버린 지 일주일째다"(10면)라는 충격적인 문장으로 시작해서 마치 추리소설처럼 긴박하게 끌고가는 솜씨에서 나온다. 잃어버린 엄마를 찾을 수 있을지, 엄마는 어디서 무엇을 하고 있는지를 궁금해하는 것은 독자의 자연스러운 반응이다.

그런 궁금증을 따라가는 가운데 실종 이전의 엄마의 삶과 가족들 사이에 일어난 갖가지 일들이 핍진하게 전해지기 때문에 작품의 긴장은 더욱 팽팽해지며, 오로지 독자의 궁금증을 돋우기 위해 무리한 설정을 마다않는 통속문학과 구별된다.

그런데 이런 사실주의적 핍진성과 더불어 초현실적이라 의심되는 요소가 새가 된 영가(靈駕)가 등장하는 제4장 이전에도 끼어든다. 엄마 비슷한 사람을 보았다는 목격자들이 하나같이 그녀가 맨발에 파란 슬리퍼를 신고 있는데 슬리퍼가 발등을 파고들어가 상처가 나기도 했다고 말한다. 그러나 실종 당시 엄마는 베이지색 쎈들을 신고 있었고, 게다가 엄마가 나타났다는 장소는 그녀가 도저히 혼자서 찾아갈 수 없을 만한 곳이다. 그런데 알고 보면 모두가 아들이나 딸이 살았던 장소들이고 파란 슬리퍼는 옛날에 아들에게 서류를 갖다주려고 집에서 신던 신발 그대로 생전처음 서울에 올라왔을 때의 모습이다. 이런 사실은 가족들의 애를 더욱 태우고 독자의 흥미를 배가한다. 이곳저곳에 나타났다가 순식간에 사라지기도 하는 엄마의 행적은 그녀가 이미 영가가 된 게 아닌가 하는 섬뜩한 느낌을 주기도 한다.

엄마가 결국 세상을 떴음이 제4장에서 확인되지만 언제 어디서 어떻게 생을 마쳤는지는 끝내 밝혀지지 않는다. 다만 영가 스스로 "지난여름 지하철 서울역에 혼자 남겨졌을 때 내겐 세살 적 일만 기억났네. 모든 것을 잊어버린 나는 걸을 수밖에 없었네"(253면)라고 하여 실제로 한동안 모든 것을 잊고 걸어다녔음을 알려준다. 그리고 영가가 마지막으로 자신이 태어난 친정집에 도착했을 때 "엄마가 파란 슬리퍼에 움푹 파인 내 발등을 들여다보네"(254면)라는 말로 파란 슬리퍼가 영가의 고단했던 삶을 상징하는 징표처럼 되어 있음을 시사한다. 이는 그나름의 호소력이 있는 설정으로, 이 디테일 자체는 사실주의와 비사실주의 기법의 적절한 배합으로 봐도 무방할 듯하다.

19. 그러나 인물과 사건 및 장소의 사실주의적 형상화가 그토록 큰 비중을 차지하는 작품에 초현실적 요소를 끌어들이는 일이 완전히 성공적이라고는 보기 어렵다. 어색한 디테일 중 하나는 죽은 엄마가 새가 되어 이곳저곳을 다닌다는 설정이다. 불교의 전통적 개념으로는 새의 몸이라도 받으면 이미 중음신(中陰身)을 면한 것임을 유희석도 지적한 바 있지만(유희석, 앞의 글 282면), "이미 저쪽 세상 사람인가?" 하는 고모의 탄식에 영가는 "아직은 아니요. 이렇게 떠돌고 있소"라는 혼잣말로 답한다(247면). 아직 중음에 있다는 것이다. 그러나 영가는 새보다 훨씬 자유롭게 이동할 수 있는데 굳이 통념을 거슬러가며 새가 되어 날아다니게 만들 필요가 있는지 의문이다. 이런 설정은 본이야기의 마지막 장면에 불필요한 혼란을 일으키기도 한다. 제4장 끝머리에 엄마의 엄마를 찾아가 안기는 결말은 감동적이고 "엄마는 알고 있었을까. 나에게도 일평생 엄마가 필요했다는 것을"(254면)이라는 최종 문장은 '엄마'에 대한 고정관념을 다시 한번 깨뜨린다. 그러나 이때 엄마 품에 안기는 엄마는 누구이고 이 장면을 지켜보는 엄마는 어디에 어떤 상태로 있는가? '새가 된 엄마'라는 설정이 없었다면 이런 쓸데없는 질문이 독자의 머리를 어지럽히지는 않았을 것이다.

20. 사소하다면 사소한 이런 기법상의 문제점은 실상 작가 스스로 끝내 풀지 못한 이 작품의 구조적인 문제에서 비롯되는지도 모른다. 동시에, 작가가 이런 구조적 문제를 안고 씨름했다는 사실이야말로 『엄마』가 편안하게 독자의 감성만 자극하는 통속문학이 아니라는 명백한 증거가 될 법하다.

제4장에서 초현실의 세계로 시야를 넓힘으로써 소설은 1, 2, 3장의 숱한 이야기를 통해서도 드러나지 않았던 '또다른 여인'을 독자에게 공개한다. 그리고 이 여인은 자신이 그토록 사랑했고 마지막까지 절절히 회상하던

시골집에서 나가버리는 여인이다. "잘 있어요…… 난 이제 이 집에서 나갈라요."(253면) 하지만 이 '또다른 여인'의 존재가 현실세계에 남겨진 식구들에게는 전달되지 않는다. 엄마를 잃어버린 뒤에 그들이 겪는 온갖 깨우침과 인식의 확장 속에 이 결정적 진실은 포함되지 않는 것이다. 상식적으로 보더라도 그들은 엄마를 찾지도 못하고 사망을 확인하지도 못한 견디기 힘든 처지로 남겨진다. 『엄마』는 박소녀 이야기일 뿐 아니라 그를 잃은 식구들의 이야기로 이미 독자의 마음속에 풍요롭게 자리잡았는데 이들의 그런 곤경을 어찌해야 하는가?

잡지연재본은 제4장으로 끝났지만 작가가 "고심 끝에"('작가의 말', 『엄마』 297면) 에필로그 '장미 묵주'를 쓰지 않을 수 없었던 것도 이 난제와 무관하지 않을 것이다. 에필로그가 큰딸 지헌이 미켈란젤로 삐에따상의 성모에게 엄마를 부탁하는 것으로 끝맺는 데 대한 평자들의 반응은 엇갈린다. 해설을 쓴 정홍수(鄭弘樹)는 "우리는 지금 또하나의 압도적인 피에타상 앞에 서 있다. 여기에 무슨 말을 덧붙이랴. 엄마는 이처럼 스스로 피에타상이 됨으로써 영원한 귀환에 이른다"(「피에타, 그 영원한 귀환」, 『엄마』 294면)라고 공감한 반면, 유희석은 "엄마의 초인적 일생을 회고하며 피에타상의 후광을 입히려는 시도는 작가의 의도와는 상관없이 결국 모성의 신화화 또는 이상화에 일조할 공산이 크다"(유희석, 앞의 글 281면)고 비판했다.

21. 나 자신도 엄마와 삐에따상의 동일시는 이제까지 공들여 그려낸 엄마의 그 누구와도 다른 개별자적 삶을 단순화한다는 생각이다. 결말의 이런 문제점 역시 4장까지의 이야기가 남긴 '난제'의 연장선상에 있는 것 같다. 에필로그에서 만나는 큰오빠 형철이나 지헌의 모습은 그야말로 '애도'를 제대로 못해 '우울증'에 빠진 모습이다. 그중 형철은 "감사함을 아는 분의 일생이 불행하기만 했을 리 없다"(272면)는 인식에 도달하면서 오랜만에 남매가 엄마 얘기를 평화롭게 나눈다. 그러다가 지헌은 다시 "왜 엄

마가 다시는 못 돌아올 사람처럼 말하는 거야!"(273면)라고 오빠에게 대드는데, 이런 그녀가 엄마가 다시는 못 돌아올 사람임을 인정하고 삐에따상에 '엄마를 부탁'하는 것이 에필로그의 결말이다. 그런 의미에서 지헌이 엄마를 버린 것이라고 말할 수 있지만, 좋게 말하면 엄마의 실종이 항구화된 상태에서 드디어 애도를 완성하고 우울증에서 벗어나는 순간이다.

이에 관해 최원식(崔元植)의 논평이 주목할 만하다. "딸이 '엄마'를 버리기 전에 '엄마'가 먼저 딸을 비롯한 가족을 버렸다는 점에 주목하자. 이 상호부정은 무엇을 말하는가? 이제 더이상 '엄마'식의 가족은 유지되기 어렵다는 추세를 인정하는 것이기도 하지만, 더 적극적으로는 그런 가족 형태가 극복되어야 한다는 판단이 내재한다고 볼 수도 있다. 희생 위에 구축된 '엄마'의 삶은 물론이고, '엄마'에 의존한 딸의 삶 또한 진정한 자유와는 거리가 멀기 때문이다."(「도시를 구할 묘약은?」, 『인천세계도시인문학대회 발표논문집』, 인천학연구원 2009, 180면)

난제를 완벽하게 풀지는 못했지만 에필로그가 필요하긴 필요했던 셈이다.

22. 애도 이야기가 나온 김에 한마디 덧붙인다면, 신경숙의 새 장편 『어디선가 나를 찾는 전화벨이 울리고』(문학동네 2010, 이하 『전화벨』)의 출간을 계기로 『엄마』를 포함한 신경숙의 여러 작품을 '애도'라는 주제로 읽어낸 평론이 신형철(申亨澈)의 「누구도 너무 많이 애도할 수는 없다─신경숙의 소설과 애도의 윤리학」(『문학동네』 2010년 가을호)이다. 신경숙 문학과 『엄마』에 대해 예리한 통찰을 담은 글이지만, 『엄마』를 너무 애도 중심으로 읽은 것이 아닌가 싶다. 작가 자신이 상실의 슬픔보다 자기 어머니와 오랜만에 여러 날을 함께 보낸 "행복감"('작가의 말' 296면)으로 이 소설을 쓰게 됐다고 말하는 것도 감안할 점이거니와, 충분한 애도가 불가능하게 돼 있는 『엄마』의 구조적 문제가 간과되기 십상인 것이다.

또다른 문제점은 '애도' 주제를 축으로 『전화벨』을 『엄마』와 동렬에 놓음으로써 전자에 대한 비판이 후자로 연동될 부담을 안는다는 것이다. 실은 신형철 자신이 양자를 완전히 동렬에 두고 있지는 않다. 서사가 애도의 윤리학에 도달하기 위해 더 물어야 할 것으로 "첫째, 애도 작업은 주체를 어떻게 변화시키는가. 둘째, 그 주체를 위해 공동체는 무엇을 해야 하는가. 이런 맥락에서 보면 『전화벨』은 뭔가를 더 물어야 하는 그 순간 멈춘 것은 아닌가 한다"(신형철, 앞의 글 95면)고 꼬집는다. 그런데 '애도'라는 말로 흔히 포착되지 않는 이런 기준을 적용한다면 『전화벨』은 『엄마』와 정반대로 너무도 애도의 '깊은 슬픔'에 젖어든 탓에 그 애도에 독자를 끌어들이는 일조차 여의치 않았다고 봐야 하는 것 아닌가. 예컨대 기왕에 87년 6월항쟁에 직간접으로 연루된 젊은이들을 등장시켰다면 1987년은 도대체 어떤 시기였고 2010년의 시점에서 지난 4반세기의 역사를 어떻게 볼지에 대한 고민을 우회적으로라도 투영했어야지, 소설 쓰는 사람이 그런 것까지 알랴 하는 식이라면 이는 작가적 상상력의 행사를 지나치게 국한하는 태도일 것이다.

23. 2000년대 한국소설의 활력을 논하자면 아직도 장편에 비해 한국작가들의 예술적 공력이 더 집중적으로 발휘되는 단편문학의 풍성한 성취도 논해야 마땅하다. 그러나 부득이 이를 제외하고 장편만을 말하더라도 2000년대의 성취가 초라한 것만은 아니다. 2000년대 초에 나온 황석영(黃晳暎)의 『손님』(창비 2001)이 우리시대의 뜻깊은 성과임은 (내 나름의 비판적 견해와 함께) 밝힌 바 있거니와(졸고 「황석영의 장편소설 『손님』」, 『통일시대 한국문학의 보람』, 창비 2006), 최근에 많은 각광을 받은 황정은(黃貞殷)의 『百의 그림자』(민음사 2010)나 독자들의 호의적 반응에 비해 평단이 별로 주목하지 않은 김려령(金呂玲)의 『우아한 거짓말』(창비 2009) 등은 모두 근래 내가 읽은 뛰어난 소설들이다. 박민규(朴玟奎)의 경우는 『삼미 슈퍼스타즈의

마지막 팬클럽』(한겨레출판 2003), 『지구영웅전설』(문학동네 2003) 그리고 『핑퐁』(창비 2006)이 모두 문제작들인데, 『죽은 왕녀를 위한 파반느』(예담 2009, 이하 『파반느』)는 더욱 원숙한 경지에 이른 걸작이라 생각된다.

24. 평단의 반응은 다소 무덤덤한 편이다. 애당초 박민규의 작업에 냉담한 평자들이야 굳이 말할 것 없지만 그의 다른 작품에 찬사를 보내던 평자들도 유보적인 태도를 취하거나 적어도 본격적으로 그 성취를 논하지는 않은 것 같다. 예컨대 박상준(朴商準)은 박민규 소설 전반에 대한 적극적이고 설득력이 높은 평가와 함께 『파반느』의 "빛나는 상상력의 성취"(「한없이 초라한 인류에게 주는 박민규의 영가」, 『크리티카』 4집, 145면)를 지적하지만, 이 작품에 대한 논의는 매우 소략하다. 한기욱 역시 "이 소설의 사랑이야기는 실로 용감한 예술적 시도이며 그 성과도 만만찮다"(「문학의 새로움과 소설의 정치성」 410면)라는 찬사를 보내지만 좀더 자상한 분석이 아쉽다. 게다가 그의 분석은 소설의 마지막 'Writer's cut'에서 이루어지는 반전을 충분히 감안하지 않은 듯한데, 이 결말은 뒤에 따로 논할 것이다.

25. 본고에서 본격적인 『파반느』론을 펼칠 지면은 없다. 게다가 『엄마』처럼 『파반느』도 직접 읽지 않은 이에게 작품이 주는 감동과 행복감을 전달하기가 무척이나 어렵다. 작품을 과소평가하게 만들 수 있는 요소도 『엄마』만큼이나 많다. 대중적 통속문학에 가깝다는 유사한 혐의를 받을 수 있는 것이다. 순수한 젊은 남녀의 애달프고 아름다운 사랑이야기인데다, 저자의 서정적이고 향수어린 회고조 문체가 돋보이는 것도 그렇다. 동시에 때로 장황해지기도 하는 세상과 인생에 대한 화자 및 작중인물의 비판들이 오히려 정치적 정답주의를 가미했다는 혐의마저 살 수 있으며, 막판의 독특한 반전 역시 단순한 재주자랑이나 심지어 혼란 조성으로 읽힐 우려가 없지 않다.

26. "눈을 맞으며 그녀는 서 있었다"(『파반느』 9면)로 시작하는 첫 장면은 그야말로 영화로 찍음직한 낭만적인 설경 속에 무슨 연유인지 어렵사리 해후한 두 청춘남녀의 애절한 사랑을 소개한다. 이때 작품의 진가를 확인하는 한 가지 방법은 영화로는 도저히 재현할 수 없는 작가의 운산과 소설적 형상화 작업이 얼마나 작동하고 있는지를 살펴보는 길일 듯하다. 물론 영화를 잘 만들었을 때 설정의 아름다움이라든가 음악이 흐르는 외딴 찻집의 분위기 같은 것을 소설보다 생생하게 재현할 수 있을 것이다. 그러나 예컨대 다음과 같은 대목을 영화화하는 일은 불가능하지 않을까.

갑자기 그녀는 고개를 숙였고, 두 손을 들어 스스로의 얼굴을 손바닥 깊이 파묻었다. 그런 자세로 우는 성인을 본 적이 없어서일까, 우는구나─라고는 생각하지 않았다. 다만 어린아이와 같은 그녀… 어릴 때부터의… 그녀, 태어나기도 전의 그녀… 앞으로 늙어갈 그녀… 그런 그녀의 존재 하나하나가 갑자기 내린 눈처럼 그 자리에 쌓여 있는 기분이었다. 그녀는, 혹은 그녀들은 아무런 소리도 내지 않았다. 실제로 그녀는 울지 않았고, 잠시 울음을 참았을 뿐이었다. 아니 그보다는, 들썩이던 그녀의 어깨만이 그날 그 자리에서 잠시 울었을 뿐이었다. 눈물 없는 얼굴을 들어 그녀는 나를 보았고, 나를 향해… 혹은 내 어깨 너머의 말없는 어둠을 향해 힘없이 속삭였다.

안아줘요.〔이하 인용문 작은 활자는 분홍색 ─ 인용자〕

주변의 나무처럼 차가운 그녀의 몸을 나는 힘껏 껴안았다. 그녀를… 아니… 그 속의 그녀와, 그 속의 그녀… 또 그 속의 나이테처럼 굳어 있는 모든 그녀들을 나는 안아주고 싶었다. 몹시도 뜨거운 무언가가 밀착된

가슴을 통해 흘러가고 흘러드는 느낌이었다. (30~31면)

물론 이것이 소설로서 잘된 대목인지는 작품 전체의 맥락 속에서 판단할 일이다. 예컨대 "나이테처럼 굳어 있는 모든 그녀들"이라는 표현이 실제로 어떤 의미를 담았는지, 그녀의 우는(또는 울음을 참는) 자세가 사랑이 만개하기 시작하던 날 "전... 너무 못생겼어요"(178면)라고 흐느끼던 때의 자세와 어떤 울림으로 연결되는지 등을 따져야 한다. 아무튼 영화에서 이런 대목을 그대로 전하려면 내레이션으로 처리하는 길밖에 없을 텐데 너무 장황하고 수다스럽게 느껴질 게 뻔하다. 물론 유능한 감독은 영화만이 거둘 수 있는 효과를 동원하여 영화로서 성공적인 장면을 만들어낼 테지만.

이 장면에 이르기까지의 수많은 사연과 곡절을 서술한 끝에 마침내 345면에 가서야 "눈을 맞으며 그녀는 서 있었다"라는 첫 문장으로 되돌아오는 것도 장편소설만이 구사할 수 있는 수법이다. 영화에서도 이야기 한중간에 시작해서 플래시백을 통해 점차 내용을 알려주는 기법이야 흔하지만, 영화라면 너무 많은 것을 너무 오래 감춰두기가 힘들다. 더욱 불가능한 것은 이 장면에서 작가가 일부러 감춰두는 결정적인 요소를 영화가 감추는 일이다. 이 이야기의 핵심을 이루는, '그녀'가 지독하게 못생긴 여자라는 사실을 카메라가 피해가면서 자연스럽게 서사를 진행할 방도는 없는 것이다. 지독하게 못생긴 여주인공을 영화 장르가 도대체 감당할 수 있느냐는 문제를 차치하고도 말이다.

27. 그녀와의 첫 만남은 제3장에서야 이루어지는데 이 장면 또한 영화로는 형상화하기 어려운 성질이다. 아니, 소설도 이 소설만이 전해주는 독특한 경험이다. "순간 몸이 얼어붙는 느낌이었다"(82면)로 시작되는 화자의 서술은 "아! 누군지 알겠다, 나도 첨에 망치로 뒤통수를 맞은 것 같았

다니까. 걘... 정말 너무하지"(84면)라는 친구의 반응과 결코 같은 것은 아니지만 그렇다고 '첫눈에 반하기'와도 다르다. 그 자신도 깊이 상처받은 인간인데다 또하나의 상처받은 인간 요한의 방조와 적지 않은 우연, 그리고 그때마다 드러나는 두 사람의 진실됨이 작용해서 점차 사랑을 싹틔워가는 것이다. 여기에 또하나 덧붙일 것은 요한을 포함한 세 사람이 모두 고도의 지성과 풍부한 교양의 소유자라는 점이다. 한국소설에서 이만한 지성인들을 이만큼 자연스럽고 재미있게 그려낸 경우도 드물 듯싶다.

28. "아마도 이것은 못생긴 여자와, 못생긴 여자를 사랑하는 남자를 다룬 최초의 소설이 될 것입니다"('작가의 말' 416면)라고 박민규 스스로 말하듯이 『파반느』는 매우 독창적인 시도, 한기욱의 말대로 "용감한 예술적 시도"임이 분명하다. 동시에 그것은 단순히 기발하고 도전적인 소재를 개척한 것이 아니고, 박민규가 그의 소설들을 통해 일관되게 표출해온 도저한 반체제적 사고를 한걸음 더 밀고나간 것이다.

세상을 망치는 게 독재자들인 줄 알아? 아냐, 바로 저 넘쳐나는 바보들이야. (155면)

부끄러워하고 부러워하고 부끄러워하고 부러워하고... 결국 그게 평범한 여자들의 삶인 거야. 남자도 마찬가지야.

그게 인간이야. (…) 이상하다고 생각해본 적 없어? 민주주의니 다수결〔多數結, 多數決의 오식인 듯―인용자〕이니 하면서도 왜 99%의 인간들이 1%의 인간들에게 꼼짝 못하고 살아가는지. (…) 그건 끝없이

부끄러워하고

부러워하기 때문이야.

너나, 나나... 인간은 다 그래. (174면)

요한의 이런 발언은 그것만이라면 특별히 새로울 것 없는 냉소적 독설일 수 있다. 그러나 요한은 또 이런 말도 하는 사람이다. "세계라는 건 말이야, 결국 개인의 경험치야. (…) 그러니까 산다는 게 이런 거라는 둥, 다들 이렇게 살잖아... 그 따위 소릴 해선 안되는 거라구."(164면) "현실은 절대 그렇지가 않아,라는 말은 나는 그 외의 것을 상상할 수 없어──라는 말과 같은 것이야."(226~27면)

　더 중요한 것은, 실제 작중사건들이 요한의 냉소주의를 거듭 수정하곤 한다는 사실이다. "그게 인간이야"라는 단정적 발언을 들었을 때도 화자는 "정리되지 않은 여러 개의 창을, 간단한 하나의 창으로 다듬는 능력을 요한은 갖고 있었다"(124면)고 탄복하지만, 이튿날 숙취에서 깨어나면서 "이게 인간일까"(125면)라고 중얼거리고 바로 그날 회사에 나가 충동적으로 "저랑 친구 하지 않을래요?"(128면)라고 그녀에게 말을 건다.

　29. 삶의 가능성에 대한 이런 믿음이 있기에 그는 한때 자신감을 잃고 잠적했던 그녀를 어렵게 찾아내어 소설 첫 장면의 감동적인 해후를 성사시킨다. 그리고 이 만남 후 돌아가다가 눈길의 버스사고로 빈사상태에 빠졌던 그는, 그를 '분실'한 뒤 결국 독일로 가버린 그녀를 겨우 수소문해서 13년 만에 사랑을 되살리게 된다. 그리하여 소설 첫 장면에서 둘이 꿈꾸었던 융프라우로의 여행을 함께하는 '해피 엔딩'마저 가능해지는 것이다.

　이렇게 요약하면 터무니없이 낭만적인 판타지로 들리지만 실제 작중 진행은 사실주의적 개연성에도 큰 무리가 없을 만큼 그 형상화가 정교하고 핍진하다. 특히 프랑크푸르트로 그녀를 찾아가 만나고도 서먹하게 헤어질 뻔했던 제11장 '어떤 해후'의 마지막 장면은 (나중에 이것이 요한이 쓴 소설의 일부임을 알고 다시 읽어도) 더없이 감동적이다. 중간에 누가 미리 연락해줘서 두 사람은 어느 식당에서 만난다. "물론 각오한 일이지만 // 어쩐지 낯선 느낌이었다"(368면)는 것이 화자의 반응이고 그녀 또한 마찬가지다. 그러다가 차츰 마음을 열고 가슴에 담아두었던 이야기를 나누지만 누구도 둘의 재결합을 생각지는 않는다.

나는 왜 이곳으로 오고 있는가, 비행기를 타고 오면서도 줄곧 그런 의문을 스스로에게 던졌습니다. 지금도 정확히 그 이유를 알 순 없지만… 말하자면 보고 싶었던 것입니다. 헝클어진 모든 것을 풀기 위해서가 아니라, 어쩔 수 없이 헝클어진 삶임에도 불구하고… 무사한 당신을 꼭 한번은 보고 싶었던 것입니다. 또 그래야만

남은 인생을 살아갈 수 있겠다 생각을 했습니다. 뒤돌아 헝클어진 삶을 볼 때마다 마음이 아픈 것과, 그럼에도 불구하고 이제 아프지 않다는 것에는 큰 차이가 있다는 생각입니다. 즉 나와 당신이 무사하다는… 우리가 무사하다는 기억을 저는 꼭 가지고 싶었던 것입니다. (378면)

서로가 속깊은 고백을 주고받은 뒤 다시 무거운 침묵과 사소한 이야기의 시간이 오고 머지않아 헤어질 시간이 된다. 그들은 옛날을 상기시키는 눈발 속에서 악수를 하고 헤어진다. 그런데 점점 작아지던 그녀의 뒷모습이 어느 순간 더는 작아지지 않는다. 그녀가 멈춰선 것이다. 그는 "어떤 알수 없는 인력(引力)에 이끌려 나도 모르게 조금씩 그녀를 향해 걷기 시작"했고, 가늘게 어깨를 들썩이고 있는 그녀의 어깨를 손으로 감싸주었을 때 그녀는 뒤돌아서 그의 품을 파고든다.

그리고 그녀는 한참을 울었고 또다시...

또다시 이렇게 헤어지진 말아요.

라고 속삭였다. 드문, 어깨에 내려앉는 눈을 맞으며 우리는 그렇게 꼼짝 않고 서로를 껴안았다. 기나긴 시간을 지나 다시 돌아온... 어둡고 눈 내린 순은(純銀)의 세계에서 무사했던 우리가 할 수 있는 일은 그것이 전부였다. 다만 고요히 눈이 내리는 밤이었다. (381면)

30. 다만 걸리는 것은 그렇다 해도 너무 달콤한 결말이 아닌가 하는 점이다. 실제로 요한 등 세 사람은 "전 지구인이 열광한 해피 엔딩"이라는 포스터가 붙은 영화 '백 투 더 퓨처'를 보고 나와서 하나같이 우울했고 "그래서 문득 지구인에서 제외된 느낌을 나는 받아야 했다."(165면) 더구나 요한은 둘의 사랑을 축복하면서도 "열쇠를 쥔 것은 너나 그녀가 아니야. 바로 세상이지"(219면)라고 경고했었다. 마지막 장 '해피 엔딩'은 이런 요인들을 제대로 수용하고 이겨낸 것인가.

31. 그렇지 않다는 대답을 내놓는 것이 부록처럼 추가된 Writer's cut의 첫 토막 '요한의 이야기'다. 여기서 밝혀지는 사실은 작중의 화자 '나'는 그날 교통사고로 결국 죽었고 그의 이야기는 요한이 가상적 화자를 내세워 써낸 것이며 요한은 이 소설을 자신의 아내가 된 '그녀'에게 읽게 한다는 것이다. 이 반전이 사실에 부합한다는 점은 뒤따르는 '그녀의 이야기'가 인증한다. 말하자면 화자의 회상과 그것을 회고하는 화자의 그후의 삶을 결합한 전체 이야기가 액자소설의 액자 안으로 배치되어버린 것이다.

32. 이처럼 액자소설로 변하면서 여러가지 미묘한 효과가 발생하기도

한다. 본이야기 중 개연성이 다소 떨어지는 대목이었던 요한의 자살시도나 "변두리에서 일어난 소소한 교통사고가 신문을 장식할 리 없었던 시절"(352면)이었다는 이유로 그녀가 그가 당한 사고를 몰랐으리라는 설정은 요한이 화자의 죽음을 부정하기 위해 꾸며낸 사항들임이 밝혀진다. 요한이 요한답지 않게 소설을 너무 잘 썼다는 의문은 원래 소설가 지망생은 작중화자가 아니라 요한이었다는 그녀의 지적으로 해명된다. 훨씬 더 중요한 점은 소설의 첫 장면을 마감하는 "그것이 내가 본/그녀의 마지막 모습이었다"(33면)는 문장이 겹겹의 울림을 갖게 된다는 것이다. 곧, 처음 읽을 때는 궁금증과 막연한 애틋함을 자아내는 정도다가, 그것이 화자가 글을 쓰고 있는 시점에서 '마지막'이었음을 알고는 과연 끝내 그것이 마지막이 되고 말지 궁금해하던 독자가 마침내 행복한 만남으로 끝나는 걸 보는 기쁨을 느꼈는데, 결국 그것이 화자에게 문자 그대로 '그녀의 마지막 모습'이었음이 드러나는 것이다. 이와 더불어 첫 장면이 바로 그 자리에 배치될 만큼 특별한 의미가 있음도 확인된다. 요한이 쓴 픽션이 아니고 '그녀'와 '그'가 함께 경험한 마지막 순간이 그때였던 것이다.

33. 그런데 Writer's cut은 '그리고, 그의 이야기'라는 마지막 토막에서 또 한번의 뒤집기를 선사한다. '해피 엔딩'의 화자가 다시 등장하여 하산할 산악열차를 기다리는 두 사람의 이야기를 이어간다. 액자 속의 인물들이 액자 바깥으로 걸어나온 셈이다. 그러나 이미 '그녀의 이야기'를 통해 액자의 사실적 권위가 확인되었고 추가된 '그의 이야기'에는 그에게만 들리는 "작은 여자아이의 웃음소리"(411면) 같은 신비스러운 요소가 뒤섞이기 때문에 완전한 재반전은 아니다. 두 개의 대등한 결말을 제시하면서 이른바 진실의 불가지성 또는 불확정성(undecidability)을 과시하는 장치도 아니다. 바로 '그'가 죽었기 때문에 "그래서 그가 살아 있는 이야기를 꼭 써보고 싶었던 거야"(397면)라는 요한의 염원을 작가가 한껏 지지하고

있을 뿐이다. 액자 안의 행복한 결말에 비현실적 측면이 있음을 시인하면서도 이런 행복을 '비현실적'으로 만드는 '현실'을 유일한 것으로 인정하지 않으려는 작가의 의지가 표현된 것이며, "와와 하지 마시고 예예 하지 마시기 바랍니다"('작가의 말' 418면)라는 호소와 함께 '다른 세상이 가능하다'(Another world is possible)는 그나름의 신앙고백인 것이다.

34. 세계적인 시야에서 볼 때 한국문학의 빈곤은 여전히 엄연한 현실이다. 이 점을 외면하는 것도, 과장하는 것도 빈곤을 존속시키는 데 일조할 뿐이다. 게다가 현학적이고 자기탐닉적인 비평언어의 난무는 그 자체로 빈곤의 증상인 동시에 그나마 있는 활력을 흩뜨리기 십상이다. 그러나 이 글에서 단편적으로 살펴본 비평과 창작에서의 활력이 쉽사리 사그라들지는 않을 것이며, 특히 한국사회가 87년체제를 드디어 넘어설 정치적·도덕적 역량을 보여준다면 문학에서도 새로운 도약을 기대해도 좋을 것이다. 전지구적 차원에서는 시장에 의한 문학의 황폐화가 한동안 오히려 가속화할 추세라고 할 때, 2010년대에 한국문학이 세계문학 및 동아시아 지역문학의 한 소중한 거점으로 자리잡게 되리라는 예상도 충분히 해볼 만하다.

—『창작과비평』 2010년 겨울호

디킨즈 소설 속의 빅토리아조 신사

1

빅토리아시대 영국 신사의 개념은 귀족계급과 시민계급 이상의 묘한 결합을 보여준다. 원래 '신사'(gentleman)란 봉건사회의 지주계급, 특히 그중에서 작위를 안 가진 계층 곧 '젠트리'(gentry)에 속하는 남자를 뜻했다. 그런 점에서 '봉건 잔재'에 해당하는 이 낱말이 19세기 영국같이 상공업이 융성하던 사회에서 중산층 스스로 이상적인 인간형을 지칭하는 말로 쓰게 된 것은 놀랍다면 놀라운 일이다. 이처럼 새로운 지배계급에 의해 채택되고 새 시대의 감각에 맞게 되기까지에는 그 말뜻에도 상당한 변화가 있어야 했다. 그리고 이러한 말뜻의 변화는 물론 그 변화를 야기한 사회 전체의 역사적 경험의 산물이었다. 오늘날까지도 '영국 신사'라고 하면 흔히 머리에 떠오르는, 결코 계급적인 개념이 아니나 어딘가 귀족적인 분위기와 중산계급다운 면모를 아울러 지닌 인간상이 정착된 것이 바로 빅토리아시대이며, 영어 특유의 이 낱말이 자리잡은 배후에는 사람들이 '빅토리아시대의 타협'(Victorian Compromise)이라고도 일컫는 당시

영국 특유의 역사가 있었던 것이다.[1]

이러한 영국 특유의 역사에 또 그나름의 배경이 있듯이 '신사'라는 말뜻의 변화 역시 19세기에 갑자기 이루어진 것은 아니다. 무엇보다도 17세기 영국의 청교도혁명은 중산층과 군소 지주층의 연합세력이 주도했고 그 성과는 1688년의 '명예혁명'이라는 봉건세력과의 타협을 통해 정착되었기 때문에, '신사' 개념의 부르주아화 과정은 18세기에 이미 상당히 진전되어 있었다. 그것이 1832년의 선거법 개정이라는 또 한차례의 타협──이번에는 부르주아지의 우위가 결정적으로 인정된 타협──을 거치고 난 빅토리아여왕 재위기간(1837~1901)에 와서 본격적으로 전개된 셈이다. 한두 마디로 요약하기 힘든 복잡한 과정이지만, 예컨대 16세기 프랑스의 이상적 인간상이던 'gentilhomme'(貴人)나 17세기의 'honnête homme'(紳士)가 모두 역사 속으로 사라져간 반면에, 영국의 'gentleman'이 19세기 내내 동시대적인 이상형으로 통했다는 사실은 영국사의 특이한 진행을 증언해주는 현상임이 틀림없다. 물론 이러한 연속성의 다른 측면으로는, 프랑스의 시민혁명이 낳은 'citoyen'(市民)의 개념이 영국에서는 정착되지 못했고, 세계에서 가장 부유하고 강력한 시민계급이던 영국의 부르주아지가 항상 옛날의 상전들을 못 잊은 듯 자신을 '중간부류들'(middle classes)로 지칭했으며 '젠틀맨'으로 불리는 것을 무상의 영광으로 알았다는 사실을 들 수 있다.

어떻든 이러한 '신사'라는 낱말과 그 현상이 빅토리아조 최대의 작가인 디킨즈(Charles Dickens, 1812~70)의 작품세계에서 중요한 위치를 차지하는 것은 너무나 당연한 일이다. 실제로 그의 소설들은 당대의 문학에서 찾아볼 수 있는 빅토리아조 신사의 가장 매력적으로 이상화된 모습과 가장 진지한 비판을 동시에 담고 있다고 해도 과언이 아니다. 이 글에서는

---

1 예컨대 G. K. Chesterton, *The Victorian Age in Literature*(1913), 제1장 'The Victorian Compromise and Its Enemies' 참조.

'신사'에 대한 디킨즈의 태도를 그의 주요 소설들을 통해 일별하면서, 이를 한편으로 그의 예술적 성과와 연관시키고 다른 한편으로는 당대의 역사적 상황과 관련시켜 고찰하고자 한다. 물론 디킨즈의 작품세계는 '일별'한다고 말하기조차 주저될 만큼 다양하고 방대하다. 여기서는 편의상 우선 첫 장편 『피크윅 페이퍼즈』(Pickwick Papers)에 제시된 초기의 이상에서 출발하여 뒤따르는 소설들에서 이에 대한 어떤 도전이 나오는가를 살핀 뒤, 끝으로 후기 장편들의 주인공을 중심으로 원숙기 디킨즈의 태도를 가늠해보고자 한다.

"디킨즈에 대한 어떠한 논의도 『피크윅 페이퍼즈』에서부터 시작해야 한다. 그것은 도정(道程)이 시작되기 전의 순결의 시기를 선포하는 소설인 것이다"[2]라는 앵거스 윌슨의 말처럼, 이 작품에 일종의 신화 같은 측면이 있는 것이 사실이다. 원래 작품을 쓰게 된 계기가 디킨즈 자신의 구상이 아니고 유명한 만화가의 연재삽화에 달린 글을 쓰라는 주문을 받았다가 결국 주객이 뒤바뀌고 소설가 디킨즈의 화려한 출발을 보게 되었던 것이다. 따라서 피크윅이라는 노신사에게 일어나는 일련의 사건과 모험을 기록한 이 소설은 소설이라기보다 연작 스케치에 흡사한 면이 많은데, 체스터턴 같은 사람은 오히려 바로 그 점에서 『피크윅 페이퍼즈』가 소설보다도 더욱 훌륭한 것이라고 역설한다. "왜냐하면 줄거리와 정상적인 결말이 있는 소설이라면 그와 같은 영원한 청춘의 느낌──마치 신들이 영국 땅을 떠돌다 간 듯한 느낌을 풍길 수 없을 것이기 때문이다."[3] 어쨌든 이 작품의 산만한 소설적 구성이 곧 작가의 천재성의 어느 일면을 유감없이 발휘하도록 해준 것만은 틀림없으며, 디킨즈 문학 속의 '신사'에 대한 고찰도 여기서 출발하는 것이 당연하다 할 것이다.

---

2 Angus Wilson, "The Heroes and Heroines of Dickens," in M. Price (ed.), *Twentieth Century Views: Dickens* (Englewood Cliffs, N. J., 1967), 19면.

3 G. K. Chesterton, *Charles Dickens* (New York, 1965), 79면.

엄격히 말하면 주인공 피크윅씨는 빅토리아시대의 신사가 아니다. 『피크윅 페이퍼즈』(1836~37) 자체가 연대적으로 겨우겨우 빅토리아시대에 끼는 형편이며 작중상황은 그보다 훨씬 전으로 설정되어 있다. 그러나 빅토리아시대의 독자들에게 피크윅씨는 그들의 이상적인 동시대인이나 다름없었고 작품 자체는 빅토리아조의 신화와도 같은 것이었다. 이러한 열렬한 일체감이 어떻게 가능했는가를 자세히 밝히는 것은 쉬운 일이 아니겠지만, 그 원인의 일부를 짐작하기는 어렵지 않다. 피크윅씨는 귀족적 미덕과 중산층적 미덕을 알맞게 배합한 인물인데다 당시 영국 독자들의 가장 깊은 소망에 부합하면서도 그들의 현실감각을 어느정도 만족시킬 만큼의 사실성(寫實性)과 환상적 요소를 알맞게 겸비한 인물인 것이다.

피크윅씨가 법정에 섰을 때 그의 변호인의 발언에 따르면 그는 "사업에서 은퇴했고 상당한 독자적 재산을 가진 신사이다."(제34장) 이러한 독자적 재산의 소유야말로 빅토리아조 신사의 기본요건임은 더 말할 것도 없다. 출생 가문이 중요하지 않은 것은 아니지만 가문이 압도적인 비중을 차지하던 시대와는 달리 경제적으로 궁색한 신사는 이미 대접받기 어려운 세상이 된 것이다. 피크윅씨가 '사업에서 은퇴'했다는 점도 의미심장하다. 즉 봉건사회의 신사계급과는 달리 그는 사업에 종사했었고 따라서 평생을 놀고먹는 것이 신사의 길이라는 생각과는 거리를 두고 있지만, 동시에 지금은 여가생활을 즐김으로써 활동적인 중산계급의 생활과도 떨어져 있는 것이다. 피크윅씨를 진정한 신사로 부각시키는 특징들은 그가 이러한 여가생활을 영위하는 방식과 태도에서 드러난다. 그는 무엇보다도 마음씨가 어질고 너그러운 호인이며 서양 신사답게 여성들에게 상냥하고 친절하다. 성도덕 면에서는 빅토리아시대 중산층의 가장 엄격한 규범에도 어긋날 바 없는 반면, 술 마시고 즐겁게 노는 마당에서는 일부 중산층의 음울한 금욕주의에 전혀 동조하지 않는 인물이다. 이러한 인물에 런던 토박이 서민 출신의 명물 하인 쌤 웰러(Sam Weller)가 돈 끼호떼에게 쌘

초가 달리듯이 달림으로써 이상적 신사로서의 모습이 완성되는 셈이다.

전체적으로 이 신사상은, 신사가 혈통으로 정해지기보다 어떻게 신사답게 행동하느냐에 따라 신사로 된다고 강조한다는 점에서 본질적으로 시민계급적인 발상을 담고 있으나 그 '신사다움'의 구체적 내용은 복고적인 성격이 오히려 짙은 편이다. 하지만 바로 이 점이 당시의 대다수 영국 중산층들의 간절한 소망과도 일치하는 것이었다.[4] 피크윅씨의 경우도, 그의 정말 흥미있는 생활이 그의 사업경력에 막이 내린 뒤에야 시작될 뿐 아니라 책 속의 모험이 끝나면 그는 "런던 부근의 어느 조용하고 예쁜 동네"로 물러가 전원에서의 여가생활을 즐기는 것으로 되어 있다.

이처럼 『피크윅』의 매력은 그것이 당시 많은 사람들의 소망과 포부를 반영한 데서 나왔다. 더구나 『피크윅』의 세계는 단순한 소망성취의 꿈이 아니라 영국소설에서 시민계급의 사실주의가 이룩한 획기적인 성과이기도 했다. 디킨즈의 친구이자 최초의 전기가인 포스터가 지적했듯이, 중류 내지 하층 생활에서 일상적으로 만남직한 인물들이 대거 등장했다는 사실이 이 소설의 인기를 높이는 데 결정적으로 기여했던 것이다.[5] 『피크윅』은 사실주의 전통의 산물일뿐더러 작가의 급진주의자(Radical)로서의 면모도 다분히 보여준다. 서민층과의 공감으로 차 있는 점이 그렇고, 왕실이나 국교 또는 종교적 교리에 무관심한 점이 그러하며, 의원선거와 사법절차에 대한 거침없는 풍자와 채무자감옥에 대한 공격은 더욱 구체적인 증거인 셈이다. 피크윅 자신이 엉터리 재판에서 패소하고 지불명령에 계속 불복하다가 감옥에 들어감으로써 비로소 거의 신화적인 비중의 인물로 되는 것도 작품의 급진주의적 분위기에 걸맞은 일이다.

---

4 영국 중산층의 이러한 성향에 대해서는 예컨대 G. M. Young, *Victorian England: Portrait of an Age* (New York, 1964), 85면 참조.

5 John Forster, *The Life of Charles Dickens*, edited and annotated by J. W. T. Ley (Everyman's Library, 1969), vol. 1, 73면 참조.

『피크윅 페이퍼즈』의 세계를 구성하는 여러 요소를 결합함에 있어 디킨즈는 뛰어난 솜씨와 분별력을 보여준다. 흔히 디킨즈는 작중인물이나 독자의 눈물을 짜는 일이 지나치다는 비난을 받지만, 이 작품에서는 훌륭한 자제력을 발휘하고 있다. 또한 감옥 속의 끔찍한 현실이 너무 생생해질 만할 때에 악한 알프레드 징글(Alfred Jingle)의 참회와 피크윅씨의 자비심을 보여준다든가 하는 식으로 전체적으로 밝은 분위기를 유지한다. 그러나 소설 전체를 통일하고 그 독특한 분위기를 장만하는 주된 요소는 더 말할 것도 없이 이 작품 어디서나 느껴지는 디킨즈 특유의 유머이다. 제4장에서 피크윅이 바람에 날린 모자를 쫓아가는 장면처럼 사소하다면 사소한 예에서부터, 비평가 에드먼드 윌슨이 아리스토파네스의 웃음에 견준 바 있는[6] 제34장의 유명한 재판 장면의 희극에 이르기까지, 디킨즈의 유머는 줄곧 독자들을 사로잡는다. 그리고 이런 유머야말로『피크윅』의 세계가 한 개인의 환상이 아니라 객관적 현실에 뿌리박은 것임을 가장 확실히 보증해준다. 왜냐하면 자신이 살고 있는 세계와의 따뜻한 일체감이 유머감각에 따르지 않을 때 그 웃음은『피크윅』에서와 같은 천진난만하고 온갖 걱정을 잊은 웃음이 아니고 음산하고 신경질적인 웃음이 되기 쉽다. 실제로 디킨즈의 유머가 이런 웃음에 가까워지는 경우도 없지 않으며, 20세기에 오면 그렇게 웃어야 본격적인 예술가 대접을 받는 경향도 있다. 어쨌든『피크윅』에서는 작가의 천진하고 행복한 유머가 전편을 통해 흘러넘쳐 축제와 같은 분위기를 만들고 다른 온갖 요소들은 이 분위기를 깨뜨리지 않도록 적절히 조절되었기 때문에, 체스터턴이 말하는 '영원한 청춘의 느낌'을 풍기는 것이다. 작품으로서, 그리고 신화로서의『피크윅』의 생명도 여기서 나온다.

---

6 Edmund Wilson, "Dickens: The Two Scrooges," *The Wound and the Bow* (Boston, 1941), 13면 참조.

2

하지만 『피크윅』은 작품으로서든 신화로서든 예컨대 『돈 끼호떼』 같은 소설에 견주기에는 스스로 너무나 많은 것을 제외하고 있다. 빅토리아시대의 관례에 의해 금기이던 쎅스나 신앙의 문제뿐만 아니라, 디킨즈 자신의 소설에서 끈질기게 문제되는 요인들조차 상당수가 빠져 있는 것이다. 『피크윅』에는 우선 악한이랄 인물이 사실상 없다. 물론 징글이 있고 악덕 변호사 도드슨(Dodson)과 포그(Fogg)가 있으나 모두가 별로 대단한 인물은 못된다. 디킨즈 소설로서 더욱 놀라운 것은 불우한 어린이가 하나도 없다는 사실이다. 이 한 가지만으로도 우리는 어째서 피크윅씨 같은 신사가 디킨즈 자신의 작품세계에서도 오래 살아남지 못했는가를 이해할 수 있다.

『올리버 트위스트』(*Oliver Twist*, 1837~39), 『니컬라스 니클비』(*Nicholas Nickleby*, 1838~39) 등의 작품에서 디킨즈는 전혀 다른 세계를 다루게 되었다. 이들 소설의 세계는 초기 빅토리아시대의 현실에 훨씬 가까우며 심각하고 극적인 갈등으로 가득 차 있다. 그럼에도 불구하고 디킨즈는 피크윅적 이상을 쉽사리 버리려고 하지 않기 때문에, 여기서 작가는 『피크윅』에서는 못 보던 심한 멜로드라마적 조작과 억지를 동원하게 된다. 예컨대 『올리버 트위스트』에서는 한편으로 범블(Bumble) 등의 제도화된 악덕의 세계와 다른 한편으로 페이긴(Fagin)들의 범죄세계가 웬만한 아이를 타락시키고도 남을 터인데도 일련의 우연의 일치와 브라운로우(Brownlow)씨 등의 보살핌, 그리고 올리버의 타고난 덕성이 모든 것을 이겨낸다. 물론 이러한 꿈같은 승리 자체가 작품의 주제이자 그 매력의 일부이기도 한만큼 자연주의적 개연성만을 고집할 일은 아니다. 그러나 올리버의 신원을 둘러싼 줄거리의 복잡한 조작은 습작기의 작품임을 분명히 말해주며, 주인공이 신사의 핏줄을 이어받았을뿐더러 유독 그만은 아무 교육 없이

도 신사들의 표준어를 말하는 것으로 만들어놓은 것은 '신사'가 혈통에 의해 결정되지 않는다는 시민계급의 이념에서 오히려 후퇴했다는 비판을 받을 소지가 있다.

『니컬라스 니클비』에서도 도저히 믿기지 않는 플롯과 치어리블(Cheeryble) 형제라는 실감 안 나는 자선심 많은 신사들 덕분에, 또하나의 타고난 신사 주인공이 '신사'로서 의당 가져야 할 모든 것, 즉 돈과 여가와 행복을 획득하는 것으로 끝난다. 타고난 신사가 끝내 무슨 유산이나 선물을 받지 못하고 어려운 고비마다 우연의 도움을 받지 못한다면 과연 어찌될 것인가라는 고약한 문제와 작가는 결코 대결하지 않는 것이다. 그러나『피크윅』에서와는 달리 이런 물음이 적어도 독자의 머릿속에 떠오르기는 하며, 플롯 및 인물묘사의 허점들이 이러한 세계에서 피크윅적 인간형이 만족스러운 해답이 못된다는 사실을 부각시켜주는 셈이다. 또한 여기서 주인공의 어머니 니클비 부인을 창조해낸 작가의 유머가 전과는 좀 다른, 훨씬 애매한 성격이라는 점도 무시할 수 없다. 니클비 부인의 인물묘사는 훗날 『작은 도릿』(Little Dorrit)의 아버지 같은 본격적인 분석과 폭로는 아니지만, 어쨌든 '양반 티'를 내려는 습성이 끝내 현실을 외면하는 태도와 결합될 때 얼마나 딱한 결과가 나올 수 있는가를 생각하게 만든다.

『마틴 처즐윗』(Martin Chuzzlewit, 1843~44)에 이르면 작가는 현실을 훨씬 진지하고 냉철하게 대면하고 있다. 주인공 마틴은 결코 흠없는 젊은이가 아니며 할아버지 마틴의 시혜행위도 칭찬할 만한 것만은 못된다. 이 작품에서 인간적으로 가장 훌륭한 인물은 신사 신분이 아닌 마크 태플리(Mark Tapley)인데, 그는 항상 웃는 얼굴로 남을 돕는 피크윅씨의 미덕을 갖추었으며 끝에 가서 블루 드래건(Blue Dragon) 주막의 주인이 됨으로써 피크윅시대 영국의 진정한 후계자가 되는 셈이다. 그러나 가장 기억에 남는 작중인물은 유명한 갬프 여인(Mrs. Gamp)과 펙스니프씨(Mr. Pecksniff)인데, 펙스니프야말로 '신사'의 문제를 보는 디킨즈의 시선이 그 어느 때보다 원숙해졌음을 입증해준다. 펙스니프는 범죄자나 어릿광대가 아니라 위선자이다. 위선은 악이 선에 바치는 최대의 찬사라는 말이 있기는 하지만, 빅토리아조의 '신사'가 펙스니프로부터 받은 것과 같은 엄청난 위선의 찬사를 받았을 때는 그러한 '선'에도 무슨 문제점이 있지 않은지 살펴봄직한 일이다. 실제로 펙스니프를 한번 알게 된 독자는 그보다 훨씬 훌륭한 신사들도 새로운 눈으로 관찰하게 된다. 아니, 디킨즈 자신마저 새로이 바라보게 되고 그가 당시 독자층의 펙스니프적 측면에 영합하는 대목들을 훨씬 가차없이 꼬집어내게 된다. 이것이야말로 그의 작가적 위대성의 더없는 징표라 할 것이다. 『마틴 처즐윗』에 이르러 디킨즈는 빅토리아시대의 신사 개념 자체를 문제삼기 시작했던 것이며 그가 아끼던 피크윅적 세계에 대한 위협이 사회의 부분적인 결함이나 몇몇 악인들의 탓이 아님을 인식하기 시작했던 것이다.

『돔비 부자(父子)』(*Dombey and Son*, 1846~48)의 돔비씨는 통속적인 악한과는 더욱 거리가 멀고 한마디로 위선자로 부를 인물도 아니다. 당시 중산층이 숭상하던 사업가적 미덕과 공리주의 철학의 원칙이 만들어낸 무섭게 이기적이고 파괴적인 인간형인 것이다. 이 소설을 두고 F. R. 리비스도 지적하듯이 작품 전체의 대국적인 구도나 그 첫 부분의 생생하고 예리한 묘사는 디킨즈 문학의 새로운 경지를 보여준다. 그러나 이러한 경지가 작품 전체를 통해—특히 어린 폴(Paul)이 죽은 뒤에는—지속되지 못하는 것도 사실이다.[7]

이러한 전후 관계에 비춰볼 때 『데이비드 코퍼필드』(*David Copperfield*, 1849~50)는 다소 애매한 경우로 떠오른다. 기술적으로 이 작품은 『돔비 부자』나 그전의 소설들에 비해 커다란 진보를 나타낸다. 디킨즈 특유의 풍성한 인물과 장면들이 여기서는 상당히 균형잡힌 구조 속에 통합된 느낌

---

7 F. R. and Q. D. Leavis, *Dickens the Novelist* (London, 1973), Ch. 1: "The First Major Novel: *Dombey and Son*" 참조.

이다. 그러나 주인공이 온갖 풍상 끝에 사회와 일종의 화해에 도달하고 행복을 발견하는 그 결말이 참된 화해요 행복으로 실감되지 않기 때문에, 소설의 구조가 얼핏 보아 훨씬 조화롭고 무리가 없게 되었다는 사실 자체가 어떤 의구심을 자아내기도 한다. 영국에서는 인민헌장운동(Chartism)의 최종적 패배가 있었고 유럽대륙에서는 잇단 혁명이 실패로 끝난 직후에 씌어진 이 작품에서 디킨즈 자신도 승리한 중산층과 드디어 화해해버린 것은 아닌가 하는 의구심이다. 이것이 한갓 기우에 지나지 않음은 이후의 작품들이 증명하지만, 적어도 이 소설의 끝부분에서는 중산층 가치관과의 일시적 화해가 이루어진 인상이 짙다.[8] 『데이비드 코퍼필드』전체를 두고 디킨즈가 일종의 휴가를 즐긴 셈이라고 한 에드먼드 윌슨의 말은 결코 정당하지 않으나,[9] 디킨즈 자신이 가장 아꼈던 이 작품이 그의 최대 결작은 못되는 것은 그가 빅토리아시대의 허위의식에 이처럼 양보를 했기 때문이라 할 것이다.

그러나 결말이 어쨌건 간에 빅토리아조 사회에 대한 작가의 비판이란 면에서도 이 소설은 또 한번 새로운 경지를 열어 보인다. 초기작에서는 주로 누가 보나 뻔한 사회악을 고발했고 『돔비』에 와서 전형적인 '점잖은' 사업가의 인간성을 정면으로 문제삼았다면, 『코퍼필드』에서는 더욱 내면의 깊이로 파고들어 문제의 본질을 밝히고자 한다. 즉 데이비드처럼 선량하고 성실하고 온갖 사회적 규범을 존중하는 인물에게조차 어째서 흡족한 삶이 주어지지 않는가라는 물음을 제기하고 있는 것이다. 물론 어린 데이비드의 불행은 악덕 기업가인 의붓아비 머드스톤(Murdstone)과 그의 노처녀 누이라든가 악덕 교육자 크리클(Creakle) 등 초기소설적인 악역들에 기인하는 바 크다. 그리고 주인공의 어린시절을 다룬 이 소설

---

8 예컨대 George Orwell, "Charles Dickens," *Dickens, Dali & Others* (New York, 1946), 72면에서 이 점에 특히 주목하고 있다.
9 E. Wilson, 앞의 글 43면 참조.

의 첫 부분이 디킨즈의 소설세계 전체에서도 가장 생생하고 감동적인 부분에 속한다는 데는 거의 모든 독자들이 동의하고 있다. 하지만 여기서도 벌써 사태는 예전처럼 단순하지 않으며, 따지고 보면 어린 데이비드의 고생이 올리버 트위스트나 『골동품 가게』(The Old Curiosity Shop)의 작은 넬(Little Nell)의 고생과는 또다른 감동을 안겨주는 것도 바로 그 새로운 요소 때문이다. 데이비드의 어머니는 다정다감하며 아들을 몹시 사랑하는 여인으로 실감있게 그려졌지만 동시에 철없고 무책임하기 때문에 결국 가해자들 편에 가담한 인물로 되어 있다. 작가 자신이 이를 냉철하게 인식하고 있음은 물론, 데이비드 스스로 그 사실을 잘 알아차리고서도 엄마의 좋은 쪽만 생각하고 기억하려는 소년 나름의 노력이 섬세하게 포착되어 있는 것이다.

데이비드가 자라서 자기 어머니처럼 '다정' 일변도이며 철부지인 도라 스펜로우(Dora Spenlow)와 사랑에 빠지고 결혼하게 될 때, 독자는 어린 데이비드의 문제를 새로운 각도에서 되새겨볼 기회가 생긴다. 도라와의 결혼은 분명 데이비드 부모 결혼의 재판이며 그런 부모와 그런 유년기를 보낸 데이비드가 불가피하게 빠지는 함정이랄 수도 있다. 빅토리아시대의 큰 치부였던 학대받고 버림받은 아이들의 문제는 악인들이나 일부 그릇된 사회제도의 문제만이 아니고, 이른바 선량하고 정상적인 어른들의 내면의 문제와도 직결된 것이며 이 모든 것이 상호보강하여 개인과 사회 안에서 자꾸만 재생산되는——그런 의미에서 제도화된——시대적 병폐임이 규명되는 것이다. 『데이비드 코퍼필드』의 이런 측면에 대해서는 앞서 언급한 리비스의 책이 매우 자상하고 예리한 해설을 제시하는데, 근본적으로 디킨즈는 데이비드의 첫번째 결혼을 통해 당시 사회가 제시한 행복에의 처방 자체가 무언가 잘못되지 않았느냐는 질문을 제기하고 있다는 것이다.[10]

---

10 F. R. and Q. D. Leavis, 앞의 책 47면 참조.

리비스는 이어 디킨즈는 데이비드가 아니기 때문에『제인 에어』(*Jane Eyre*)나『플로스강의 방앗간』(*The Mill on the Floss*)의 저자들처럼 주인공과 자신을 지나치게 동일화함이 없이 예술적 거리를 유지한다는 점을 강조한다.[11]『코퍼필드』가 디킨즈의 자서전 내지는 자전적 소설이라는 성급한 가정에서 판단을 그르치는 사례가 흔한만큼, 디킨즈가 데이비드를 영웅으로 만들 의도가 없는 입장임을 기억하는 일은 중요하다. 그러나 일단 어린 데이비드의 체험을 통해 생생하게 제시된 현실이 있고 결코 일시적 실수랄 수 없는 도라와의 결혼이 있었던 이상, 무난한 해결책은 없어졌다고 볼 수 있다. 차라리 디킨즈 자신에 좀더 방불한 예술가적 능력이나 행동적 급진주의를 보여주는 '영웅'다운 주인공이 되거나 아니면 작가 자신과 좀더 냉정하게 분리된 범속한 인물로서 안정된 삶을 누리든가 둘 중의 한 길밖에 안 남았는지 모른다. 도라가 죽은 뒤 상심의 유랑생활에서 돌아온 데이비드가 현숙한 '천사' 애그니스(Agnes)와 결혼하여 참다운 행복을 얻는다는 결말을 액면 그대로 받아들인다면 데이비드는 그야말로 이상적인 빅토리아조 신사가 되는 셈이다. 그는 예술가이자 정상적인 사회인이고, 지금은 행복하지만 고생을 해봐서 그만큼 이해심이 깊으며, 감정이 풍부하면서도 절제와 기율을 배운 사람이다. 그러나『피크윅 페이퍼즈』가 거추장스러운 사실들을 적당히 배제함으로써 전체의 축제적 분위기를 유지하는 데 비해,『데이비드 코퍼필드』는 그 가장 성공적인 부분들이 바로 그런 거추장스러운 현실로 구성되었기 때문에 뒤늦게 이를 얼버무리는 주인공은 피크윅씨와 같은 거의 신화적인 이상형의 신사로 살아나지 못한다.

실제로 디킨즈가 철부지 아내 도라를 제때에 죽게 만들고 만년 빚쟁이 미코버(Micawber)나 '타락'한 에밀리(Emily)는 오스트레일리아로 이민

---

11 같은 대목.

보내는 등, 불편한 인물들을 너무 쉽게 치워버린다는 사실을 여러 비평가들이 지적해왔다.[12] 물론 도라의 죽음 자체는 결코 부자연스럽게 처리되어 있지 않으며, 그녀가 끝까지 살아남아야 한다고 주장하는 것은 전혀 다른 소설을 요구하는 꼴이다. 도라의 섬약한 체질 자체가 애초에 데이비드를 사로잡은 매력의 일부였을 것이고, 비록 철부지이긴 하지만 『미들마치』(Middlemarch)의 로자먼드(Rosamond)처럼 무병장수하여 끝내 남편에게 '승리'하는 여자와는 전혀 다른 성격으로 그려져 있는 것이다. 문제는 도라의 퇴장이 결말의 안이한 타협과 이어진다는 데 있으며, 나아가서는 해외의 방대한 식민지경영으로 항상 국내문제의 편리한 처리장을 지니고 있던 당시 영국의 온실적인 지적 풍토와도 무관하지 않다는 데 있다. 줄거리가 어떻게 끝맺어지느냐는 문제를 절대시할 필요는 없지만, 소설에서 자신의 소재에 대한 작가의 지적 통제를 가장 극명하게 드러내는 요소가 곧 플롯이라고 할 때, 『데이비드 코퍼필드』에서 사건의 뼈대와 나머지 구성요인들이 제대로 안 맞는다는 점을 사소한 결함으로 보아넘길 수만은 없을 것이다.

3

　1850년대와 60년대에 디킨즈가 내놓은 작품들은 데이비드와 빅토리아조 사회의 화해가 결코 작가 자신의 것이 못되었음을 보여준다. 영국사회 자체는 1851년의 국제 대박람회를 계기로 빅토리아조 중엽의 본격적인 번영기로 접어드는데, 이에 따라 디킨즈의 급진주의는 한층 어둡고 절망적인 색채를 띠기는 할지언정 급진주의 자체에는 변함이 없는 것이

---

12 예컨대 G. K. Chesterton, *Appreciations and Criticisms of Charles Dickens* (Port Washington, N.Y., 1966), 134~35면 참조.

다.『코퍼필드』도 그렇지만 뒤이어 나온『블리크 하우스』(*Bleak House*, 1852~53),『작은 도릿』(1855~57) 등은 디킨즈의 원숙한 역량이 듬뿍 담긴 대작들로서 몇마디로 논하기가 특히나 힘든 작품들이다. 여기서는 이들의 어느 한 측면만을 잠깐씩 살펴보고 지나가려 한다.

『블리크 하우스』는 당시 영국 대법원(Court of Chancery)에 대한 풍자를 통해『코퍼필드』에서보다 훨씬 단호하고 전면적으로 기성체제의 비인간성을 공격하고 있다. 물론 대법원의 전근대적 비능률과 무감각으로 수많은 인생이 망쳐지고 있다는 이야기로만 본다면, 버나드 쇼의 말처럼 디킨즈는 착취계급이 "국민을 털어낸 전리품의 분배를 두고" 서로 싸우는 와중에 대법원이 능률적으로 일을 안해준다고 불평하는 꼴밖에 안된다.[13] 그러나 이 소설에서 대법원과 그 주변을 그려내는 디킨즈의 문장이나 이것이 거듭 만들어내는 거의 카프카적인 분위기는 그러한 해석이 너무 피상적이라는 느낌을 준다.

'신사'의 문제와 관련해서 특히 흥미있는 것은 이 작품에서 디킨즈가 그야말로 구식 신사의 한 전형을 보여준다는 사실이다. 레스터 데들럭 준남작(Sir Leicester Dedlock)은 오랜 가문과 유서깊은 저택을 자랑하는 본래 의미의 상류계급 '젠틀맨'인데, 디킨즈의 묘사는 처음부터 매우 풍자적이면서 은근한 애정을 깔고 있다. 더욱이 나중에 아내의 비밀이 밝혀져 가문의 명예가 훼손되었을 때 레스터경은 서슴지 않고 아내 편을 든다.『블리크 하우스』의 세계에서는 드물게 보는 품위와 용기를 작가는 이 구시대의 유물에서 발견하는 것이다.『피크윅』이래 줄곧 느껴지던 과거에 대한 향수의 감정이 한층 강화되었다고도 보겠는데, 이는 중산층 지배하의 빅토리아조 사회의 전개에 환멸이 짙어진 결과라고도 볼 수 있다. 그 환멸을 넘어선 한층 전진적인 꿈의 제시가 아쉽기는 하지만, 레스터경의

---

13 G. B. Shaw, "Introduction to *Hard Times*" (1912), in Ford and Lane (eds.), *The Dickens Critics* (Ithaca, N.Y., 1961), 126면 참조.

생활이나 사고방식이 완전히 시대에 뒤떨어진 것이라는 작가의 인식에는 흔들림이 없는만큼 이런 인물의 등장 자체를 비판할 일은 아니다. 오히려 이 소설의 매력 가운데 하나로 꼽아야 할 것이다.[14]

다음 소설『어려운 시절』(*Hard Times*, 1854)은 당대의 지배적 현실과 이상을 더욱 단호하고 명백하게 공격하는데, 디킨즈 문학에서는 이례적으로 짧은, 압축의 묘를 한껏 살린 작품이다. 번영기 영국의 지배계급의 역사적 성격을 '젠트리' 출신의 한량이며 사기꾼인 하트하우스(James Harthouse), 새로운 유형의 신사인 공리주의자 그랫그라인드(Thomas Gradgrind), 그리고 자기는 '자수성가'하여 교양이나 신사도와는 무관하다고 떠벌리기 좋아하는 위선적인 실업가 바운더비(Josiah Bounderby) 등 세 사람의 결탁관계로 집약해놓은 데서도 그러한 작가의 솜씨를 느낄 수 있다. 그중 하트하우스는 레스터경과 좋은 대조를 이루며,『블리크 하우스』에서 디킨즈가 구시대의 지주계급 자체에 부당한 호의를 보였다는 오해를 씻어주기에 충분하다.

그러나 빅토리아조 사회와 당대의 '신사'들에 대해 가장 포괄적이고 세찬 공격을 퍼붓는 소설은 뒤이어 나온『작은 도릿』일 것이다. 작중사건의 핵심적 위치를 차지하는 것은 아버지 도릿이 스스로를 '신사'로 설정하고 이를 유지하기 위해 추하고 우스꽝스러운 짓도 서슴지 않는다는 사실이다. 빚을 못 갚아 25년씩이나 가족을 데리고 마샬씨(Marshalsea)감옥에서 사는 그로서 '신사' 운운은 너무나 가당치 않은 일이며, 이러한 고정관념이 그를 더욱 현실과 멀어지게 만들고 감옥 못지않게 그를 잡아가두고 있다. 또한『블리크 하우스』에서의 대법원 풍자에 이어 여기서는 관료주의를 상징하는 'Circumlocution Office'(번문욕례청繁文縟禮廳 내지는 돌려말

---

14 Sir Leicester에 관해서도 Leavis의 앞의 책(특히 141~48면)에 많은 적절한 논평이 있다. 그러나 전체적으로 이런 인물의 존재가 디킨즈의 환멸의 소산이요 어떤 의미에서는 패배의 소산이라는 점은 그다지 중시되지 않은 것 같다.

하기부部)를 발명하여 영국사회뿐 아니라 근대사회 전반의 병폐를 찌르고 있는데, 이 관청의 바나클(Barnacle) 일족이야말로 겉으로는 모두 버젓한 '영국 신사'들이다. 게다가 피크윅씨의 최신판 변형에 해당하는 미글즈씨(Mr. Meagles)도 디킨즈의 비판적인 태도를 보여준다. 그 역시 은퇴한 사업가요 여가를 즐기면서 여행다니며, 친절하고 인정스럽고 쾌활하며 실제로 남의 은인 노릇을 하기도 한다. 그러나 피크윅씨와는 달리 그에게는 처자가 있어, 이런 사람이 반드시 훌륭한 아버지가 아님을 독자가 엿볼 기회가 주어진다. 지나친 사랑으로 딸의 버릇을 그르치고 그녀의 불행한 결혼에도 간접적으로 한몫 거든다. 그가 기아원에서 얻어 기른 태티코람(Tattycoram)의 은인으로서도 미글즈씨는 도덕적으로 상당히 둔감한 사람임이 드러나고 그녀의 신세를 거의 망칠 뻔한다. 그러나 무엇보다도 통렬한 비판이자 디킨즈의 빛나는 통찰력을 보여주는 사실은 이 친절한 신사가 '번문욕례청'과 무의식적인 공범관계에 있다는 것이다.

그밖에 좋은 가문의 세련된 신사지만 사이비 예술가요 비열한 인간인 헨리 가원(Henry Gowan) 등, 이 소설에는 '신사'의 이름을 더럽히는 인물이 부지기수다. 그에 비할 때 남주인공 아서 클레남(Arthur Clennam)은 신사다운 인격을 갖춘 사람임에는 틀림없으나 어머니(사실은 양모)의 억압적인 교육으로 인해 너무나 무기력하고 환멸에 찬 인물로 성장했기 때문에, '신사'의 이상을 제대로 옹호하는 인물로는 부각되지 않는다. 디킨즈의 최대 걸작이랄 수도 있는 이 소설에서 작가는 '신사'의 이상과 그 어느 때보다 멀어져 있다는 느낌이다.

디킨즈의 작가활동에서 일종의 막간극에 해당하는 역사소설『두 도시의 이야기』(*A Tale of Two Cities*, 1859)를 거쳐 그는『거대한 유산』(*Great Expectations*, 1860~61)[15]에서 다시 당대의 영국사회로 돌아와, 이번에는

---

15 국내에서 이렇게 번역되어 책도 나오고 영화도 상영된 일이 있으나 엄격히 말해 'expectations'는 유산 자체보다도 유산에의 기대이며 당시 물질적으로 번영하던 사

신사가 되는 문제를 정면으로 다룬다. 무대는 19세기 초엽으로 설정되어 있지만, 이 작품의 주제는 어디까지나 1850년대 당대의 것이지 20년대 또는 30년대 영국의 현실에는 걸맞지 않는다는 험프리 하우스의 지적은 분명히 옳다.[16] 주인공 핍(Pip)이 신사로 태어나지 않고 장인계층의 일원에서 신사로 되고자 한다는 사실이 그 점을 밑받침해준다. 그런데 이러한 핍의 시도는 모든 '커다란 기대'가 거의 전멸해버리는 것으로 끝난다.

디킨즈의 소설에는 점차로 변모하여 원숙해지는 주인공이 실감나게 제시되는 일이 드물다는 말을 흔히 하지만, 핍이야말로 데이비드 코퍼필드보다도 훨씬 뜻깊은 성숙의 과정을 보여준다. 핍의 어린시절 묘사는 그나름으로 『코퍼필드』의 첫 부분에 못지않게 인상적이며 에스텔라(Estella)와의 짝사랑, 그리고 이로 인해 그가 자기 생활에 불만을 품고 자존심마저 잃게 되는 과정도 박진적으로 그려져 있다. 대장장이 생활은 싫고 어떻게든 신사가 되어야겠다는 생각을 하던 참에 비밀에 싸인 은인의 도움이 생겨 그는 신사로서의 교육을 받기 위해 런던으로 간다. 하층신분의 소년도 돈 있고 일정한 교육만 받으면 신사가 될 수 있다는 데에 아무도 이의를 달지 않는 것은 과거의 세습적 관념이 이때쯤은 완전히 무력해졌음을 보여준다. 런던에서도 핍은 내내 바탕은 선량한 친구다. 그러나 신사로 양육되면서 어쩔 수 없이 점점 속물로 변해간다. 그가 사귀는 젊은 신사들도 아주 형편없거나 결함이 많은 친구들이다. 자기를 길러준 자형 조 가저리(Joe Gargery)에게나 그의 진짜 후원자로 나타난 매그위치(Magwitch)에게도 떳떳하지 못하게 군다. 물론 조가 런던에 찾아왔을 때의 창피함이라든가 매그위치가 시혜자임이 밝혀졌을 때의 놀라움과 혐오감은 모두 심리적으로 여실하지만 그만큼 핍이 보여주는 속된 일면이 더

회에 두루 퍼져 있던 기대감을 암시하기도 한다. '커다란 기대'가 좀더 정확한 번역일 것이다.

16 Humphrey House, *The Dickens World* (London, 1942), 159면 참조.

인상에 남는다. 그러나 고생을 하고 재산도 잃은 데다 조의 감화도 겹쳐 핍은 새로운 자기인식에 도달하며, 뒷부분에 사형선고를 받은 매그위치에게 핍이 끝까지 의리를 지키는 모습은 이 책의 가장 감동적인 대목 가운데 하나다.

이 소설에서 작가의 환멸감은 원래 디킨즈가 즐겨 등장시키던 '은인 신사' 타입에 대한 연속적인 패러디를 낳고 있다. 유산을 제공한 당사자인 매그위치는 탈출한 죄수이며 그의 시혜는 엉뚱한 결과를 파생시킨다. 해비샴 여사(Miss Havisham)로 말하면, 에스텔라에 대한 그녀의 '시혜'는 더욱 잘못된 결과를 낳고 핍에게는 '가짜' 은인 노릇을 한 꼴이 된이다. 그러나 패러디의 극치를 이루는 것은 펌블축 아저씨(Uncle Pumblechook)다. 그는 애초에 핍이 자기를 아저씨라고 부르지도 못하게 했다가 핍이 출세하자 염치없이 아첨을 하고 그의 몰락 후에는 다시 표변해버린다. 그러면서도 끝까지 은인 행세를 거두지는 않는다. 이런 사이비 시혜자의 또 하나의 예로 핍과 그의 유일한 진정한 은인인 조를 늘상 구박하면서도 공치사를 하고 사는 핍의 누나 가저리 부인(Mrs. Gargery)을 들 수 있겠다.

작가의 환멸감은 이처럼 작품의 도처에서 느껴진다. 그러나 그 환멸의 정확한 성격이나 의미가 무엇인지는 딱히 분명치가 않다. '신사'의 개념에 대한 태도만 해도, 핍이 원래 중산층도 못되고 신사일 수 없는 위치에서 신분상승을 꾀한다는 사실이 문제를 애매하게 만든다. 핍같이 벼락출세한 녀석이 속물이 되고 실패를 맛본다고 해서 기성 신사들이 책임질 일인가? 아랫것들이 분수를 알고 지킨다면 이런 불행이 안 일어날 것 아닌가? 물론 디킨즈 자신이 이렇게 되받아치고 있다는 것은 아니다. 핍이 속물이든 아니든 간에 벤틀리 드러믈(Bentley Drummle)이나 컴페이슨(Compeyson) 따위의 기성 신사들이 어떤 인물인지는 의심의 여지가 없다. 성품이나 행실로는 '진짜 양반'이라는 말을 들어 마땅한 매슈 포켓(Matthew Pocket) 같은 사람도 무능하고 다분히 우스꽝스러운 인물로 그려져 있다. 뿐만 아니라 핍이 신사가 되겠다는 야심 자체가 사실은 사회에 의해 심어지고 강제된 욕망임이 분명하다. 예쁜 '숙녀' 에스텔라가 어린 핍에게 행사하는 영향력은 곧 지배계급이 사회의 모든 성원에게 행사하는 일종의 정신적 주도권의 일환이며, 따라서 설령 핍의 불행이 순전히 그가 신분상승을 꾀했기 때문이라 하더라도 이에 대한 사회 자체의 책임이 벗겨지지는 않는 것이다.

하지만 디킨즈의 비판에 분명한 초점이 아쉽다는 문제는 여전히 남는다. 작가의 의도가 출세 곧 '세상에서 올라가는 일'(rising in the world)에 대한 시민계급의 낙관론을 공격하는 것이었다면 애초에 중산층 출신의 주인공을 택하는 것이 나았을 것이다. 반면에 그의 표적이 '신사' 개념 그 자체이고 하층계급이 좀더 나은 삶으로 올라가려는 움직임이 아닐진대는, '신사가 되려는' 노력 말고 다른 방도를 통한 개선의 가능성에 좀더 큰 비중을 두었어야 할 것이다. 예컨대 T. A. 잭슨 같은 평론가가 이 소설에서 도출할 수 있는 단 하나의 자연스러운 결론이라고 했던 대안, 즉 "부르주아지가 벤틀리 드러믈, 컴페이슨, 펌블축 등등의 무리로만 구성되어 있다면 또하나의 1792년 9월, 또하나의 기요띤 통치도 그들의 지배가 영구히 지속되는 것보다 나을 것이다"[17]라는 결론도 하나의 가능성으로서 좀더 음미되었어야 할 것이다.

후자의 가능성을 디킨즈가 구체적으로 검토하고 있지 않음은 분명한 것 같다. 핍의 상승 노력에 맞설 대안이라고 한다면 조의 상승 않으려는 자세가 있을 뿐이다. 그러나 그의 인간성이 아무리 훌륭하고 신사들의 세계에 대한 비판으로는 아무리 통렬하달지라도 '대안'의 차원에는 이르지 못한다. 실제로 조라는 인간과 그가 뿌리박고 있는 세계는 신사들 세계의 존재를 전제한 것이며, 디킨즈 소설의 분위기하고 다른 정황에서라면 조

---

17 T. A. Jackson, *Charles Dickens: the Progress of a Radical* (New York, 1938), 198면.

의 덕성은 노예근성으로 비판받았을 수도 있는 성질이다. 디킨즈 자신도 핍이 결국 조의 세계로 돌아갈 수 없음을 보여주며 그것을 핍의 잘못으로 돌리지도 않는다. 실제로 작가는 핍의 입을 빌려 조의 사람됨을 극도로 찬양하고 있지만, 그것은 어디까지나 핍 자신의 죄의식과 감사의 마음이 겹친 찬사요 조가 어쩔 수 없이 한정된 인간임이 작품 속에서 충분히 전달되어 있다.

그렇다면 『거대한 유산』에서 어떤 긍정적 삶의 가능성을 찾는 문제는 주로 핍 자신의 발전과 성숙을 어떻게 평가하느냐에 달리게 된다. 핍은 결국 그나름의 '신사'가 되는데 그간의 파란을 겪고 순화된 인간이며 무위도식하는 생활을 청산했다는 점에서 새로운 유형의 신사가 되었다고 볼 수 있다. 또 그런 의미에서 기성체제와 기존의 신사들에 대한 뚜렷한 비판이 되지만 '신사'와 '신분상승' 등의 빅토리아조 신화에 대한 근본적인 부정이라고는 보기 어렵다. 동시에 핍이 나중에 에스텔라와 결혼을 하든 안하든 작품 전편을 통해 흐르는 환멸의 느낌을 상쇄할 만한 행복한 결말을 낳는다고도 볼 수 없는 것이다.

핍의 성숙 문제와 관련하여 매그위치의 재산으로 자기가 신사생활을 해왔다는 데 대한 그의 반발과 혐오감이 비평가들 사이에 논란되어왔다. 핍 자신의 그러한 심경은 충분히 믿어지지만, 문제는 매그위치의 돈이 '더럽혀진'(tainted) 돈이니까 더는 못 받겠다는 핍의 독선적인 반응에 디킨즈도 동조하고 있지 않느냐는 것이다. 오웰 같은 이는 실제로 그렇고 따라서 여기서 디킨즈의 태도가 '속물적'(snobbish)이라고 단언하기까지 한다.[18] 그러나 사실은 핍이 나중에 가서 매그위치에 대해 애정을 품게 된 결과 법에 의해 몰수당할 처지에 놓인 그의 재산을 확보하는 문제를 순간적으로나마 고려한다는 점을 감안하면 그러한 비난은 부당한 것임이 드

---

18 G. Orwell, 앞의 책 35면 참조.

러난다.[19]

디킨즈가 그의 친구 불워 리튼(Bulwer Lytton)의 충고를 따라『거대한 유산』의 결말을 바꿈으로써 오히려 통속화했다는 비판에 대해서는 시비를 가리기가 훨씬 힘들다. 기존사회에의 환멸과 비판을 강조하는 입장에서는 핍이 8년 후에 에스텔라를 우연히 만나 서로 맺어진다는 결말은 분명히 주제에서 빗나간 것이며, 반대로 핍의 개인적 성숙 및 인생과의 화해를 중시한다면 개작의 결과가 오히려 낫다고도 볼 수 있을 것이다. 평자들의 반응도, 개작이 말도 안되는 짓이었다는 버나드 쇼에서부터 원래의 계획이 더 좋았다는 다수 비평가들의 견해를 이해하기 어렵다고 하는 Q. D. 리비스에 이르기까지 각양각색이다.[20] 그런데『거대한 유산』의 전체적인 의미가 환멸이나 화해 그 어느 한쪽으로도 집중되지 않은, 약간 어중간한 것이라면 어떻게 될까? 그래도 어느 한쪽의 결말이 낫다는 판단을 요구하기는 하겠지만 그것이 작품의 값어치를 좌우하는 결정적인 문제는 못될 것이다. 이야기가 어떻게 끝나든지 크게 상관이 없다고 하면 그야말로 소설 전체에 대한 치명적인 비판처럼 들리겠으나, 이 경우에는 반드시 그렇지도 않다. '신사'의 문제로 집약되는 빅토리아시대 문명의 기본성격을 두고, 환멸이냐 화해냐 중에 하나를 분명히 택해서 그 충분한 근거를 제시하라는 것은 지나친 단순화를 요구하는 일이 아니면 디킨즈 같은 큰 작가로서도 감당하기 힘든 엄청난 위업을 주문하는 일이기 쉽다. 실제로 디킨즈가『거대한 유산』에서 새로운 역사창조의 가능성이 암시될 만큼 투철한 비판을 수행하지도 못했고 그렇다고 환멸의 체험을 일거에 승

---

19 *Great Expectation* 제55장, Jaggers 변호사와 Pip의 대화 참조. 이 대목에 주의를 환기한 것으로 Christopher Ricks, "*Great Expectations*," in Gross and Pearson (eds.), *Dickens and the Twentieth Century* (Toronto, 1962), 207~8면 참조.

20 G. B. Shaw, "Foreword to *Great Expectation*"" (1937), in S. Wall (ed.), *Charles Dickens: A Critical Anthology* (Harmondsworth, 1970), 285면 및 F. R. and Q. D. Leavis, 앞의 책 329면 참조.

화시킬 만한 화해의 비전을 제시하지도 못한 것이 사실이지만, 이러한 그의 실패는 동시에 디킨즈 특유의 성공과도 떼어 생각할 수 없는 것이다. 그는 새커리(Thackeray)가 곧잘 그러듯이 인생은 원래 그런 것 아니냐는 투의 '환멸'에 안주하지 않으며, 아직도 피크윅의 세계와 완전히 단절되지 않은 유머는 그가 세상과 화해하더라도 그럴 만한 자격이 남보다는 많은 작가임을 입증한다. 예컨대 펌블축 같은 인물의 묘사가 풍자라는 관점에서는 오히려 과장되어 비판의 날이 무디어진다고 보겠지만, 사실 그것은 풍자에 못지않게 작가와 독자가 함께 웃는 축제적 웃음이요 그런 점에서 풍자의 순간에 이미 화해의 원리가 마련되어 있는 것이다.

4

디킨즈가 마지막으로 완성한 장편소설 『우리 서로의 친구』(Our Mutual Friend, 1864~65)에 가면 '신사'에 대한 작가의 태도가 좀더 분명해지는 면이 있다. 즉 디킨즈가 결코 '신사'의 이상 자체를 포기하지는 않는 동시에 그러한 이상에 근접하는 현실이 가능해지려면 기성체제에 상당한 충격이 필요하다고 믿고 있음이 전보다 뚜렷해지는 것이다. 그 단적인 본보기가 유진 레이번(Eugene Wrayburn)의 경우다. 원래 그는 좋은 집안에 태어나 무위도식에 가까운 생활을 하는 흔한 타입의 신사인데 하층민 출신의 여성 리지 헥삼(Lizzie Hexam)을 사랑하면서 부르주아지의 출세주의나 귀족계급의 경박과 나태와 허무주의를 모두 배격하게 된다. 그러다가 연적의 공격으로 오랫동안 사경을 헤맨 끝에 소생하면서 리지와 결혼하고 갱생의 길을 찾는 것이다. 디킨즈 소설에서는 주인공들이 중병을 앓는 것이 중요한 고비를 이루는 일이 많은데, 유진의 경우에는 이것이 그야말로 적절한 정치적·역사적 상징을 이룬다. 즉 작가는 '신사'의 이상에 대한 그의 근본적 애착을 재확인하고 밑으로부터의 혁명적 대안은 제시하지 않지만, 그 이상의 실현은 자신이 항상 가난한 사람들 속에서 찾았던 덕성과 연합함으로써만 가능하며 또한 기존사회의 인습과 가치관을 깨부수는 어떤 난폭한 충격을 필요로 한다는 인식을 함축하고 있는 것이다. 이 소설에서 포드스냅(Podsnap), 버니어링(Veneering)의 무리에 대한 풍자도 이러한 인식의 일환이라 하겠다.

리지와 같은 하층민, 그것도 템즈강 주변의 밑바닥 삶에서 나온 인물과의 결합이 작품의 중심에 내세워진 것은 디킨즈 문학에서 확실히 새로운 진전이다.[21] 하지만 작중인물로서의 리지는 올리버 트위스트처럼 본래부터 표준영어를 쓰는 등 온갖 미덕을 갖춘 가공적인 인물이다. 유진이 그녀에게서 느끼는 관능적 매력도 디킨즈 소설 치고는 상당히 분명하게 암시되어 있지만, 유진의 욕망 자체가 앵거스 윌슨의 지적대로 '얄팍하고 타산적인 관능'[22]의 느낌이 짙으며, 어쨌든 두 사람의 결합이 포드스냅들의 세계를 위협할 만큼 건강한 생명력에 차 있지 못하고 실감도 모자란다. 그렇다면 디킨즈가 구상한 동맹관계에서 실질적으로는 유진이 대표하는 전 시대의 요소가 훨씬 큰 비중을 갖는 꼴이며, 결과적으로 기성체제에의 대안으로서 충분한 활력과 설득력을 갖지 못한다. 동시에 『작은 도릿』이나 『거대한 유산』에 비해 '신사'의 이상에 대한 디킨즈의 집착이 더 분명해졌다는 사실을 반드시 작가적 성숙의 진전이라고 할지, 아니면 오히려 초기 소설의 시각으로 어느정도 뒷걸음쳤다고 할지라는 의문이 생긴다. 그것은 『우리 서로의 친구』가 디킨즈의 작품세계에서 어떤 위치에 있는가를 가늠하는 문제와도 직결되는데, 아무래도 『작은 도릿』의 정

---

21 계급문제를 중시하는 평론가들 중에 이 작품을 디킨즈 최대의 걸작으로 평가하는 이가 많은 것도 이와 무관하지 않을 것이다. 예컨대 Arnold Kettle, "Our Mutual Friend"(in *Dickens and the Twentieth Century*) 참조.

22 Angus Wilson, 앞의 글 23면.

점으로부터는 상당한 후퇴를 뜻하는 것이 아닐까 싶다.

이처럼 '신사'에 대한 디킨즈의 태도가 원숙기로 갈수록 애매해지고 끝까지 애매한 채로 남는 것은 그것이 곧 독특하고 애매한 역사적 타협의 산물인 빅토리아시대의 문명 자체를 집약적으로 표현했기 때문이기도 하다. 글의 서두에 말했듯이 이 시대에 '신사'라는 낱말은 귀족적인 이상과 시민계급의 이상을 묘하게 융합한 것이었으며 역사적 변혁과 연속성에 대한 엇갈리는 요구를 어느정도 한꺼번에 만족시키고 있었던 것이다. 이것은 일찍이 17세기의 시민혁명에서 담당세력의 상당수가 '젠트리'에서 나왔고 그후 일부 귀족과 시민계급 등의 연합세력 주도 아래 세계 최초의 산업사회를 이루고 그에 따른 온갖 이점을 누리던 영국에서만 가능했던 일이다. 따라서 이 타협의 내용 중 시대착오적인 부분을 신흥 부르주아지의 입장에서 공격한다거나 반대로 속된 중산층을 욕하고 옛 신사들의 미덕을 강조하는 등 부분적인 비판을 하기는 쉬웠으나 그 전체를 비판하기는 수월치 않았다. 그리고 부분적인 비판은 체제를 약화하기보다 강화하는 경우가 많은 것이었다.

우리가 디킨즈를 위대한 작가라고 할 때, 원래는 그 역시 빅토리아조 신사를 포함한 당대의 현실에 대한 부분적인 비판에서 출발했다가 드디어는 그 전체에 대한 본질적인 끈질긴 의문을 던지게 되었다는 사실도 중요한 이유가 된다. 신사의 이상에 담긴 복고적인 매력과 전진적인 요소가 모두 그의 작품 속에 섬세하게 기록되었다는 사실 역시 그러한 위대성의 일부이다. 그러나 그의 비판이 끝내 자신있고 일관된 대안의 비전에까지 이르지 못한 것은 하나의 한계로 지적되어야 할 것이며 이는 빅토리아시대의 역사적 타협이 내포한 중요한 문제점과도 무관하지 않을 것이다.

19세기 영국의 특수한 지적 풍토에 대해서는 우리나라에도 소개된 하우저(Arnold Hauser)의 저서에 적절하게 논의된 대목이 있다. 영국에서는 부르주아지와 귀족들의 연합으로 18세기말·19세기초의 혁명기를 큰 격

변 없이 넘겼는데, 이로 인해 영국의 대다수 지식인들은 일부 프랑스 지식인들처럼 반민주적 태도로 돌아서는 일이 없이 대체로 급진적인 성향을 유지했지만 거기에는 한층 심각한 문제점이 따랐다는 것이다.

그러나 두 나라의 지적(知的) 엘리뜨들 사이의 가장 현저한 사고방식의 차이는 프랑스인들이 혁명과 민주주의에 대해서 어떤 태도를 지니든 간에 언제나 확고한 합리주의자였음에 반하여, 영국인들은 그들의 급진적인 입장이나 혹은 산업주의에 대한 그들의 반대에도 불구하고, 때로는 바로 지배계층에 대한 반대 때문에, 형편없는 비합리주의자가 되었고 독일 낭만파의 애매한 이상주의에서 안식을 구했다는 점이다. 이상한 얘기지만 이곳 영국에서는 자본가나 공리주의자들이, 자유경쟁과 분업(分業)의 원칙을 거부한 그들의 적(敵)보다 계몽사상에 더 밀접히 결합되어 있었다.[23]

이러한 일반적인 진단과 그런 상황에서 디킨즈를 포함한 대다수 영국 지식인들의 "걷잡을 수 없는 직관론과 정신적 미숙상태"[24]가 나왔다는 판단은 대체로 옳다고 보아야 할 것이다. 그러나 디킨즈의 문학에 대한 하우저의 구체적 논의를 읽으면[25] 수많은 훌륭한 통찰에도 불구하고 위대한 창조적 예술가로서의 디킨즈의 능력 ── 적어도 작품에서는 개인의 '정신적 미숙상태'를 극복하는 능력 ──을 과소평가하고 있다는 인상을 받는다. 이것은 그가 말하는 '합리주의'의 개념을 뿌리부터 다시 생각해볼 필요성을 감안하지 못하는 태도의 일환이며, 오늘날 그러한 필요성이 보수

---

23 A. 하우저 지음, 백낙청·염무웅 옮김 『문학과 예술의 사회사 ── 현대편』(창작과비평사 1974) 109면.
24 같은 책 110면.
25 같은 책 123면 이하 참조.

적 직관론자들뿐 아니라 서구사상의 한계를 넘어서려는 수많은 진보적이고 결코 비합리주의자가 아닌 지식인들에 의해 제기되고 있는 상황에 둔감한 태도가 아닌가 한다. 프랑스인의 합리주의도 영국인의 직관주의 못지않게 서구인의 제국주의를 위한 그나름의 도구가 되었던 역사의 책임은 서구적 합리주의의 천박성에도 있는 것이며, 빅토리아시대 영국의 어중간한 타협만을 나무랄 수는 없는 것이다. 하우저 자신이 예리하게 지적한 디킨즈 문학의 위대한 대중성──바로 그 위대성의 원인이 되는 대중성──은 그러한 타협으로 유지된 영국문화의 연속성을 떠나서 생각하기 힘들다. 그리고 디킨즈가 발자끄나 똘스또이보다 훨씬 대중적인 작가이면서 곧잘 훨씬 더 시적이고 복잡한 문장을 구사해내곤 한다는 사실은 그의 개인적인 '천재성'이라거나 셰익스피어의 '영향' 따위로만은 설명되지 않는다. 셰익스피어의 언어와 셰익스피어시대의 생명력이 어딘가에 아직도 상당히 보존된 사회에서만 이러한 대중적 위대성이 가능했을 것이며, 그런 의미에서 빅토리아시대의 타협을 두고, "그 해결은 단지 일시적인 것이었다. 하지만 지구 자체도 역시 일시적인 것이다"[26]라고 말한 철학자 화이트헤드의 논평도 음미할 만한 것이다.

빅토리아시대를 변호하자는 것은 아니다. 빅토리아조의 문명에 대한 디킨즈의 비판에 한계가 있었음을 지적하는 우리 자신의 비판이 디킨즈와 그 시대가 지녔던 미덕에 인색하지 않은 충분한 근거 위에 서야겠다는 것이다. 예컨대『어려운 시절』을 비판하면서 디킨즈가 이 소설의 독단적 공리주의자 그랫그라인드를 그처럼 전면적으로 단죄한 것은 "사회개혁과 노동개혁의 큰 몫을 실제로 추진했던 바로 그러한 종류의 사고와 입법활동을 동시에 단죄하도록"[27] 부추기는 셈이라고 평한 레이먼드 윌리엄즈의 발언은 하우저의 발상과 엇비슷한 것이다. 그랫그라인드 자신은 노

---

26 A. N. Whitehead, *Adventures of Ideas* (New York, 1933), 제4장 제1절.
27 Raymond Williams, *Culture and Society: 1780~1950* (New York, 1966), 94면.

동개혁에 관심조차 없지만, 실제로 이런 인물이 개혁작업에 가담한 경우에도 이들의 목적은 어디까지나 능률과 경제적 합리성이었으며 흔히는 그들의 보고서가 개혁을 지연시키는 수단이기도 했음을 역사가는 지적하고 있다.[28] 더구나 예의 사회개혁과 노동개혁들이 이루어지고 난 뒤의 사회에서 그랫그라인드의 무리는 여전히 번창하고 있을뿐더러 심지어 노동운동의 내부에 겉만 달리한 포드스냅의 무리마저 창궐하게 된 현실을 살펴볼 때, 디킨즈에 대한 비판은 이러한 현실에 대한 역사적 대안을 생각하는 차원에 다다르지 않고서는 공연한 투정에 그치기 쉬움을 다시금 실감하게 된다. '빅토리아시대의 타협'은 그로 인해 정치적 패배를 맛본 영국의 노동자들 자신의 입장이나 한걸음 나아가 유럽 민중의 입장에서 보는 데에 그치지 않고, 지구 전체의 산업화 과정의 시발이 민중의 창의를 크게 제약하면서 이루어짐으로써 오늘날까지도 인류 전체에 엄청난 파급효과를 미치고 있다는 관점에서 볼 때 비로소 그것이 비극적인 타협이었다는 말이 무리없이 성립하는 것이다. 『어려운 시절』에서도 디킨즈의 실패는 그랫그라인드를 너무 심하게 다루었다기보다 이런 비신사적인 신사뿐 아니라 '신사'라는 말 자체가 대표하는 역사적 타협의 비극성을 제대로 포착하지 못했다는 점으로 비판되어야 할 것이다. 그랫그라인드의 경우와는 달리 노동자 스티븐 블랙풀(Stephen Blackpool)이 디킨즈가 의도한 바와 같은 대안이 못됨은 거의 누구나 인정하는데, 이것 역시 그와 같은 좀더 큰 실패의 일부로 인식할 필요가 있다.

하지만 이것은 디킨즈 한 사람만의 실패도 아니요 영국인들에게 국한된 실패도 아니기 때문에, 디킨즈 같은 작가의 재능과 결부될 때 그러한 실패 자체가 거의 예언에 값하는 기능을 수행하기도 한다. 즉 빅토리아시대 초기에 영국에서 있었던 민중역량의 결정적 후퇴는 훨씬 더 광대한 영

---

28 E. P. Thompson, *The Making of the English Working Class* (Harmondsworth, 1968), 375~6면 참조.

역으로 확대될 운명이었고 드디어는 카프카를 비롯한 많은 20세기의 작가들이 기록한 폐쇄되고 일견 불가사의한 세계를 낳게 되었던 것이다. 앞서 지적한 바 디킨즈 소설의 '카프카적' 측면은 바로 이러한 경험의 연속성을 말해주는 것이다. 그렇다고 이런 측면을 지나치게 강조하는 일부 비평가들의 경향은 디킨즈의 진정한 현재성을 오히려 훼손하는 일이다. 예컨대 『마틴 처즐윗』에 싸르트르의 『구토』(La Nausée)를 연상시키는 부분이 있다는 지적은 그 자체로서는 틀린 것이 아니지만,[29] 이런 지적에는 그러한 부분들이 전체적으로 『피크윅』의 세계에 훨씬 가까운 밝고 활기찬 세계에 포용되어 있다는 말이 반드시 뒤따라야 할 것이다. 디킨즈 소설의 가장 중요한 특징으로 이른바 '불필요한 디테일'(unnecessary detail)의 애용을 오웰이 예리하게 지적한 바 있는데,[30] 플롯의 진행이나 성격묘사에 딱히 필요치 않음에도 작품에 들어 있어서 더욱 우리의 흥을 돋우는 세부적 묘사나 사건이 많다는 것이다. 이처럼 독자들을 '이유없이' 즐겁게 만들어주는 힘이야말로 디킨즈 특유의 생명력이요 수많은 독자와의 혼연한 일체감 가운데서만 가능한 효과이다. 따라서 '불필요한 디테일'이 예술적으로 불필요하지 않음은 물론이요, 처음부터 너무나 당연한 것으로 받아들여지곤 한다.

그러나 디킨즈 작품에서 이들 '불필요한 디테일'이 축제의 흥을 돋우는 것과는 다른 역할을 할 때도 있는 것이 사실이다. 그것이 바로 카프카나 싸르트르의 세계와 통하는 면인데, 이때에 플롯이나 인물구성 등의 구조적 요구에 직결되지 않은 수많은 잉여의 디테일들은 인간의 실존을 포함한 이 세상의 개개 사실들이 그 사실성 이상의 아무런 의미를 갖고 있지 않다는 거북스러운 느낌, 『구토』에서 말하는 뜻으로 '잉여'(de trop)의

29 Dorothy Van Ghent, "The Dickens World: A View from Todgers's" (in *Twentieth Century Views: Dickens*) 참조.
30 G. Orwell, 앞의 글 59~60면 참조.

느낌을 전달한다. 그런데 디킨즈의 정말 뛰어난 점은, 이러한 요소가 초기 작품들의 천진한 즐거움과 행복감 속에 용해되어 있다는 것만이 아니고, 후기로 갈수록 작품 속의 음울한 분위기가 짙어지는데도 수많은 디테일을 통합하는 전체적 의미가 점점 뚜렷해지고 심오해진다는 사실이다. 음울한 분위기를 셰익스피어와 같은 본격적 비극의 장엄함이나 단떼에서처럼 궁극적 화해의 눈부심에까지 이끌지는 못했을지 몰라도, 20세기의 많은 작가들과는 달리 이 어두움의 성격이 과연 무엇이며 그 역사적 뿌리가 어디에 있는가를 작가의 엄청난 창조적 활력이 밝혀주고 있는 것이다. 빅토리아조 신사에 대한 의식의 진전에서도 보듯이 그만큼 시대의 핵심적 과제에 대한 작가의 인식이 깊어져갔다는 뜻이기도 하다. 디킨즈가 당시의 영국사회로부터 점점 더 소외감이 커가는 가운데서도 작가로서 끝까지 『피크윅』의 세계와 단절되지 않은 것도 그러한 지적 성숙에 힘입은 바 컸다고 할 것이다.

— 한국영어영문학회 편 『19세기 영국소설 연구』, 민음사 1981

| 덧글 |

'디킨즈 소설 속의 빅토리아조 신사'라는 주제로 처음 논문을 쓴 것은 대학원 박사과정에서였다. 무려 40여년 전의 일이다. 귀국 후 이 논문을 약간 손질해서 한국영어영문학회 회지에 발표했고("The Victorian Gentleman in Dickens' Novels," 『영어영문학』 46호, 1973년 1월), 1981년에 같은 학회가 엮어낸 『19세기 영국소설 연구』(민음사)에 우리말로 수록하면서 꽤 큰 폭의 수정을 가했다. 그러고도 또 30년이 지났으니 그사이 생각이 달라진 바도 있지만, 10여년에 걸쳐 거듭 땜질하고 개칠을 한 글이라 그 자체로도 논지가

들쑥날쑥이다. 하지만 완전히 새로 쓰지 않는 한 다시 첨삭해봤자 혼란만 더할 듯싶어 최소한의 윤문과 교정만 한 상태로 남겨두었다.

근본적인 문제는 처음 기말논문을 쓸 때와 10여년 뒤 국문 원고를 새로 정리할 때 사이에 디킨즈에 대한 나의 평가에 중대한 변화가 일어났다는 사실이다. 그런데 지금 돌이켜보면 1981년 당시도 그 변화는 진행중이어서 확실하고 일관된 수정작업에 미달했던 것이다. 물론 현재의 내 인식이 얼마나 충실한지도 장담할 수 없다. 어쨌든 본문에서 19세기 영국의 지적 상황과 디킨즈를 포함한 대다수 영국 지식인들의 정신적 미숙성에 대한 하우저의 비판을 호의적으로 인용하면서 다만 디킨즈 문학의 성취를 그가 과소평가하고 있다고 토를 달았는데(본서 160~61면), 이는 훨씬 철저히 파고들었어야 할 사안이었다.

그러지 못한 것은 본디 나 자신의 출발점이 ──「시민문학론」(1969)에서 디킨즈를 언급한 대목에 드러나듯이(『민족문학과 세계문학 1』, 창작과비평사 1978, 29면; 합본평론집, 창비 2011, 41면) ── 하우저의 디킨즈론과 크게 다르지 않았기 때문이다. 그러한 인식에 변화가 일어난 데는 대학원의 디킨즈 쎄미나에서 그의 작품을 집중적으로 읽은 경험이 바탕이 되었을 것이다. 예컨대 당시만 해도 디킨즈의 희극적 천재성이 거침없이 발휘된 초기작에 비해 그의 후기작들이 떨어진다는 평판이 우세했는데, 나는 『작은 도릿』를 읽고 압도되는 느낌이었다. 그러나 이런 느낌들을 비평적으로 정리할 수 있었던 것은 F. R. 리비스와 Q. D. 리비스 공저 『소설가 디킨즈』(Dickens the Novelist, 1973)를 뒤늦게 읽고서였다. F. R. 리비스 자신이 원래 디킨즈 소설에 대해 『어려운 시절』을 빼고는 극히 인색한 평가를 내렸던 사람인데, 그들 부부의 재평가를 담은 그 책이 전반적으로 설득력이 있는 가운데 특히 『작은 도릿』을 논한 장에서 F. R. 리비스가 이 소설을 디킨즈 최대의 걸작으로 꼽은 것이 마음에 와닿았다. 아무튼 이런저런 성찰을 거친 끝에 1981년의 수정본에서는 하우저식의 디킨즈 해석에 좀더 비판적인 판단을 할 수 있었다.

그러나 빅토리아시대에 대한 인식에서나 디킨즈 문학의 성취에 대한 이해에서나 여전히 어정쩡한 면이 많았던 것 같다. 물론 이것이 시대상황 자체의 다면성과 디킨즈 자신의 모호함 때문인 점은 부인할 수 없고, 바로 그 점을 내 나름으로 지적하기도 했다. 하지만 나 자신의 모호하고 부실한 인식을 디킨즈의 모호성이나 부실함으로 떠넘긴 면도 있다. 예컨대, "『어려운 시절』에서도 디킨즈의 실패는 그랫그라인드를 너무 심하게 다루었다기보다 이런 비신사적인 신사뿐 아니라 '신사'라는 말 자체가 대표하는 역사적 타협의 비극성을 제대로 포착하지 못했다는 점으로 비판되어야 할 것이다"(본서 177면)라고 했는데, 이 문장은 여러가지 문제점을 안고 있다. 먼저, "역사적 타협의 비극성"이라는 말은 "지구 전체의 산업화 과정의 시발이 민중의 창의를 크게 제약하면서 이루어짐으로써 오늘날까지도 인류 전체에 엄청난 파급효과를 미치고 있다"(같은 면)는 전제를 깔고 있지만, 영국이나 유럽에서 민중이 주도하는 산업화 과정을 상정하는 것 자체가 세계체제적 관점의 결핍을 증언한다고 보아야 옳다. 사실이 그러하다면 '빅토리아시대의 타협'이나 그 일환으로 서구사회 전래의 인간적 미덕을 새로운 현실 속에서 최대한으로 살리기 위해 '신사' 문제로 고민하는 자세는 한결 너그럽게 이해할 여지가 있을 것이다.

『어려운 시절』에 대한 구체적인 언급도 초점을 벗어나 있다. 첫째, 그랫그라인드는 온갖 비인간적 처사를 저지르지만 바운더비 같은 사이비도 아니고 하트하우스처럼 망신을 당하고 퇴거하지만 전혀 변할 줄 모르는 상류계급 인물도 아니다. 자신의 그릇된 교육과 고집으로 인한 딸의 불행을 목도하면서 종국에 결코 '비신사적 신사'랄 수 없는 새로운 인간으로 거듭나는 인간이 그랫그라인드인 것이다. 정작 이 작품에서 디킨즈가 '너무 심하게' 다룬 인물형은 바운더비로 대표되는 자본가다. 바운더비 자신이야 아무리 심하게 다뤄도 할 말이 없을 인물이지만, 도대체 이런 허풍

쟁이 겸 사기꾼을 코크타운의 대표적 자본가로 설정한 것이 자본주의를 너무 우습게 본 '정신적 미숙성'은 아닐까? 사실 그런 혐의가 전무하다고 말할 수는 없을 것이다. 하지만 자본주의가 난숙의 극에 달한 우리 시대의 독자에게는 산업사회 초창기의 어설픈 형태로나마 산업자본·금융자본의 유착을 보여주는 바운더비의 공공연한 횡포와 거짓됨이 오히려 근대세계체제의 핵심적 일면을 포착한 것으로 실감되는 바 없지 않다. 동시에 오로지 '사실'만을 고집하는 그랫그라인드가 당대의 공리주의와 천박한 합리주의를 대표하는 데 그치지 않고, '상상력'이나 '타자성'의 이름으로 민중의 상상력을 제한하고 그들의 현실극복 의지를 약화하는 각종 현대 이론의 표상을 겸할 수도 있다.

디킨즈 문학의 성취에 대한 이런 주장들을 제대로 펼치려면 『어려운 시절』뿐 아니라 『블리크 하우스』 『작은 도릿』 『거대한 유산』 같은 후기의 걸작들에 대해 훨씬 자상한 검토가 필요하다. 그리하여 디킨즈가 마지막으로 완성한 장편 『우리 서로의 친구』에 가면 "'신사'의 이상에 대한 디킨즈의 집착이 더 분명해졌다는 사실"(본서 173면)을 단순히 지적하고 비판하기보다, 작가의 그러한 집착과 이에 못지않게 집요한 그의 빅토리아조 신사 비판을 융합하는 팽팽한 예술적 긴장이 앞선 걸작들에 비해 어떻게 느슨해졌는지를 규명해야 한다. 그리고 이를 위해서는 무엇보다, 작중인물들을 유형별로 채집하여 그 사회사적 의미를 읽어내는 본고의 발상을 뛰어넘어, 작중인물과 작중상황뿐 아니라 이를 구현하는 작가의 문체와 언어구사가 어떻게 어느 수준으로 '시의 경지'를 확보했는지를 검증하는 비평이 요구된다. 아쉽지만 나로서는 그러한 사실을 시인하고 고백하는 선에 멈출 수밖에 없다.

—2011. 5.

소설『테스』의 현재성

1.『테스』에 관한 몇가지 해석

1-1

토마스 하디(Thomas Hardy)의 소설『더버빌가(家)의 테스』(*Tess of the d'Urbervilles*)는 1891년에 발간된 이래, 비평가들의 온갖 찬반 시비에도 불구하고 처음부터 대중적 인기를 착실히 누려왔다. 그 방면에 무슨 통계가 있는지는 모르겠지만, 오늘날도『테스』는 19세기 영국소설 가운데 가장 널리 읽히는 작품의 하나가 아닐까 싶다. 평자들의 시비도 여전히 계속되고 있다. 하디가 위대한 소설가라는 점에 대해서는 이제 상당히 폭넓은 합의가 이루어졌지만 여기에도 강력한 반론이 아직 남아 있다. 더구나『테스』또는 다른 하디 소설들의 구체적인 해석과 평가에 이르면 그야말로 각양각색의 이야기가 쏟아져나온다. 이 글에서는 그렇듯 다양한 논의의 극히 일부나마 검토하는 데서 출발하여 지금 이곳의 독자들에게 이 작품이 무엇을 말해줄 수 있는지를 밝혀보고자 한다.

『테스』가 한국의 독자들에게도 비교적 친숙한 작품이라는 사실은 우리의 이러한 작업을 한층 뜻있는 일로 만들어준다고 믿는다. 말하자면『테스』의 대중적 인기가 한국에까지 파급되어 있는 셈인데,『죄와 벌』이나『부활』과 마찬가지로 다분히 감상주의적으로 받아들여졌던 것도 사실이나 어쨌든 일제시대부터 대표적인 '세계명작'의 하나로서 많은 문사·지식인들에게 읽혔고 오늘날에는 원문으로 또는 우리말 번역으로 더욱 많은 독자들을 갖고 있는 것으로 보인다.[1] 게다가 최근에는 폴란스키 감독의 유명한 영화까지 수입·상영된 것을 관람한 사람들이 많았겠고, 작년에 텔레비전에 내놓은 어느 연속극이『테스』의 번안물이었음을 알건 모르건 간에 시청한 사람 수효는 더욱 많을 것이다.

이처럼 그 대강의 줄거리나마 상당수 국내 독자들에게 알려진 작품을 논한다는 것은 우리나라의 외국문학 연구자로서는 쉽지 않은 기회라면 기회다. 그러나 논의를 좀더 차근차근 진행하기 위해 알려진 줄거리지만 다시 한번 소개하고 출발하는 것이 좋겠다.

여주인공 테스는 영국 남서부 도쎗(Dorset) 지방의 말롯(Marlot)이라는 마을에 사는 처녀이다. 아버지 존 더비필드(John Durbeyfield)는 소규모의 종신차지(終身借地)를 가진 행상으로서 농업노동자보다 한급 높은, 마을에서는 '중간층'에 속하는 인물이다. 그러나 술주정뱅이에다 식구는 많아 궁색한 살림을 꾸려가고 있다. 이야기는 어느날 더비필드씨가, 자신이 그 지방 최대의 귀족이다가 지금 몰락하여 사라진 더버빌 가문의 후

---

1 필자가 알아본 범위 안에서도 正音社·韓一文化社·韓國出版社·東亞文化社·三中堂·陽文社·同和出版公社·오성출판사·明文堂·明苑社·桂苑出版社·主友·태멘·金星出版社 등이 각기『테스』의 국역본을 내놓았다. 그중 더러 중복되는 역본도 있는 것 같다.〔2005년의 시점에서 영미문학연구회 번역평가사업단이 조사한 바로는『테스』국역본은 동일 번역의 중복출판을 포함해서 모두 140본이며, 그중 평가단이 추천한 역본은 김보원 옮김『테스』(서울대학교출판부 2000, 2001)다(영미문학연구회 번역평가사업단 지음『영미명작, 좋은 번역을 찾아서』, 창비 2005, 389~98면). 그러나 물론 본고 집필 당시에 참조할 수는 없었다.〕

손임을 우연히 알게 되는 데서 시작한다. 그의 아내는 인근 트란트리지 (Trantridge)에 산다는 더버빌 부인에게 테스를 보내 친척 덕을 보고자 한다. 마지못해 테스가 찾아간 그 집안은 사실은 더버빌가와는 무관한 벼락부자로서 북쪽에서 돈을 번 뒤 이 고장의 멸종된 귀족 이름을 멋대로 차지하고 옮겨앉은 사람들이다. 그 집의 난봉꾼 아들 알렉(Alec)은 나이에 비해 숙성하며 미모가 뛰어난 테스에 관심을 갖고 자기집에 고용한다. 그러고는 그녀에게 접근해온다. 그러던 중 어느날 밤, 다른 하녀들과 함께 마을로 놀러 갔다가 돌아오는 길에 술취한 그들 가운데 하나가 테스에게 싸움을 건다. 이때에 따라온 알렉이 테스를 빼내어 말에 태우고 숲속으로 데려갔다가 마침내 그녀를 소유하고 만다.

소설의 제2부에서 테스는 알렉의 만류를 뿌리치고 몇주 뒤에 부모에게 돌아온다. 그러고는 사생아를 낳는다. 아이를 기르면서 들에 나가 농사일을 해주고 살아가는데 그나마 얼마 안 가 아이가 병들어 죽는다. 비탄에 빠졌던 그녀는 봄이 오자 다시 저도 모르게 삶에의 의욕이 되살아남을 느낀다. 그리하여 고향을 떠나 탤보새이즈(Talbothays)라는 곳의 어느 목장에 젖짜는 일꾼으로 취직하여 제3부의 새 삶을 시작한다. 여기서 그녀가 만나는 것이 에인절 클레어(Angel Clare)이다. 에인절 자신은 잊었지만 테스와 그가 처음 만난 것은 바로 테스의 아버지가 자신의 혈통을 처음 알고 술취해 돌아오던 날 밤 시골 들녁의 춤판에서였다. 그때 형들과 지나가던 에인절이 잠시 혼자 떨어져 시골 처녀들과 춤을 추다 갔는데 테스하고는 춤을 안 춘 것이 당시 그녀로서는 몹시도 서운했던 것이다. 에인절은 목사의 아들로 '신사'(gentleman) 신분이며, 전통적인 교리에 회의를 느껴 대학진학(장차 목사 될 것을 전제한)을 포기하고 농사군이 되고자 하는데, 마침 이 목장에 낙농업을 배우러 와 있던 참이다. 이곳의 젖짜는 처녀들은 모두 이 신사에 반해 있지만, 그는 테스와 서로 사랑하게 되고 드디어 청혼까지 한다. 제4부에서 테스는 과거 때문에 고민하며 몇번이

나 고백하려 하지만 그는 들으려 하지 않고 그녀 자신도 그의 사랑을 놓치고 싶지 않은 마음에서 끝내 알리지 못한다. (결혼하기 전날에야 편지를 써서 에인절의 방문 밑으로 밀어넣는데, 공교롭게도 양탄자 아래 들어가 에인절이 못 보고 만다.) 드디어 식을 마치고 첫날밤에야 테스는 알렉과의 과거를 털어놓는다. 그러자 에인절의 태도는 표변한다. 자신에게도 과거가 있었음을 고백하며 테스의 용서를 빌고 난 직후지만, 그녀가 자신이 상상하던 순결한 처녀가 아니었다는 사실을 그는 감당하지 못하는 것이다.

결국 제5부에서 그들은 아무런 기약 없이 일단 헤어져 살기로 한다. 에인절은 이민의 가능성을 알아보기 위해 브라질로 떠나고 테스는 다시 부모에게 돌아온다. 딸이 양반집에 시집갔다고 좋아하던 부모에게는 적지 않은 충격이다. 테스는 혼자서 살아가려고 다시 일자리를 찾아 이번에는 플린트컴애시(Flintcomb-Ash)라는 고원지대에 가서 농장에서 막노동을 한다. 3,4부의 무대이던 탤보새이즈의 목장과는 자연환경도 다르고 작업 분위기도 다르며 계절까지 겨울인데다, 자신의 신분조차 굳이 숨기며 일하는 테스의 이곳 생활은 더없이 고통스럽다. 참다못해 한번은 일찍이 에인절이 일러준 대로 그의 부모를 찾아나선다. 에인절의 아버지 클레어 목사는 광신적인 종교가지만 심성이 착한 사람이므로 테스를 직접 만났더라면 너그럽게 거두어주었을 것이다. 그러나 고생 끝에 집 근처까지 갔다가 인정머리없는 에인절 형들의 대화를 우연히 엿듣고 발길을 돌린다.

그 대신, 또하나의 우연으로 마주치게 되는 것이 지금은 클레어 목사를 추종하는 부흥전도사로 변한 알렉 더버빌이다. 테스와의 만남은 그에게도 전혀 예상 못한 충격을 준다. 제6부에서 그는 다시 종교를 버리고 플린트컴애시까지 찾아와 정식으로 테스에게 청혼을 한다. 테스가 이미 결혼한 몸임을 안 뒤에도 그녀를 되찾으려는 노력을 멈추지 않는다. 첫날밤에 돌아선 에인절보다는 자기가 당당한 남편이라고 테스의 아픈 데를 찌르기도 하고, 궁색한 테스의 가족들에게 인정을 베풀기도 한다. 그러던 중 플린트컴애시에서의 계약기간도 끝나 테스가 집에 돌아온 지 얼마 안되어 그녀 아버지가 세상을 떠난다. 그의 목숨과 더불어 그들이 살던 집에 대한 권리도 소멸되어 테스 일가는 마을을 떠나지 않을 수 없게 된다. 새로 찾아간 곳에서도 올데갈데없는 신세가 되어 있을 때 다시 알렉이 나타나 유혹의 손길을 뻗친다.

한편 제7부에서 에인절은 브라질에서의 일이 뜻대로 안되고 중병을 앓은 뒤 영국으로 돌아오는 길이다. 고생을 하고 세상물정도 배운 덕분에 테스에 대한 자신의 처사를 뉘우치게 되었다. 테스는 에인절의 주소도 모르고 그가 먼저 편지해주기만 기다리다가 막판에 가서야 편지를 두 번 썼는데, 그의 사랑과 용서를 애절하게 비는 첫번째 편지는 에인절이 브라질을 떠나기 직전에, 그리고 어느날 갑자기 격정을 못 이겨 에인절의 잔인함을 비난한 두번째 편지는 집에 돌아와서야 읽는다. 이제 에인절은 테스를 찾아나선다. 물어물어 찾아갔을 때는 그러나 이미 늦어 테스는 어느 해변가 휴양지의 호텔에 알렉 더버빌 부인의 이름으로 투숙해 있다. 그녀는 에인절보고 돌아가라고 한다. 할 수 없이 돌아선 그를 테스가 곧 뒤따라온다. 알렉을 살해하고 왔다는 것이다. 둘은 시골길로 달아나다가 빈집을 하나 발견하여 그곳에서 처음으로 부부의 사랑을 성취한다. 그러고는 다시 달아나다가 석기시대의 유적인 스톤헨지(Stonehenge)에서 잡혀 테스는 결국 교수형을 받고 만다. 이로써 '정의'가 이루어졌다고 작가는 따옴표를 붙여 말하며, 아이스퀼로스의 표현을 직역하여 불멸자들의 대통령(President of the Immortals)이 테스를 데리고 하던 장난을 마쳤다고 덧붙임으로써 이 소설을 끝맺고 있다.

1-2

이상의 줄거리 소개만으로도 이 작품에는 수많은 독자들의 심금을 울릴 만한 이야깃거리가 담겼음을 짐작할 수 있다. 동시에 『테스』가 결국은 하나의 통속소설에 지나지 않는다는 비판이 많이 나왔다는 사실도 그랬을 법하다는 느낌이 들 것이다. 그러나 위대한 작품일수록 줄거리 소개라든가 그에 관한 어떤 이야기를 남에게 듣는 것과 자신이 직접 읽어보는 것 사이에는 예상외의 차이가 많게 마련이다. 여기서 다소 장황하게 『테스』 이야기를 소개한 것도 결코 독자의 직접적인 독서체험을 대신하려는 뜻이 아니다. 그러한 체험을 되새기고 심화시키는 논의의 시발점을 삼고자 할 따름인 것이다.

'통속'이라는 비난보다 하디 자신에게 더욱 심각했던 문제는 소설이 비도덕적이요 반종교적이라는 비난이었다. 하디 소설의 부도덕성을 둘러싼 아우성은 1895년에 『무명의 주드』(*Jude the Obscure*)의 발행과 더불어 극에 달하여 하디로 하여금 영영 소설에서 손을 떼게 만드는 직접적인 계기가 되었다. 『주드』의 경우도 그렇지만 특히 『테스』를 둘러싼 이런 논란은 당시 영국사회의 특수한 풍토를 떠나서는 이해하기 힘들다. 언론출판의 자유에 대한 법적 보장을 일찍부터 쟁취한 영국이었지만 출판물에서 성문제나 교리문제를 다루는 일은 사회적으로 금기가 되어 있었다. 그 제약의 엄격함은 20세기의 형편과 비교해서는 말할 것도 없고, 같은 시기의 프랑스에 견주어도 큰 차이가 있었다. 예컨대 성행위에 대한 직접적인 언급은 물론이요 성적 욕망에 대한 어느정도 솔직한 발언조차 용납되지 않았다. 혼외정사 같은 사건이 일어나는 것 자체야 금지할 수 없었지만, 요는 당사자들이 반드시 뉘우치고 적당한 댓가를 지불하든가 아니면 뉘우치지 않다가 완전한 파멸을 맛보도록 만듦으로써 작가는 자신의 '도덕적 건전성'을 명백히해야만 했다. 『테스』의 저자가 불온분자로 몰린 까닭도 바로 이것이었다. 테스 자신은 한번 정조를 잃더니 결국 살인범이 되고 사형까지 당하게 되므로 댓가를 지불한 것치고는 더 바랄 나위가 없지만, 문제는 이것이 부당한 운명이라는 작가의 태도였다. 그녀 자신도 나중에는 자기가 잘못한 게 없다고 나올뿐더러 저자가 그녀의 이런 태도를 비난하려는 의도가 도무지 안 보이는 것이다. 아니, 비난하지 않는 정도가 아니라 오히려 동조·고무하는 기색이 역력하며, 심지어 그녀의 불행을 두고 조물주에게 불복하는 빛까지 드러내고 있다. 더구나 저자가 마지막 순간에 첨가했다는 '순결한 여인'(A Pure Woman)이라는 부제는 그야말로 용서 못할 도전이었다.

하디의 '부도덕성'을 둘러싼 논란은 이제 옛이야기가 되었지만, 작품의 올바른 이해를 위해 당시의 현실적 제약을 기억하는 일이 여전히 중요함은 나중에 다시 살펴볼 기회가 있을 것이다. 어쨌든 이러한 윤리적 비난은 그가 소설창작을 포기하고 시대도 달라지면서 자취를 감추게 되었다. 그렇다고 위대한 소설가로서의 하디에 대한 충분한 평가가 순조롭게 이루어진 것은 아니다. 로런스(D. H. Lawrence)의 「토마스 하디 연구」(Study of Thomas Hardy)가 일찍이 1914년에 씌어졌지만 그 제3장만이 그나마 1932년에야 잡지에 실렸고 전문이 활자화된 것은 유고집 『피닉스』(Phoenix, 1936)에 수록된 것이 처음이었다. 로런스의 하디론은 뒤에 좀더 자세히 검토할 작정이지만, 그것이 하디 비평에 미친 영향은 오랫동안 미미한 정도였다. 1940년대까지도 하디 소설에 대한 긍정적 평가라는 것이 버지니아 울프처럼 흙과 더불어 사는 '농민들'(peasants)의 '영원함'을 이상화하며 이들의 삶을 충실하게 그려낸 '무의식적인 작가' 하디를 예찬하는 선에서 크게 벗어나지 않았다.[2] 예컨대 하디는 근대소설의 통념으로는 도저히 이해할 수 없는 '전통적' 바탕을 지닌 작가라고 해석한 데이빗슨

---

2 Virginia Woolf, "The Novels of Thomas Hardy," *The Second Common Reader* (1932), New York, 224~26면 참조. 이 글은 1928년 하디의 죽음을 맞아 씌어졌고 고인의 인격과 재능에 대한 깊은 경의를 담고 있다. 그러나 울프가 하디의 여러 소설 중에서 초기의 *Far from the Madding Crowd* (1874)를 가장 완벽한 작품으로 꼽는 점만 보아도 *Tess*와 *Jude*를 욕하며 바로 그 초기작의 목가적 세계로 돌아가라고 다그치던 빅토리아조 독자들의 인식과 근본적으로 달라진 바가 없음을 알 수 있다.

(1940)이나, 하디 소설은 19세기의 소설문학보다 엘리자베스시대의 희곡에 가깝다는 어찌 보면 극찬에 가까운 평가를 내린 쎄씰(1943)의 입장도,[3] 현대인의 문제를 결코 정면으로 다룰 줄 모르는 시골뜨기로 일단 설정해놓고서 부담없이 찬사를 베푸는 우월감 같은 것을 느끼게 한다.

하디를 콘래드(Joseph Conrad), 지드(André Gide), 포크너(William Faulkner) 등 20세기 소설가들과 동렬에 서는 작가로 새로이 평가한 연구자로는 게라드 교수가 있다.[4] 엄밀히 말해 콘래드 등과 동렬에 둔다기보다 19세기의 다분히 대중적인 소설에서 20세기의 좀더 진지하고 더러는 상징적인 소설로 넘어오는 과도기의 인물로 파악하는 것이 게라드의 입장이다. 다시 말해서 앞세대의 독자들이 하디 소설의 결함으로 지적했던 많은 요소들이 사실은 그의 '현대적' 비전과 이를 표현하기 위한 '반사실주의적' 기법에 다름아니었다는 것이다. 그러면서도 하디는 근본적으로 "인정스럽고 소박하며 심지어는 원시적인 소설가"[5]였다는 점에서 20세기의 여러 전위적 작가들과 구별된다는 것이다.

이는 모더니스트의 입장에서도 하디의 현재적 의의를 인정하면서 모더니스트들에게 없는 하디의 미덕을 아울러 인식하고 있다는 점에서 한결 온당한 평가에 다다른 것이라 생각된다. 그러나 '리얼리즘'의 문제를 너무 간단히 처리해버리는 게라드의 모더니스트적 입장은 많은 문제점을 안고 있기도 하다. 하디의 소설이 졸라(Émile Zola) 또는 기씽(George Gissing), 베넷(Arnold Bennett) 등의 기준으로 볼 때 비사실주의 내지 반

---

3 Donald Davidson, "The Traditional Basis of Thomas Hardy's Fiction" 및 Lord David Cecil, "(The Elizabethan Tradition and Hardy's Talent)" 참조(둘다 S. Elledge 편, *Tess of the d'Urbervilles*, Norton Critical Edition, New York, 1965에 실림).

4 Albert J. Guerard, *Thomas Hardy: The Novels and Stories*, Cambridge: Mass., 1949(앞에 적은 Elledge 편 Norton Critical Edition — 이하 NCE로 약칭 — 에 일부 재수록) 및 그가 엮은 *Hardy: Twentieth Century Views* (Englewood Cliffs, N. J., 1963)의 "Introduction" 참조.

5 *Hardy: Twentieth Century Views*, 6면. (인용문의 번역은 모두 필자 자신의 것임.)

사실주의적이라 할 수 있을지라도, 그것은 모더니즘의 반사실주의 또는 반리얼리즘과는 근본적으로 다른 것이다. 게라드 자신도 하디의 '반리얼리즘'이 특이한 성격이었음을 지적하기는 한다. "그(하디)는 '낭만적'이라는 낱말이 나쁜 뜻으로 아니고도 이따금 적용될 수 있는 극히 드문 반리얼리스트들 가운데 하나이다."[6] 하지만 이런 식의 '낭만적 리얼리즘'이야말로 발자끄나 디킨즈에 그대로 걸맞은 묘사이며 그것은 피상적 사실주의·자연주의와 구별되는 진정한 '리얼리즘'으로 불러 마땅한 것이 아닐까?

이것은 단순한 낱말의 정의에 달린 문제만이 아니다. 사물의 겉모양이나 베껴내는 식의 사실주의가 예술의 본질과 거리가 멀다는 것은 하디 자신도 확인한 바 있지만, 그는 또한 자기 소설의 무대를 이루는 '웨쎅스' 지방의 지형·풍속·물정의 세밀한 구석까지도 정확하게 그려내고자 무진장 애썼던 작가이다. 하디 자신이 1912년에 나온 그의 전집 서문에서 다음과 같이 말한 바 있다.

> (이 전집의) 여러 이야기들 속에 그려진 시기에 웨쎅스 지방의 현실이 정말 그러했다. 주민들은 여기에 제시되어 있는 그대로 일정한 방식으로 생활했고 일정한 직업들에 종사했으며 일정한 풍속을 유지했다.[7]

그런데 하디의 이러한 노력은 예술관의 문제이기 전에 작가가 동시대의 삶 및 그 삶의 터전에 대해 느끼는 깊은 애정과 책임감의 문제인 것이다. 따라서 당대의 어떤 한정된 리얼리즘 유파에 대한 작가의 비판을 곧 리얼리즘 자체의 부정으로 끌고가는 비평은 작가의 그러한 애정과 책임감에 독자로서 공감하는 길을 스스로 차단해버릴 위험이 크다.

---

6 Guerard, NCE, 434면.

7 "General Preface to the Wessex Edition," Merryn Williams, *Thomas Hardy and Rural England* (London and Basingstoke 1972), 104면에서 재인용.

'리얼리즘'이라는 낱말 자체도 하디가 항상 부정적으로 쓴 것은 아니었다. 1881년 1월의 일기에서 그는 다음과 같이 적고 있다.

스타일── 워즈워스의 명언을 생각해보라. (자연의 대상이 완벽하게 재현되면 될수록 그 그림이 더 시적이라는 말을.) 이러한 재현은 <u>어떤</u> <u>사물</u>(예컨대 비나 바람 등)의 <u>핵심</u>을 들여다봄으로써 이루어지며, 실제로 리얼리즘이다. 비록 그것이 상상력을 통해 추구되기 때문에, 마찬가지로 상상력을 통해 추구되는 발명과 혼동되기도 하지만, 한마디로 그것은 매슈 아놀드가 'imaginative reason'〔상상력적 이성 내지 창조적 이성〕이라 부르는 것에 의해 달성된다.[8]

이러한 하디 자신의 태도를 감안하더라도 그를 '반리얼리스트'(anti-realist)로 간단히 처리하는 것은 어딘가 석연치 못하다. 실제로 게러드의 하디관에서는 '영원한' 농촌세계의 작가라는 종래의 해석에 '영원한' 인간조건의 탐구자라는 모더니즘 특유의 해석이 중첩되었을 뿐, 생동하는 당대 역사의 절실한 문제와 씨름했던 리얼리스트의 모습은 찾아보기 힘들다. 이러한 경향은 오늘날까지도 하디 비평의 지배적인 흐름이 아닐까 생각되는데, 영국소설에 관한 유명한 연구서의 저자이며 게러드가 엮은 하디 비평집에 『테스』론을 기고한 도로시 밴 겐트 역시 바로 그런 경우를 보여준다 하겠다.[9]

현대 영미비평의 관념적이고 형식주의적인 대세를 남달리 신랄하게 비

---

8 NCE, 355면. (원전은 Florence Emily Hardy, *The Early Life of Thomas Hardy, 1840~1891*, New York 1928. 윗점은 원저자가, 밑줄은 인용자가 강조한 부분임.)

9 Dorothy Van Ghent, "On *Tess of the d'Urbervilles*" (from *The English Novel: Form and Function*, 1953), *Hardy: Twentieth Century Views*. 밴 겐트에 오면 형식주의적인 성향이 한층 짙어지는데, 이것이 현대 구미비평의 막강한 흐름 가운데 하나임은 더 말할 나위 없다.

판한 리비스도 하디 소설의 연구에는 아무런 공헌을 못했다. 공헌을 못한 정도가 아니라 그에 대한 종전의 편견을 조장하는 데 오히려 기여했다고 말해야 옳을 것이다. 로런스나 디킨즈, 또는 초기의 헨리 제임스처럼 모더니스트 비평에서 곧잘 소외되던 작가와 작품들을 적극적으로 옹호한 그의 업적으로 보건 '극시로서의 소설'(the novel as a dramatic poem)에 대한 그의 일관된 관심으로 보건, 하디 소설에 대한 그의 냉담한 반응은 매우 애석한 일이다. 그는 영국소설의 '위대한 전통'에서 하디를 제외하면서, 『테스』가 "온통 결점과 거짓투성이지만 독특한 매력이 있다"는 제임스의 논평 정도면 할 이야기는 다 하는 셈이고 굳이 더 할 말이 있다면 『주드』가 "서투른 대로 인상적이다"라고 덧붙일 수 있을 정도라고 한다.[10] 좋은 의미의 보수주의자로서 이른바 현대주의자(모더니스트)들에 의한 과거 유산의 왜곡과 오용에 맞서 분투한 리비스지만, 하디가 제기하는 문제성 앞에서는 자신의 어떤 계급적 한계를 노출한 것이 아닌가 생각된다. 그러나 사실이 과연 그런지 어떤지는 작품 자체의 좀더 구체적인 논의를 통해서만 가려질 수 있을 것이다.

1-3

대부분의 하디 연구가 당대 역사의 구체적인 현실과의 연관을 무시하고 있는 데 반해, 아놀드 케틀의 『테스』론(1953)은 이 소설의 주제가 다름 아닌 "영국 농민층의 파괴"라고 단정짓고 출발한다. 『테스』는 분명한 경향적 명제를 지닌 경향소설(roman à thèse)이며 그 명제는 옳다는 것이다.

---

10 F. R. Leavis, *The Great Tradition* (London 1948), 22~23면 참조. 하디의 시에 대한 리비스의 평가는 훨씬 온당했던 것 같다. 특히 만년의 저서 *The Living Princeiple: 'English' as a Discipline of Thought* (London 1977), 제2장 제3절에서는 하디의 시 "After a Journey"를 자세히 분석하면서 그의 시와 인품에 대해 아낌없는 찬사를 보내고 있다.

그 명제는, 19세기 동안에 농민층의 붕괴과정이 —— 이는 과거에 깊은 뿌리를 지닌 과정인데 —— 그 최종적이고 비극적인 단계에 이르렀다는 주장이다. 자본주의적 영농(다시 말해 농지의 소유자가 자기 생활을 위해서가 아니라 이윤을 위해서 농사를 하며 농토에서 일하는 사람이 임금노동자로 되는 그러한 영농)과 더불어 독립생활의 전통과 그들 자신의 고유한 문화를 지녔던 지난날의 자유농민(yeoman) 계급인 소규모 자영농들이 사라지게 마련이었다. 역사의 새로 발전하는 힘들은 그들과 그들의 생활양식이 감당하기에 너무 큰 것이었다. 그런데 그들의 생활양식은 자랑스럽고 뿌리깊은 것이었기 때문에 그 소멸은 고통스럽고 비극적일 수밖에 없었다. 『테스』는 이러한 파괴의 이야기이자 그 상징이다.[11]

이 해석에 따르면 시골처녀 테스가 처음에는 알렉 더버빌에게 그리고 다음에는 어쩌면 그보다 더욱 잔인하게 에인절 클레어에게 희생당하는 것은 당시 영국 농민층의 역사적 운명을 반영한 것이 된다. 알렉이 진짜 더버빌이 아니고 벼락부자 자본가 집안으로서 양반 가문을 사칭하고 있다는 사실도 극히 상징적이며, 존 더비필드의 혈통문제도 단순한 흥밋거리가 아니라 자유농민들의 자랑스러운 과거와 오늘날 그 몰락을 말해준다는 것이다.[12] 작가가 테스의 비극적 결말을 가져오기 위해 지나치게 많은 우연의 일치를 동원하고 있다는 사실은 케틀 자신도 작품의 결함으로 인정한다. 그러나 그것은 어디까지나 하디가 다루고 있는 엄청난 현실 앞에서 작가의 사상적 한계가 드러난 것뿐이며, 더구나 테스의 이야기를 사실주의적인 심리연구로 보지 않고 하나의 '도덕적 우화'(moral fable)로

---

11 Arnold Kettle, *An Introduction to the English Novel*, 제2권(London 1953), 제1부 제4장 "Thomas Hardy: Tess of the d'Urbervilles," 45면.
12 같은 책 46면 참조.

읽을 때 많은 문제가 저절로 풀린다는 것이다.[13]

　무엇보다도 케틀은 당시 영국 농촌의 현실을 영국 민중의 역사 속에서 살핀 발언으로 『테스』를 해석하기 때문에, 이전의 하디 비평과는 다른 차원의 문제의식을 제기할 뿐 아니라 작품의 미학적 특성에 대해서도 많은 새로운 조명을 해주고 있다. 『토마스 하디와 영국 농촌』(1972)의 저자 메린 윌리엄즈가 케틀과 더글러스 브라운의 하디 연구들을 특히 높이 사주고 있는 것도 그 때문이다.[14] 그런데 단순히 당대 사회와 역사에 대한 정의로운 발언으로 만족하지 않고 진정한 리얼리즘의 예술로 승화된 발언을 요구하는 입장에서라면, 『테스』가 비사실주의적인 도덕적 우화라는 해석에는 문제점이 있다고 보아야겠다. 위대한 리얼리즘 문학이 표피적인 사실성을 항상 고집하는 것은 아니고 결과적으로 '도덕적 우화'로서 해석될 가능성도 배제하는 것은 아니지만, 사실주의적 요소가 풍부한 작품에서 처음부터 사실주의와 전혀 다른 접근을 요구하기는 힘든 것이다. 얼핏 보아도 하디의 소설은 사실주의에 어긋난다고 느껴지는 요소에 못지않게—적어도 분량을 따진다면 오히려 그보다 훨씬 많이—충실한 자연주의적 묘사를 담고 있는데, 이 모든 것이 '도덕적 우화'를 위한 살붙임에 불과하다면 예술적 경제의 원칙에 비춰서도 손실이 큰 셈이다.

　실제로 작품 『테스』 속에 그려진 농촌세계나 하디 당대의 영국 농촌에 대한 오늘의 사실인식은 케틀의 해석과 어긋나는 면이 많다. 우선 레이먼드 윌리엄즈가 강조하듯이 'peasant'라는 말 자체가 도무지 적절치 못하다.[15] 영국에서는 이 말의 고전적 의미에 값하는 중농 이하 소농·빈농·

---

13 같은 책 48면 등 여러 군데 참조.

14 Merryn Williams, 앞의 책 13면 참조. Douglas Brown, *Thomas Hardy* (1954, 개정판 1961) 및 Kettle의 *Hardy the Novelist* (1967)는 직접 구해보지 못했다.

15 Raymond Williams, *The English Novel from Dickens to Lawrence* (London and New York, 1970), 제4장 "Thomas Hardy," 190면 이하의 논의를 볼 것. 저자는 이 장의 대부분을 *The Country and the City* (1973), 제18장 "Wessex and the Border"에서도 그대로 원용

소작농 등의 개념이 무의미해진 지 오래였다. 19세기 농업인구의 절대다수는 농업노동자였고, 농업가(farmer)들은 극소수의 자영지주를 빼고는 대개 제 땅이 아예 없거나 거의 없는 차지농(借地農)이면서도 그 신분이나 경영규모는 다른 나라의 소작농과 전혀 달랐다. 물론 케틀 자신은 '농민'(peasant)이라고 할 때 과거의 '자유농민'(yeoman, 즉 예속적인 신분이 아닌 free tenant)을 뜻함을 명시하고 있지만, 영국사에서 하나의 중요한 사회계층으로서의 자유농민층의 몰락은 하디 시절보다 훨씬 앞선 일이었다. 실제로 테스 아버지는 농사꾼도 아니다. 테스 자신은 나중에 농업노동자의 생활을 하지만, 그녀 아버지는 앞서도 말했듯이 자기 사는 집과 그 터에 대한 종신차용권을 가진 이른바 lifeholder인데 직업은 행상이다. (그의 lifehold는 본인이 얻어낸 것이 아니라 아마 2,3대에 걸친 계약이 존의 대에 와서 만료되는 경우였을 것이다.) 그러니까 자유농민의 후예지만 일찍이 자유농민 계급의 분해과정에서 부유한 농업경영가(gentleman farmer)로 상승하지 못하고 소상인·수공업자 등의 중간계층에 머물다가 다음 세대에 가서 — 딸 시집을 잘 보낸다든가 하는 특별한 행운이 끼어들지 않는 한 — 농업노동자 아니면 도시의 빈민이나 노동자로 전락하기 십상인 위치에 있는 것이다.

하디 문학의 주된 소재이자 관심사가 바로 그러한 농촌의 중간계층임은 메린 윌리엄즈가 그의 책에서 거듭 강조하는 점이다.[16] 하디 자신으로 말한다면 이런 중간계층의 윗쪽에서 출발하여 지배계층에까지 올라간 셈이다. (그의 아버지는 일꾼을 여럿 거느린 도목수였는데 하디 자신은 건축사가 됨으로써 작가로서 성공하기 전에 이미 수공업자와는 급이 다른 전문직에 속하게 되었다.) 그런데 여기서 중요한 것은 작가의 전기나 당대의 사회사에 대한 사실인식의 문제보다도, 그러한 좀더 정확한 사실인

하고 있다.

16 M. Williams, 앞의 책 115면 등 여러 군데 참조.

식과 일치하는 레이먼드 윌리엄즈, 메린 윌리엄즈 등의 작품해석이 막연히 '농민층의 파괴'를 말하는 케틀이나 '도시와 농촌의 갈등'을 이야기하는 브라운보다 소설 『테스』에서 한층 풍부한 의미를 읽어내고 있지 않느냐는 것이다. 예컨대 테스는 농민이요 그녀의 귀족적 혈통은 곧 영국 자유농민 계급의 빛나는 과거를 상징한다고 케틀은 주장하지만, 작품 속에서 이 혈통문제는 원래 농촌대중(즉 농업노동자)의 일원이 아니고 드물게 초등학교 교육까지 받았던 테스가 조상에 대한 발견 때문에 더욱 남들과 다른 특이한 길을 걷도록 만드는 요인으로 작용하고 있다. 그리고 여기서 벌어지는 이야기는 누가 뭐라 해도 일차적으로는 한 여자와 두 남자의 기구한 사랑이야기다. 그중 알렉과 에인절이 모두 크게는 영국의 지배계급에 소속된 인물들이지만, 테스가 곧 '농민'이라는 말에 어폐가 있다면 두 남자를 자본주의에 의한 영국 농촌파괴의 장본인 내지 상징으로 해석하는 것 역시 무리가 아닐까?

그보다는 아무래도 레이먼드 윌리엄즈처럼 "전반적이고 근본적인 변화의 시기에 교육받은 관찰자와 열렬한 참여자를 겸한 인물"이 곧 하디의 참모습이었고 따라서 "교육과 계급 간의 제관계의 전반적 구조와 그 위기"에 휘말린 인간들의 비극이 그의 핵심적 주제였다고 보는 것이 좀더 설득력이 있는 것 같다.[17] 구체적으로 테스와 에인절은 '농민'과 '부르주아'의 대립관계 이전에, 교육이 없는 삶도 이미 불가능하며 그렇다고 기성사회의 교육을 받는 일은 인간적인 본능과 연대의식을 파손시키기 십상인 진퇴양난의 역경에서 각기 고민하며 방황하는 인물인 셈이다. 다시 말해서 하디 소설의 주인공들은 농민과 도시인, 전근대적 인간과 근대화의 주역 등으로 확연히 가르기가 쉽지 않다. 작중의 현장은 근대화가 단순히 외부로부터 강요되었다기보다 농촌사회 및 그 주민들의 내부적 충

---

17 *The English Novel from Dickens to Lawrence*, 106면 및 111면.

동으로서도 이미 주어져 있는 현실이며, 동시에 근대 이전의 세계를 직접 관찰하고 체험하는 일이 아직도 가능한 '접경지대'(border country)인 것이다. 이런 각도에서 접근할 때 하디의 수많은 주인공들이 사실은 동일한 일대 위기에 처한 인간들임을 알아볼 수 있게 되며, 동시에 그들 하나하나의 신분·교육·재산의 정도와 주어진 상황을 세심하게 명시하려는 작가의 노력도 그만큼 더 보람있는 일이 된다. 애초에 교양계층에 속해 있으면서 농촌생활을 선택한 에인절, 신분상승의 기회를 스스로 버리고 고향에 '돌아온 토박이' 클림 요브라이트(Clym Yeobright: *The Return of the Native*의 등장인물), 고향에 돌아왔으나 신분상승의 기회를 포기하지 않는 『숲속의 사람들』(*The Woodlanders*, 1887)의 그레이스 멜버리(Grace Melbury) 등의 각기 다른 처지라든가, 교양계층으로의 상승을 열망하지만 지배계급의 한정된 삶에 동화될 수도 없으며 그들로부터 용납받지도 못하는 테스와 주드의 닮은 점과 다른 점, 이런 것들을 충실하고 섬세하게 그려낸 리얼리스트 하디의 노력은 이 다양한 인물들이 모두 농촌뿐만 아니라 영국의 교양계층과 사회 전체를 망라하는 역사적 위기의 표현임을 전제할 때에만 그 예술적 타당성을 제대로 인정할 수 있는 것이다.

윌리엄즈는 하디의 문체에 대해서도 매우 날카로운 통찰을 보여준다. 하디는 그의 문체 때문에 칭찬도 많이 듣고 욕도 많이 먹어왔는데, 어쨌든 그의 소설에서 어설프게 문자를 늘어놓는 듯한, 그야말로 '촌티'가 나는 구절들이 상당히 있음은 하디의 독자들 누구나 겪어본 일이다. 흔히는 이를 두고, 농촌소설가 하디가 농촌소설가답게 소박하면서도 토속적인 언어에 만족하지 못한 데서 오는 딱한 실수라고 비판하는데, 윌리엄즈는 그렇지 않다고 말한다. 소박한 시골사람과 교육받은 방관자 그 어느 하나도 딱히 아니었으며 더구나 그가 그리고자 하는 삶의 문제에 대다수가 냉담한 교양계층의 독자들을 상대해야 했던 하디는, 소박한 언어와 교양인의 언어 그 어디에도 안주할 수 없었고 둘을 융합하는 독특한 문체의 창조에 부심했다는 것이다. 그것이 너무나 힘든 일이어서 작가가 실패하는 경우도 많았다. 그러나 그 실패는 분수에 맞지 않게 교양인의 언어를 쓰다가 '촌티'를 낸다고 지적된 대목의 실패만이 아니라 농촌에 대한 교양 계층의 편견에 영합하는 '소박하고 토속적인' 대목의 상투성과 안이함에서도 발견된다고 한다. 그리고 이 진퇴양난의 어려움을 이겨내기가 힘든 만큼이나 하다가 어렵스레 성공을 거둔 대목들은 문체면에서도 값진 업적이라는 것이다.[18]

윌리엄즈의 관점이 가능케 해주는 이러한 비평적 성과를 감안할 때 우리는 『테스』를 단순히 당대의 역사적·사회적 현실과 연관시켜 해석하는 데 만족할 것이 아니라 작품에 대해 기본적으로 사실주의적인 해석을 견지하기를 아울러 요구하는 입장이 우리 자신의 『테스』론을 펼쳐나감에 있어서도 올바른 자세임을 확인하게 된다.

2. 영국의 농촌소설과 한국 독자

2-1

이제까지 검토한 몇몇 학자들의 연구를 토대로 우리 자신의 하디 이해를 좀더 구체적으로 진전시키기 위해 지금 이곳의 한국 독자들에게 비쳐지는 영국 농촌소설 전반의 문제를 일단 살펴볼 필요가 있다. 우리 문학에서는 '농민문학'의 중요성이 일찍이 1930년대부터 논의되었고 70년대 평단에서 다시 커다란 관심사로 다루어졌다. 또한 '농민문학' 내지 '농촌소설'의 개념에 관한 논란을 떠나서, 농민을 소재로 한 작품들은 신문학 출범 직후 한때와 6·25 이후의 혼란기를 빼고는 언제나 한국문학의 중요

---

18 같은 책 106~109면 참조.

한 일부를 차지해왔다.

이러한 배경을 지닌 한국의 독자가 영국의 문학을 대할 때 느끼는 가장 큰 이질감의 하나는 바로 '농민문학'에 해당하는 작품을 거의 만나볼 수 없다는 사실이다. 물론 시골을 무대로 한 작품은 무수히 많으나 대개가 '농민적'이라기보다 '전원적'이라는 표현이 알맞고, 반드시 목가적인 풍경을 그린 것만이 아닌 경우라 해도 작중의 정말 의미있는 사건은 지주들의 저택(country-house)을 중심으로 전개되고 있다. 하기는 우리에게 비교적 덜 알려진 시인으로 『마을』(The Village, 1783)을 쓴 크랩(George Crabbe, 1754~1832)이 있고, 19세기 초 영국 농촌의 실상을 사실적으로 보고한 코벳(William Cobbett, 1763~1835)의 『시골 기행』(Rural Rides, 1830) 같은 책은 문학으로서도 걸작으로 꼽힌다.[19] 그러나 영국 리얼리즘 소설의 정점을 이루는 소설가들을 본다면 제인 오스턴(Jane Austen)은 그야말로 'country-house' 세계의 완벽한 기록자이자 논평자이며, 디킨즈의 시골 장면에서는 런던을 무대로 삼았을 때와 같은 깊이있는 현실을 느낄 수가 없다. 농촌의 서민생활이 일급 소설가의 손으로 처음 형상화되는 것은 조지 엘리엇에 이르러서라고 흔히 말한다. 그러나 『애덤 비드』(Adam Bede)나 『플로스강의 방앗간』(The Mill on the Floss), 『싸일러스 마너』(Silas Marner) 등에서도 농민들 자신이 작가가 가장 관심을 기울이는 인간적 드라마의 주인공으로 실감있게 부각되지는 못한다. 하디는 조지 엘리엇 소설의 군소인물로 나오는 시골사람들조차 진짜 시골사람들보다는 읍내사람들에 가까운 느낌이라고 술회한 바 있는데,[20] 어쨌든 생

---

19 종래의 영문학연구에서 소홀히 되었던 이런 작품들에 관한 가장 적절한 소개서는 앞서 언급한 R. Williams, The Country and the City일 것이다. 또한 M. Williams, Thomas Hardy and Rural England는 하디에 이르는 영국 농촌문학 및 소설의 전통에 대해 좀더 상세한 소개를 담고 있다.

20 NCE, 352면 참조(원전은 The Early Life of Thomas Hardy).

활하고 노동하는 시골사람들의 모습이 바로 작품의 전면에 등장하며 비극적 주인공의 위치에까지 달하기로는 하디의 소설들이 처음인 셈이다. 옛날부터 작가들이 가장 즐겨 다루어온 농락당한 시골처녀의 이야기로서도, 교육받은 작가가 농촌 서민 출신의 여주인공에게 전적으로 공감한 예가 하디의 『테스』 이전에는 없었던 일임을 메린 윌리엄즈는 지적하고 있다.[21]

그런데 이러한 하디의 세계는 한국의 독자에게 친숙한 농촌과는 너무나 다른 구조다. 앞서 지적했듯이 그것은 고전적 의미의 농민층(peasantry)이 없는 농촌이며 케틀이 말하는 자유농민계급의 해체도 실질적으로 이미 끝난 뒤인 것이다. (자유농민계급의 역사적 몰락의 순간을 포착한 소설이라면 에밀리 브런티(Emily Brontë)의 『폭풍의 언덕』(*Wuthering Heights*, 1848)이 차라리 방불하다. 이 소설 속의 시대는 18세기 말엽으로 히스클리프의 워더링 하이츠가 대지주의 장원에 예속되는 결말은 당대 역사의 한 결정적 변혁과 일치한다. 그러나 『폭풍의 언덕』을 '농촌소설'이라 부르는 것은 아무래도 무리일 것이다.) 영농의 자본주의화로 말하더라도 영국에서는 이미 16세기에 자본주의적 농업이 성립되었다는 것이 역사학자들의 통설이다. 그것이 17세기 영국에서 일어난 세계 최초의 시민혁명(스페인 식민지였던 네덜란드의 독립을 제외한다면)과 18세기 말부터 진행된 역시 최초의 산업혁명을 뒷받침했고, 하디가 활약하던 19세기 후반에 이르면 영국은 전세계에 걸친 대제국의 본토가 되어 있었던 것이다. 물론 이 길고 복잡한 역사의 과정을 한두 마디로 요약할 수는 없다. 예컨대 17세기의 정치혁명만 해도 그것이 세계 최초의 것인만큼 '불완전한' 시민혁명이었고 더구나 산업혁명은 국내 정치의 반동기와 일치했기 때문에 농촌의 자본주의화는 전통적 지주계급의 주도 아래 진

---

21 M. Williams, 앞의 책 90면 참조.

행되었으며, 혁명 후의 프랑스에서와 같은 군소 자작농(owner farmer) 중
심의 농업이 아니고 소수의 대지주와 대다수의 차지농(tenant farmer)들
에 의한 영농체제가 지배적으로 되었던 것이다. 남의 땅을 부친다고 하면
곧 봉건적 또는 반 봉건적 소작농(sharecropper)이요 중농 이상이라 해도
영국의 차지농으로서는 도저히 수지타산이 안 맞는 경작면적의 소유자이
기 마련인 한국 농촌의 실정과는 너무나 동떨어진 세계가 아닐 수 없다.

   그런데 이러한 거리감이 단순히 그들의 근대화·자본주의화가 우리보
다 훨씬 먼저, 훨씬 철저하게 진행되었다는 양적인 차이로만 보아서는 안
된다. 예컨대 절대빈곤 문제가 영국의 농촌소설에서 별로 다뤄지지 않는
것은 그들이 결코 이 문제를 완전히 해결했기 때문이 아니다. 하디가 살
던 고장이 특히 낙후된 지역이기는 했지만 19세기 후반, 그러니까 아무리
궁벽한 영국의 시골이라도 이미 유례없이 부강한 대제국의 '내지(內地)'
가 된 뒤에도, 농촌 빈민의 문제는 심각한 것이었다. 그런데도 이 문제가
문학에서 크게 문제시되지 않는 것은 무엇보다도 작가의 의식, 그리고 사
회 일반의 의식과 연관시켜 생각할 일이다. 곧 한편으로 그것은 세계 최
초의 산업혁명을 주도하고 최대의 제국을 장악한 지배계층의 허위의식으
로서, 같은 영국인이라도 시골의 가난뱅이 따위는 '눈에 안 보이게' 되었
던 것이다. 실제로 이들 가난한 대중이 더러 반항을 하더라도 쉽사리 눌
러버릴 실력을 영국의 지배계급은 갖추고 있었으며, 그러기 전에 잉여인
력을 식민지로 내보내거나 그중 역량있는 자들을 제국경영의 요원으로
등용함으로써 대처하면 되었다. 그런가 하면 여기에는 허위의식이라고만
말하기 힘든 측면도 없지 않다. 19세기 영국 같은 나라에서의 절대빈곤의
존재는 그 자체로서 본질적인 문제랄 수는 없는 것이다. 적어도 영국인들
끼리만은 얼마든지 굶는 꼴 안 보고 살 만한 물량이 확보되었고 그 배분
이 상당히 진행되고 있는데도 아직도 절대적 빈곤이 부분적으로나마 어
떤 더 큰 모순을 상기시키는 자료는 될 수 있을지언정, 그러한 빈곤을 기

록하는 것 자체가 곧 사회의 핵심적 위기를 제시하는 작업이 되지는 못하는 것이다. 하디가 궁핍한 농촌 대중의 생활을 소설의 주제로 삼지 않고도──물론 『테스』에서도 궁핍의 현실이 잊혀지고 있는 것은 아니며 이것이 하디의 큰 장점이기도 하지만──정직한 작가일 수 있었던 것도 그러한 객관적 문맥과 무관하지 않을 터이다.

어쨌든 다같은 외국문학이라도 많은 한국의 독자들이 러시아문학에서 느끼는 친근감을 영문학에서 맛보지 못하는 까닭의 하나가 영국에는 농촌소설다운 농촌소설이 드물고 '농민문학'이라 이름할 것은 더욱 적다는 사실이다. 하디의 『테스』가 우리나라의 일반독자들에게까지 상당한 인기가 있는 것도 영문학에서 그처럼 희귀한 농촌소설이라는 사실에 힘입은 바 적지 않을 것이다. 하기는 케틀의 해석을 따른다면 『테스』는 '농민문학'의 이름에도 값하는 셈이다. 그러나 다른 문제점들을 다 제쳐놓더라도, 한국 또는 제3세계의 독자가 『테스』를 농민문학의 작품으로 접근하다가는 실망과 소외감만 맛보기 쉽다. 굶주리는 농민도 없고 소작쟁의도 없고 외세의 침략도 없고 심지어 관권의 탄압이나 지주의 횡포도 눈에 안 띄는 이 농촌에서 벼락부자의 난봉꾼 아들 하나와 가난한 시골 목사의 옹졸한 아들 하나 그리고 플린트컴애시에 등장하는 탈곡기 한대 정도를 농민의 적으로 설정해보았댔자 도무지 후진국 농촌의 사무친 아픔에는 와닿는 게 없는 것이다. 막판에 테스가 알렉을 칼로 찔러 죽이기는 하지만 과연 이로써 제3세계의 농민문학에 의당 따라야 할 강렬한 저항의식을 대신할 수 있을 것인가? 에인절에 대한 테스의 기나긴 인종(忍從)의 자세는 제3세계의 억압자들이 즐겨 조장하는 노예의 미덕은 아닌가?

이것은 물론 『테스』가 바로 농민문학이라고 고집할 때의 이야기다. 19세기 후반 영국 농촌의 특수한 현실 속에서 벌어지는 그 시대 특유의 어떤 인간적 드라마를 찾는 경우에는 인물들의 성격이나 행동도 다른 각도에서 평가해야 할 것이며 그러한 드라마와 인물들이 제3세계의 독자에게 어떤 의미를 띨 수 있는지도 새로이 따져보아야 할 것이다. 예컨대 테스의 생애를 레이먼드 윌리엄즈가 말하는 '접경지대'의 전형적인 비극으로 파악하는 경우, 스스로 엄청난 역사적 이행기에 내던져진 한국독자들에게 그것 나름으로 절실한 관심거리가 될 수 있는 주제임은 분명하다. 그러나 제반 설정이 그토록 다른 상황에서 전개되는 이 변경지대의 드라마가 과연 얼마만큼 절실하게 느껴질 수 있는지는 주제의 현재성만으로 결정될 일이 아닌 것이다.

2-2

이 글에서의 매우 소략한 고찰만으로도 영국의 농촌과 한국 또는 제3세계의 농촌은 너무나 동떨어져서 영국의 어떤 작품이 그 간격을 건너뛰는 일이 수월치 않음을 짐작할 수 있다. 다시 말해서 『테스』가 비록 농촌소설이라 하더라도 한국인 자신이 쓴 작품이나 똘스또이, 체홉, 고리끼 들이 러시아 농민을 그렸을 경우처럼 소재 자체가 주는 친근감으로 일단 먹혀들 여지가 극히 적다. 테스의 비극이면 비극이 먼 나라의 독자들로서도 공감하지 않을 수 없을 만한 비극의 어떤 극치에 달함으로써만 이 비극을 낳은 온갖 생소한 여건들을 자세히 알아보려는 노력을 지불할 용의가 우리에게 생기는 것이다. 셰익스피어의 『햄릿』이나 『맥베스』가 봉건사회로부터의 이행기의 산물이라는 것 외에는 여러모로 우리 현실과의 관련이 희박한 세계를 다루고 있음에도 불구하고 우리가 이들 비극을 제대로 이해하기 위한 학습을 마다않는 것과 마찬가지로 말이다.

여기서 로런스의 「토마스 하디 연구」를 돌이켜보는 일이 도움이 될 수 있겠다. 로런스가 바로 하디 소설의 비극적 성격과 그 비극으로서의 한계를 언급하고 있기 때문이다. 하디 소설에서는 번번이 똑같은 비극이 되풀이된다고 그는 말한다. "정도의 차이는 있지만 모두가 선구자로서 황야에서 죽은 자의 비극인데, 이들은 확립된 인습의 성벽을 두른 안전과 그 상대적 감금상태를 떠나서 자유로운 행동을 위해 황야로 도피했던 인물들인 것이다."[22] 이 말 자체만 가지고는 하디 소설의 '비극'이 부르주아 문학의 상투적인 주제가 되어버린 '개인과 사회의 갈등'이라는 것과 무엇이 다른지 분간하기 힘들다. 로런스가 『귀향』(*The Return of the Native*, 1878)의 유스테이시아(Eustacia Vye), 『캐스터브리지의 시장』(*The Mayor of Casterbridge*, 1886)의 헨차드(Michael Henchard), 그리고 테스, 주드 등 하디 소설의 선구적·반항적 개인들에게 특히 주목하는 것은 저들 개인이 한정된 인간사회의 일원으로서 움직인다기보다 인간의 세계 이상으로 거대하고 생생한 세계를 배경으로 그들의 운명이 연출된다는 사실이다.

이것이야말로 하디 소설의 경이요 그의 소설들이 갖는 아름다움이 거기서 온다. 삶 자체의 광대하고 탐험되지 않은 도덕률──우리가 자연의 부도덕성이라고 부르는 바로 그것──이 그 영원한 불가해성으로 우리를 둘러싸고 있고 한가운데서 인간들의 왜소한 도덕극이 자기 나름의 야릇한 도덕규범과 기계화된 동작을 지닌 채 진행된다. 주인공 중에 어느 누가 무대에 싫증이 나서, 정신없이 열중해 있던 그 테두리 바깥으로, 주위에서 맹렬히 생동하는 황야를 들여다보기 전까지는, 심각하게 엄숙하게 진행되는 것이다. 그러다가 일단 바깥을 보고 나면 그는 파멸한다. 그의 연극은 산산조각이 나거나 단순한 반복으로 변해버린다. 그러나 바깥의 거대한 극장은 끄떡없이 그 자체의 불가사의한 드라마를 계속 상연하는 것이다.[23]

이것이 하디가 셰익스피어, 아이스퀼로스, 쏘포클레스, 똘스또이 등 정

---

22 D. H. Lawrence, "Study of Thomas Hardy," *Phoenix* (London, 1936), 415면.
23 같은 책 419면.

말 위대한 작가들과 공유하는 특징이라고 로런스는 주장한다. 그러나 한 가지 중요한 점에서 하디는—그리고 똘스또이조차도—고대 그리스나 셰익스피어 비극의 차원에는 이르지 못한다고 한다.

그 차이점은 셰익스피어나 쏘포클레스에서는 한층 크고 헤아려지지 않은 도덕률—내지는 운명—이 능동적으로 침범당하여 능동적인 벌을 내리는 데 반해, 하디와 똘스또이에서는 한층 작은 인간적 윤리인 기계적 체계가 능동적으로 침범당하면서 그 자체는 깨지지 않고 주인공을 처벌할 뿐이요, 더 큰 도덕률은 다만 수동적·소극적으로만 침범되며 그것은 주인공과의 아무런 직접적인 연결이 없고 아무런 능동적 역할을 안하는 채 단지 배경 속에, 풍경 속에만 현존하고 있다.(…)

오이디포스, 햄릿, 맥베스 들이 사실보다 약한 인간들이고 진정하고 힘찬 삶으로 덜 충만했더라면 그들은 비극을 만들지 않았을 것이다. 그들은 미지의 도덕률에서 오는 거대한 압력과 공격을 인간의 도덕률 뒤에 숨어 회피하면서 자신의 일들을 헤아려서 무슨 대책을 꾸려냈을 것이다. 그러나 인간으로서 극한의 가능성에 달한 인간들인 그들은 삶 자체의 힘들과 맞서 일단 칼을 뽑고 나면 죽음을 당할 때까지 싸우는 길이 있을 뿐이다. 인생의 도덕률보다 큰 도덕률은 영원히 변할 수 없고 이겨낼 수 없는 것이니까. 그것은 한동안 피할 수는 있어도 맞설 수는 없다. 반면에 안나 까레니나, 유스테이시아, 테스, 쑤(Sue Bridehead: *Jude*의 여주인공—인용자)들의 경우, 그들의 처지에서 필연적으로 비극적인 것이 무엇이 있었던 말인가? 필연적으로 고통스러운 처지이기는 했지만, 그들은 하느님과 맞선 것이 아니라 단지 사회와 맞선 것이었다. 그런데도 그들은 모두 인간이 인간에게 내린 심판 따위에 기가 죽었지, 실제로 그들 자신의 영혼에 의하면 그들은 내내 옳았다. 그리고 그들을 죽인 것은 인간들의 심판이었고 그들 자신의 영혼이나 영원한 하느님

의 심판이 아니었다.[24]

바로 이것이 현대 비극의 약점이라고 로런스는 덧붙인다. 그러나 하디의 소설에서는 삶 자체의 더 큰 도덕률이 간접적으로나마 작용하고 있다는 점에서 그러한 세계를 아예 망각한 채 '개인'이냐 '사회'냐 하는 상투화된 갈등——로런스의 표현을 빌리면 '인간들의 왜소한 도덕극'——에나 몰두하고 있는 대다수 현대소설들과는 다른 차원의 성과를 이루고 있다는 것이다.

　여기서 '인간들의 왜소한 도덕극'을 넘어서는 '바깥의 거대한 극장' 및 그 '불가사의한 드라마'를 어떤 초역사적인 형이상학적 세계로 풀이하는 것은 그야말로 역사라는 것을 왜소화시켜 생각하는 일밖에 안된다. 많은 현대인들이 '초역사적'인 관념으로 무시해버리는 어떤 거대하고 신비스러운 도덕률이 인간운명의 전개에 직접간접으로 참여함으로써 정말 역사다운 역사, 드라마다운 드라마가 벌어진다는 것이 로런스의 주장이다. 따라서 그의 비극론은 '비극의 개념'에 대한 형식주의적인 논의와 달리,『테스』라는 영국 농촌소설이 그것과 동떨어진 세계의 독자에게도 직접적으로 호소할 만한 예술적 경지에 달했느냐는 우리 자신의 문제제기와 곧바로 이어진다. 로런스의 하디론이 문예사회학적 접근을 표방한 것이 아님에도 불구하고 앞서 소개한 하디 연구들 중에서 레이먼드 윌리엄즈의 '접경지대' 이론과 가장 잘 어울린다는 점도 주목할 만하다. 그런데 윌리엄즈의 해석과 눈에 띄게 다르고 여타 하디 연구에서도 찾아보기 힘든 특징은, 하디에게는 귀족에 대한 '예술가의 편애'(prédilection d'artiste)가 있고『테스』의 경우에는 테스 자신과 알렉이 바로 그러한 귀족들이라는 주장을 로런스가 내세우고 있다는 점이다. 이 두 사람이 모두 죽어야 하는 것은 하디에게는 예술가로서의 본능에 반하여 그들을 도덕적으로 단죄하

---

24 같은 책 419~20면.

는 부르주아적 습성이 병존하고 있으며, 이것이 곧 하디의 유명한 '염세주의'의 근원이라는 것이다.[25]

'귀족' 운운하는 말에서 로런스 자신의 반민주적인 일면이 느껴지기도 하지만, 그가 뜻하는 바가 기성체제의 상류계급이 아님은 분명하다. 테스는 귀족의 피를 받았다 하나 지금은 어디까지나 시골의 평민이요, 알렉은 아예 가짜 더버빌이다. 로런스가 말하는 '귀족'이란 기성사회의 규범에 얽매이지 않고 자신의 본성대로 자기 삶을 찾아나가는 개인들인 것이다.

어쨌든 문제는 소설 속의 테스와 알렉이 과연 그런 의미의 귀족이냐는 것이다. 그중에서도 알렉 더버빌은 실제로 가짜 더버빌인데다가 테스의 불행을 가져온 장본인이요 많은 독자들이 전형적인 악한으로 기억하는 인물이다. 오히려 너무 상투적인 권선징악극의 악역으로 분장되지 않았느냐는 불만이 나올 정도이고, 케틀은 바로 그러한 흑백논리가 차라리 빅토리아시대의 계급적 관계를 형상화하는 데 알맞다고 응수하기도 했다.[26] 그렇다면 로런스는 자신의 선입견에 따라 남의 소설을 멋대로 개작하고 있는 것이 아닌가? 사실 로런스의 하디론에서 어디까지가 예리한 통찰이고 어디까지가 그 자신의 창작인지 가려내기란 쉬운 일이 아니다. 그러나 『테스』를 꼼꼼히 읽어보면, 알렉이 평범한 난봉꾼이 아니라 그나름으로 예외적인 인물이요 바로 그렇기 때문에 테스에게 미치는 영향이 그처럼 파멸적이라는 로런스의 주장이 완전히 허황된 것만은 아님을 생각게 하는 대목들이 있다. 우선 그가 테스의 처녀를 유린한 사실만 해도 하디는 이것을 흔히 말하는 식의 극악무도한 행위로 못박아놓지 않았다. 결혼할 생각도 없이 테스를 탐낸 것이 얼마만큼 나쁘냐 안 나쁘냐의 문제를

25 같은 책 435면 이하 참조.

26 A. Kettle, 앞의 책 50면을 볼 것. Van Ghent는 알렉을 구약 「욥기」의 사탄과 연결하기도 한다. 악마의 화신이긴 화신인데 땅위를 이리저리 떠돌아다니고 싹수없이 뺀들거리는 「욥기」 악마의 형상이라는 것이다(*Hardy: Twentieth Century Views*, 89면 참조).

따지자는 것이 아니라, 제11장의 그 안개 낀 밤에 일어난 사건의 구체적인 정황을 작가는 극히 애매하게밖에 알려주지 않고 있음에 우선 주목할 필요가 있다. 어떤 평론가들은 숲속에서 잠들어 있는 테스를 알렉이 범했다고 '강간'이라는 표현도 서슴지 않는데,[27] 사실이 어떻게 되었는지는 전혀 분명치 않은 것이다. 적어도 훗날 테스가 알렉에게 온갖 항변을 해대면서도 잠결에 당했다는 말은 한번도 안 나오는 것으로 보아 '강간' 운운은 평자의 비약이기 쉽다.

실제로 『테스』의 발간 경위를 알면 하디가 이 장면의 처리에 얼마나 고심했으며 그나름으로 얼마나 세심한 배려를 했는지가 분명해진다. 빅토리아시대 출판계의 금기사항에 대해서는 이미 언급했지만 테스가 처녀를 잃는 장면이 직접 묘사될 수 없었음은 더말할 나위도 없다. 그런데 순진한 처녀가 악한에게 일방적으로 당하기만 하는 경우에는 그 묘사가 허용되지는 않더라도 그런 사실의 존재 자체가 작가의 윤리성을 의심스럽게 만들지는 않았다. 하지만 여자 쪽에 눈곱만큼이라도 임의성이 있었다면 그 여자도 준엄한 규탄의 대상으로 삼지 않으면 안되었다. 바로 이 점 때문에 하디가 고심한 자취가 『테스』의 원고본과 잡지연재본, 출판본 및 후일의 전집판 등의 비교를 통해 그대로 드러나 있다.[28]

하디는 대개 소설의 원고를 완성한 다음에 단행본 출판에 앞서 잡지에 먼저 연재했고 이때 독자층의 비위에 덜 거슬리기 위해 상당한 타협을 하곤 했다. 잡지연재는 게재료 수입 면에서나 단행본 출판업자와의 유리한 거래를 위해서나 또는 많은 독자를 얻는다는 사실 자체의 의미로 보나 저

---

27 예컨대 Tonny Tanner, "Colour and Movement in Hardy's *Tess of the d'Urbervilles*," Ian Watt 편, *The Victorian Novel: Modern Essays in Criticism* (Oxford, 1971), 412면 참조.

28 Richard Purdy, Ian Gregor, Brian Nicholas, William R. Rutland, Wallace Hildick 등 학자들에 의한 이 방면의 연구결과는 앞서 언급한 NCE에 그 골자가 수록되어 있다. *Tess*의 본문에 달린 편자주도 아울러 참조했다.

자에게 상당히 고마운 일이었지만, 발표내용의 제약은 단행본보다도 훨씬 심했다. 『테스』의 경우에도 하디는 일단 쓴 내용을 고쳐서 『그래픽』(Graphic)이라는 주간지에 연재한 뒤, 다시 원고대로 복원해 (물론 약간의 손질을 다시 가하면서) 그해(1891) 말에 초판을 내놓았다. 지금 정본으로 통하는 것은 1912년의 이른바 '웨쎅스판'(Wessex Edition) 하디 전집의 제1권인데 초판본과 큰 차이는 없다고 한다.

『테스』의 수고본은 현재 대영박물관에 보관되어 있는데, 하디가 애초에 썼다가 뒤에 지운 장면에서는 알렉이 실제로 테스에게 수면제를 몰래 먹인 뒤에 그녀를 범한 것으로 처리되었다. 이것은 물론 법률적인 강간이며 당대의 독자들도 테스를 도의적으로 비난하기는 힘들다. 그러나 작가는 이러한 멜로드라마적이고 비교적 '안전한' 처리가 마음에 안 들었던 것이다. 더욱 흥미로운 것은 소설의 내용에 말썽의 소지가 많다는 이유로 잡지 두 군데서 원고를 거절당한 뒤에 세번째로 접촉한 『그래픽』지에 드디어 연재가 성사되면서 하디는 문제의 대목을─편집자의 요청에 따라─더욱 '안전하게' 수정했다. (이때의 수정은 색이 다른 잉크를 사용하여 단행본으로 낼 때 쉽사리 원상복구할 수 있도록 했다.) 즉 테스는 잠결에 당한 것도 아니고 일단 정식 구혼을 받고 알렉 모친의 반대가 두려워 비밀리에 식을 올린다. 얼마 뒤에야 그것이 알렉 친구 집에서의 가짜 결혼식이었음을 알고 즉시 그곳을 떠나왔다는 것이다. 이렇게 되면 사회적 인습에 관한 한 테스의 책임이 전혀 없음은 물론, 사건 자체의 충격스러움도 많이 가셔진다. 그러나 그레고어와 니컬라스가 지적하듯이, 어머니가 성내는 것이 두렵고 알렉이 졸라대는 것이 귀찮아 사랑하지도 않는 사람과 결혼을 승락하는 연재본 테스의 행실이야말로 윤리적으로 수상쩍은 것이며 그녀의 성격에 어울리지 않는 것이다.[29] 어쨌든 분명한 사실은

---

29 NCE, 367면 참조(원전은 I. Gregor and B. Nicholas, *The Moral and the Story*, London, 1962).

하디 자신이 자기 소설에서 무엇이 당시 독자층의 반발을 낳는지도 익히 알았고 필요에 따라서는 그런 반발을 피해나갈 줄도 알았으면서, 『테스』를 출판할 때 군이 말썽 많은 길을 택하기로 했다는 점이다. 오늘날 우리가 읽는 『테스』 제11장의 모호성은 이러한 의식적 결단의 산물인 것이다.

그 결단은 또한 그만한 보람이 있는 예술적 성과를 낳았다고 판단된다. 제11장과 더불어 연재 때 많이 달라진 것이 직전의 제10장인데, 토요일 밤 시골의 남녀들이 광란하며 놀고 돌아오는 장면이 전면 삭제되었다. (제10장과 11장의 삭제된 부분을 모아 하디는 에딘버러에서 나오는 *National Observer*지에 "Saturday Night in Arcady"라는 제목의 스케치로 발표했다.) 이 대목은 '순진한 전원세계' 운운하는 도시인들의 낭만적 농촌관을 깨뜨린다는 점에서도 영국의 농촌문학에서 흔치 않은 업적이지만,[30] 제11장의 유혹에 앞서 테스의 젊음을 일깨우는 역할을 하는 것임이 분명하다. 게다가 술취한 여자의 공격으로부터 테스를 구해 숲속으로 말을 몰고 간 알렉은 그 자신도 정말로 길을 잃는다. 엉뚱한 길에 들어선 것을 안 테스의 첫 반응도, "어쩌면 그렇게 속임수를 쓸 수 있어요?"(60면)[31]라고 항의하는 중에 진짜 낭패감과 더불어 교태도 섞여 있었다(between archness and real dismay)고 작가는 말한다. 테스가 잠이 든 것도 알렉이 테스를 나무 밑 낙엽더미 위에 잠시 남겨두고 방향을 알아보러 한참 헤매다가 돌아오는 사이의 일이다. 알렉이 잠든 테스의 뺨에 자기 얼굴을 대었을 때, "어둠과 고요가 주변의 모든 것을 지배하고 있었다. 두 사람의 머리 위에는 체이스 숲의 태곳적부터 내려오는 주목(朱木)과 떡갈나무들이 솟아 있었고 그 나뭇가지에는 둥지를 친 다정한 새들이 새벽잠을 즐기고 있었다. 사뿐거리는 산토끼들이 두 사람 둘레를 살며시 지나가곤 했다."(62면) 뒤이어 하디는 이 시간에 "테스를 수호하는 천사는 어디에 있었는가고 묻는 사람도

---

30 *Thomas Hardy and Rural England*, 93면 참조.
31 본문 중의 페이지 표시는 NCE판 *Tess* 본문의 면수임.

있을지 모른다"고 하면서, 어째서 이 아름답고 섬세한 여성의 삶이 그다지도 거칠고 사나운 운명에 휩쓸려야 하느냐는 개탄으로 말머리를 돌린다. 그러나 이것이 반드시 테스가 잠결에 강간당했음을 애석해하는 이야기로 읽혀야 하는가? 앞뒤 문맥으로 보아, 정신을 차린 테스 스스로가 끝내 알렉의 애무를 뿌리치지 못했다고 해서 '순결한 여인'의 이름을 상실해야 할 이유는 없을 것 같다. (폴란스키의 영화에서는 이 점이 훨씬 분명하게 처리됐고 알렉 자신도 그다지 밉지만은 않은 사나이로 나온다.) 테스가 잘못한 것이 무엇이냐는 작가 및 훗날 테스 자신의 항변이 당시로서 일종의 혁명적 선언이 될 수 있었던 것도, 알렉의 폭력과 술수에 그녀가 일방적으로 당한 것뿐이라는 편리한 변명이 끝까지 끼어들지 않기 때문일 것이다.

테스가 트란트리지를 떠나는 제12장에서는 그녀가 그날밤 이후로 2,3주일은 더 머물렀음이 밝혀진다. 잠시 동안 눈이 부셔 현혹되었다(dazzled)고 그녀 자신이 말하기도 한다(65면). 그러나 알렉이 정식으로 결혼할 생각이 없음이 그사이 확인되기도 했지만 테스 자신이 강조하는 점은 그녀가 알렉을 사랑할 수 없음이 확인되었다는 것이다. 실제로 알렉은 처음부터 결혼을 빙자한 일은 없었다. 그리고 로런스에 따르면 테스가 참을 수 없었던 것은 알렉이 결혼을 안해준다는 사실 자체보다도—물론 그것과 떼어 생각할 수는 없는 일이겠지만—테스의 여성을 자극하고 향유할 줄만 알지 관능의 충족을 바탕으로 남자로서의 뜻있는 활동을 성취함으로써 궁극적인 만족감을 제공할 줄 모르는 인간이라는 사실이었다. "그는 결코 그녀를 만족시킬 수 없었다. 그것은 영혼의 질병과도 같은 것이었다. 그는 기술적인 의미로는 그렇지 않지만 엄밀한 의미에서 성적 무능력자였다."[32] 어쨌든 나중에 플린트컴애시로 테스를 찾아왔을 때 결혼

---

[32] *Phoenix*, 489면.

허가증을 떼어오는 그의 태도는 비열한 악한의 모습과는 거리가 멀다. 더구나 그의 청혼은 『부활』에서 타락한 까쭈샤에게 구혼하는 네흘류도프의 경우와도 달리 단순히 속죄의식에서 나온 것만이 아니고 테스 자신을 진심으로 원하기 때문이다. 물론 테스가 이미 남편이 있는 여자임을 알고도 추근대며 돈의 힘을 빌려 드디어 그녀를 손에 넣고 마는 것이 많은 독자들의 분노를 사기도 한다. 그러나 첫날밤도 함께 안 보내고 떠나간 뒤 종무소식인 에인절보다는 그래도 자기가 어엿한 남편이라는 알렉의 주장이 전혀 궤변만은 아니며 실제로 테스에게 상당한 압력이 된다.

결국 테스가 어떤 심경으로 알렉에게 돌아가게 되었는지는 또하나의 애매한 대목이다. 소설의 제6부와 7부 사이에 있었던 사실로서 암시적으로 처리된 것이 서술기법상으로도 효과적이지만 이것 역시 빅토리아시대의 금기에 저촉되는 문제였다. 그래서 잡지연재본에서 하디는 테스가 알렉과 쌘드번에 함께 가 있지만 그의 아내 노릇은 안하고 그냥 "친하게 지내기 위해서" 그랬던 것으로 만들었는데 이것이야말로 가소로운 이야기다. 알렉이 "그냥 친하게 지내기 위해서" 테스를 데리고 휴양지로 여행다닐 리도 만무하거니와, 뒤이어 테스는 아무 잘못도 않은 알렉을 찔러 죽이는 꼴이니 그야말로 작가의 윤리성이 의심스러워진다.[33] 다행히도 하디는 이 대목 역시 단행본에서는 원고대로 살려놓았다. 뿐만 아니라 1895년의 개정판에서는 테스의 동기를 설명하는 부분에 미세하지만 의미심장한 손질을 했다. 에인절이 쌘드번의 호텔로 테스를 찾아갔을 때, 이미 때가 늦었다고 하면서 그녀가 하는 말 중에 원래는 "그(알렉)는 나를 샀어요"라는 말이 있었다. 이것을 하디는 "그는──" 하며 말끝을 흐리는 것으로 바꾸었다. "무슨 말인지 모르겠소"라고 에인절이 말하자 테스는 "그는 나를 되찾아 가진 거예요"(He has won me back to him)라고 대답한다(313면).

---

33 Gregor and Nicholas, NCE, 368면 참조.

물론 어머니와 동생들의 궁핍이 아니었다면 테스가 고집을 꺾지 않았겠지만, 순전히 돈이냐 정절이냐 하는 식의 전형적인 멜로드라마와 다른 일면이 좀더 강조될 필요를 하디가 느꼈는지도 모른다.

알렉이라는 인물을 두고 이처럼 여러 말을 늘어놓은 것은 로런스가 제멋대로 인상비평이나 한다는 일부의 편견을 시정하기 위해서만이 아니다.『테스』역시 진정한 고전답게, 정독했을 때의 의미가 막연한 인상과는 많이 다르다는 점을 강조하기 위한 것이며, 집필·수정·발간의 과정을 추적하는 어찌 보면 고리타분한 작업도 위대한 작가의 경우에는 자신이 뜻하는 바를 조금이라도 정확하게 전달하려고 안간힘을 다하는 생생하고 감동적인 모습을 엿보는 기회가 되기 때문이다. 알렉의 성격에 대한 로런스의 해석이 완전히 맞는 것은 아닐지라도 그러한 일면이 있음을 인정함으로써 테스의 비극이 덜해지지 않는 것은 분명하다. 동시에 알렉을 엄밀한 의미에서 성적 무능력자라고 못박은 로런스는 사실 그 누구보다 알렉에게 혹독하기도 하다. 어쨌든 알렉이 그나름으로 특출한 인물이면서 그와 같은 본질적 결함을 지닌 사나이임을 이해할 때 비로소, 알렉과 테스의 얄궂은 인연이 끝내 두 사람 모두를 죽음으로 이끌게 되는 줄거리가 멜로드라마적인 조작이나 경향소설로서의 우화적 의미를 넘어서는 운명적 성격을 갖추게 되는지도 모른다.

2-3

로런스 특유의 '귀족' 개념이 동원된 하디론이 작품의 이해에 도움이 되는 것은 알렉 더버빌의 성격에 관해서만이 아니다. 테스와 에인절의 관계에서 테스가 너무나 수동적임으로 해서 그녀의 비극적 운명이 부자연스러워지지 않느냐는 비판에 대해서도 로런스는 그럴듯한 해명을 내놓는다. 물론 테스가 에인절로 대표되는 기성사회의 도덕관에 굴복하는 한에서는 하디의 비극이 셰익스피어나 고대의 비극보다 약화된다는 것이 로런스의 주장이기도 하다. 그러나 테스의 수동성에는 다른 측면도 있음을 그는 강조한다. 곧, 테스가 피동적인 것은 그녀가 참된 귀족의 본능적인 자기충족감을 지녔기 때문이라는 것이다.

테스가 수동적인 것은 자기 스스로를 받아들임에서 온다. 이는 진정으로 귀족적인 특성으로서 자신에 대한 무관심에 가까울 정도다. 그녀는 누가 무어라 해도 자기는 자기임을 알고 다른 사람들이 자기가 아님을 안다. 이것은 여자에게 있어서조차 매우 드문 특성이다. 그리고 오늘날처럼 고르지 못한 문명에서는 거의 약점이기도 하다.
테스는 그 누구도 변경시키거나 변화시키려 하지 않는다. 변경 또는 변화시키려고도 않고 방향을 돌리게 하려고도 않는다. 다른 사람이 결정하는 것, 그것은 그의 결정이다. 그녀는 상대방이 그 자신일 권리를 철저히 존중한다. 그녀는 항상 그녀 자신인 것이다.[34]

사실 테스가 에인절에게 더 적극적으로 매달리지 않는 것이 그녀의 의식의 한계 때문만이라고는 보기 힘들다. 은연중에 테스의 강한 자존심이 아울러 작용하고 있음은 의심할 나위 없으며, 이것이야말로 에인절의 결정을 에인절이 자기인생을 선택할 권리로서 존중할뿐더러 그가 기껏 선택하는 삶이 그처럼 옹졸한 것이라면 굳이 말리지 않겠다는 '귀족적'인 태도라고 풀이해도 좋을 것이다. 적어도 이런 해석이 비극의 여주인공으로서 테스의 품격을 높여주는 것은 분명하다. 일방적으로 당하기만 하는 비주체적인 인간이 독자들로부터 비극다운 비극의 주인공으로 대접받기는 힘들기 때문이다.
그런데 테스의 '귀족다움'에 대한 로런스의 설명을 읽을 때 생각게 되

---

34 *Phoenix*, 483면.

는 점은 이런 식의 '귀족다움'을 참다운 '민주적' 성격이라고 바꿔 불러도 되지 않을까 하는 것이다. 아니, 로런스 자신이 「민주주의」(Democracy)라는 에쎄이에서 역설하는 점이 바로 그것이다. 테스의 경우 그것이 그녀의 혈통과 관련이 있는지 어떤지는 몰라도 자연 속에서 땀흘리고 일하면서 자연과 더불어 생활하며 투쟁해온 평민의 건강성과 떼어 생각할 수 없는 것만은 확실하다. 그런 의미에서 이것은 케틀이 말하는 자유농민층의 미덕과도 일치하며 이는 곧 워즈워스가 가장 소중히 여겼던 평민성 그것이기도 하다. 로런스의 귀족 개념이 이런 평민성과 상통하는 바가 없었다면 그의 하디론이 좀더 민중지향적이고 진보적인 학자나 비평가들의 하디 연구 업적과 어울릴 수도 없었을 것이다. 그러나 그 정도가 아니고 로런스의 '귀족중심적' 해석이 제3세계의 독자들에게 『테스』가 지니는 현재성을 더욱 명확하게 부각시키기조차 한다면, 그것은 제3세계의 문학에서 흔히 이야기되는 진보성과 민중지향성의 참뜻을 밝히는 데도 도움이 될 것이다.

우리가 살펴본 로런스의 「토마스 하디 연구」의 독특한 공헌은 크게 두 가지로 나눌 수 있다. 첫째는 하디의 소설에서 벌어지는 개인적·사회적 갈등이 한층 크고 신비스러운 삶의 도덕률과 연관되어 있기 때문에 '개인과 사회의 갈등'이라는 상투화된 대립과 다른 차원—셰익스피어의 비극만큼 웅대하지는 못하지만 어쨌든 비극의 이름에 값하는 차원—에 와 있다는 지적이요, 또하나는 소설 속에서 진정한 '귀족'의 특성을 지닌 탁발한 개인들의 운명이 펼쳐짐으로써만 그러한 비극이 성립된다는 주장이다. 이 두 가지 측면 중 어느 하나도 참다운 민중문학, 진보적인 제3세계 문학과 양립 못할 이유는 없다. 아니, 당연히 포용되어야 마땅한 요인들이며 이를 위해 로런스 자신의 개인적 한계에 대한 우리 나름의 비판을 곁들인 재해석이 필요할 뿐이다.

그런데 진보적 지식인임을 자부하는 독자일수록 단순한 사회문제만이 아닌 비극적 차원의 문제는 '신비주의'로, 탁월한 개인에의 요구는 '엘리뜨주의' 내지 '영웅주의'로 비웃어 치우는 경향이 없지 않다. 이것은 지식인의 편벽된 민중주의일지언정 생활하는 민중들 자신의 실감은 아닐 것이다. 예컨대 민중에게 자연은 유한계급의 심미적 대상도 아니지만 노동의 대상만으로 국한되는 것도 아니다. 노동의 대상이자 생활의 현장이며, 이때의 생활이란 그 당사자들에게는 사랑의 본능과 배움에의 욕구, 그 좌절에의 저항 등이 모두 담긴 기막힌 드라마인 것이다. 이 실감을 올바로 드러내는 것이 신비주의일 수 없으며 '초역사적'인 자연관일 수도 없다. 많은 독자들이 하디 소설 속의 '자연묘사'가 특히 기억에 남는다고 말하는 것도 사실은 그가 이러한 민중생활의 실감을 영국 소설가로서는 거의 최초로 충실히 전달하고 있기 때문이다. 즉 그것이 단순히 '묘사 기술'의 문제나 '서정성'의 문제가 아니라, 레이먼드 윌리엄즈의 말대로 "생활과 작업의 일상적인 과정"[35] 이 영국소설의 대가들 가운데서 유례가 드물 정도로 하디 작품의 핵심에 위치해 있기 때문이다. 가령 『테스』에서도 특히나 생동하는 자연묘사 대목은 탤보새이즈와 플린트컴애시의 대조적인 장면들인데, 둘다가 단순한 풍경묘사가 아니라 실제로 노동이 진행되는 장면이면서 사랑이 익어가는 체험의 기록 내지는 그 좌절의 쓰라림을 되씹는 시간의 기록이다. 이런 감동적인 대목들과 비교할 때 『귀향』 첫머리의 유명한 황무지 묘사는 바로 그것이 일상의 생활을 초월해서 존재하는 것처럼 제시되었기 때문에 자연의 묘사로서도 오히려 효과가 줄어든다.[36]

---

35 *The English Novel from Dickens to Lawrence*, 116면. 윌리엄즈의 이 대목(116~17면)은 *The Country and the City*에서 좀더 보완되었는데 매우 경청할 만한 내용이다. Kettle, 앞의 책 53~54면의 논의도 비슷한 입장이다.

36 미국의 소설가 포터의 다음과 같은 지적은 정곡을 찌른 것 같다. "엑던히스에 관한『귀향』의 저 유명한 첫 장면──그것을 기억 못하는 사람이 어디 있는가? 그리고 실제에 다시 읽을 때 그보다 지루한 장면이 또 어디 있는가?"(Katherine Anne Porter, "Notes on a Criticism of Thomas Hardy," Watt 편, 앞의 책 400면)

'자연'이란 '자연 속의 인간'과 '인간 속의 자연'을 의당 포함하는 것이며, 그런 점에서 육체노동의 실감을 처음으로 제대로 작품화한 소설가 하디가 본능적으로 애정의 형상화로 말썽을 빚은 최초의 대가급 작가였다는 사실도 결코 우연한 일치가 아닌 것이다.

그런데 민중생활의 실감을 뛰어난 개인들의 이야기, 극적이고 영웅적인 사건들을 통해 읽고 싶어하는 대중의 심정도 그 자체가 영웅주의랄 수는 없다. 물론 영웅주의로 오도될 가능성은 있다. 그러나 민주적이고 평등한 사회일수록 탁월한 개인을 낳는다는 사실은 전혀 역설이 아니다. 평등한 여건에서 각자의 인간적 가능성을 최대한으로 발휘한 끝에 남보다 뛰어나게 된 인간들이야말로 정말 뛰어날 터이며, 탁발하되 군림하지 않고 군림할 수도 없는 그들에 대한 존경과 사랑을 마다할 사람 또한 없을 것이다. 우리가 영웅주의를 배격하고 영웅마저 경계하는 것은 아직도 현실이 이런 평등사회가 못됨을 알기 때문이다. 그러나 영웅과 영웅담을 찾는 마음이 곧 '우매한 대중'의 심리는 아니며, 더구나 비극작품에서 탁발한 인간들의 갈등을 요구하는 것은 정확한 비극론이자 온당한 민중문학론과도 일치한다. 하디의 유스테이시아, 테스, 쑤 등이 '귀족'들이긴 하지만 오이디포스, 햄릿, 맥베스 들보다는 약한 인간임으로써 현대비극의 약점을 드러낸다는 로런스의 평가도 바로 그와 같은 의미에서 제3세계의 민중문학론에 이어질 수 있다. 곧 『테스』가 제3세계의 농촌과는 엄청나게 다른 농촌현실을 다루고 있는 소설이지만 제3세계 독자들이 요구하는 민중성과 예술성을 갖춘 위대한 문학인 한편, 바로 그것이 '농민문학'으로서 아쉬움을 남기는 불철저한 저항의식으로 인해 주인공의 비극적 성격이 약화되고 『오이디포스왕』이나 『햄릿』만큼의 보편성에는 미달하고 만다는 평가로 말을 바꿀 수 있는 것이다.

하디와 고대 또는 셰익스피어 비극과의 비교를 여기서 구체적으로 점검할 겨를이 없다. 우선은 현실의 빈곤문제를 직접 다룬 '고발문학'의 작품보다 하디의『테스』(또는 셰익스피어의『햄릿』)가 한국에서 더 인기가 있다고 해서 반드시 우리가 통속취향에 흐른 탓으로 볼 일은 아님을 강조하려는 것이다. 비참한 현실의 기록 자체가 반드시 위대한 예술이 못됨은 어디서나 마찬가지지만, 지금 이곳의 현실에 관한 기록일 경우에는 그래도 남다른 감동을 줄 수가 있다. 그러나 영국이나 프랑스 같은 나라의 지난날의 비참한 현실을 제시했을 경우에는 그 현재적 의미가 한결 모호해진다. 선진국민들조차 근대화의 과정에서 그만큼 고생했는데 우리들이야 더욱 참는 길밖에 없지 않겠느냐는 설교의 빌미가 될 수도 있고, 선진국의 그러한 참상의 개선이 흔히는 제3세계의 약탈과 억압으로 이루어진 역사가 감춰질 염려도 있는 것이다.

하디의 '염세주의' 내지 '비관적 철학'에 대한 로런스의 비판도 이런 시각에서 다시 음미해볼 만하다.『테스』에서 작가의 '철학적' 발언들이 대체로 작품 자체의 흐름과 완전히 합치되지 않는 예술적 결함에 해당한다는 점은 여러 사람이 지적해왔다. (하디 자신은 자기의 철학적 입장을 '염세주의'로 규정하는 데 반발했지만 이것은 다른 문제다.) 로런스의 비판에서 특이한 것은 그가 이 '철학'을 하디 자신의 탁월한 예술가적 본능에 어긋나는 그의 이상주의적 '형이상학'——로런스 자신의 독특한 용어로 말한다면 '남성적' 또는 정신적 활동의 원리인 '사랑'(Love)이 '여성적' 또는 관능적 존재의 원리인 '법'(Law)의 횡포에 번번이 좌절된다고 믿으면서 동시에 전자의 절대적 고귀함을 고집하는 하디의 개인적 신념[37]——으로 규정하고 있다는 점이다. 그리고 이러한 이상주의와 여기서 파생하는 그의 비관주의는 하디 소설의 '철학'을 맹렬히 규탄했던 당대 부르주아 독자층의 타성과 실은 표리일체의 관계에 있다고 보는 것이다. '귀족적' 작중인물의 하나인 알렉 더버빌에게 속된 난봉꾼의 탈을 씌워놓은

---

[37] *Phoenix*, 479~81면 참조. 똘스또이와 하디가 이 점에서 똑 닮았다는 것이 로런스의 논지이다.

서튼 솜씨도 그 본보기라고 한다.[38] 알렉에 관한 로런스식의 주장이 나옴 직한 근거는 이미 길게 검토했거니와, 알렉의 경우 작가가 씌워놓았다는 '탈'이 하도 요란스럽기 때문에 그것이 과연 탈인지 제 얼굴인지 끝내 아리송한 느낌이 남는다. 그러나 하디 비극의 한계를 그의 이상주의와 연결하고 이를 다시 부르주아지의 현실주의와 동일선상에서 파악한 로런스의 통찰은 제3세계의 독자들에게 남다른 호소력을 지닌다. 콘래드의 커츠 (Kurtz) 같은 '이상주의자'의 정체를 겪었고 동포들 중에서도 어설픈 개화주의자들이 곧잘 매국노로 변신하는 과정을 지켜보았던 역사적 체험이 있기 때문이다.

서구의 독자들에게는 이 점이 그만큼 분명치는 못한 것 같다. 우수한 하디 연구가로 꼽아도 좋을 메린 윌리엄즈만 해도, 에인절의 계급적 성격에 대해 상당히 날카로운 비판을 가하지만, 결론에 가서는 또하나의 이상주의자인 『귀향』의 클림과 에인절을 모두 시대착오적인 취약성과 편견 때문에 자기성취를 못하기는 해도 엄연한 '지적 선구자'라고 예찬하고 있다.[39] 레이먼드 윌리엄즈는 에인절보다 훨씬 긍정적으로 제시된 클림 요브라이트의 약점도 간과하지 않는다. 다같이 시골로 돌아와 들에서 일하는 경우에도 육체노동 자체의 위안을 찾는 클림과 노동하는 인간들과의 연대관계를 선택하는 『안나 까레니나』의 주인공 레빈 사이의 결정적인 차이를 예리하게 집어내기도 한다.[40] 그러나 클림의 박애주의 자체는 아무런 비판 없이 긍정하는데, 로런스의 다음과 같은 발언과는 퍽 대조적이다.

---

38 같은 책 488면 참조.
39 *Thomas Hardy and Rural England*, 179면 참조. 에인절의 계급적 성격과 허위의식에 대한 비판은 같은 책 93~96면 참조.
40 *The English Novel*, 105면 참조.

클림은 빠리와 상류사회의 헛됨을 알아냈다. 그렇다면 그는 무엇을 원하는가? 이것을 그는 모른다. 그의 상상력이 그에게 일러주기로는 사회의 물질적 체제가 경멸스러우므로 그는 사회의 도덕적 체제에 봉사하기를 원한다는 것이다. 그는 학교에서 엑던(클림의 고향)의 어린 소년들을 가르치고 싶어한다. 여기에는 유스테이시아가 빠리를 꿈꾸는 것에 못지않은 허영심이 들어 있기 십상이다. 도덕적 체제라는 것이 물질적 체제의 비준(批准)된 형태가 아니고 무엇이란 말인가? 클림의 박애주의가 그로 하여금 겉보기에 고귀하게 행동하면서 자기 자신의 본질적 삶을 회피하도록 만드는 뿌리깊고 교묘한 비겁성이 아니고 무엇인가?[41]

이것은 에인절에게까지 적용되는 비판으로서도 더없이 단호할뿐더러 당시의 현실에 대한 사회과학적 통찰로서도 핵심을 찌른 것이다. 그러나 이처럼 명료하게는 아닐지라도, 찔러야 할 핵심을 사실상 이미 찔러놓은 것이 하디 자신이었다고 말할 수 있을 것이다.

3. 마무리 : 하디의 문학사적 위치

3-1

「토마스 하디 연구」에서 로런스는 하디와 똘스또이의 이름을 거듭 짝지어가며 자신의 주장을 펼치고 있다. 이것은 물론 두 사람이 정확히 대등한 작가라는 이야기는 아니며, 둘의 공통점에 대한 로런스의 발언도 우리가 그대로 인정할 필요는 없겠다. 그러나 어쨌든 하디가 이런 식으로

---

41 *Phoenix*, 414면.

똘스또이와 나란히 논의될 수 있다는 사실 자체가 『테스』의 작가에게 적잖은 자랑이 되는 것만은 분명하다. 아니 19세기 말엽의 시점에서 이런 작가가 있다는 사실이 영문학으로서도 하나의 자랑거리가 될 만한 것이다.

그것은 똘스또이의 작가적 위대성을 거의 누구나가 인정하고 있다는 단순한 이유 때문만은 아니다. 19세기의 러시아 사회는 서구문명의 영향을 크게 받고 있었지만 서구와는 다른 역사의 경로를 밟고 있던 터라, 19세기 후반이야말로 리얼리즘 문학의 전성기에 해당했다. 똘스또이 말고도 곤차로프, 뚜르게네프, 도스또옙스끼, 그리고 더욱 후배인 체홉, 고리끼 등의 활약이 모두 서구에서는 리얼리즘이 썰물때로 접어든 시기에 이루어졌다. 그런데 서구 선진국의 하나인 영국에서 졸라와 동갑 1840년생인 소설가 하디가 똘스또이에 견줄 만한 업적을 남겼다고 한다면 이는 분명히 놀라운 일이 아닐 수 없다.

물론 작품세계의 규모나 대표작들의 완벽성에서 하디를 똘스또이와 견줄 생각은 애당초 말아야겠다. 요는 서구 자본주의 사회의 왜소해진 문학에서는 거의 찾아볼 수 없게 된 비극다운 비극의 경험이 하디의 소설에서는 똘스또이를 연상할 만큼이나 달성되었다는 것이고, 어법을 달리하면 '자연주의' 차원의 묘사나 문제제기가 아닌 진정한 '리얼리즘'의 업적이 서구문학의 '자연주의시대'에 드물게 이룩되었다는 것이다. 그것이 가능했던 영국 특유의 역사적·문화적 풍토에 대해서는 여기서 몇마디로 단정할 수 없다. 다만 이런 점을 생각해볼 수는 있을 것 같다. 즉 경제력이나 국제정치의 영향력으로는 19세기 유럽의 최강국이면서도 17세기 이래 서구 전체의 역사발전 경로에 있어서는 프랑스와 같은 중심적·고전적 위치에 서지 못했던 영국이었고 따라서 서구 리얼리즘 소설의 고전기에도 스땅달이나 발자끄에 비해 여러모로 비규범적인 — 반드시 덜 위대한 문학은 아닐지라도 지방적인 색채가 짙은 — 사실주의밖에 내놓지 못한 영문학인만큼, 러시아처럼 '낙후된' 지역에서나 리얼리즘이 번성하게 된 시기에 가서 선진 영국의 낙후된 농촌지역에서 토마스 하디의 리얼리즘 문학을 낳는 이변 아닌 이변이 가능했을지도 모른다는 것이다.

이런 논리에 따른다면 하디의 리얼리즘이 곧잘 반리얼리즘으로 오인될 만큼 더욱 '비규범적인' 사실주의가 된 것도 납득이 간다. 그것은 자연주의와 차원이 다르며 오히려 낭만주의와 흡사한 리얼리즘이라는 점에서 발자끄나 디킨즈의 리얼리즘과 통하지만, 실제로 낭만주의자들의 동시대인이었고 플로베르 이래의 좀더 정제된 사실주의 기법을 향해 전진하던 단계의 저들 선배 대가들보다 훨씬 고풍스럽고 괴팍한 예술이게 마련이었다. 그것은 플로베르의 기법이 이미 완성된 뒤인데 플로베르 등의 좋은 영향, 나쁜 영향 모두로부터 상대적으로 격리된 '낙후성'에 힘입은 성취였기 때문이다.

그런 의미에서 똘스또이의 리얼리즘과는 무척 대조적이다. 19세기 러시아문학의 위대성 역시 플로베르적 질환으로부터 면제됨으로써 가능했던 업적이다. 그러나 그것은 하디의 경우와 달리 격리라기보다 적극적인 면역에 가까운 것이었다. 프랑스혁명을 겪으며 꽃핀 서구 사실주의 및 자연주의의 새로운 기율을 수용하되 그것을 혁명전야 사회 특유의—서구에서는 18세기 프랑스가 그 고전적 사례를 보여주는—건강한 전투적 정열로써 능동적으로 받아들였던 것이다. 똘스또이의 리얼리즘이 발자끄나 디킨즈의 그것보다 훨씬 철저히 사실적이고 좋은 의미로 자연주의적인 것도 그 때문이다. 또 이것이 똘스또이를 가장 고전적인 리얼리즘 소설가로 일컬을 소지도 되는 것이다.

어쨌든 하디의 『테스』가 오늘날 제3세계의 독자들에게도 직접적인 호소력을 갖는다는 사실은 작가 하디가 영문학사 및 서구 문학사에서 차지하는 독특하며 확고한 위치와 맞먹는다. 동시에 『테스』가 디킨즈나 조지 엘리엇의 소설보다 여러모로 우리에게 더욱 친근감을 준다는 사실도 단순히 그것이 농촌소설이라서가 아니라, 또는 제3세계의 나라들이 겪고 있는 이행기의 비극적 체험을 다루고 있대서만이 아니라, 하디가 로런스의 말대로 "그의 형이상학과는 별도로 그의 직감, 그의 본능, 그의 감각적 이해력은 매우 뛰어나고 깊으며 어쩌면 영국의 다른 어느 소설가보다 깊다고도 볼 수 있는"[42] 위대한 예술가이기 때문이다. 뛰어난 본능과 직관력을 지닌 영국의 소설가라고 할 때 우리는 디킨즈를 생각하고 에밀리 브런티를 생각하게 되는데, 특히 『폭풍의 언덕』이 형상화한 또다른 '원시적' 세계의 비극과의 많은 유사점은 오늘 제3세계의 '낙후된' 나라들이 수호하고자 싸우는 것들의 상실이 영국의 역사에서도 얼마나 비극적인 일이었고 그러면서도 얼마나 드물게밖에 기록되지 못했는가를 실감케 해준다.

3-2

그렇다면 결국 하디가 다룬 영국 농촌의 현실 자체가 제3세계의 당면문제와 무관하지 않다는 이야기가 된다. 『테스』의 주제를 자본주의 영농의 발달로 인한 자유농민계급의 파멸로 보는 데에는 많은 문제점이 있음을 이미 지적했지만, 실제로 19세기 말엽의 영국 농촌에 닥친 위기는 그보다 더욱 심각한 세계사적 의의를 띠는 것이 아니었을까? 다시 말해서 『테스』가 포착한 역사적 순간은 초기 자본주의시대의 농민분해라기보다 영국의 제국주의적 팽창에 따른 새로운 위기라고 보는 것이 좀더 정확할지모른다. 대부분의 식량과 원료를 해외에서 헐값으로 조달할 수 있게 된제국 본토에서는 자본주의화가 일찌감치 이루어진 농촌조차 국민경제 속에서 보잘것없는 요인으로 전락해버리고 그와 더불어 민족문화의 연속성과 국민생활의 건강성, 아니 국가의 안전보장을 위해서도 농촌에서의 인간다운 삶이 반드시 지속되어야 한다는 사실마저 무시되기에 이른 것이

---

42 *Phoenix*, 480면.

다. 테스 아버지의 죽음으로 그녀 집안이 마을을 떠나게 되었을 때 작가가 이들 '중간층' 농촌인구의 소멸을 애석해하는 것도 그런 각도에서 이해되어야 한다.

> 지난날 농촌생활의 뼈대를 이루었고 마을의 온갖 전통의 보존자인 이들 가족은 대도시에서 안식처를 찾지 않으면 안되었다. 통계학자들이 '농촌인구의 도시집중 경향'이라고 익살맞게 부르는 과정은 알고 보면 기계를 써서 억지로 그렇게 만들었을 때 물이 낮은 데서 높은 데로 흐르는 경향인 것이다. (292면)

이것이 영국 농촌의 특정 계층만의 문제가 아니라 영국민 전원의 인간적 건강성의 문제이며 나아가서는 대규모의 이농현상이 '근대화'와 '발전'의 이름으로 진행되고 있는 모든 후진국들의 문제이기도 함을 뜻있는 제3세계 독자라면 간과하지 않는다. 그리고 이 과정을 "물이 낮은 데서 높은 데로 흐르는 경향"에 견준 작가의 발상에 우리가 공감한다고 해서 복고주의자가 되는 것은 결코 아닐 것이다.

물론 하디 자신은 '제3세계'는 물론 영국의 제국주의에 대해서도 특별한 관심을 작품 속에 나타낸 바가 없다. 그러나 영국 남서부의 시골사람들 이야기에 자신을 한정시킴으로써 오히려 이 작가가 제국주의시대의 증언자로서도 실로 보기 드문 정직성을 견지했다고 보아야 옳다. 19세기 영국의 많은 소설에서 해외 식민지의 존재는 곧잘 영국인들 자신의 본질적 문제를 얼버무리는 구실이 되고 소설기법상으로는 안이한 플롯의 조작을 낳기 일쑤였음을 우리는 알고 있다. 원래 미국작가인 헨리 제임스의 '국제 주제'는 처음부터 다른 각도에서 다룰 일이지만, 19세기 영국소설이 부지중에 지불한 제국주의의 댓가는 도처에서 발견된다. 『데이비드 코퍼필드』(*David Copperfield*)에서 오스트레일리아 이민은 특히 유명한 예이고,[43] 『제인 에어』(*Jane Eyre*)의 다분히 자기탐닉적인 해피엔딩도 식민지에서 큰돈을 번 아저씨의 유산이 굴러들어옴으로써 가능해지며, 정치적으로나 지적으로나 가장 개명한 지식인이었다고 할 수 있는 조지 엘리엇조차 느닷없는 시오니즘의 개입으로 『다니엘 데론다』(*Daniel Deronda*) 같은 역작을 거의 반타작으로 끝내고 만다. 이런 상황에서 아예 해외관계와 담을 쌓다시피 하는 하디의 문학이 적어도 안이한 대안을 제시하지 않는다는 미덕을 갖는다. 그의 주요작들 대부분이 가차없이 파국으로 치닫는 이면에는 식민지로의 도피를 영국땅에서의 창조적 삶의 전진을 위한 해결책으로 인정치 않는 작가의 엄격한 자세가 깔려 있는 것이다.

하디의 소설에서도 해외 식민지의 존재가 전혀 무시되어 있는 것은 아니다. 그랬더라면 오히려 19세기 영국작품으로서의 그 사실성이 훼손되었을 터이다. 『테스』만 해도 에인절이 (영국의 식민지는 아니지만) 브라질로 가는 것이 플롯의 중요한 일부를 이룬다. 그런데 브라질에의 정착계획이 성사되지도 않을뿐더러 이 계획에 따른 에인절의 오랜 부재는 테스의 비극적 운명을 만드는 데 결정적인 역할을 한다. 그런데 이 결정적인 역할도 단순히 줄거리 전개의 편의를 위한 것이었다면 그것은 식민지 진출을 통한 '해피엔딩'의 조작 못지않게 통속적인 효과로 끝날 터이다. 그러나 에인절이 잠시라도 브라질로 떠난 것 자체가 사실은 자기 자신과 테스로부터 비켜서기 위해 결행한 도피행각이었다는 점에서 이 소설 속 신대륙의 존재는 전혀 다른 차원의 의미를 갖는 것이다. 이처럼 하디의 문학에서는 이민의 가능성이 진정한 문제해결을 오히려 방해하고 영국 민중의 고난을 가중시킨다. 실제로 일부 민중에게 이민이 새로운 활로를 열어준 측면까지 망라하지 못했다거나 다음 시대의 콘래드, 로런스, 포스터(E. M. Forster) 등의 새로운 국제적 시야에까지 이르지 못했다는 것이

---

43 졸고 「디킨즈 소설 속의 빅토리아조 신사」, 한국영어영문학회 편, 『19세기 영국소설 연구』(민음사 1981) 150면; 본서 163면 참조.

작가로서의 어떤 한계라면 한계랄 수도 있다. 그러나 제국주의적 팽창으로 거둬들인 혜택은 결코 고르게 분배되는 법이 없고 본고장에서도 창조적 삶을 억누르는 낡은 구조를 더욱 굳히게 마련이라는 핵심적 진실만은 하디가 놓치지 않았던 것이다.

— 백낙청 편 『서구 리얼리즘 소설 연구』, 창작과비평사 1982

'감수성의 분열' 재론
현대 영시에 대한 주체적 접근의 한 시도

1

이제 와서 '감수성의 분열'(dissociation of sensibility)을 또 들먹일 필요가 있을까? 논의의 발설자인 T. S. 엘리엇은 그가 타계하기 전해에 나온 책 서문에서, 자신의 비평에 관해 시험답안을 쓰는 학생이 '감수성의 분열'과 '객관적 상관물'을 언급하기만 하면 무사 통과하게 마련이라고 꼬집은 바 있는데(Preface to the Edition of 1964, *The Use of Poetry and the Use of Criticism*), '신비평'의 위세가 한창이던 시절에는 과연 그런 말이 나올 법도 했다. 하지만 1960년에 이미 '감수성의 분열'은 영미평단의 중심적 관심사는 못되었다. 졸고 「모더니즘에 관하여」에서도 지적했듯이, 1957년을 일종의 비평사적 분수령으로 만든 유명한 저서 중 커모드(Frank Kermode)의 『낭만적 이미지』(*Romantic Image*)는 엘리엇의 개념을 정면으로 비판했고 프라이(Northrop Frye)의 『비평의 해부』(*Anatomy of Criticism*)에서는 이 개념 자체가 묵살되었으며 신비평의 입장을 대변한 브룩스(C. Brooks)와 윔자트(J. K. Wimsatt)의 『문학비평소사』(*Literary*

Criticism: A Short History)에서도 '감수성의 분열'은 거론되지 않았다. 돌이켜보건대 일찍이 엘리엇의 비평가적 영향력이 상승기에 있던 시절부터 강단비평가들이 틈틈이 제기해온 회의론이 1951년 베잇슨의 반론으로 일단 집약되었으며, 온갖 새로운 비평이론이 넘쳐흐르는 요즘에 이르러서는 회의론보다 차라리 무관심이 지배하고 있다고 하겠다.[1]

이러한 대세에 맞서 '감수성의 분열' 개념의 중요성을 끝까지 옹호한 평론가가 F. R. 리비스다. 특히 만년의 강연록 『우리시대의 영문학, 그리고 대학』(*English Literature in Our Time and the University*, 1969)에서 그는 자신의 신념을 다시 한번 천명하면서 자기 나름의 발전적 해석을 꾀하기도 했다. 즉 '감수성의 분열'이라는 표현에 담긴 비평적 통찰은 20세기초 엘리엇에 의해 이룩된 영시의 일대 쇄신을 인식하는 데 필요할뿐더러, 17세기 영국의 시와 문명에 대해서도 핵심적인 진실을 찔렀고, 그리하여 엘리엇 자신은 제대로 평가하지 못했던 19세기 이래의 소설문학을 포함하여 영문학 전부, 나아가서는 서양문학 전부의 정당한 이해를 위해서도 짚고 넘어갈 가치가 있다는 것이다. 필자 자신 리비스의 이러한 논지에 많은 공감을 느껴 앞서의 졸고에서 원용한 바도 있다.[2] 그런데 '감수성의 분열'론과 리얼리즘론의 상호보완 가능성에 대해서는 당시의 논술에다 부연하고 싶은 것도 있으려니와, 현대 영시에 대한 논의를 부탁받은 이 글에서 주어진 과제의 어려움을 피하는 한 방편이 '감수성의 분열' 문제를 재론하는 가운데 찾아지지 않을까 하는 생각도 드는 것이다.

---

1 F. W. Bateson, "Dissociation of Sensibility," *Essays in Critical Dissent*, Longman 1972 참조. '감수성의 분열'론에 대해 냉담하기로는 윌리엄즈나 이글턴 같은 맑스주의 계열의 비평가들도 별로 다를 바 없는 듯하다. Raymond Williams, "Cambridge English, Past and Present," *Writing in Society*, Verso 1983, 187면 및 Terry Eagleton, *Literary Theory*, Blackwell 1983, 38~39면 참조.
2 졸저 『민족문학과 세계문학 2』(창작과비평사 1985)에 실린 「모더니즘에 관하여」(1983) 중 특히 '3. 엘리엇과 모더니즘' 참조.

현대 영시를 논의하는 어려움이란, 물론 일차적으로는 필자 자신이 읽은 것이 적고 깊이 연구한 시인은 더구나 없는 탓이다. 게다가 이 글에서 주로 다루고자 하는 엘리엇의 경우 그가 난해한 시인이라는 점은 누구나 인정하는 터이다. 그러나 평소 그의 시에 대해 갖고 있던 다소의 관심을 살려 한편의 글을 써낼 생각을 진지하게 해볼수록 그 일에 정면으로 대들 방도가 막막했다. 영미의 독자들이나 국내의 전문가들을 위해 영어로 쓰기로 한다면 필자가 작품을 몇번 더 읽고 참고서를 몇권 더 보는 것으로 해결될 수도 있었을 게다. 그러나 영시를 원어로 읽은 독자라도 한국사람끼리라면 당연히 그래야 하듯이, 한국어로 자신의 독서경험을 나누고자 할 때 엘리엇의 시에 대해 과연 어떤 이야기를 할 수 있을 것인가?

엘리엇 자신이 시인에게서 중시하는 요소로 '청각적 상상력'(auditory imagination)이라는 것이 있다.[3] 이를 확대해석하면 개별 시행(詩行)이나 구절들뿐 아니라 시 전체의 비논리적인 '음악적' 구성에도 적용될 수 있겠는데, 엘리엇 자신이 그의 만년의 대작을 『네 편의 사중주』(Four Quartets)라 이름지은 것을 보아도 이것이 시인의 의도와도 무관하지 않은 해석임이 짐작된다. 그런데 전편의 '음악적 구성'이 부분들의 시적 효과를 떠나 성립하는 것이 아니듯이, 특정부분에서의 '청각적 상상력' 역시 낱말들의 '의미'와 별도로 작동하지 않는다. 따라서 액면상의 '의미' 자체가 산문적인 정리가 거의 불가능하며 '청각적 상상력'에 의존하는 정

---

3 The Use of Poetry and the Use of Criticism (1933), Faber & Faber 1964, 118~19면 참조. '운문의 음악적 특성'에 대한 아놀드의 인식부족을 논한 이 대목의 정확한 의미에 대해서는 논란의 여지가 많은 듯하다. The Art of T.S. Eliot (1949)의 저자 헬렌 가드너는 책의 첫장 제목을 '청각적 상상력'으로 달 만큼 이를 엘리엇 이해의 중심개념으로 삼고 있으나, 그것이 스펜서(Edmund Spenser)에게는 있고 던(John Donne)에게는 거의 없는 능력이라는 식의 해석은 납득하기 어렵다. 청각적 상상력을 갖고 못 가짐이 시의 언어를 일상대화의 언어에 가깝게 만드는 것과는 별개라 하더라도, 엘리엇이 "시적 문체의 이 미덕, 이 기본요소"라고 지칭한 것이 던에게 결여되었다면 엘리엇이 던에 대한 종래 아놀드 등의 낮은 평가를 뒤엎을 이유도 한결 적었을 터이다.

도 또한 각별한 경우, 더구나 외국인들로서는 도대체 뜻있는 논의가 가능할 만큼 정통한 본문이해가 있었는지를 확인하기조차 힘들어진다. 엘리엇의 시가 바로 그런 경우의 대표적인 본보기가 아닐까 싶다. 하지만 엘리엇 시를 모르고서 현대 영시를 제대로 논할 수 없다는 말 또한 익히 들어온 터이다. 여기서 필자는 이 불가결한 논의를 자신의 부족한 역량에 맞게 수행하는 하나의 우회적 방법으로 '감수성의 분열'을 재론하려는 것이다.

그러므로 예컨대 '감수성' 또는 '분열'의 어원부터 따지면서 그 개념을 체계적으로 정리하는 식의 논의는 이 글의 의도와 거리가 멀다. 뿐만 아니라 엘리엇의 그 표현 자체가 다분히 지나가는 말처럼 던져진 것이므로 주어진 문맥 속에서 감지되는 핵심적 통찰에 유의할 일이지 '감수성의 분열'이라는 표현 자체에 집착할 일이 아니라는 리비스의 주장은 경청할 만하다.[4] 다만 영어의 sensibility란 단어도 우리말의 '감수성' 못지않게 딱부러지게 정의하기 힘든 말이며 여러모로 비슷한 어감을 지녔음을 지적할 필요는 있겠다. 즉 '감성'이란 말에 '受'자 하나 더 들어간 만큼 수동적인 성격이 짙은 대신, 개인의 의도나 의식에 따라 좌우되기는 그만큼 더 힘든 동시에 단순한 감성이나 정서만이 아니고 사고하는 두뇌까지 포함하는 '온몸의 느낌'에 해당하는 어떤 것이라는 뜻이 엘리엇의 원어에도 담겨 있는 것이다.

---

4 "I dont't myself favour attempts to justify the phrase, 'dissociation of sensibility,' systematically with a show of analytic precision. Such attempts aren't worthwhile. The phrase as Eliot uses it prompts no such development; it serves its purpose quite well in the context Eliot gives it, and he makes plain enough to anyone interested in poetry what the use and the purpose are." ("Eliot's Classical Standing," F. R. and Q. D. Leavis, *Lectures in America*, Chatto & Windus 1969, 38면)

2

　'감수성의 분열'을 재론하는 최상의 방법은 그 말이 처음 쓰인 엘리엇
의 평론「형이상학파 시인들」(The Metaphysical Poets)을 거듭 읽고 되씹
어보는 길이다. 1921년 허버트 그리어슨(Herbert J. Grierson) 교수가 엮
어낸 형이상학파 시인들의 사화집(*Metaphysical Lyrics and Poems of the
Seventeenth Century*)에 대한 익명의 서평으로 발표되었던 이 글은『존 드
라이든 예찬』(*Homage to John Dryden*, 1924)이라는 소책자에 수록되었
고 1932년 이후로는『T. S. 엘리엇 평론선』(*Selected Essays of T. S. Eliot*)에
실려 널리 읽히고 있다. 불과 열 페이지를 차지하는 짤막한 분량이지만,
현대 영미비평에 막대한 영향을 끼친 비평사적 문헌임은 물론이고, 비평
이 ― 그것도 서평이라는 일종의 '잡문' 형식으로도 ― 그 자체 하나의 문
학적 고전의 경지에 달할 수 있음을 보여준 글이라 하겠다. 엘리엇이 아
놀드의 평문「시의 연구」(The Study of Poetry)에 대해 온갖 질책을 퍼붓
고 나서도 결국 "이 에쎄이는 영국 비평의 고전이다. 그처럼 짧은 지면에
그처럼 많은 내용이, 그처럼 알뜰한 규모와 당당한 권위로 말해지고 있
다"(*The Use of Poetry and the Use of Criticism*, 118면)라고 칭찬했는데, 이
는 바로 엘리엇 자신의「형이상학파 시인들」에도 돌아갈 찬사라 생각된
다. 물론 이때에도 저자의 논지에 얼마나 찬동하는가는 별문제로 남는다.
　그리어슨의 획기적인 사화집을 읽고 엘리엇이 우선 제기하는 문제는 물
론 '형이상학파 시인들'로 일컬어지는 17세기 시인들의 성격에 관한 것이
다. "문제는 어느 정도로 소위 형이상학적 시인들이라는 사람들이 한 유
파 ― 오늘날 같으면 '운동'이라 하겠는데 ― 를 이루었으며 이러한 소위
유파 내지 운동이 어느 정도로 주된 흐름에서 벗어났는가 하는 점이다."[5]

---

5 *Selected Essays*, New Edition, 1950, 241면. 앞으로 이 글에서의 인용은 페이지수만 적는
　다. 국역으로는 문학과지성사의 작가론총서 중 황동규 편『엘리엇』(1978)에 실린 이창배

실제로는 그들이 주류에서 이탈했다기보다 그 직후에 영시의 흐름에 결정적인 변화가 왔기 때문에 후대의 눈에 저들이 당대에 이미 시의 주류에서 벗어난 일종의 기현상으로 보이게 되었다는 것이 엘리엇의 주장이다.

이러한 엘리엇의 논의는 예의 시인들에 대한 인식에 큰 전환을 가져왔고 특히 존 던에 대한 적극적인 재평가의 계기가 되었다. 따라서 '감수성의 분열'론이 형이상학파 시인들의 특질, 나아가서는 던의 업적에 대한 비평적 논의와 뒤얽혀서 진행되어온 것은 당연한 일이다. 그러나 이야기가 그 차원에서만 맴돌다보면 엘리엇의 정작 핵심적인 통찰은 간과되기 쉽다.[6] 특정 유파의 시인들이 '주된 흐름'에서 얼마나 벗어났느냐는 물음은 도대체 시에서의 주된 흐름이란 무엇이며 '시'란 또 어떤 것이냐는 물음을 전제하는데, 엘리엇의 관심도 바로 이런 근본적인 문제에 쏠려 있다. 이는 당시 엘리엇 자신이 쓰고자 하던 시의 성격과 직결된 실천적 관심인 것도 사실이다. 하지만 그렇다고 '감수성의 분열'론이 순전히 '창작용'의 개인적 신화라고 보아넘기는 것은 엘리엇이 시에 대해 말하고자 하는 바에 처음부터 냉담한 사람들이나 취할 태도이고 실천과 직결된 논의를 격하하는 상용수법의 하나이기도 하다.

어쨌든 엘리엇은 쌔뮤얼 존슨(Samuel Johnson)이 형이상학파 시인들에게서 비판했던 특징이 어떤 의미로는 바로 모든 시의 특징이 아니겠는

역 「형이상 시인들」이 있는데 같은 역자의 『엘리옽 선집』(을유문화사 세계문학전집 14)에 수록되었던 「형이상적 시인들」의 역문을 상당히 손질한 것이 눈에 띈다. 본고의 인용문은 필자 자신의 번역이지만 선학의 작업을 많이 참고했다. 예컨대 제목의 번역은 선례를 따르지 않은 경우이나, 'metaphysical poets'가 '형이상학'이라는 학문과 큰 관계가 없음을 상기하는 일은 중요하다. 다만 영어에서도 무슨 엄밀한 정의를 꾀한 것이 아닌 일종의 속칭인만큼 필자 자신은 귀에 익은 우리말을 따라 '형이상학파 시인들'이라고 부르는 게 낫다고 본 것이다.

6 예컨대 Leonard Unger, *Donne's Poetry and Modern Criticism* (1950) 제1장에서처럼 이른바 형이상학파 시인들의 공통분모를 찾는 관점에서 현대 비평가들의 여러 발언을 비교·검토하는 방식은 감수성분열론의 본래 취지에서 상당히 벗어날 수밖에 없다.

가라는 점을 상기시킨다. "소재의 일정한 이질성이 시인의 정신적 작용에 의해 강제적으로 통일되는 현상이 시에는 얼마든지 있다."(243면) 그러므로 존슨처럼 형이상학파 시의 결점을 들어 그 유파적 특성을 규정하려 하기보다, "그 반대의 방식으로, 즉 17세기(명예혁명까지)의 시인들은 그 앞 시대의 직접적이고 정상적인 발전이었다고 가정하고, 또 '형이상학적'이라는 형용사로써 그들에 대한 선입견을 심어주기보다 그들의 장점이, 그 뒤에 사라졌지만 사라지지 말았어야 할 어떤 영구히 값있는 것이 아니었던가에 대해 생각해봄직한 것이다."(245면) 즉 중요한 것은 '형이상학파'라는 호칭의 의미가 아니라, 던 또는 그에 버금가는 일군의 17세기 시인들에게서도 얼마든지 발견되지만 테니슨(Tennyson)이나 브라우닝(Robert Browning)에게는 없는 본질적인 시적 특성이 무엇이냐는 것이다. "그것은 지적인 시인(the intellectual poet)과 사색적 시인(the reflective poet)의 차이이다. 테니슨이나 브라우닝은 시인이고 또 사색을 하기도 한다. 그러나 그들의 사상을 장미의 향기처럼 직접 느끼지 않는다. 던에게 사상은 하나의 체험이었고 그의 감수성을 바꾸어놓는 것이었다. 시인의 정신이 그의 일을 해낼 채비가 완벽하게 되었을 때 그것은 이질적인 경험들을 끊임없이 융합한다. 그에 반해 일반인의 경험은 무질서하고 무원칙하며 단편적이다."(247면)

17세기 중엽에 일어난 '감수성의 분열'이라는 가설이 제시되는 것은 바로 이런 맥락에서다. 그 대목은 「모더니즘에 관하여」에서도 길게 인용했던 터이지만 독자의 편의를 위해 새로 옮겨본다.

우리는 그 차이를 다음과 같은 이론으로 표현할 수 있겠다. 16세기 극작가들의 후계자인 17세기 시인들은 어떠한 종류의 경험도 먹새 좋게 소화할 수 있는 감수성의 장치를 갖고 있었다. 그들은 선배들과 마찬가지로 소박하기도 하고 기교적이기도 하며 난해하기도 하고 환상

234

적이기도 했다. 이는 단떼나 구이도 까발깐띠, 구이니쩰리, 치노 들보다 더하지도 덜하지도 않은 것이었다. 17세기에 감수성의 분열이 일어났는데 우리는 이로부터 영영 회복하지 못했다. 그리고 당연한 일이지만 그 분열은 17세기의 가장 강력한 두 시인, 즉 밀턴과 드라이든의 영향으로 한층 심화되었다. 두 시인은 각기 일정한 시적 기능을 너무나 훌륭하게 잘해냈기 때문에 그 효과의 규모가 다른 효과들의 부재를 눈에 안 뜨이게 만들었다. 영시의 언어는 지속되고 어떤 면에서는 개선되었다. 콜린즈, 그레이, 존슨 그리고 심지어 골드스미스의 최선의 운문은 던이나 마벨이나 킹의 그것보다 우리의 까다로운 요구의 어떤 부분을 더 잘 충족시켜준다. 그러나 언어가 더 세련된 반면에 감정은 더 조야해졌다. 그레이의 「애가(哀歌)」에 표현된 감정이나 감수성은 마벨의 「수줍음 빼는 애인에게」에 표현된 것보다 세련되지 못했다. (247면)

이러한 '이론' 또는 가설을 받아들인다면 '형이상학파적'이라는 호칭 자체가 시적 전통의 바람직하지 못한 단절에 따른 부산물임을 알게 된다. 그리고 이 점을 지적한 뒤 엘리엇은 곧바로 다음과 같은 일반론을 내놓는다.

시인이 가질 수 있는 관심에는 제한이 없다. 그가 총명하면 총명할수록 좋고, 총명한 시인일수록 이런저런 관심을 가질 가능성도 크다. 우리의 유일한 요구조건은 그가 자신의 관심사에 대해 시적으로 명상하는 데 그치지 말고 그것을 시로 만들어내라는 것이다.(248면)

바로 이 대목에서 핵심적이고 결정적인 발언이 이루어졌다고 리비스는 강조하는데(*English Literature in Our Time and the University*, 80면), 이는 "우리가 시를 고려할 때 그것을 무엇보다도 시로서 고려해야지 다른 어떤 것으로 보아서는 안된다"는 엘리엇의 유명한 명제와 일치하면서, 그 명제의 적절한 해석에 필요한 문맥을 제시하는 대목이기도 하다.

사실 "다른 어떤 것이 아닌 시 자체"를 보고자 할수록 구체적인 문맥에 대한 세심한 배려가 필요하다. 엘리엇의 주된 논지가 '형이상학파 시인들'의 유파적 특징을 밝히려는 것이 아님은 앞서도 지적했지만, '감수성의 분열' 운운한 것이 17세기 중엽 또는 1688년 이전에는 도대체 분열을 모르는 어떤 황금시대가 있었다는 환상론을 펼친 것으로 곧잘 오해되기도 한다. 또한 이 글에서 던이 단떼나 까발깐띠보다 "더하지도 덜하지도" 않다는 듯이 말해놓고 몇해 뒤의 「론슬럿 앤드루즈(Lancelot Andrewes)론」(1926)이라든가 「셰익스피어와 쎄네카의 스토아철학」(1927), 또는 1931년에 나온 「우리 시대의 던」(Donne in Our Time) 등에서 던과 단떼의 대조, 그리고 앤드루즈 같은 진정한 신앙인과의 대조를 부각시킨 것은 애초의 논지 자체를 포기한 것이 아니냐는 의혹을 사기도 한다.[7] 그러나 자가당착 또는 입장번복처럼 보이는 것이 오히려 처음부터 결코 단순치 않은 발상의 증거일 수도 있다. 실제로 엘리엇은 '감수성의 분열'을 말한 글에서 그가 키츠(Keats)와 셸리(Shelley)의 말년에 나타나는 '감수성의 통합을 향한 노력의 흔적'(traces of a struggle toward unification of sensibility)을 언급하고는 있으나 단떼에서건 셰익스피어에서건 또는 던에서건 완벽하게 통합된 감수성을 설정했다고 볼 이유는 없으며, 던을 '분열' 이전의 대표적 사례로 꼽았다는 사실이야말로—서평의 대상 때문에 그리된 바도 있지만—'통합된 감수성'이 어디까지나 하나의 상대적인 개념이라는 결정적 증거라 보아야 옳다. 그리고 던에 대한 태도의 번복이라는 것도

---

7 황금시대설은 베잇슨이 인용한 Bonamy Dobrée(1946)에서부터 커모드(1957), 윌리엄즈(1983)에 이르기까지 감수성분열론 비판의 단골 메뉴이며, 베잇슨 자신은 던에 대한 엘리엇의 추후 발언이 '통합된 감수성의 명시적 부정'(Bateson, 앞의 책 149면)이라고 본다. 헬렌 가드너 역시 엘리엇의 '태도변화'에 주목하면서 감수성분열론 추종자들의 헛수고를 비웃고 있다(Helen Gardner, Introduction, *Twentieth Century Views: John Donne*, Prentice-Hall 1962, 7면의 본문 및 주9 참조).

다시 생각해보면 별것이 아니다. 17세기 중엽의 결정적 변화에 주목할 때 단떼에서 던에 이르는 연속성이 던과 18, 19세기의 대조에 비추어 훨씬 두드러지는 반면, 17세기 초엽의 정황 자체를 세밀히 살피는 경우에는 단떼와의 차이는 물론 같은 17세기 인사들 가운데서도 시인으로서 조지 허버트(George Herbert)라든가 성직자로서 앤드루즈와 던과의 대조가 당연히 부각되는 것이다.

그러나 '감수성의 분열'론의 초점이 형이상학파 시인들에게 있지 않고 '시 자체'에 있다는 주장 역시 엘리엇의 핵심적인 통찰을 흐려버릴 위험이 있다. 즉 시인의 정신이 '이질적인 경험들을 끊임없이 융합한다'는 엘리엇의 주장이 쌔뮤얼 존슨의 *discordia concors*(조화로운 불일치)라든가 코울리지(Coleridge)가 '상상력'의 특징으로 '반대 내지 불일치하는 특성들의 균형 내지 화해'(the balance or reconcilement of opposite or discordant qualities)를 꼽은 것과 다를 바 없다는 편안한 결론에 도달할 위험이다.[8] 물론 이들 세 명의 위대한 시인비평가가 시를 생각함에 있어 상당한 공통점을 보일 것은 당연한 일이다. 뿐만 아니라 엘리엇 자신의 마벨(Marvell)의 「수줍음 빼는 애인에게」에 구사된 심상들은 바로 『문학평전』 제14장에서의 그 '상상력' 설명과도 부합된다고 말한 바 있다(*Selected Essays*, 256~57면). 그러나 「형이상학파 시인들」에서 존슨의 표현과 닮은 표현을 쓴 것이 오히려 존슨이 간과한 시적 특질을 부각시키려

---

8 엘리엇과 낭만주의 비평의 연속성을 강조한 최근의 예로는 Edward Lobb, *T. S. Eliot and the Romantic Critical Tradition* (RKP 1981), 특히 제1장 16면과 주15, 47면 및 제2장 전부 참조. 이 책은 또한 엘리엇의 1926년도 클라크기념강연인 *Lectures on the Metaphysical Poetry of the Seventeenth Century, with special reference to Donne, Crashaw and Cowley* 의 미간행 원고를 본격적으로 활용한 최초의 저서로서도 흥미롭다. 그러나 던의 '현대성'에 대한 적절한 지적이 있는 대신, 낭만주의 비평과 엘리엇의 연속성이라는 기본논지에서는 (키츠와의 상통점을 논한 부분을 빼면) 피상적인 유사성을 나열하는 데 치우친 느낌이다.

는 방편이듯이, 「마벨론」에서 코울리지를 인용한 것 또한 낭만주의 시론에서 외면했던 'wit'의 존재가 시적 진지성에 위배되기는커녕 분명히 '상상력'의 작용과 공존하고 있음을 강조하려는 의도였던 것이다. 실제로 엘리엇의 반낭만주의적 발언에는 과장된 면도 많고 그의 시적 성취가 자신이 표방하던 고전주의와 거리가 있기도 하다. 그러나 형이상학파 시인들에 대한 재평가와 이에 수반되는 17세기 '기지' 또는 '세련'(urbanity)의 강조를 보나, 드라이든 및 18세기 시의 '산문적 미덕'에 대한 적극적 지지를 보나, 또 무엇보다도 낭만주의자들의 숭배대상이던 밀턴에 대한 비판을 보나, 코울리지와 엘리엇 시론의 공통성을 과장하는 일은 결과적으로 감수성분열론의 통찰을 회피하는 또다른 방법이 될 수가 있는 것이다.

3

그러면 형이상학파 시인들에 대한 엘리엇의 관심을 너무 강조하지도 않고 너무 경시도 않는 적정선에서 감수성분열론의 핵심적 통찰을 수용하는 방법은 무엇일까? 그 실마리를 리비스는 바로 "16세기 극작가들의 후계자인 17세기 시인들"이라는 구절에서 찾았고 필자 역시 이에 동조한 바 있다(앞의 졸고 418~19면). 그런데 이 실마리를 끝까지 추적하다보면 중요한 면에서 더러 엘리엇 자신과도 상충하는 결론에 도달하기조차 하는 만큼, 당자가 지나가는 말로 한 것을 너무 침소봉대하는 게 아니냐는 의혹을 살 수도 있다. 하지만 던을 "말로우, 웹스터, 터너, 그리고 셰익스피어 등 최대의 작가들과 함께"[9] 생각하는 것은 엘리엇의 몸에 밴 습성이며,

---

9 "The quality in question is not peculiar to Donne and Chapman. In common with the greatest — Marlowe, Webster, Tourneur, and Shakespeare — they had a quality of sensuous thought, or of thinking through the senses, or of the senses thinking, of which the

이는 시극(poetic drama)에 대한 그의 끈질긴 관심과도 직결된 것이다. 그것은 또한 시의 중요성, 그 '사회적 기능'에 대한 엘리엇의 신념과도 이어진다.

나는 어느 민족이나 그들 자신의 시를 갖는 것이 중요하다고 생각한다. 시를 즐기는 사람들을 위해서만이 아니라——이런 사람들은 아무때나 외국어를 배워서 그 언어로 된 시를 즐길 수도 있다——시가 실제로 사회 전체에 대해, 그러니까 시를 즐기지 않는 사람들에 대해서도 영향을 미치기 때문이다. 이 경우 나는 자기 나라 국민시인들의 이름조차 모르는 사람들도 포함해서 하는 말이다.

동질성을 띤 민족의 경우 그 가장 세련되고 복합성을 띤 성원들의 감정과 가장 조야하고 단순한 성원들의 감정 사이에는, 그들 각자가 다른 언어를 쓰는 동일한 계층 사람들과 공유하지 못하는 공통점이 있다. 그리고 한 문명이 건강할 때에는 위대한 시인이라면 온갖 교육수준의 동포들 모두에게 무언가 해줄 말이 있을 것이다.[10]

그러므로 시에서 가장 중요한 법칙은——엘리엇은 심지어 이를 "자연의 법칙"이라고 부르기까지 하는데——"시는 우리가 사용하고 듣는 보통 일상언어로부터 너무 멀리 떨어져나가서는 안된다는 법칙이다."("The Music of Poetry," *On Poetry and Poets*, 21면) 엘리엇의 말썽 많은 밀턴 비

---

exact formula remains to be defined."(*The Sacred Wood* (1920), University Paperback 1960, 23면) 같은 책에 실린 "Philip Massinger"(1919), 128~29면 (*Selected Essays*, 185면)에서도 Shakespeare와 Chapman, Middleton, Webster, Tourneur, Donne을 동렬에 두고 Milton과 Massinger를 그들과 대조적인 유형으로 본다.
10 "The Social Function of Poetry," *On Poetry and Poets* (1957), 7면 및 9면.

판의 골자도 사실은 이것이었으며, 자신의 세대가 이룩한 시적인 업적에 대해서도 「시의 음악」(1942)에서 그가 내리는 결론은, "지난 20년간의 〔현대시인들의〕 작업이 분류될 가치가 조금이라도 있다면, 그것은 적절한 현대적 회화체 어법을 탐구하는 시기에 속하는 것으로 인정되리라는 점에 합의할 수 있으리라 본다"(같은 책 32면)는 것이었다.

엘리엇 자신의 이러한 발언들을 염두에 두고 '감수성의 분열' 이론으로 되돌아올 때 우리는 '사고와 감정의 통일' 못지않게 중요한 것이 당대의 '일상언어로부터 너무 멀리 떨어져나가지 않는 시어'임을 알게 된다. 실제로 던의 경우도, 극작가들을 뺀 16~17세기 초의 수많은 시인들 가운데 그를 돋보이게 만드는 것은 '사상을 체험'하는 능력 못지않게, 어쩌면 그에 앞서, 복잡한 사변의 전개 속에서도 대화하는 육성을 들려주는 그의 탁월한 능력이다.[11] 물론 이는 그의 시 속의 사변이 '체험된 사상'이기 때문에 가능한 일이지만, 요는 시에 사변적 내용이 담겼느냐 안 담겼느냐보다 엘리엇이 딴데서 말하듯이 "정확한 감정을 표현하려면 정확한 사상을 표현하는 일 못지않게 대단한 지적 능력이 필요하다"("Shakespeare and the Stoicism of Seneca," *Selected Essays*, 115면)는 점이다. 일상언어에 가까운 시를 쓰되 그것이 주로 당대의 교육받은 계층의 언어에만 의존하는 것이 아니고 민중의 언어를 그대로 복사하는 것도 아닌, 어디까지나 시의 언어이면서 온갖 교육수준의 동포들에게 폭넓게 호소하는 시를 쓰는 일은 그러한 기본적인 '지적 능력'이 없이는 불가능하며 '체험된 사상'의 시는 그 한 가지 표현일 따름인 것이다.

그렇다면 「형이상학파 시인들」에서 '체험된 사상' 내지 '몸으로 느낀 사상'(felt thought)을 부각시키는 데서 출발하여 프랑스 상징주의 시를 중요한 본보기로 들면서 현대시의 어쩔 수 없는 난해성을 강조하는 결론으

---

11 이 점에 대해서는 F. R. Leavis, *Revaluation* (1936), 제1장의 논의가 정곡을 찌른 것으로 보인다.

240

로 나가는 엘리엇 자신의 논리전개가 감수성분열론의 의의를 오히려 제약하게 된다는 논지(앞의 졸고 417~20면)의 근거가 좀더 뚜렷해지는 셈이다. 이러한 제약이 셰익스피어 비평가로서 그의 한계와 유관한 점 역시 먼젓글에서 언급했지만, '16세기 극작가들의 후계자들인 17세기 시인들'에 대한 인식은 당연히 '셰익스피어 등 16, 17세기 극작가들의 최신의 후계자'로서 — 적어도 그 후보로서 — 영국과 미국의 위대한 소설가들을 평가하는 작업으로 나갔어야 한다. 시인으로서 엘리엇이 산문소설의 전통에 대한 관심이 상대적으로 옅을 수밖에 없음은 당연하다. 그러나 가령「시극의 가능성」이라는 초기 에쎄이에서 "19세기는 신선한 인상을 꽤 많이 가졌으나 그것들을 한정시킬 형식이 없었다"(*The Sacred Wood*, 62면)고 말할 때, 엘리엇이 운문의 형식을 거론하고 있음은 분명하다 하더라도, 디킨즈나 조지 엘리엇 같은 19세기 영국의 위대한 예술가들이 그 시대 특유의 새로운 사상과 감정을 담은 독특한 문학형식들을 창안한 사실이 부당하게 가려지는 것만은 분명하다.

19세기 영국(또는 미국)의 소설문학이 과연 '16세기 극작가들의 후계'로 인정될 만한 시적 경지에까지 이르렀는지, 그렇더라도 그중 어떤 작가들의 어떤 측면을 주로 인정할 것인지, 이런 문제는 구체적인 소설작품들을 두고 따로 본격적인 논의를 벌임으로써만 판가름날 일이다. 리비스의 경우, 최고의 소설들은 '극시'(dramatic poem)라는 이름에도 값한다는 일관된 전제 아래 제인 오스턴, 디킨즈, 조지 엘리엇, 헨리 제임스, 콘래드, 로런스, 그리고 호손, 멜빌, 마크 트웨인 등이 셰익스피어의 후계자로서 현대의 어느 시인이나 극작가보다 당당한 자격을 갖추었다고 주장하고 있음은 알려진 사실이다.[12] 그러나 리비스의 구체적 논의에 어디까지 동

---

12 *The Great Tradition* (1948), *D. H. Lawrence: Novelist* (1956), *'Anna Karenina' and Other Essays* (1967), *Dickens the Novelist* (1970, Q. D. Leavis와 공저), *Thought, Words and Creativity: Art and Thought in Lawrence* (1976) 등이 그의 중요 소설비평서들이며, 소

조할 것인가를 결정하는 것 또한 본고의 과제가 아니다. 중요한 것은 감수성분열론을 포함한 엘리엇의 시론 자체가 위대한 소설을 평가하며 문학사적으로 자리매김하는 데 무시 못할 근거를 함축하고 있다는 점이다.

우선, 극작가가 아닌 17세기 시인들이 '16세기 극작가들의 후계자'일 수 있다면 운문작가가 아닌 후대의 소설가라고 해서 셰익스피어의 후계 자격을 자동적으로 박탈당할 이유는 없다. '시'라는 것이 산문을 통해서도 가능한가, 그리고 소설이라는 장르가 고도의 극적 효과를 포용할 수 있는가라는 물음에 대해서도 원칙론의 차원에서 긍정적인 답을 내리기는 그다지 힘든 일이 아니다. 뿐만 아니라 시의 언어와 일상언어의 관계에 대해 앞서 인용한 엘리엇의 말들은 곧 산문소설의 문체에도 해당될 수 있다. 물론 소설의 문장은 운문보다 일상언어에 일반적으로 가깝게 마련이고 '시적'으로 되는 데 더 많은 모험이 따르게 마련이다. 그러나 일상언어에서 너무 멀리 떨어져나가서는 안되나 그렇다고 일상어의 복사일 수만은 없다는 원칙은 그대로 적용된다. 실제로 그 원칙을 적용했을 때, 일상언어체로부터의 지나친 이탈이 쉽사리 적발될 수 있는 대신 진정한 시적 경지에 도달하기는 그만큼 더 힘들는지 모른다. 하지만 적어도 헨리 제임스의 소설에서 시에 방불한 효과가 거듭거듭 이루어진다는 사실은 엘리엇 자신도 부인하지 않을 터이다. 실제로 엘리엇이 1918년의 「헨리 제임스론」에서 한 말은 감수성분열론의 예비적 표현의 하나로 꼽음직하다.

설을 보는 기본시각이 시를 보는 관점과 그대로 통하는 것임을 가장 명료하게 설파한 책은 앞에 든 *English Literature in Our Time and the University*일 것이다. 리비스의 소설비평에 대해서는 R. P. Bilan, "The Basic Concepts and Criteria in F. R. Leavis's Novel Criticism," in M. Spilka, ed., *Towards a Poetics of Fiction* (Indiana Univ. Press 1977) 및 P. J. M. Robertson, *The Leavises on Fiction* (Macmillan 1981)이 참고할 만하다.

제임스의 비판적 천재는 '관념들'(거창한 관념들이라는 다소 야유적 의미로 엘리엇은 대문자로 Ideas라 쓰고 있다—인용자)에 대한 그의 승리, 차라리 의아스러울 정도로 그가 '관념들'로부터 벗어나 있음에서 가장 역력히 드러난다. 이러한 승리와 면역은 아마도 남다른 예지의 최종적인 시금석일 것이다. 그는 어떠한 관념도 범할 수 없을 만큼 섬세한 정신의 소유자였다. (…) 영국에서는 관념들이 마구 나돌며 정서를 목초(牧草)로 삼고 있다. 우리는 우리의 느낌으로써 생각하는 대신 (전자는 매우 다른 것이거니와) 관념으로써 느낌을 어지럽힌다. 정치화되고 정서화된 관념을 만들어내어 감각과 사고를 회피하는 것이다. 칼라일의 추종자인 조지 메레디스는 관념이 풍부한 사람이었지만, 그의 경구들은 관찰과 논리적 작업을 대신한 안이한 대용품일 따름이다. 체스터턴의 두뇌는 관념들로 들끓고 있는데, 그 두뇌가 사고한다는 증거를 나는 발견할 수 없다. 소설가로서 제임스는 하나의 관점을, 기생적인 관념에 물들지 않은 관점을 견지한다는 면에서 최고의 프랑스 비평가들을 닮았다. 그는 자기세대의 가장 총명한 인물인 것이다.[13]

물론 제임스가 해낸 일을 조지 엘리엇이나 D. H. 로런스, 또는 디킨즈도

---

13 졸역으로 저자의 뜻을 정확히 옮겼다고 자신할 수 없으므로 원문을 병기한다. "James's critical genius comes out most tellingly in his mastery over, his baffling escape from, Ideas; a mastery and an escape which are perhaps the last test of a superior intelligence. He had a mind so fine that no idea could violate it. (…) In England ideas run wild and pasture on emotions; instead of thinking with our feelings (a very different thing) we corrupt our feelings with our ideas; we produce the political, the emotional idea, evading sensation and thought. George Meredith (the disciple of Carlyle) was fertile in ideas; his epigrams are a facile substitute for observation and inference. Mr. Chesterton's brain swarms with ideas; I see no evidence that it thinks. James in his novels is like the best French critics in maintaining a point of view, a viewpoint untouched by the parasite idea. He is the most intelligent man of his generation." T. S. Eliot, "Henry James," in Edmund Wilson, ed., *The Shock of Recognition*, Second Edition(1955), 856~57면.

각자의 최선의 작품에서 해냈는지, 해냈어도 더 풍성하고 빼어나게 해냈는지 어떤지는 구체적인 검증을 요하는 문제다. 그러나 소설장르에서도 '감수성의 통합'의 일정한 성취가 배제되지 않음은 분명하다.

「시와 희곡」(1951)이라는 강연 중에도 소설론에 적용됨직한 이야기가 많다. 먼저 엘리엇은 '세 겹의 구별, 즉 산문, 운문, 그리고 대개는 운문이나 산문 그 어느 것보다 낮은 수준에 있는 우리의 일상언어라는 구별'에서 출발한다. "그래서 이런 식으로 바라본다면 무대 위에서의 산문은 운문 못지않게 인위적이라는 점이, 그리고 역으로 운문이 산문 못지않게 자연스러울 수 있다는 점이, 눈에 뜨일 것이다."[14] 이는 극작가뿐 아니라 시인과 소설가 모두가 유념함직한 말이며, 소설 문장과 일상 대화체와의 관계가 결코 단순하지 않다는 앞서의 지적과도 연결된다. 뒤이어, "우리가 할 일은 관객들이 생활하고 있고 그들이 극장을 떠날 때 되돌아가는 세계 속으로 시를 가져와야지, 그들의 세계와는 전혀 다른 어떤 상상의 세계, 그 속에서 시가 용인되는 어떤 비현실적인 세계로 관객을 싣고 가서는 안 된다"(87면)는 이야기는 그야말로 '리얼리즘'의 입장을 상기시키는 바 있다. 물론 '리얼리즘'을 단순히 '사실주의'로 본다면 극히 막연한 교훈밖에는 얻을 것이 없다. 그러나 디킨즈나 제임스에서와 같은 사실성의 변증법적 극복을 리얼리즘의 본령이라고 한다면, 장래의 운문극에 대한 엘리엇의 희망은 그대로 리얼리즘 문학에 적용될 것이며 위대한 리얼리스트 소설가들의 작품에서 일부 실현되었다고도 말할 수 있을 것이다.

우리의 경험에서 배울 것을 배운 세대의 극작가들에 의해 성취될 수 있었으면 하고 내가 바라는 것은, 관객들이 자기가 시를 듣고 있음을 느끼는 순간, '아, 나도 시로 말할 수 있다!'라고 부지중에 혼잣말을 하

---

14 "Poetry and Drama," *On Poetry and Poets*, 76면 이하. 이 글에서의 인용은 면수만 표시함.

게 되는 그런 상황이다. 그렇게 되면 우리는 인위적인 세계로 실려가는 게 아니라, 정반대로 우리의 너저분하고 지겨운 일상의 세계가 갑자기 빛으로 가득 차고 변용될 것이다. (같은 면, 이어지는 문장)

이런 시적 높이가 산문소설에서 과연 얼마나 지탱될 수 있겠느냐는 의문에 대해서도 엘리엇의 시극론은 일정한 해명을 준다. "우리의 운문이 무엇이든 필요한 말을 할 만큼 행동반경이 넓어지려면, 그것이 항상 '시'일 수 없다는 점은 그 당연한 결과이다. 그것은 시가 자연스러운 발언이 될 만큼 극적 상황이 강렬해졌을 때만 '시'로 될 것이다. 이때는 도대체 감정을 표현할 수 있는 유일한 언어가 시일 것이기 때문이다."(78면) 엘리엇의 이러한 입장은 입쎈, 체홉 등 위대한 산문극작가들이 그 놀라운 업적에도 불구하고 운문극만이 도달할 수 있는 경지에는 못 갔다는 결론으로 이어진다(93면). 그런데 산문소설은 애당초 극이 아니라는 점에서 최고의 운문극에서 더욱 멀어진 면도 있다. 그러나 산문이 무대 위의 산문이기 때문에 최고의 시극이 못되는 한계를, 무대의 제약을 벗어난 장편소설이라는 훨씬 포용력이 큰 형식을 통해 넘어서는 측면도 무시할 수 없음은, 입쎈이나 체홉 또는 쇼의 최고걸작들을 디킨즈나 도스또옙스끼, 똘스또이, 로런스 들의 대표적 장편과 비교하면 쉽사리 납득이 간다. 적어도 이들 중 영국인의 경우는 산문 또는 운문을 쓴 어느 극작가보다 '셰익스피어의 후계자'에 가깝다고 할 만한 것이다. '감수성의 분열'론을 이처럼 소설론으로 확대시킴으로써 우리는 소설문학을 시 또는 희곡과의 연관 속에서 평가하는 뚜렷한 준거를 얻게 되는 동시에, 리얼리즘 논의를 새로운 차원에 올려놓을 수 있다. 즉 사실주의 내지 자연주의와 리얼리즘의 구별이 한결 명백해짐은 물론, 최고의 리얼리즘 소설은 '자연스러운' 산문에 의존하면서도 당연히 '시적' 효과를 겨냥해야 한다는 명제가 예컨대 셰익스피어의 운문극과 실제로 연결 가능한 것으로 밝혀진다. 또한 이러한 리얼리즘이 결코 소설문학에 국한된 이론이 아니면서도 적어도 19세기 이래의 상황에서는 장편소설 장르에 남다른 관심을 쏟지 않을 수 없는 이유가 새롭게 조명되기도 하는 것이다.

리얼리즘론이 감수성분열론을 적극적으로 받아들임으로써 새로운 차원에 도달하듯이 감수성분열론 또한 이러한 리얼리즘론으로의 발전을 통해서만 그 의의를 충분히 살릴 수 있다. 다시 말해 그것은 '감수성의 분열'을 한갓 엘리엇 개인의 창작용 가설 내지 신화로 치부하는 온갖 입장들뿐 아니라 이 개념을 현대시의 새로운 정통주의로 수렴해버리는 비평적 입장에 대해서도 결연히 맞설 필요가 있는 것이다. 이때의 '새로운 정통주의'란 미국의 이른바 신비평가들이 중심이 된, 그러나 결코 그들에게 국한되지 않는 입장으로서, 엘리엇이 17세기 형이상학파 시인들과 19세기 프랑스 상징주의 시인들의 전통을 현대 영시에 살림으로써 영미시를 새롭게 꽃피웠다는 사실에 안주하는 태도라고 말할 수 있겠다. 물론 사실 자체가 틀린 것은 아니고, 개중에는 에드먼드 윌슨처럼 상징주의의 계승을 평가하면서도 엘리엇의 정치관·사회관을 날카롭게 비판한 예가 없지 않다. 그러나 윌슨 자신의 『악셀의 성』을 비롯하여 매티슨, 브룩스 등의 중요한 엘리엇 연구들이[15] '감수성의 통합'이 대다수 20세기 시인들의 작업에서 얼마나 부실하게밖에 이룩되지 못했으며 반면에 로런스 같은 소설가의 경우에는 실제로 훨씬 더 이루어지기도 했음을 간과하고 있다는 점에서 새로운 인습적 주류의 형성에 가세하고 있다. 이는 크게는 '모더니즘', 좀더 세분하면 더러 '본격 모더니즘'(high modernism)이라고도 불리는 것의 영미판에 해당하는 정통주의인데, 온갖 부질없는 재주자랑을 새로운 감수성의 표현으로 알아주는 그 폐단은 신비평이나 20세기 상

---

15 Edmund Wilson, *Axel's Castle* (1931), 제4장; F. O. Matthiessen, *The Achievement of T. S. Eliot* (1933, 3판 1959); Cleanth Brooks, *Modern Poetry and the Tradition* (1939, 2판 1965) 등 참조.

반기에 국한되지 않고 이른바 포스트모더니즘에도 해당되는 사항이다. 엘리엇 자신이 그 큰 흐름에서 확연히 벗어나 있지 못함은 먼젓글에서도 지적한 터이다. 문제의 평론 「형이상학파 시인들」에서도 현대시의 난해성을 너무나 당연하게 본다든가 라포르그(Jules Laforgue)의 시를 '감수성의 분열' 이전의 영국시인들과 거의 동렬에 놓는 데서 수상쩍은 낌새가 이미 느껴지거니와, 두번째 「밀턴론」(1947)에서 자신을 포함한 20세기 초의 시인들이 추진하던 시적 혁명이 일단 완수되었다는 식의 발언(*On Poetry and Poets*, 181~82면)은 새로운 정통주의를 받쳐주는 말이다. 이 강연은 또한 (후기로 갈수록 엘리엇의 비평이 곧잘 그러듯이) 문단 및 학계의 기성세력에 대한 화해의 몸짓으로 가득 차 있는데, 그러는 가운데도 여전히 존슨의 밀턴 비판에 기본적으로 동조한다는 (사실상 치명적인) 단서를 붙이고 넘어가는 곡예를 보여준다. 이처럼 비평가 엘리엇은 용기 있는 개척자와 결코 안심 못할 곡예사의 양면을 지닌 까닭에, 우리는 그의 빛나는 비평적 통찰들을 때로는 그 자신의 명백한 발언에 대한 가차없는 비판으로까지 몰고갈 필요가 있는 것이다.[16] 그렇다면 엘리엇의 시는 우리 나름으로 발전시킨 '감수성의 분열'론에 어떻게 비칠 것인가?

4

이제 우린 멀리 돌고돌아 드디어 엘리엇의 시를 논할 차례가 되었다. 하지만 서론을 끝내고 본론으로 들어가려는 것은 아니다. 시초에 말했듯

---

16 엘리엇의 비평에 대한 비평으로 가장 읽을 만한 예는 역시 리비스의 것이다. 특히 *The Common Pursuit*에 수록된 "Approaches to T. S. Eliot"(1948) 및 '*Anna Karenina*' *and Others Essays* 중 "T. S. Eliot as Critic"(1958), 그리고 *English Literature in Our Time and the University*에서의 논의 참조.

이 '감수성의 분열'을 재론하는 목적이 엘리엇 시에 관한 '본론'의 큰 몫을 대신코자 하는 것이었다. 그러므로 여기서는 이제까지의 논의가 작품론에 어떻게 적용될지를 간략히 말함으로써 본론의 마무리를 삼을까 한다. (작품 중에서도 엘리엇의 운문극들은, 시극의 언어로서 산문이 어떤 본질적 한계를 갖는다는 전제를 인정하는 한 그 실험적 가치를 높이 평가해야 옳지만, 극시의 이름에 값하는 소설들과 견줄 여지는 거의 없다고 생각되므로 따로 논의하지 않기로 한다.)

리얼리즘론의 차원으로까지 나간 감수성분열론에 비쳐볼 때 엘리엇의 최초의 시편들에서 가장 눈에 띄는 점은, 빅토리아시대 이래 대부분의 영시처럼 어떤 몽롱한 꿈의 세계, 흔히 '시'의 세계라고도 일컬어지는 별천지로 독자를 싣고 가는 대신, "관객〔또는 독자〕들이 생활하고 있고 그들이 극장을 떠날 때〔또는 책을 덮었을 때〕 되돌아가는 세계로 시를 가져"왔다는 사실이다. 가령 시전집(*The Complete Poems and Plays*: 1909~50) 첫머리에 실린 「프루프록의 연가」(1915)의 경우에도,

> Let us go then, you and I,
> When the evening is spread out against the sky
> Like a patient etherised upon a table;

이라는 첫 3행에서 "저녁이 마치 수술대 위에 에테르로 마취된 환자처럼 하늘을 배경으로 펼쳐져 있을 때"라는 표현이 '형이상학파적 기상' 내지 기지에 가깝다는 점이 흔히 지적되기도 하고, 시의 '라포르그적'인 자조적 어투가 현대인의 소외, 불안 따위의 정서에 걸맞는다는 사실이 강조되기도 한다. 그러나 '감수성의 통합'은 단순히 인습적인 비유법에서 탈피한다든가 새로운 정서의 일단을 표현하는 것만으로 이룩되는 게 아니고 그야말로 감정과 사고를 일시에, 최대한도로 동원함으로써 이루어진다.

따라서 「프루프록」에서도 첫 3행의 기능은 저녁놀에 대한 상투적인 '시적' 감정을 배제하는 동시에 황혼녘 한 고독한 개인의 선 자리에 독자를 끌어들일 만큼은 끌어들여서 꼭 알맞은 정도의 비판의식과 공감을 갖고 그가 하는 말에 귀를 기울이도록 만드는 일이다. 뒤이어

> Let us go, through certain half-deserted streets,
> The muttering retreats
> Of restless nights in one-night cheap hotels
> And sawdust restaurants and oyster shells:
> Streets that follow like a tedious argument
> Of insidious intent
> To lead you to an overwhelming question……
> Oh, do not ask, "What is it?"
> Let us go and make our visit. (4~12행)[17]

---

17 참고로 『T. S. 엘리엇 전집』(이창배 역, 민음사 1988)에 실린 1~12행(11면)의 번역을 인용한다.

그러면 우리 갑시다. 그대와 나,
지금 저녁은 마치 수술대 위에 에테르로 마취된 환자처럼
하늘을 배경으로 펼쳐져 있습니다.
우리 갑시다, 거의 인적이 끊어진 거리와 거리를 통하여
값싼 일박여관에서 편안치 못한 밤이면 밤마다
중얼거리는 말소리 새어나오는 골목으로 해서
귤껍질과 톱밥이 흩어진 음식점들 사이로 빠져서 우리 갑시다.
음흉한 의도로
지루한 논의처럼 이어진 거리들은
그대를 압도적인 문제로 끌고 가리다……
아, "무엇이냐"고 묻지는 말고
우리 가서 방문합시다.

라고 진행되는 단락을 읽는 데도 최소한 산문의 걸작을 읽을 때 못지않게 깨어 있는 정신이 요구된다. 4~7행은 사실주의 소설의 한장면에 맞먹을 실감을 집약하고 있는가 하면, 8~10행에서는 사실주의 소설가가 결코 흉내 못 낼 상념의 비약을 자연스럽게 성취하며, 11~12행의 평범하기 이를 데 없는 구화체에서 그 다분히 이색적인 각운이 남기는 뒷맛은 이 화자의 제안을 어느 정도 진지하게 받아들여야 할지 계속 정신을 바짝 차리도록 만든다. 몽롱한 '시'의 세계로 독자를 이끄는 표현은 철저히 배제된, 교육받은 현대인의 보통 일상의 언어 그대로이면서도, 산문에서는 도저히 불가능한 운문 특유의 효과를 한껏 발휘하고 있다.[18] 이렇게 지적으로나 정서적으로 부단한 주의를 기울이도록 강요받은 독자는 결국 작품 전체를 두고, 스스로 현실세계를 사는 한 성숙한 인간으로서 자신이 삶에 대해 갖는 최고수준의 인식에 이 시의 발언이 얼마나 부합하는가를 묻지 않을 수 없게 된다. 「프루프록」 또는 「숙녀의 초상」 등의 경우 이런 물음에 어떤 답을 주는지는 차치하고라도, 도대체 한편의 시를 두고 이런 물음

---

18 사소한 예지만, 제5행의 "The muttering retreats"의 불규칙적으로 짧은 행으로 각운이 한층 더 강조되면서 4~7행의 거침없는 흐름에 약간의 제동이 걸리고 이 구절의 의미를 되새기게 만드는 효과는 운문 특유의 것이며 번역이 불가능한 것이기도 하다. 'muttering retreats'는 일단 '중얼거리는 소리 나는 뒷골목'을 뜻하지만 'retreats'는 일부러 뒤로 물러나 찾아간 '은신처' '은퇴장소'의 뜻도 지녔고, 'muttering'은 값싼 여관에서 하룻밤을 묵고 가는 뜨내기들의 잠 못 이룬 투덜거림 또는 불편한 잠자리의 잠꼬대를 상기시키는 동시에, 8행의 '지루한 논의처럼 잇달은 거리들'에 이르면 골목길들 자체가 투덜거림의 주체일 수 있겠다는 느낌마저 든다. 이러한 다의성 자체는 문맥에 따라서는 소설가도 거둘 수 있는 효과지만, 짧은 몇마디 안에 그런 여러 의미의 울림을 확보하는 일은 운문만이 할 수 있는 일이라 하겠다. 동시에 이 시가 소외되고 나약한 인물의 독백으로서 실감을 주면서도 시 자체는 무시 못할 활기를 지니는 것은, 1~12행에서도 보는 바와 같이 불규칙적인 길이의 시행이면서도 적절한 각운의 사용을 포함하여, 독자가 온몸으로 따라가게 만들 만큼 자연스럽고도 생기있는 운율이 작용하기 때문이다.

을 던질 수 있다는 사실 자체가 당시의 영시에서는 획기적인 일이었던 것이다.

영시에서 모더니즘의 기수로 알려진 엘리엇의 업적을 도리어 리얼리즘의 성과로 풀이하는 게 너무도 아전인수가 아니냐는 반발이 있을지 모른다. 그러나 19세기 영국시의 역사를 돌이켜볼 때 이는 결코 아전인수도 우연지사도 아님이 드러난다. 영시에서 '신고전주의' 시대에 뒤이은 '낭만주의' 시대의 다음은 대개 '빅토리아조'로 분류되는데, 비록 편의상의 호칭이라고 하지만 문예사조적인 구분이 느닷없이 재위군주에 따른 구분으로 바뀌는 현상은 아무래도 심상치 않다. 실제로 빅토리아시대 시의 성격을 규정할 어떤 용어가 있을까 생각해보면 '고전주의' '사실주의' '리얼리즘' 모두가 부적합하고 동시대 프랑스의 '상징주의'와도 한참 떨어져 있다. 결국 대다수의 빅토리아시대 시인들은— 홉킨스(G. M. Hopkins), 하디(Thomas Hardy) 등의 예외가 있지만 초기 예이츠와 20세기 서두의 많은 시인들을 포함하여 — 낭만주의 시의 연장선상에 있었던 것이며, 이러한 맥락에서 17세기 시인들의 재발견 및 프랑스 상징주의와의 접맥이 아류 낭만주의를 극복하고 시에서도 진정한 리얼리즘의 길을 여는 작업에 결정적으로 이바지할 수 있었던 것이다. 그렇게 때문에 리비스 같은 사람은 물론이고, 신비평적 정통주의의 옹호자인 클리언스 브룩스조차도 엘리엇 시의 가장 기본적인 특징으로 '진정한 현실에 대한 반응'을 꼽고 '도시의 현실을 정직하고 예민하게 극화하는 엘리엇의 능력'을 강조하고 있다.[19]

엘리엇 초기작들의 성과를 이런 각도에서 인식할 경우, 그것이 당시의 영시사에서 획기적인 리얼리즘의 성취임이 수긍되는 한편, 독자가 최고의 리얼리즘 문학에서 요구하는 당대 현실의 총체적 제시에는 못 미치고

---

19 Cleanth Brooks, "T. S. Eliot: Thinker and Artist," in A. Tate, ed., *T. S. Eliot: The Man and His Work* (1966), 322면 및 325면.

있다는 결론 또한 불가피해진다. 엘리엇 자신이 (물론 리얼리즘의 이념을 추종해서 그런 건 아니지만) 자기시대의 삶에 대한 어떤 총체적·전문명적 진단을 꾀한 것은 『황지』(1922)에 이르러서다.[20] 이 작품에서 그 실험적 기법을 주로 평가한다거나 현대인의 소외된 정서와 세계인식을 표현했다는 것만으로써 위대한 작품이 되었다고 믿는 태도는 모더니즘의 이념을 그대로 따르고 있는 셈이다. 반면에 리비스는 일찍부터 이 시에는 아무런 '진전이 안 보이고 (…) 시가 시작한 데서 끝나고 만다'(New Bearings in English Poetry, 103면)고 지적했다가, 훗날의 재평가에서는 『황지』가 중요한 걸작임에는 틀림없으나 '하나의 유기적 작품으로서 그 실제 가치보다 더 높은 지위를 부여했다'는 좀더 명백한 비판으로 나간다.[21] 말을 바꾸면 이는 『황지』가 모더니즘의 한계를 충분히 넘어서지 못했다는 비판이기도 하다. 한편 『황지』에 실질적인 진전이 결코 없지 않고 마지막 대목에서 긍정적인 규범들이 제시되면서 황지에 비가 내리리라는 암시조차 있다는 브룩스의 반론은, 좀더 극단적인 모더니스트와는 달리 전통적 인문

---

20 'The Waste Land'는 흔히 '荒蕪地'로 번역되지만 '荒地'가 더 정확하리라 본다. 황무지는 개간이 안 되었으나 초목이 무성한 땅을 가리키는데, 엘리엇의 시에 나오는 것은 철저히 메마른 땅이다. 황지는 영어의 waste land처럼 미개간의 황무지와 개간 불능의 박토를 아울러 포용하는 말이다.

21 "Eliot's Classical Standing," 40면. 뒤이어 그 이유를 이렇게 밝힌다. "Eliot's rapid acceptance as a major creative power was associated with the belief that the poem was what it offered as being: an achived and representatively significant work—significance here being something to be discussed in terms of the bankruptcy of civilization, the 'modern consciousness,' the 'modern sense of the human situation,' la condition humaine, and so on. Well, Eliot was born and brought up in the modern world and The Waste Land is full of references to it. But for all the use of Frazer and of fertility-ritual allusions, the treatment of the theme of the dried-up springs and the failure of life hasn't the breadth of significance claimed and asserted by the title and the apparatus of notes. The distinctive attitude towards, the feeling about, the relations between men and women that predominates in the poem is the highly personal one we know so well from the earlier poems; the symbolic Waste Land makes itself felt too much as Thomas Stearns Eliot's."(40~41면)

주의와 유사점도 많은 신비평가들의 태도를 대표한다고 하겠다.[22] 그러나 리비스가 다시 반박하듯이("Approaches to T. S. Eliot," 286면 참조), 브룩스가 말하는 『황지』의 '진전'이 시인의 의도에 불과하고 작품으로 구현된 것이 아니라면, 이러한 판단착오 또한 구현된 성과에 대해 최고의 수준을 적용하지 못하는 '리얼리즘론에의 미달'로 풀이할 수 있겠다.

브룩스와 리비스 중 실제로 누가 『황지』에 대해 판단착오를 일으켰는가를 여기서 규명하자는 것은 아니다. 감수성분열론을 최대한으로 활용할 때 엘리엇 자신의 시에 관해 어떤 문제들이 핵심적으로 드러나는가를 살펴보려는 것일 뿐인데, 「재의 수요일」(Ash Wednesday, 1927~30)과 특히 『네 편의 사중주』(1936~42)로 대표되는 후기의 '종교적'인 시에 대해서도 같은 관점에서 몇마디 보태기로 한다.

『황지』에서 1925년의 「텅 빈 인간들」(The Hollow Men)로 오면 삶의 공허성에 대한 인식이 더욱 철저해지는 대신, "죽음의 다른 왕국"(death's other kingdom)에 대한 갈구 또한 반사적으로 강렬해지고 『황지』에서처럼 싼스크리트 용어를 동원할 여유조차 없어질 만큼 절박해진다. 개인적으로는 엘리엇의 개종과 겹친 이러한 변화 끝에 기도서의 문구와 리듬을 대폭 활용한 「재의 수요일」이 나오고 드디어는 『네 편의 사중주』같은 본격적인 종교적 명상과 탐색 및 긍정의 발언이 이루어지게 된다. 그런데 이 경우에도 감수성분열론에 입각한 작품론은 우리가 흔히 마주치는 어떤 비평적 입장과도 다르다. 먼저 골수 모더니즘의 관점에서는, 시인의 종교적 신념이 '현대인의 소외감'을 조금이라도 완화하는 한에서는 시로서의 후퇴라고 보게 마련이다. 저자가 '골수 모더니스트'는 아니면서도 적어도 엘리엇관에 있어서는 모더니즘의 전형적 입장을 보여주는 『악셀의

---

22 Brooks, *Modern Poetry and the Tradition*, 제7장 참조. 모더니즘의 갈래 중에서 신비평이 비교적 전통적 인문주의에 가깝고 리얼리즘과도 통하는 일면을 지녔음은 졸고 「모더니즘에 관하여」, 403~10면에서 John Crowe Ransome을 중심으로 논한 바 있다.

성』에서 「재의 수요일」의 출현에 실망감을 표하고 있는 것은 그런 까닭
이며, 이른바 포스트모더니즘의 시각은 이 점에서도 모더니즘과 일치한
다.[23] 반면에 순전히 종교적인 이유로 엘리엇의 개종을 환영하고 그의 후
기시를 선호하는 태도는 길게 논할 필요가 없겠지만, 이와는 달리 진지한
비평의 이름에 값하는 태도로서, 어디까지나 작품의 '예술성'에 주목하면
서도 단떼의 경우처럼 그 예술성이 종교적 비전과 일치되어 있다는 주장
이 있다. 헬렌 가드너의『T. S. 엘리엇의 예술』이 그 대표적 예이며, 이 책
은『네 편의 사중주』에 관해 필자가 읽은 작품해석 중에서 드물게 섬세하
고 자상한 것이기도 하다. 그러나 가드너와는 달리 '감수성의 분열'을 진
지하게 받아들이는 독자에게는, 단떼의 시대도 아니요 심지어 존 던의 시
대도 아닌 현대의 시인이 — 그것도 「프루프록」과『황지』의 시인이 — 단
떼에 견줄 어떤 경지에 이르렀다고는 믿기 어려우며, 이 점은 (구체적인
작품분석을 통해 검증할 문제지만) 그리스도교적 신앙의 자세가 완연해
지는 마지막 사중주(*Little Gidding*)가 그 제2장의 공습경보 장면을 빼고는
전에 없이 시적 긴장이 풀어져 있음을 가드너가 간과하고 있다는 사실에
서도 확인된다.

그러면 리얼리즘론에서 주목하는『네 편의 사중주』의 특징은 어떤 것
인가? 도대체 엘리엇의 시 중에서도『네 편의 사중주』와 관련하여 '리얼
리즘'을 들먹이는 일이 가당찮게 느껴질지 모른다. 그러나 이제까지의 논
의에서 명백해졌듯이 우리가 말하는 리얼리즘은 '사실주의'와 다를뿐더
러 감수성분열론을 발전적으로 수용하는 입장이고, 게다가『사중주』가
리얼리즘의 소산이라는 결론을 내리고 있지도 않다. 다만 이런 리얼리즘
론에 비추어 후기작이 예컨대『황지』보다 진일보한 걸작이 되려면, 리비
스가 거듭 주장하듯이 이 작품에서 시인 자신의 신앙고백보다, 섣부른 긍

---

23 포스트모더니즘과 모더니즘의 본질적 연속성에 대해서는 졸고 「모더니즘에 관하여」
399~412면 및 같은 책에 실린 「모더니즘 논의에 덧붙여」, 459~66면 참조.

정을 끝까지 인내하고 극기하는 시 자체의 ─ 개인 엘리엇이 아닌 위대한 시인 엘리엇의 ─ 실로 '영웅적인 성실성'이 확인될 때만 가능하다.[24] 그때야 비로소 현실세계를 넘어선 어떤 '초시간적' 또는 '영원한' 실재를 추구하고 심지어 설교하려는 엘리엇의 '반리얼리즘적' 의도보다, 그러한 추구의 과정에서 드러나는 현실세계의 실제로 공허하고 허구적인 측면과 이 허구성의 완강한 부정으로 구현되는 인간적 창조성 ─ 시간 속에 사는 인간의 창조성 ─ 이 『사중주』의 더욱 주목할 만한 특징으로 꼽힐 수 있는 것이다. 그리고 이처럼 까다로운 작업은 시인 쪽에서든 독자 쪽에서든 '감수성의 분열'의 상당한 극복을 요구하지 않을 수 없을 것이다.

그런데 최고의 리얼리즘 소설에도 적용될 기준에 따라 『네 편의 사중주』를 평가하는 작업의 까다로움은 예의 '영웅적 성실성'을 식별하는 데서 멈추지도 않는다. 물론 어디까지나 시로서 읽어야 하고, 성모의 '수태고지'(Annunciation)나 그리스도의 '성육신'(Incarnation)에 대한 언급을 시 전체의 효과를 떠나 단순한 교리의 제시로 읽어서는 안된다. 그러나 어쨌든 그러한 명시적 언급이 그와 연결되는 일련의 교리적 주장들과 더불어 나오는 것이 사실이고 제3의 사중주(The Dry Salvages) 마지막 장부터는 시인의 그리스도교적 자세가 훨씬 두드러져서 「리틀 기딩」에서는 거의 전편을 지배하기에 이르는만큼, 이 모든 것이 실제로 '시 전체의 효과'에 어떤 영향을 미치는지를 따지는 작업도 생략할 수 없다. 이는 소설의 경우에는 당연시되는 비평작업이지만 시에서, 특히 엘리엇의 시에서는 '음악적 구성' 운운하는 가운데 소홀히해버리기 쉽다. 바로 이 점에서

---

24 이는 『사중주』 완간 이전에 쓰인 "T. S. Eliot's Later Poetry"(1942; *Education and the University* 제2판에 부록으로 게재)에서부터 "Approaches to T. S. Eliot" "Eliot's Classical Standing" 그리고 *English Literature in Our Time and the University* 등을 통해 일관된 주장이며 *The Living Principle*(1975) 제3장의 훨씬 비판적인 논의에서도 이 점은 대전제로 깔려 있다.

리비스가 만년에 시도한 본격적인 작품론은 우리의 리얼리즘론에서 요구하는 궁극적인 단계까지 나간 셈이다. 여기서 그가 내리는 결론은, 스스로 창조적인 시인이면서 인간의 창조성을 부인하고 시간을 초월한 어떤 '정신적' 실재를 긍정하려는 엘리엇의 노력은 자가당착에 빠질 수밖에 없으며 결국 『사중주』의 저자는 '패배한 천재'요 '우리 문명의 희생물'이었다는 것이다.[25] 필자 자신 이 결론에 공감하고 있는 게 사실이다. 그러나 구체적인 검증이 없는 상태에서[26] 리비스와의 동조 여부가 중요한 것이 아니고, 엘리엇 시를 이런 기준에서 평가하는 일이야말로 '감수성의 분열'론을 처음 제기했고 현대시에서 새로운 감수성의 표현이 어떤 것인지를 몸소 보여준 시인에 대한 최고의 예우이리라는 점을 강조하고 싶은 것이다.

---

25 *The Living Principle*, 제3장의 205면, 228면 및 여러 군데, 그러나 228면의 직접적인 논지는 『사중주』의 연구가 그럴수록 더 중요하다는 것이다. "The defeated genius is a genius, and the creative power is inseparable from the significance of the defeat. Eliot was a victim of our civilization," 운운.

26 사실 *Four Quartets*처럼 영어에 속속들이 밝은 독자를 요구하는 작품의 경우 외국인으로서 어느 정도의 확실한 '검증'을 해낼 수 있을지는 자신하기 힘들다. 예컨대 다같은 영국인이요 영문학 교수인데도 Donald Davie가 리비스나 가드너, 기타 많은 사람들의 견해에 정면으로 맞서, *The Dry Salvages* 첫 부분이 의미는 고사하고 도저히 읽어줄 수 없을 정도로 형편없는 운문이라고 (일일이 인용을 해가면서) 주장할 때("T. S. Eliot: The End of an Era," in H. Kenner, ed., *Twentieth Century Views: T. S. Eliot*, 1962, 192면 이하), 바로 그 대목을 감동적으로 여러번 읽었던 한국의 독자가 데이비의 판단이 틀렸음을 얼마나 확실하게 검증해줄 수 있을까? 물론 앞뒤 얘기를 뜯어맞춰보면 그가 어째서 그런 엉뚱한 착오(?)를 범했는지 이해가 가기도 한다. 데이비는 윌슨이나 브룩스와는 정반대의 위치에서이긴 하지만 엘리엇의 시가 영시에서 '상상주의'의 시대에 해당한다고 보는 점에서는 일치하며, 전체적인 효과를 위해 일부러 '잘못 쓴' 대목들을 동원하는 것이 상징주의의 특징이고 그러한 시가 지배하던 시대를 이제 청산할 때가 되었다고 주장하는 것이다. 어쨌든 외국인으로서 확신에 한계가 있으면 있는 대로, 데이비와 같은 이색적인 견해까지 참조해가며 작품의 세부적 검증을 해야 하는 것만은 어쩔 수 없는 사실이다.

5

서두에 밝혔듯이 '감수성의 분열'이 체계적 사상가에 의해 쓰인 엄밀한 개념은 아니다. 비평가이기에 앞서 시인인 엘리엇의 실천적 관점에서 제기된, 그것도 지난날 영국의 여러 시인 및 작품에 대한 구체적인 판단과 밀접하게 얽힌 논의인 것이다. 따라서 그 의의를 제대로 살리자면 관련 문맥의 정밀한 이해가 필수적이며, 이는 곧 감수성분열론이 어느정도 영문학도들간의 '집안 이야기' 비슷한 한계를 갖는다는 말이 되기도 한다.

그러나 기왕에 영문학연구에 발을 들여놓은 사람이나 개인적 관심 때문에 어느정도의 영문학 지식을 습득할 성의를 지닌 사람이 이 논의에서 얻는 바는 실로 한두 가지가 아니다. 본고에서 살펴보았듯이 '감수성의 분열'은 영시의 역사 전체에 대해 새로운 세기가 요구하는 인식의 전환을 수행한 개념일뿐더러, 셰익스피어 등의 시적 업적을 근대 장편소설의 성과를 평가하는 준거로까지 활성화하는 길을 열어주며, 다시 한걸음 나아가서 디킨즈나 제임스, 로런스 들의 소설가적 업적을 바탕으로 현대시를 한층 엄정·충실하게 읽는 법을 찾게 만드는 개념이기도 하다. 이 글에서는 엘리엇 시에 대한 그 적용법을 약술하는 데 그쳤으나 좀더 구체적인 작품분석을 통한 검증은 물론, 다른 영미시인들의 업적에 대해서도 비슷한 작업이 누군가에 의해 수행되어야 할 것이다. 그럴 경우 강단세계의 장르별, 시대별 또는 전공시인별 상호불가침주의에 의해 당연한 기라성으로 군림해온 수많은 현대 시인들이 엘리엇보다도 오히려 더 심각한 문제점을 드러내기 쉬우며 상당수는 아예 별자리를 떠야 하는 사태가 올지도 모른다. 어쨌든 가부간에 한번 확인해볼 필요는 있는 일이고, 알맞은 조절작업을 거쳐 여타의 서양문학도 그런 각도로 살펴봄직하다 하겠다.

영시의 세계와 멀리 떨어진 우리 자신의 문학, 우리 자신의 현실에다 엘리엇이 씨름하던 문제를 적용하자면 한층 더한 조절작업이 필요할 것이 분명하다. 그러나 엘리엇의 문제제기를 제대로 이해했을 때 거기서 얻을 것이 적지 않다는 결론은 당연히 우리 현실에까지 적용되어야 옳겠는데, 엘리엇 자신의 실제 한계뿐 아니라 그에 대한 상투적 통념에 의해 그 점이 흐려지는 경우도 많다. 예컨대 엘리엇을 미국의 신비평과 동일시하는 일이 흔한데, 신비평적 정통주의에 입각한 엘리엇 해석이 부적절함은 본고에서도 논했거니와, 시를 어디까지나 시로서 읽어야 한다는 그의 발언 자체가 실제로는 "시가 당대 및 다른 시대들의 정신적·사회적 삶과 갖는 관계의 문제"에 대한 그의 관심과 함께 제시된 것이었다.[27]

한편 엘리엇의 폭넓은 관심을 익히 아는 경우에도 '문학에서는 고전주의자, 정치에서는 왕당파, 종교에서는 영국 국교 가톨릭파' 운운하는 태도에 반감이 앞서는 수가 있다. 여기 열거된 입장들은 확실히 제3세계의 대다수 문학인 및 생활인으로서는 그다지 끌릴 게 없는 것들이다. 하지만 평론집 『론슬럿 앤드루즈를 위하여』(For Lancelot Andrewes, 1928) 서문에서의 이 도전적 발언은 저자 자신 나중에 뉘우친 바 있으려니와, 그보다도 서구적인 맥락에서 '진보'니 '보수'니 하는 것을 항상 우리의 주체적 시각으로 재해석해야 할 처지에서는 개인의 보수성이 좀 지나치고 말고가 큰 문제가 아니다. 적어도 엘리엇의 경우에는 그런 극단적인 발언이 나왔다는 것 자체가, 무난한 자유주의자와는 달리 오늘날 서구문명의

---

27 졸고 「모더니즘에 관하여」, 405~406면에 The Sacred Wood 1928년판 서문에서 인용한 대목 참조. 비슷한 취지의 발언은 여기저기 많이 나온다. 예컨대, "......in attempting to win a full understanding of the poetry of a period you are led to the consideration of subjects which at first sight appear to have little bearing upon poetry."(*The Use of Poetry and the Use of Criticism*, 76면) 또는 "A critic who was interested in nothing but 'literature' would have very little to say to us, for his literature would be a pure abstraction. Poets have other interests beside poetry—otherwise their poetry would be very empty."("The Frontiers of Criticism," *On Poetry and Poets*, 129면)

대세와 결코 화해할 수 없는 그의 시인적 양심의 색다른 표현일 수도 있다. 바로 이런 적대적 자세 때문에 그의 감수성분열론이 청교도혁명 전의 영국사회를 이상화하고 그후의 역사를 일방적인 내리막길로 몰아치는 반동적 사관의 소산이라는 비난을 받기도 한다. 그러나 '감수성의 분열' 직후의 대가인 드라이든에 대한 높은 평가나 18세기 시의 '산문적 미덕'에 대한 강조에서도 엿보이듯이 엘리엇이 17세기 중엽 이후 영국사회의 성취를 무시하고 있는 것은 결코 아니며, 더구나 분열론 자체가 베이컨 이래의 지적·물질적 발전에 대한 인식과 얼마든지 양립할 수 있는 것임은 나이츠(L. C. Knights)의 「베이컨과 17세기의 감수성 분열」(Bacon and the Seventeenth-Century Dissociation of Sensibility, *Explorations*, 1946)이 적절히 해명해준다. 다만 '감수성의 분열'을 중시하는 역사관이 17세기의 영국혁명과 이후의 역사진행을 '진보' 일변도로 해석하는 —— 원래의 휘그(Whig)당 정치가·역사가에서부터 오늘날 일부 맑시스트 사가·비평가들을 망라하는 —— 견해에 대해 제동을 거는 것만은 분명하다(L. C. Knights, 앞의 글 및 같은 책의 "Notes on a Marxian View of the Seventeenth Century" 참조). 그런데 구체적인 역사인식에 있어 누가 더 진실에 접근했는가는 따로 검토를 요하는 일이지만, 오늘날의 제3세계에서 주체적이고 근본적인 변혁을 추구하는 입장이야말로 영국의 청교도혁명으로 본격화되는 서구 자본주의의 발달과정에서 상실된 인간적 가치에 새로이 눈을 돌리는 작업을 생략할 수 없는 것이다.

상실된 인간적 가치 중 운문의 활력 따위는 오히려 작은 것이라는 생각도 있을 수 있다. 그러나 시가 소중한 것은 그것이 인간적 가치의 전부라거나 그 대부분이어서라기보다 인간다운 삶의 현상태를 일러주는 가장 확실한 징표여서라고 한다면, 세계사적 대변혁이 일어난 17세기 영국에서의 운문예술의 변천은 바로 20세기 종반 이곳 우리들의 절실한 관심거리가 충분히 될 만하다. 게다가 엘리엇이 '감수성'을 주로 말하고 감수성의 표현을 바꾸는 '천재'의 역할을 강조했다고 해서 그의 시론이 역사에 대한 과학적 이해와 반드시 모순되는 것도 아니다. 18세기 시인들과 관련하여 엘리엇이 말한, "감수성은 우리가 원하든 원하지 않든 누구에게 있어서나 세대마다 달라지지만, 표현은 오직 천재적 인간에 의해서만 바뀐다"(Sensibility alters from generation to generation in everybody, whether we will or no; but expression is only altered by a man of genius)[28] 라는 유명한 명제도, 따지고 보면 감수성이 개인의 의도보다도 세월 자체의 흐름에 따라 불가피하게 바뀐다는 '과학적'인 인식이며, 천재에 의한 표현의 변혁을 이처럼 객관적으로 이룩된 변화를 바탕으로 그것을 추인하는 행위인 셈이다. 그런데 이런 '추인행위'에 어떤 의미로 '창조'의 이름을 붙여줄 수 있는가? 어떤 의미로 심지어 '역사의 창조'에 다름아니라고까지 말할 수 있을 것인가? 이런 물음은 '감수성의 분열' 논의의 또다른 일면으로서, 역사적 실천과 과학적인 역사인식에 충실하려는 모든 문학인에게 숙제로 남는다.

—김치규 교수 화갑기념논문집『현대영미시연구』, 민음사 1986;

백낙청『현대문학을 보는 시각』, 솔 1991

---

28 T. S. Eliot, *Selected Prose*, ed., J. Hayward, Penguin, 164면.

『폭풍의 언덕』의 소설적 성과

1

　문학이 본디부터 변증법적인 성격을 지닌다는 주장은, 결국 어떤 구체적인 작품을 놓고 그것이 과연 얼마만큼 훌륭하며 변증법적인가를 따져봄으로써만 검증할 수 있을 것이다. 뿐만 아니라 훌륭한 만큼 변증법적이고 변증법적인 만큼 훌륭하다는 데까지 나가야 할 것이다. 이는 또한 '변증법적'이란 게 도대체 무엇이며 해당 작품은 어떤 의미의, 또는 어떤 종류의 '작품'인가라는 좀더 일반화된 논의를 떠나서도 진행될 수 없다. 그러자니 자연 이런 일반론상의 문제점 때문이든 세부적 작중사항의 미흡한 인식 때문이든, 완벽한 검증이란 누구도 이룰 수 없는 꿈으로 남게 마련이다. 그러나 '이론비평'과 '실제비평'의 분리를 거절하는 이러한 검증의 노력은 문학평론가의 기본의무일뿐더러 모든 독서행위에 얼마씩이라도 반드시 들어 있는 특성이라 하겠다.

　변증법이 무엇이건 그것이 문학의 본질에 속하는 한 문학의 어느 장르치고 변증법적이 아닌 것은 없을 터이다. 그러나 그런 성격이 구현되는 방식은 장르마다 다르게 마련이며, 적어도 일정한 역사적 상황에서는 어떤 장르가 탁월하게 변증법적일 가능성도 짐작할 수 있다. 예컨대 장편소설은 단순히 여러 장르 가운데 하나라기보다 기존의 모든 장르들과 대조되는 근대세계 고유의 문학형태라는 바흐찐의 주장은, 인간의 언어가 갖는 '대화적' 속성이 단적으로 구현되고 최대한으로 활용되는 장르가 소설이라는 인식에 근거하고 있다. 이때 언어의 대화적 성격이란, 심지어 혼잣말의 경우에도──아니, 개별 단어의 경우에도──다양한 언어적 체계들이 그 속에서 교차하며 상호작용하는 일종의 '내면적 대화성'(internal dialogism)[1]을 지닌다는 뜻인데, 물론 바흐찐이 말하는 소설의 이러한 '대화적' 성격을 곧바로 '변증법적'인 것으로 단정할 일은 아니다. 변증법이라고 하면 단순한 상호작용이 아니라 '모순'을 전제하는 것이며, 또한 '모순의 극복'──이른바 변증법적 지양 내지 종합──을 전제하는 것이다. 바흐찐의 소설관이 어느 정도 변증법적인가는 여기서 상론할 문제가 아니다. (또한 이 글에서 변증법적에 대한 어떤 정의를 내릴 생각이 아님을 미리 밝혀두기로 한다.) 다만 서구어의 dialogic과 dialectical이 어원적으로 상통한다는 사실을 떠나서라도, 장편소설의 중요성에 대한 바흐찐의 논의는 그 변증법적 성격에 대해 많은 것을 지적 또는 함축하고 있음이 분명하다.

그런 점에서 헤겔, 맑스 등이 변증법을 설파한 19세기가 서양 장편소설의 원숙기에 해당하는 것도 우연이랄 수 없다. 바흐찐 자신은 19세기 소설의 탁월성을 특별히 강조하는 편은 아니나, 루카치와 F. R. 리비스는 서로 간의 여러 다른 면에도 불구하고 그 점에서만은 일치를 보인다. 이 또한 우연한 일치가 아니다. 루카치적인 리얼리즘 개념에 따르면 18세기까지의 다소 평면적인 사실주의 소설이 프랑스혁명을 거치고 스콧의 역사소

---

1 M. M. Bakhtin, "Discourse in the Novel," *The Dialogic Imagination*, tr. C. Emerson and M. Holoquist (University of Texas Press 1981), 279면.

설에서 보는 바 좀더 심화된 역사의식을 갖추고서 당대 현실로 되돌아올 때 비로소 '비판적 리얼리즘'의 원숙기에 달하는 것이 되며, 이는 곧 인생에 대한 작가의 진지한 도덕적 관심이 소설 특유의 장점을 희생함이 없이 셰익스피어의 희곡에도 견줄 만한 '극시로서의 소설'을 이룩하는 것이 19세기의 스땅달, 디킨즈, 똘스또이 들에 와서라는 리비스의 주장과도 대체로 부합한다. 필자는 그 두 입장의 상호보완 가능성을 T. S. 엘리엇의 '감수성의 분열' 개념을 재론하면서 다음과 같이 제기한 바 있다. "'감수성의 분열'론을 이처럼 소설론으로 확대시킴으로써 우리는 소설문학을 시 또는 희곡과의 연관 속에서 평가하는 뚜렷한 증거를 얻게 되는 동시에, 리얼리즘 논의를 새로운 차원에 올려놓을 수 있다. 즉 사실주의 내지 자연주의와 리얼리즘의 구별이 한결 명백해짐은 물론, 최고의 리얼리즘 소설은 '자연스러운' 산문에 의존하면서도 당연히 '시적' 효과를 겨냥해야 한다는 명제의 의미가 예컨대 셰익스피어의 운문극과 실제로 연결 가능한 것으로 밝혀진다. 또한 이러한 리얼리즘이 결코 소설문학에 국한된 이론이 아니면서도 적어도 19세기 이래의 상황에서는 장편소설 장르에 남다른 관심을 쏟지 않을 수 없는 이유가 새롭게 조명되기도 하는 것이다."[2]

본고는 장편소설의 장르적 특성 및 19세기 소설문학의 변증법적 성취에 대한 그와 같은 관심에서 출발하여 『폭풍의 언덕』이 이룬 소설적 성과를 점검해보려는 글이다. 에밀리 브런티의 이 작품은[3] 이러한 시도에 여

---

2 졸고「'감수성의 분열' 재론」, 김치규 교수 회갑기념논문집 『현대영미시연구』(민음사 1986) 67면; 본서 245~46면.

3 Emily Brontë, *Wuthering Heights* (1847), Norton Critical Edition, ed. William M. Sale, Jr., 제2판, 1972. 앞으로 이 책은 Sale (ed.)로 약칭한다. 저자는 주로 '브론테'로 알려져 있지만 그렇게 쓴 문헌을 인용할 때 말고는 원음에 가깝게 '브런티'로 바로잡았다. 작품명은 김종길(金宗吉) 번역본(동서문화사 '그레이트 북스', 1979)의 선례를 따랐다(『영미명작, 좋은 번역을 찾아서』는 김종길본과 함께 정금자본(1992)과 유명숙(1998)을 추천했는데 그중 유명숙본은 제목을 그냥 『위더링 하이츠』로 달았다). 실제로 Wuthering Heights는 '강풍이 불어대는 언덕'의 뜻을 가지기는 하나 작중에서는 그런 언덕에 위치한 집과 살림

러모로 적합한 것 같다. 빅토리아시대 소설치고는 비교적 짧은 편인데다가 저자의 다른 작품도 많지 않아 연구자의 부담을 덜어준다는 사실이야 어디까지나 부차적인 요인에 불과하지만,[4] 좀더 떳떳한 이유들도 많다. 우선 그것이 훌륭한 작품, 아니 위대한 작품이라는 점에 폭넓은 합의가 이루어져 있는가 하면, 다른 한편 그것이 어떤 의미에서 위대한가, 도대체 '소설'의 범주에 속하는 위대성인가에 대해서조차 논의가 분분하다. 따라서 에밀리 브런티에 관한 근년의 평론모음을 엮어낸 한 편자는 "『폭풍의 언덕』은 그 평자들의 원숙성을 시험할 뿐 아니라 우리의 비평적 실천의 원숙성을 시험하기도 한다"[5]라고 말한 바 있다. 다른 한편 국내의 연구는 거의 전무한 실정이다. 적어도 한국영어영문학회가 '영미어문학연구총서'의 하나로『19세기 영국소설 연구』라는 논문집을 엮어내던 몇해 전만해도『폭풍의 언덕』에 관해 단 한편의 글도 구하지 못해 유일하게 번역평론으로 채운 일이 있다.[6] 어쨌든『폭풍의 언덕』은 발표 당시의 참담한 냉대와는 달리 이미 오랫동안 드높은 명성과 적잖은 대중적 인기마저 누려온 작품이면서, 아직 정리될 기미가 안 보이는 비평적 논란의 와중에 놓

터를 가리키는 고유명사이므로『남구장(嵐丘莊)』정도가 더 맞는 번역이며 그냥『워더링 하이츠』라 하는 것도 한 가지 방법이다. 그러나 둘다 아무래도 생소한 느낌이고, 더구나 일본어로 훈독하여 嵐丘(아라시가오까)로 한 것을 그대로『남구』로 옮기는 따위는 —『백경』이나『칠박공의 집』도 마찬가지고 따지고 보면『혈의 누』도 대동소이지만 — 이제 청산해야 되리라고 본다.

4 『폭풍의 언덕』말고는 약 200편의 시가 거의 전부다. 필자는 그중에서도 E. Chitham and T. Winnifrith 편, *Selected Brontë Poems*(Blackwell 1985)에 수록된 60여편을 참조했을 뿐 인데, 브런티 자매 중 시만으로도 문학사에 족히 남을 인물은 에밀리라는 점에 많은 평자들이 동의하고 있다.

5 Anne Smith, ed., *The Art of Emily Brontë* (Vision Press 1976), Introduction, 9면.

6 Dorothy Van Ghent의 「『폭풍의 언덕』에 관하여」, 『19세기 영국소설 연구』(민음사 1981). 뒤에 다시 말하겠지만 필자는 이 평론이 영미 학계에서 누려온 성가가 터무니없이 과장됐다는 생각인데, 그나마 이 책에 실린 번역을 갖고는 이런 생각의 옳고 그름을 따지기도 힘든 상태다.

어 있기도 하다. 그중에서도 도대체 소설이 아니라거나, 소설일지라도 리얼리즘과는 아예 무관하다는 등의 문제제기는 본고 나름의 관심에 대한 직접적인 도전인 셈이다. 또한 브런티 자매 중 "천재는 물론 에밀리였다"고 못박고 『폭풍의 언덕』을 "경탄할 작품"이라 부르면서도 이를 영국소설의 '위대한 전통'과는 거의 무관한 "일종의 변종"(a kind of sport)으로 규정한 F. R. 리비스의 발언도 무시 못할 자극임이 분명하다.[7]

2

변증법이 무엇이든간에 그것이 현실과 동떨어져서 '정·반·합'의 삼박자나 딱딱 맞추는 관념의 운동에 불과하다면 우리가 그다지 대수롭게 여길 이유가 없을 것이다. 문학작품의 성과, 특히 그 소설적 성과는 곧 변증법적 성취라는 가설 아래 『폭풍의 언덕』을 살펴보는 마당에서도, 브런티의 이 저서가 작자의 개인적 삶은 물론이요 더 큰 역사적 현실에 대한 뜻깊은 발언을 담은 성격, 그런 의미에서 다소간에 현실주의적인 성격을 띠지 않았다면 우리로서 굳이 길게 논할 필요가 없어진다.

『폭풍의 언덕』에 관한 비평적 논란이 좀체로 정리될 기미가 안 보인다고 했지만, 정리할 의지가 있는 독자들에게는 적어도 기초적인 이해를 확보해줄 만한 비평적 논의가 전혀 없었던 것은 아니다. 먼저, 그야말로 작중사건들의 기초적인 정리를 해준 C. P. 쌩거의 「폭풍의 언덕의 구조」가 있다.[8] 작품을 읽어본 독자는 누구나 느끼는 일이지만, 이 소설의 복잡한

---

7 F. R. Leavis, *The Great Tradition* (1948), Pelican판 39면. 이 발언에 대해서는 뒤에 다시 논하기로 한다.

8 C. P. Sanger, "The Structure of Wuthering Heights"는 1926년 C. P. S.라는 저자의 약자만을 밝힌 소책자로 처음 간행되었고 Sale(ed.)에 수록되어 있다. Sanger는 상속 및 유언 관계법의 연구서를 낸 법률학자이기도 했다.

서술구조와 작중인물의 뒤얽힌 족보는 이런 식의 정리가 없이는 꽤나 헷갈린다. 인물의 이름부터가 그렇다. 가령 여주인공에 해당하는 캐서린 언쇼(Catherine Earnshaw)는 그의 처녀명이고 시집가서는 캐서린 린턴(Linton)이 된다. 그가 낳은 외동딸은 자식이 부모의 이름을 물려받기도 하는 서양의 풍습에 따라 처녀시절에는 캐서린(또는 캐시Cathy) 린턴, 어머니 캐서린과 사랑했던 히스클리프(Heathcliff)의 며느리가 되면서는 캐서린 히스클리프, 남편 린턴 히스클리프가 죽은 뒤 헤어턴(Hareton) 언쇼와 결혼함으로써 종국에는 (엄마의 처녀명과 같은) 캐서린 언쇼가 되고 만다. 게다가 첫 남편은 고종사촌이고 둘째 남편은 외사촌(영어로는 둘 다 cousin)이다. 대강 이런 식이니 쌩거처럼 각 인물의 생몰연대까지 확정해서 일목요연하게 도표를 그려주는 일이 고마울 수밖에 없다.

뿐만 아니라 쌩거 자신은 작품의 "문학적 공적을 논하려는 것이 아니고 단지 그 구조를 조사하는 좀더 겸허한 작업에 자신을 국한시키려 한다"[9]라고 말하고 있지만, 그러한 조사결과가 문학적인 평가와 무관할 수 없다. 게다가 작품의 내용에 생소한 독자들에게는 기초적인 소개를 겸할 수 있을 터이므로, 쌩거가 작성한 도표와 함께 몇가지 조사결과를 원용하고자 한다(표 참조).

그런데 정작 놀라운 것은 이들의 생몰연월을 비롯한 여러 사건들의 날짜만 해도 저자가 직접 알려주는 일은 거의 없고 스스로 유념하고 있다는 인상조차 별로 풍기지 않는다.[10] 명시된 것은 작품 첫머리에 록우드

---

9 Sale(ed.), 286~87면.
10 이 점이 가령 제인 오스턴 소설에서의 사실적 정확성과도 뚜렷한 대조를 이룬다. 오스턴은 대개 작중현실의 정확한 연도는 일부러 정하지 않는 대신, 사건전개를 정연하게 따라가는 데 필요한 만큼의 날짜와 시간상의 선후관계를 순순히 알려주는 편이며, 실제로 집필 당년의 달력을 사용하여 요일 등의 착오가 없도록 한 것으로 알려져 있다. 이에 반해 브런티는 쌩거의 계산에 따르면 1784년 3월 20일의 요일이 틀린 것으로 보아 달력을 참조하지는 않은 듯하다고 한다(Sale, ed., 295면). 사소하지만 흥미로운 사실이다.

〈표〉

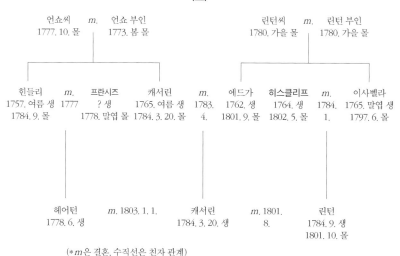

언쇼씨　m.　언쇼 부인
1777. 10. 몰　　1773. 봄 몰

린턴씨　m.　린턴 부인
1780. 가을 몰　　1780. 가을 몰

힌들리　m.　프란시즈　캐서린　m.　에드가　히스클리프　m.　이사벨라
1757. 여름 생　1777　? 생　1765. 여름 생　1783.　1762. 생　1764. 생　1784.　1765. 말엽 생
1784. 9. 몰　　1778. 말엽 몰　1784. 3. 20. 몰　4.　1801. 9. 몰　1802. 5. 몰　1.　1797. 6. 몰

헤어턴　　m. 1803. 1. 1.　캐서린　m. 1801.　린턴
1778. 6. 생　　1784. 3. 20. 생　8.　1784. 9. 생
　　　　　　　　　　　　　1801. 10. 몰

(＊m은 결혼, 수직선은 친자 관계)

(Lockwood)의 서술을 시작하는 "1801년"이라는 연대표시, 마찬가지로 제32장 첫머리의 "1802년", 그밖에는 제7장 끝머리에 넬리 딘(Nelly Dean)이 "거의 23년 전인 1778년 여름으로 넘어가기로" 하겠다고 말한 데 이어 다음 제8장 서두에 헤어턴이 6월에 태어났다고 알려주는 것뿐이다. 이로써 헤어턴이 1778년 6월생임을 확인한 쌩거가 나머지 날짜들을 추리해내는 방식은 예컨대 다음과 같다. 캐서린 언쇼가 에드가 린턴과 결혼했을 때 헤어턴이 거의 다섯살이었다 하므로 결혼일은 1783년 6월 이전이 된다. 그런데 히스클리프가 9월에 돌아왔을 때 그들의 행복한 결혼생활이 6개월 지났다니까 결혼의 좀더 정확한 시기는 1783년 4월이다. 또한 히스클리프가 돌아온 다음 3월의 어느 일요일에 캐서린의 죽음으로 이어지는 두 사람 사이의 장면이 벌어졌고 그녀의 딸 캐서린이 자정 지나서 태어났으며 그녀 자신은 두 시간 뒤에 죽었음이 15~16장에 밝혀져 있다. 한참 후에 우리는 캐서린의 생일이 20일이며 그 어머니의 별세일과 같다는 사실을 재확인하게 된다. 따라서 앞세대의 캐서린은 1784년 3월 20일 새벽 2시

경에 사망했다.[11]

지형이나 식물학적 지식도 이에 못지않게 정확한데 쌩거가 가장 놀라는 것은 상속법 — 그것도 브런티 당대가 아닌 작중의 18세기 당대의 상속법 — 에 관한 세밀한 지식이다. 그러나 이 문제에 들어가기 전에 아무래도 작품의 줄거리를 좀더 소개하는 것이 좋겠다.

소설의 서술은 1801년 — 에서도 11월 하순에 가까운 중순 — 에 시작되지만 작중의 사연은 언쇼씨가 리버풀에 갔다가 신원불명의 아이를 주워와서 히스클리프라는 이름을 붙여주고 양자처럼 기르는 데서 비롯된다(1771년 여름으로 추정). 히스클리프와 캐서린은 단짝이 되지만 아들 힌들리는 그를 미워하고 구박한다. 더욱이 언쇼씨 사후 아내를 데리고 귀향한 뒤로는 그를 아예 종처럼 부리며 누이동생도 천대한다. 이에 반발한 두 사람은 곧잘 주변의 황량한 버덩을 함께 쏘다니며 깊은 일체감을 형성하게 된다. 그러나 캐서린이 열두살 때 인근의 장원 스러시크로스 그레인지(Thrushcross Grange)의 린턴 일가를 알게 되어 그 집 아들 에드가와 사귀면서 워더링 하이츠와 대조적인 풍요롭고 세련된 삶에 끌린다. 히스클리프가 절망하여 가출해버린 뒤 결국 캐서린은 에드가와 결혼한다.

얼마 후 히스클리프가 다시 나타남으로써 다음 단계의 사건들이 벌어

---

11 Sanger, 앞의 글 291~92면 참조. 또하나의 예로 소설이 정확히 언제 시작하느냐는 문제가 있다. 록우드는 1801년이라 기록했고 워더링 하이츠에 찾아갔다가 눈보라를 만난다. 이 자체로는 1801년 1월이나 2월일 수도 있고 11월 또는 12월일 수도 있다. 그러나 그가 1802년에 다시 왔을 때 1년 세입계약이 끝나지 않았으므로 1801년 말 쪽이 맞다. 미켈머스 계약기일이 당시에는 10월 10일이었으니까 이날 이후 어느 때였을 것이다. 그런데 록우드가 워더링 하이츠에서 돌아와 병이 난 지 3주가 지났을 때 히스클리프가 뇌조(雷鳥) 잡은 것을 몇마리 보내는데 계절의 마지막 물건이라고 전한다. 수렵법상 뇌조사냥은 12월 10일 이후 금지되므로 이 무렵이라 보면 된다. 그렇다면 소설 서두 록우드의 워더링 하이츠 방문은 11월 중순이 되는 셈이다. 이 날짜는 그후의 다른 날짜들과도 맞아떨어진다는 것이다(292면). 쌩거는 세밀한 사건일지 및 그 사건이 서술되는 소설내의 위치를 같은 글의 부록에 따로 정리해놓았다.

진다. 그는 어딘가에서 돈도 벌고 얼마간 교육도 받은 신사의 모습이지만, 수단방법을 가리지 않고 힌들리, 에드가 들에 대한 복수를 해나간다. 노름으로 힌들리의 재산을 뺏고 술주정뱅이로 만드는 한편, 이사벨라 린턴이 자기를 좋아하자 재산을 노려 결혼한 뒤 무자비하게 학대한다. 한편 캐서린을 찾아갔다가 에드가와 싸우기도 하는데, 어느 일요일 병중의 캐서린을 에드가 몰래 만난다. 이 격렬한 장면(제15장)이 있는 당일 자정에 캐서린은 딸을 분만하고 뒤이어 죽는다.

그후에도 히스클리프의 복수는 계속된다. 힌들리가 폐인으로 죽은 뒤 워더링 하이츠를 차지하고 그의 아들 헤어턴을 왕년의 자신처럼 마구 부리는가 하면, 이사벨라가 남기고 죽은 병약한 아들을 캐시와 결혼시켜 스러시크로스 그레인지의 모든 재산을 수중에 넣을 음모를 꾸민다. 그리고 온갖 잔인한 책략과 폭력을 동원하여 이에 성공한다. 소설의 벽두 록우드가 그를 찾아간 시점은 바로 이 직후이다. 즉 에드가에 이어 린턴(히스클리프와 이사벨라 사이에 난 아들)도 죽고 히스클리프는 워더링 하이츠와 스러시크로스 그레인지를 둘다 차지하고 있었다. 그러나 얼마 안 가 히스클리프 자신도 죽어버리고 헤어턴과 캐서린은 결혼하여 스러시크로스 그레인지로 옮겨가서 살게 된다.

수많은 사건을 생략한 이 요약만으로도 꽤나 장황한 느낌을 줄 것이다. 아니, 수많은 생략으로 인해 더욱 혼란스럽고 차라리 황당하다는 느낌을 줄 것이다. 쌩거뿐 아니라 여러 평자들이 지적한 터이지만, 이런 이야기가 록우드라는 세속적이고 천박한 성격의 인물을 일차적 화자로 삼고 다시 그 내용의 대부분을 작품의 주요 화자인 넬리라는—힌들리·캐서린 남매 어릴적부터 워더링 하이츠에 살았고 헤어턴과 2세 캐서린을 모두 길러내기도 한—가정부의 이야기로 서술한 복잡한 구성이 아니었더라면, 도저히 독자들에게 먹혀들지 않았을 것이다.

그러나 여기서 다시 상속법 문제로 돌아가보자. 쌩거의 상세한 설명(앞의 글 292~95면)을 여기 모두 옮길 필요는 없다. 요는 히스클리프가 양가 재산의 실질적인 주인이 되는 복잡한 법률적 과정이 전문가의 고증에 조금도 어긋나지 않는데, 1830년대에, 즉『폭풍의 언덕』이 나온 1847년과 그 작중시기인 1771~1803년 사이에 상속법·유언법 등의 개정이 있었음에도 불구하고 소설은 사건 당시의 법률에 맞춰져 있다는 것이다. 가령 린턴가의 동산은 이사벨라 몫은 당연히 아들 린턴 히스클리프에게, 에드가 몫은 딸 캐서린을 거쳐(당시는 결혼녀재산법 제정 전이므로) 역시 전부 린턴에게 귀속되었다가, 미성년자도 유언으로 동산을 처분할 수 있었던 1838년 이전의 제도 아래 히스클리프에게 양도된다. 가장 중요한 스러시크로스 그레인지 소속 부동산의 경우는 상속순위가 일단 에드가, 이사벨라, 린턴, 캐서린으로 되어 있다. 그중 이사벨라가 먼저 죽고 에드가가 린턴보다 약간 먼저 죽기 때문에 이 재산은 에드가의 딸 캐서린에 오지 않고 린턴을 통해 그의 아버지 히스클리프로 넘어간다. 그런데 1833년의 상속법 이전에는 아들에게서 아버지로 치올라가는 역상속은 인정되지 않았다. 따라서 소설에서 넬리가 캐서린이 돈도 없고 도와줄 친구도 없어서 히스클리프에게서 찾을 것을 못 찾고 있다는 말은 1801년의 시점에서는 매우 의미심장한 이야기인 것이다.

쌩거의 상세한 고증이 나온 뒤에도, 에밀리 브런티가 자기시대의 법률제도를 염두에 두고 썼다고 보는 것이 더 신빙성 있다는 반론이 없는 것은 아니다.[12] 저자는 요크셔 서부지방 벽촌의 목사 딸로 태어났고 정규교육을 많이 받은 것도 아니며 생의 대부분을 시골집에서 보내다가 서른살의 미혼녀로 죽은 만큼, 지난날의 법률문제까지 소상히 공부할 기회가 있었겠느냐는 의문이 이런 반론에 얼마만큼의 설득력을 주는 듯하다. 다른한편, 그런 문제는 오늘날 우리가 도저히 확인할 길 없는 '저자의 의도'

---

12 예컨대 James H. Kavanagh, *Emily Brontë* (Blackwell 1985), 114면에 언급된 Hilda Marsden 및 Ian Jack(1976)의 견해.

문제가 아니겠느냐는, 좀더 중립적이라면 중립적인 견해도 있다.[13] 하지만 이것이 아무래도 대세에는 지장이 없는 그런 문제는 결코 아니다. 이 소설이 온갖 면에서 사실적 정확성을 기했고 18세기 말엽이라는 시기설정이 무의미한 것이 아니라고 한다면, 당시 법률관계에 대한 착오는 어쨌든 작품의 **예술적** 결함으로 비판받아야 한다. 실제로 이 문제를 철저히 추궁하면 결코 웃어넘길 수 없는 결과가 나오는데, 1833년 이후의 법에 따라 린턴으로부터 히스클리프로의 부동산 상속이 합법적으로 성립했다면 스러시크로스 그레인지로 내려간 신혼부부 헤어턴과 캐서린은 머지않아 거기서 쫓겨날 운명에 놓인 것이다. 죽은 히스클리프에게 친족이 없으므로 그의 소유 부동산은 원래의 영주 소속으로 복귀(escheat)되기 때문이다. 반면에 린턴으로부터의 상속이 원인무효일 경우, 캐서린은 (린턴의 미망인으로서 아니라) 할아버지 린턴씨의 유일한 생존 후예로서 어떤 식으로든 스러시크로스 그레인지의 소유권을 획득하게 될 것이다.[14]

쌩거가 제시한 여러가지 고증의 정확성을 받아들인다고 해서 『폭풍의 언덕』이 자동적으로 위대한 작품이 되는 것은 아니며 리얼리즘 소설이 되는 것도 아니다. 그러나 최소한 그것이 에밀리 브런티라는 한 '천재'의 낭만적 몽상에 불과한 작품이 아니라 만만찮은 지적 준비를 거친 의식적 구성의 산물임이 분명해지며, 또한 적어도 수많은 대목에서 생생한 형상화가 달성된 작품임을 인정해야 할 것이다. 그런데 이러한 형상화가 부분적인 성공에 그치는 게 아니라 그 사실주의적 정확성과 일견 몽상적·반리얼리즘적 강렬함이 어우러져 어떤 새로운 진실에 도달하기까지 한다면, 이는 분명 '변증법적 성취'의 이름에 값하는 성과이며 소설문학의 본령에

---

13 같은 곳에서 캐버너 자신의 입장.

14 히스클리프의 동산 및 그가 힌들리에게서 저당잡아 점유한 워더링 하이츠의 경우는 또 각기 다른데 결국은 헤어턴, 캐서린 양주간에 법적으로 인수 또는 실질적으로 소유하게 되어 있다는 것이 쌩거의 결론이다(Sanger, 앞의 글 295면).

이르렀다 할 것이다.

3

　『폭풍의 언덕』의 사실주의적 치밀성에 대한 인식을 전제하고서 이를 작품의 심오한 인간적 의미에 대한 이해로 발전시키고자 하는 비평으로 서는 아직도 Q. D. 리비스의 「『폭풍의 언덕』에 대한 새로운 접근」[15]을 능가할 업적이 없는 듯하다. 물론 이런 비평적 논의의 공과에 대해서는 쌩거의 '조사'와 달리 손쉬운 합의란 불가능하다. 필자도 그 논지에 전적으로 동의하는 것이 아님은 곧 밝혀지겠지만, 독자가 수긍하기 힘든 대목까지 포함해서 거듭 읽어볼 가치가 있는 훌륭한 비평의 한 예라 믿는다. 기본적으로 작품의 정밀하고 세심한 독해에서 나온 발언인데다 관련된 문학사적·사회사적 사실들에 대한 해박한 지식, 그러나 현학에 흐르지 않게 이를 활용하는 분별력, 위대한 작품이라고 반드시 완전무결한 작품으로 풀어야 할 일은 아니라는 냉정한 양식 등 좋은 비평의 조건들을 구비하고 있기 때문이다. 더구나 쌩거식의 기초적 정리가 작품의 예술적 성과의 인식으로 발전되어 마땅하다는 입장에서는, "『폭풍의 언덕』에 대한 '형이상학적' 해석에 치중하는 일이 리얼리스틱한 소설로서의 그 실상을 놓쳐버렸다"[16]라는 리비스의 지적이 매우 고무적인데, 이 또한 문학예술의 성과를 언제나 현실의 삶과 연관시켜 이해하려는 비평가적 기본

---

15 Q. D. Leavis, "A Fresh Approach to *Wuthering Heights*," in F. R. and Q. D. Leavis, *Lectures in America* (Chatto & Windus 1969). 이 글은 Q. D. Leavis, *Collected Essays 1 : The Englishness of the English Novel* (Cambridge University Press 1983)에 포함되었고 Sale(ed.)에 발췌수록되었는데, 본고에서는 *Collected Essays*를 대본으로 삼았다.

16 Q. D. Leavis, 앞의 책 347면 주25. 이후 '리비스'라고 하면 (남편 F. R. 리비스가 아닌) 이 책의 저자를 지칭한다.

자질에서 나온 발언이다('리얼리즘'이라는 낱말을 내세운 이론들에 대해서는 리비스 부부 모두가 차라리 비우호적인 편임은 알려진 사실이다). 어쨌든 그의『폭풍의 언덕』론은 데이비드 쎄씰의『초기 빅토리아조 소설가들』(*Early Victorian Novelists*, 1935)[17] 이래로 에밀리 브런티 연구의 주류를 이루어왔다고 할 형이상학적 또는 형식주의적 해석에 비해서뿐 아니라 그전까지의 어떤 리얼리즘론적 해석에 비해서도 실제로 '새로운(참신한) 접근'으로서, 올바른 작품이해를 위해 한번 살펴보고 넘어갈 만하다.

리비스의 논지에서 우선 새로운 점은, 쌩거가 지적하는 사실주의적 정확성을 포용하는 '사회학적 소설'의 존재를 확인하면서 동시에 '형이상학적' 해석을 조장하는 요소가 저자의 초기적 발상의 잔재로 작품 안에 섞여 있음을 인정하자는 것이다. 구체적으로 그는 히스클리프가 원래 상투적인 낭만주의 소설에 나옴직한 인물로, 즉『리어왕』의 옆줄거리에 나오는 사생아 에드먼드와도 흡사하며 낭만주의시대에 유행하던 근친상간 주제와도 무관하지 않은 인물로 설정되었으리라는 가설을 내놓는다. 이는 브런티 자매들을 사춘기 이후까지도 사로잡았던 환상적 습작품의 세계와 그대로 이어지는데,『폭풍의 언덕』은 두말할 것 없이 그 세계로부터의 결정적인 탈피를 보여주지만 처녀작이기도 한만큼 당초의 빗나간 출발을 깨끗이 바로잡지 못한 것은 당연하다는 것이다.[18] 물론 이런 가설은── 집필과정이 실제로 그러했다 치더라도── 작중의 히스클리프가 만족스럽게 그려져 있지 못하다고 인정될 때만 소용이 닿는 것이므로, 예의 주인공에 대한 독자의 평가에 따라 그 설득력이 달라진다(이 문제는 뒤에 다시 논할 일이다). 어쨌든 리비스식으로 생각할 때,『폭풍의 언덕』의 '사회학적'(또는 사회사적) 내용의 정확성과 절실성을 원칙적으로 인정한다

---

17 David Cecil, "Emily Brontë and Wuthering Heights," Sale(ed.) 참조.
18 Q. D. Leavis, 앞의 글 231~34면.

고 해서 작품의 사건과 인물 하나하나에서 사회사적 의미를 반드시 찾아낼 필요는 없어진다. 그리고 이렇게 홀가분한 상태로 읽어내는 '사회학적 소설'은 실제로 작품의 무대로 설정된 특정시기의 역사적 현실에 맞춰진 것임을 리비스는 강조한다. "이 소설을 (브런티 자신들의 생애와 동시대가 아니라) 1801년에 끝나도록 시기설정을 한 요지는 (…) 자연스럽게 가부장적이던 가족생활에 기반을 둔 과거의 거친 농경문화가, 빅토리아 시대의 계급의식과 더불어 양반행세라는 '부자연스러운' 이상을 낳게 될 사회적·문화적 여러 변화들에 의해 도전받고 길들여지며 패배하게 되는 시점에다 작중사건들을 확정하려는 것이다."[19] 흔히 비판의 대상이 되는 이 작품의 '과장된 폭력성'도 요크셔 지방의 지역적 특성일 뿐 아니라 18세기 영국소설에서 심심찮게 만나는 시대적 특성이기도 하다는 것이다.[20] 그리고 저자가 습작기의 몽상적 세계에서 벗어나 이러한 의미심장한 역사적 기록을 창작할 수 있었던 데는 브런티 자매들이 심취했던 월터 스콧(Walter Scott)의 영향이 컸으리라고 하며, 바로 그런 식으로 스콧을 계승·발전시킨 데서 작가의 성숙을 확인하고 있다.[21]

그러나 리비스의 중요로운 논지는 그러한 탁월한 '사회학적 소설'도 이 작품의 핵심은 못되고 여주인공 캐서린의 성격적 문제점을 둘러싼 한층 보편적인 드라마가 있다는 것이다. "소설 전반부의 초점은 의문의 여지없이 캐서린인바, 그녀의 문제적 사례야말로 이 책의 진정한 도덕적 중심

---

19 같은 글 237면. '중략' 부분에서 저자는 바로 쌩거의 글을 참조하면서 "날짜와 시간관계, 그리고 법률적 자료 같은 외적 사항들을 정확하게 해놓는 데 많은 공이 들어갔"음을 지적한다.

20 예컨대 필딩의 『톰 존스』의 웨스턴 향사(Squire Western)는 워더링 하이츠의 집안 분위기에 익숙했으리라고 한다(같은 글 260면). 또한 Appendix B "Violence"에서의 역사적 설명과, 지역적 특성에 관해서는 Appendix A "The northern farmer, old style" 참조.

21 같은 글 238~39면 및 Appendix D "*Wuthering Heights* and *The Bride of Lammermoor*" 참조.

이다."(같은 글 240면) 그리하여 『폭풍의 언덕』은 무엇보다도 로런스의 『연애하는 여인들』이나 현대 프랑스 소설 『쥘르와 짐』(*Jules et Jim*, Henri-Pierre Roché)처럼 '사람들이 사랑이라고 부르는 것'의 실상에 대한 탐구가 되며, 캐서린은 이상적인 연인상도 어떤 '보편적' 여인상도 아닌, 그녀 자신의 언동 및 그녀 주변의 다른 여성들과의 대비를 통해 정확하게 진단되고 비판되는 '문제사례'(case)로서 의미를 지닌다. 이런 관점에서 이루어진 리비스의 세밀한 작품분석은 많은 값진 통찰을 담고 있으며[22] 히스클리프와 캐서린의 관계를 신화의 차원으로 끌어올리거나 어떤 식으로든 지나치게 미화하는 일에 결정적인 제동을 건다. 동시에 2세 캐서린의 경우는, 어머니의 무절제하고 자기중심적인 기질을 닮은 바 없지 않고 스러시크로스 그레인지의 총아로 자라면서 양반세계의 폐습에 물든 데가 있으면서도 고난의 경험을 통해, 그리고 헤어턴에 대한 사랑으로 인해 인간적 성숙에 도달하고 행복을 쟁취하는 대안적 과정을 보여준다. 바로 이러한 가능성 — 넬리, 프란씨즈 등 각기 다른 차원의 정상성에 의해 밑받침되기도 하는 가능성 — 에 대한 신뢰가 있기 때문에 『폭풍의 언덕』은 현대 프랑스 작가 나름의 세련이 더해진 『쥘르와 짐』보다 훨씬 위대한 업적이라는 리비스의 판정은 상당한 설득력을 지닌다.

그러나 적어도 표면상으로는, 이 작품에서 압도적인 비중을 차지하며 군림하는 존재는 아무래도 히스클리프다. 따라서 두 캐서린의 대조적인 삶에 대한 도덕적 관심을 소설의 핵심으로 설정함으로써 히스클리프만이 아니라 작품 전체의 의의를 부당하게 제약해버릴 위험은 무시할 수 없다. 설령 이 소설의 생성 경위에 관한 리비스의 가설을 원칙적으로 받아들인

---

22 한 예로, 캐서린의 이상성격을 부각시키는 좀더 정상적인 여성으로 그녀의 올케 프란씨즈(Frances)를 거론하면서 일견 중요하지도 않고(힌들리의 폭군적 형태의 실질적 방조자로서) 반감의 대상에 그칠 수도 있는 그녀를 재인식하게 만드는 것은 이 평론에서도 빛나는 대목의 하나다(같은 글 262~63면 참조).

다 해도 그것을 어느 대목에까지 적용하느냐는 것은 별개문제다. 예컨대 "도스또옙스끼의 스따브로긴이 그렇듯이 히스클리프도 그 창작자의 결심의 부재로 인해 수수께끼의 인물이 된 것이며, 생활사에 공백이 있고 성격의 연속성이 결여된 불만스러운 혼성인물인 점에서도 스따브로긴을 닮았다"(같은 글 235면)라는 주장이 타당하더라도, 과연 어디가 어떻게 얼마나 불만스러운지를 가리는 일이 정확한 작품평가에 필수적일 터이다.

히스클리프라는 인물에 대한 몇몇 대안적 해석을 검토하기에 앞서, 리비스의 논지에 담긴 어떤 근본적인 문제점을 짚어볼 필요가 있겠다. 바로 작품을 그 '틀'에 해당하는 '사회학적 소설'과 핵심 내지 진수를 이루는 '도덕적 우화'로 구분하는 태도가 그것이다.[23] 물론 '사회학적 소설'이 작중의 중요한 인물들간의 관계와 별도의 것을 뜻하는 개념이라면, '사회학적 소설'이 아닌 인간관계들이야말로 작품의 핵심을 이룬다는 주장이 옳다. 또한 리비스 자신이 『폭풍의 언덕』에서 그 두 요소가 얼마나 착실히 융합되어 있는가를 강조하기도 한다. 예컨대 『쥘르와 짐』에서 주요 인물들간의 국적이나 종교의 차이가 제시만 되었지 작중현실의 유기적 일부로 구현되지 못한 데 비해, 워더링 하이츠와 스러시크로스 그레인지 세계를 구별하는 온갖 차이점들은 세밀히 제시될 뿐 아니라 사건전개와 인물구성을 규정하는 요인으로도 제구실을 하고 있음을 지적한다(같은 글 251면). 그렇다고는 하나, 캐시가 어머니와의 유사성에도 불구하고 그 전철을 밟지 않고 어렵사리 성숙에 도달하는 이야기는 "사회학적이나 사회의 문제가 아니라 시간을 초월한 것이다"(239면)라고 할 때의 '시간을 초월한'(timeless)이라는 표현은 속류 사회학주의에 대응하는 또하나의 상투적 관념을 낳기 쉬우며, 실제로 이 글에서 거듭 동원되는 '성숙/비성숙'(maturity/immaturity)의 개념도 작중인물의 운명을 지나치게 개인주의적

---

23 "And these elements which give depth to the novel are enclosed in a sociological whole which serves as the framework of a parable or moral fable of extended interest."(259면)

차원에서 해석할—그리하여 해석자 개인의 자유주의적 이데올로기를 작품에 부과할—소지를 안고 있다.

이러한 기본발상의 문제점은 작품의 결말에 대한 평가에 이르면 어쩔 수 없는 모호성을 낳기도 한다. 즉 '성숙/비성숙'의 주제에 치중할 때 2세 캐서린의 결혼은 전대 캐서린의 죽음에 못지않게 큰 비중을 차지하는 사건이며, 그것이 매우 어려운 성취였다는 점에서 더욱 결정적인 사건이랄 수도 있다. 그러나 리비스는 소설의 '사회학적' 의의를 인정할 뿐 아니라 작품 속에서의 그 예술적 기능에 민감하기도 한 비평가인만큼 결말의 성취에 대해 심각한 유보조항을 달지 않을 수 없다.

> 주인과 하인이 집안의 거실을 함께 쓰는 워더링 하이츠의 농가가 우리에게 제시하는 사회적인 패턴 일체는 그 한계가 무엇이건 마땅히 존중해야 하고 다른 것에 밀려날 때 섭섭해야 마땅한 어떤 것으로 형상화되어 있다. 그곳에서 모든 사람들은 농사를 가능케 하기 위한 노력, 생계를 위해 자연과 싸우며 이 싸움을 통해 자신도 형성되는 영웅적인 인간적 사업을 가능케 하기 위한 노력에 단결했던바, (…) 이 싸움은 『애덤 비드』(*Adam Bede*)나 『싸일러스 마너』(*Silas Marner*)를 매력적으로 만드는 그러한 무르익은 추억을 허용하지 않는 것이다. (…) 우리는 넬리 등 여러 사람이 그레인지보다 하이츠가 건강한 곳이라고 말했음을 기억하고 있다.(같은 글 260면)

물론 일방적인 긍정이나 부정을 둘다 배격하는 결말은 바로 작품이 노리는 효과라 보아 무방하다. 다만 '사회학적 소설'과 '도덕적 우화'의 구별을 전제한 리비스의 관점에서는 후자의 긍정적인 결말에 대해 전자와 관련된 단서를 매기는 얼마간 모호한 입장에 머물 수밖에 없다. 모호성이기보다는 변증법적 인식 특유의 복잡성과 선명성을 아울러 지닌 결말이라는 점을 해명하기에는 미흡한 것이다.

4

작품 전체에 대해서와 마찬가지로 히스클리프라는 인물에 대해서도 비평가들의 해석은 각양각색이다. 그러나 필자는 쌩거의 기초적 사실규명에 이어 Q. D. 리비스의 자상한 논의를 통해 이 작품이 현실의 삶, 현실의 역사와 결코 무관하지 않은 소설이라는 인식이 확보되었다고 본다. 리비스의 기본발상이나 세부해석에 어떤 문제점이 있건간에, "그러므로 나는 『폭풍의 언덕』에 대한 비평이 소설의 인간적 핵심에 눈을 돌리고 그 진정으로 인간적인 중심성을 인정할 것을 호소하고 싶다. 이 소설이 실제 삶에 대한 관심과 충정, 실제 삶에 대한 지식에 근거하고 있음을 어떻게 못 볼 수 있단 말인가?"(263면)라는 그녀의 항변은 단연코 유효하다고 믿는 것이다. 따라서 이제 히스클리프에 관한 대안적 해석들을 검토함에 있어서도 앞서 언급한 형이상학적 비평이나 형식주의적 비평들——양자는 기본적으로 상통하며 이른바 신화비평, 원형비평 들도 그 자체로 끝나는 한 결국 같은 것이라는 게 필자의 생각인데——은 길게 논할 필요가 없겠다. 가령 '폭풍의 아이들'과 '고요의 아이들'의 대비를 찾아낸 쎄씰의 연구에서 비롯하여, 신비평 특유의 분석취향으로 작품의 비유와 수사법을 나열한 마크 쇼러의 (역시 성가 높은!) 논문, 앞서 언급한 밴 겐트의 (창문과 자물쇠의 심상을 중심으로 전개한) 작품분석 등등 기존연구의 대다수 업적들을 일일이 짚고 넘어갈 필요는 없으리라 보는 것이다.[24]

---

24 D. Cecil, 앞의 글; Mark Schorer, "Fiction and the 'Analogical Matrix'" (1949), in Sale (ed.); D. Van Ghent, *The English Novel: Form and Function* (Rinehart 1953), "On *Wuthering Heights*" 등 참조. 리비스는 방금 인용한 '호소'에 이어 밴 겐트, 쎄씰, 해리 레빈(H.

반면에 몇몇 맑스주의자들을 포함한 사회학적 내지 역사적 해석의 경우는 오히려 리비스의 입장에 가까운 편이다. 물론 속류 맑스주의는 작품의 사회사적 표면을 과대평가하거나 『폭풍의 언덕』의 경우 그 사회사적 의의마저 간과해버리기 쉽다. 그러나 맑스주의 문학비평은 원칙적으로 사회현실·역사현실과의 관련을 문제삼는다는 점에서 형식주의적 또는 형이상학적 비평과는 다른 일면을 지니며, 그와 동시에 그것 나름의 인간적 보편성을 표방하기도 하므로 그 양면을 종합해내는 만만찮은 변증법적 과제를 떠맡고 나선다.

앞서 리비스의 『폭풍의 언덕』론이 종전의 어떤 리얼리즘론적 해석에 비해서도 '새로운 접근'이라고 말한 것은, 맑스주의 여부를 떠나 그러한 변증법적 도전에 제대로 부응한 비평이 필자가 보기에는 없었다는 뜻이 되겠다. 그러나 예컨대 아놀드 케틀 같은 비평가의 업적을 무시해도 좋다는 뜻은 아니다.[25] 그는 작품의 구체성을 강조하면서 그것이 브론티 당대의 삶에 대한 투철한 인식에서 나온 구체성이요 위대성임을 주장한다. 더욱이 그는 막연한 역사현실이 아니라 특정시대의 특정현실, 그리고 이 현실의 종요로운 **모순**을 문제삼음으로써 적어도 한 가지 면에서는 '변증법적 성취'를 파악하는 일에 다가서는 셈이다.

그러나 1840년대의 영국사회가 부르주아지와 노동자계급의 갈등을 기본모순으로 갖는 자본제사회였고 위대한 작가라면 이 모순을 어떤 식으

Levin, *The Gates of Horn*), 그리고 "넬리 딘은 악 그 자체지요"라고 사석에서 말했던 어느 미국인 교수 등을 직접 또는 묵시적으로 지목하면서, "이러한 것은 문학비평을 인간적인 공부로서의 인문학이 아니라 무슨 게임이 아니면 산업으로 생각하는 시대의 산물들이다"(261면)라고 개탄하고 있다.

25 Arnold Kettle, *An Introduction to the English Novel*, vol. 1 (Hutchinson 1951), 제3부 제5장 "Emily Brontë ; *Wuthering Heights*." 이에 앞서 David Wilson, "Emily Brontë: First of the Moderns," *Modern Quarterly Miscellany*, 1 (1947)에서 작품내용을 1840년대의 계급적 갈등과 연결한 선구적인 논의가 있었음을 여러 평자들이 기록하고 있으나 필자는 읽어보지 못했다. 윌슨에 대한 케틀의 찬사와 비판은 같은 책 143~44면 참조.

로든 작품에 수용하지 않을 수 없으리라는 대전제를 인정하더라도, 히스클리프의 반항을 곧바로 노동자의 반항으로 이해하는 것은 지나친 단순화라 하지 않을 수 없다. 물론 힌들리 밑에서 어린 히스클리프는 실제로 하인이나 다름없는 생활을 하며 대지주의 아들에게 캐서린의 사랑을 뺏긴 그의 절망과 분노 또한 계급적인 증오로 발전함이 사실이다. 히스클리프의 모든 언동에 따르는 이러한 일관된 계급적 울림이야말로 이 작품의 위대성의 일부이고 리비스의 냉정한 히스클리프관은 그 점을 과소평가하고 있는 것으로 보인다. "히스클리프의 복수에는 병적인 증오상태가 끼어들지 모르나 그것은 근본적으로 단순한 정신질환이 아니다. 그것은 도덕적 힘을 가진 것이다. 히스클리프가 하는 일은 그의 적들에 대해 그들 자신의 무기를 완전히 무자비하게 사용하는 것, 그들 자신의 기준을 (모든 낭만적 가식을 벗긴 채) 그들에게 적용하고 그들 자신의 게임에서 한 술 더 뜨는 것이기 때문이다. 그가 언쇼와 린턴의 무리를 상대로 사용하는 무기는 돈과 정략결혼이라는 저들 자신의 무기이다."[26] 그런데 바로 이런 대목에서도 엿보이듯이, 히스클리프의 긍정적 의의를 강조하는 나머지 '언쇼와 린턴의 무리' 상호간의 차이나 갈등이 흐려지기 쉬우며, 끝에 가서 스러시크로스 그레인지의 주인 내외로 안착하는 캐시와 헤어턴에게 히스클리프는 "그가 시작한 투쟁을 지속할 가능성을 남기고"(142면) 죽는다는 식의 설득력이 희박한 결론을 낳게 된다.

근본원인은 바로 케틀이 『폭풍의 언덕』 이해의 전제조건의 하나인 그 역사소설적 정확성을 무시하고 있다는 점이다. 케틀의 말대로 이 소설이 저자 당대 현실의 모순에 대한 깊은 관심에서 씌어졌다 하더라도, 그 관심은 일찍이 쌩거가 주목했고 훗날 Q. D. 리비스가 누누이 강조하듯이 1840년대가 아닌 18세기 말엽의 현실을 일차적으로 재현하는 방식으로

---

26 Kettle, 앞의 책 139~40면.

작품화된 것이다. 따라서 이 점을 간과한 케틀의 해석은 소설의 세부사항들을 그 사실주의적 구체성과 유리된 상징성 — 다시 말해 케틀 자신이 정의한 바 '상징적 소설'이 아니라 오히려 그가 비판하는 의미로의 '도덕적 우화' 내지 알레고리[27] — 의 차원에서 다루게 되며, 1847년의 영국사회에 대해서마저 역사인식의 변증법적 심화를 가져온다기보다 이미 알려진 역사학적·도덕적 판단을 해설하는 데 머물고 만다.

『디킨즈로부터 로런스까지의 영국소설』(1970)[28]을 낼 당시의 윌리엄즈와 맑시즘의 관계는 분명치 않다. 그러나 이 책의 다른 부분에서와 마찬가지로 브런티 자매에 관한 장에서도 그는 『폭풍의 언덕』이 선례도 후예도 없는 소설처럼 보일 수 있으나 그 정신에 있어서는 "블레이크 및 로런스와 더불어, 그리고 특히 하디와 더불어 영국적 전통에 속해 있다"(앞의 책 54면)라고 하여 F. R. 리비스의 『위대한 전통』에 대한 비판적 시각을 드러낸다. 동시에 "내가 『폭풍의 언덕』이 그 시대에 핵심적이라고 할 때 그것의 기록적 요소라든가 그것의 상징성이라 부를 수 있는 어떤 것을 말하고자 하는 게 아니다. 그것의 경험은 너무나 직접적이어서 다른 말로 바꿀 필요가 없는 것이다"(60면)라는 말로써 케틀식의 우의적 해석이나 Q. D. 리비스의 '사회학적 소설'에도 냉담한 반응을 보인다. 그렇다고 캐서린에 대한 진단과 비판이 소설의 '도덕적 핵심'이라는 해석에 동의하는 것도 아니고, 오히려 히스클리프와 캐서린의 애초의 관계가 갖는 규범성을 강조한다. 이것은 "타인에 대한 욕망이라기보다 타인을 **통한** 욕망"[29]이라고 해야 옳을 기본적 현실의 긍정인데, 너무나 기본적이기 때문에 이를 당연한 것으로 제쳐놓고 에드가 린턴이 대표하는 다른 것들을 동시에 향

---

27 같은 책 131면 참조.

28 Raymond Williams, *The English Novel: From Dickens to Lawrence* (Oxford University Press 1970).

29 "not desire *for* another but desire *in* another."(같은 책 66면)

유할 수 있다고 생각한 캐서린의 배반과 오류에서 파탄이 온다. 하지만 이미 그러한 상실이 이루어진 처지에서 '소외'라는 부정적 형태로나 문제가 제기되는 많은 소설들과 달리, 『폭풍의 언덕』에서는 예의 긍정적 경험이 이질적인 다른 경험들과의 관계 속에서 생생하고 구체적으로 제시되어 있다는 것이다.

윌리엄즈의 이러한 해석은 히스클리프와 캐서린의 관계 자체를—그것이 지니는 어떤 상징적 의미가 아니라 그 경험 자체를—작품의 초점으로 삼으면서 동시에 그 역사성을 강조했다는 점에서, 반리얼리즘적 작품해석에 반발하면서도 Q. D. 리비스의 히스클리프론에 불만을 갖는 독자에게 하나의 대안적 가능성을 제시하는 셈이다. 다만 하나의 가능성 이상이라고는 하기 힘들다. 예의 기본적 현실 내지 경험의 역사성을 구체적인 사회사적 쟁점들과 결부시켜 설명하지 않는 한 결국 '시간을 초월한 원초적 체험' 운운하는 추상론으로 빠질 위험이 남게 마련이며, 캐서린이 히스클리프와의 일체성을 너무나 당연한 것으로 치부하고 소홀히함으로써 치명적 과오를 저지른다는 해석은 또 그것대로 케틀과 크게 다를 바 없는 수준의 도덕적 발언으로 끝날 수 있기 때문이다. 윌리엄즈 스스로 로런스와의 공통성을 높이 사준 『폭풍의 언덕』이 로런스가 기존의 대다수 소설에서 지적한 "일정한 도덕적 도식"[30]으로 환원되지 않도록 하는 좀더 명쾌한 해석이 요구된다 하겠다.

테리 이글턴의 브런티 연구(1975)[31]는 그러한 해명에 크게 접근하는 일면과 새로운 혼란을 야기하는 일면을 동시에 지닌 것으로 보인다. 먼저 그 적극적 공헌부터 살펴보자. 기본적으로 이글턴은 윌리엄즈와 마찬가지로 히스클리프·캐서린 관계의 규범성을 전제하며 그들 개인간의 관계

---

30 "The certain moral scheme is what I object to" 운운한 로런스의 1914년 6월 5일자 편지 (D. H. Lawrence, *The Collected Letters*, ed. H. Moore, 제1권 281면) 참조.

31 Terry Eagleton, *Myths of Power: A Marxist Study of the Brontës* (Macmillan 1975).

가 '개인관계'라고 표현하기에는 너무나 깊은 것임을 인정한다.

　'개인적'이라는 낱말이 에드가의 자유주의적 휴머니즘, 그리고 연민·
자비·인간성 따위에 대한 그의 (히스클리프가 노골적으로 멸시하는)
관심을 떠올리는 한, 그것은 캐서린과 히스클리프의 격렬하게 서로를
찢어대는 관계에 해당되지 않는다. 그러나 그들 사랑의 파괴적인 측면
뿐 아니라 긍정적인 측면에도 그것은 합당치 못하다. 그들의 관계는 개
인적만이 아닌 것을 향해 열리며 단순히 두 개인의 소유물 이상인 존재
양식, 그 비개인성에 있어 사회적 억압에 대한 단순히 낭만적·개인주의
적인 반응 이상의 것을 시사하는 존재양식을 실현하기 때문에, 우리는
그것을 일컬어 '존재론적'이라거나 '형이상학적'이라거나 하는 것이다.
이런 그들의 관계는 상례화된 사회적 실천으로는 표현될 수 없고 사용
가능한 사회적 언어를 초월하는 깊이를 구현하고 있다.(앞의 책 108면)

　바로 이러한 인식을 Q. D. 리비스의 논문에서 보는 바 소설의 사회사적
의의에 대한 인식과 결부시킨 데에 이글턴의 진일보한 면이 있다. 그는
루카치와 골드만이 즐겨쓰는 '가능한 의식'이라는 표현을 빌려, 히스클리
프와 캐서린의 사랑이 '형이상학적' 또는 '신화적' 성격을 띠는 원인이야
말로 그 시대의 실제 사회관계가 폐기되지 않고는 극복될 수 없는 의식의
한계, 표현 가능성의 한계라는 역사적인 원인임을 강조하는 것이다.[32]
　그런데 이런 예리한 문제의식에도 불구하고 정작 구체적인 작품해석
에 들어가 많은 혼란이 일어나는 것은, 토지자본과 산업자본의 갈등이야
말로 샬롯과 에밀리 브런티의 작품세계에서 공통으로 드러나는 주된 역
사적 갈등이라는 저자의 대전제[33] 때문이다. 당시 지배계급내 양대분파의

---

32 같은 책 109~10면 및 120면 참조.
33 같은 책 서장 8면 및 제6장 114면 이하 참조.

이 갈등이 브런티 자매 개인의 삶에 결정적인 영향을 미쳤으리라거나, 적어도 『제인 에어』(Jane Eyre)나 『빌레트』(Villette)의 경우에는 작중의 갈등을 좌우하는 저변요인이라는 가설도 상당한 설득력을 지닌다. 그런데 『폭풍의 언덕』에서는 워더링 하이츠와 스러시크로스 그레인지의 대립이든 하이츠 내부의 갈등이든 일단 산업자본과는 거리가 멀다. 물론 그 심층적 의미가 다를 수는 있다. 그러나 케틀이 히스클리프를 프롤레타리아트의 전형으로 본 것이 무리였듯이, 이글턴이 그를 "에밀리 브런티 당대의 투쟁적인 산업 부르주아지의 간접적 상징"(116면)으로 제시되는 데서도 적잖은 억지가 느껴진다. '간접적'이라는 단서가 붙은 것은 사실이다. 즉 워더링 하이츠 자체는 (리비스가 소상히 드러내듯이) 전시대의 자작농민층(yeomanry)의 세계이며 히스클리프는 애초에 하이츠 내부의 국외자로서, 뒤에 자본가가 되어서도 산업자본가라기보다 지주 에드가 린턴(및 힌들리 언쇼)의 적으로 부각될 뿐이라는 점을 이글턴이 감안하고 있는 것이다. 그런데 이에 대해 그는 옛 자작농민과 새로운 산업가층의 문화적 친화성이라든가, 몰락한 자작농들이 대지주나 인근 상공업자에게 땅을 파는 일이 흔해진 사실이라든가, 일부 자작농들 자신이 제조업자로 변신했다는 등의 방증을 들고 있는바,[34] 필자가 보기에 모두 히스클리프를 산업자본가의 상징으로 만들기에는 부족한 것 같다. 결국 브런티 작품세계 안의 주된 모순이 무엇이다라는 대전제가 주어졌기 때문에, 토지자본과 갈등하는 산업자본의 대표역을 작중의 지주 내지 토지자본가인 린턴가의 적대자 즉 히스클리프에게 할당할 수밖에 없었던 것이다.

앞서 케틀 논지의 문제점을 지적했지만, 당대 사회의 기본모순은 자본가와 노동자계급의 갈등이고 위대한 작품은 당연히 그 시대의 기본모순

---

34 같은 책 116면. 그중 첫번째 사항은 D. Wilson의 앞의 글, 두번째는 역사학자 F. M. L. Thompson의 저서, 세번째는 Elizabeth Gaskell의 *The Life of Charlotte Brontë* (1857)를 전거로 들고 있는데, 실제로 두번째는 첫번째, 세번째의 의미를 상쇄하는 면도 있다.

을 반영해야 한다는 대전제 자체는 얼마든지 수긍할 수 있다. 따라서 설혹 브런티 작품세계 내의 주된 갈등이 산업자본과 토지자본의 갈등이라 하더라도, 독자는 이러한 갈등이 당대 역사의 좀더 기본적인 모순과 어떤 관계에 놓인 것으로 작품에 부각되었는지를 물어야 옳다. 더구나 이글턴의 주장대로 『폭풍의 언덕』은 샬롯의 소설보다도 탁월하고 훨씬 더 개인차원을 벗어난 예술적 성과라고 한다면, 가령 『제인 에어』 주인공이 겪는 갈등에 쉽사리 대응시킬 갈등이 『폭풍의 언덕』에 나타나지 않는 까닭이 이글턴의 '주된 역사적 갈등'이 간접화되어서라기보다 저자가 이 갈등의 부차적 성격을 감지하고 부차적으로밖에 취급하지 않았기 때문이 아닐까. 다시 말해 작가는 당대의 모순을 직접 다루지 않은 대신, 자기 개인의 문제보다는 18세기 말엽 그 고장의 전형적 갈등을 탐구함으로써 자기 시대의 역사적 변화를 좀더 깊이 이해하고 리비스의 말대로 "그 자신의 (즉 빅토리아조 초기의) 세대에 이 변화의 진정한 성격에 대한 경종을 울릴"[35] 생각이었는지 모른다. 그렇다면 우리는 『폭풍의 언덕』 자체에 대해서든 히스클리프라는 인물에 대해서든, 저자 당대의 역사에서 기본적이라고 생각되는 모순과 저자 개인의 삶에서 일차적인 중요성을 띠었으리라고 생각되는 모순이 작품 속에 현재화된 제반 갈등과 구체적으로 어떤 관련을 맺는지를 복합적으로 파악하는 일을 해내야만 한다.

5

이제까지 히스클리프에 관한 몇몇 비평가의 견해를 검토한 것은 무슨 연구사적 정리를 기해서라기보다 우리 나름의 히스클리프상(像)에 도달

---

35 Q. D. Leavis, 앞의 글 238면.

하려는 우회적 시도였다. 또한 그것은, Q. D. 리비스의 탁월한 논문에서 지적된 바 '사회학적 소설'과 좀더 본질적인 인간적 의미를 구분하는 기본발상의 문제점이 ── 이는 다시 그 양자를 주어진 역사단계의 기본모순을 중심으로 종합적으로 파악하는 시각의 부족으로 규정될 수도 있겠는데 ── 히스클리프에 대한 지나치게 부정적인 평가에서 단적으로 드러난다고 보았기 때문이다.

히스클리프가 저자의 완전히 정리된 구상의 산물이 아니리라는 리비스의 주장에는 필자도 동감이다. 따라서 소설에서 언쇼씨를 만나기 전 그의 신원에 대해 아무 말이 없는 것이 무슨 깊은 뜻을 담은 의도적 신비라고는 생각지 않는다.(원래 언쇼씨의 사생아, 즉 캐서린의 이복오빠로 구상했으리라는 추측은 그럴듯하지만, 실제 작품에서는 이미 폐기된 구상인 것 또한 분명한다.) 그러나 힌들리의 구박 아래 두 남녀의 유대가 굳어지면서 이루어진 그들 관계의 규범성이 이 관계를 배반하는 캐서린의 성격적 문제점 이상으로 작품의 초점을 이룬다고 보는 평자들 쪽에 동조하고 싶다. 따라서 캐서린과 히스클리프의 마지막 만남에서 후자가 토로하는 다음과 같은 항변은 캐서린에 대한 작가의 '진단'을 담고 있을뿐더러 (케틀, 윌리엄즈 등의 주장대로) 두 사람 관계의 항구적 유효성, 그에 따른 히스클리프의 기본적 건강성을 드러내준다. 마침내 서로 껴안고 열렬한 애무를 나누면서 히스클리프는 이렇게 말한다.

"네가 그동안 얼마나 잔인했는지를 이제 가르쳐주고 있는 거야, 얼마나 잔인하고 의리가 없었는지를. 도대체 왜 나를 경멸했어? 무엇 때문에 너 자신의 마음을 배반한 거야, 응? 나는 한마디도 위로해줄 말이 없어. 이건 자업자득이야. 네가 너 스스로를 죽인 거야. 그래, 나한테 입맞추고 울고, 나한테서 키스와 눈물을 짜내는 것도 다 좋아. 그럴수록 내 키스와 눈물은 너를 망치고 단죄할 뿐이야. 너는 나를 사랑했어. 그런

네가 도대체 무슨 권리로 나를 떠나간 거야? 어떻게 린턴 따위에게 어설프게 반할 권리가 있단 말이야? 대답해봐. 가난도, 천대도, 죽음도, 신이나 악마가 내릴 수 있는 어떤 것도 우리를 떼놓지 않을 테니까 네가 나서서 떼어놓은 거야. 내가 네 가슴을 찢어놓은 게 아니야. 너 자신이 찢어놓은 거야. 그러면서 내 가슴까지 찢어버렸어. 내가 튼튼한 게 나한테 더 불행일 뿐이지. 내가 살고 싶은 줄 알아? 네가―네가 없는 데서 산다는 게 무엇이겠어? 아, 너 같으면 네 영혼을 무덤에 넣어두고 살고 싶겠어?"[36](제15장)

히스클리프의 이러한 기본적 건강성은 캐서린의 죽음으로 더욱 잔인하고 비열해지기조차 하는 그의 복수행각의 와중에도 완전히 파괴되지는 않는다. 대체로 작품 후반부에서 독자가 가장 놀라는 것은, 히스클리프가 다른 사람들에게는 몰라도 어쨌든 자기 친자식인 린턴에게 어쩌면 그럴 수 있는가 하는 점과, 록우드가 떠났다가 다시 오는 제31장과 32장 사이의 몇달 동안에 히스클리프가 일견 아무 이유 없이―마치 이야기의 무난한 결말을 조작하기 위해서인 듯이―죽어 없어져준 대목이 아닐까 싶다. 그러나 이 대목들은 (리비스가 지적한 '생활사의 공백들'과는 달리) 작품의 유기적 일부이고 어쩌면 빛나는 일부라고도 할 수 있다. 히스클리프가 자기 친자식과 자기 애인의 자식(물론 원수의 자식이기도 하지만) 캐시에게는 끝까지 못되게 굴면서도 힌들리의 아들 헤어턴에게는 일말의 동류의식을 느낀다는 사실은, 개인심리―물론 이상심리지만―의 차원에서도 수긍이 가는 면이 있을뿐더러 케틀이 강조하는 계급윤리적 함축성을 알맞게 배합한 디테일이라 생각된다.

그의 (넬리 딘의 표현대로) '야릇한' 종말 또한 작품의 일관된 논리에

---

36 Sale(ed.), 135면. 번역은 필자.

서 벗어나지 않는다. 히스클리프 자신도 넬리에게, 이제 최종적인 복수를 할 완벽한 준비가 이루어진 순간 복수할 의지가 사라졌음을 정연하게 말해준다(제33장 254~55면). 그것은 헤어턴을 함부로 다루면 다룰수록 왕년의 자기 신세와 비슷해진다는 역설적인 사실 때문이기도 하나, 그것만도 아니다. 히스클리프에게는 매사가 그렇지만 과거의 자신을 상기한다는 것은 더더구나 캐서린을 떠올리는 일이 되는 것이다. (게다가 헤어턴은 캐서린의 조카로서 딸이 엄마를 닮은 것보다 더 고모를 닮았다고 되어 있다.) 결국 히스클리프가 뼈저리게 깨닫는 것은 최대의 복수조차 캐서린의 상실, 아니 상실된 그녀의 지속적인 존재에 비하면 아무것도 아니라는 진실이다. "세상 온 천지가 그녀가 살았다는, 그리고 내가 그녀를 잃어버렸다는 사실의 끔찍한 기념물더미야"라고 그는 넬리에게 말한다. 이어서, "그런데 헤어턴의 얼굴은 내 불멸의 사랑의 망령이었어. 내 권리를 지키려는 나의 미칠 듯한 노력, 나의 지위 상실, 나의 자존심, 나의 행복, 나의 고뇌의 망령——"(255면) 히스클리프가 결코 인간의 성정을 아주 내벗어버린 광인이나 '악마'가 아님이 이런 데서도 확인된다.

뿐만 아니라 히스클리프의 죽음 자체가 그나름의 성취를 뜻하기도 함을 간과할 수 없다. 방금 인용한 제33장의 대화에서만 해도 그는 자신이 워낙 무쇠 같은 몸이라 부질없이 오래 살리라고 예견했다. 그런데 며칠 후 밤새 들판을 쏘다니다가 기쁨에 들뜬 표정으로 돌아온 그는 그때부터 아무것도 안 먹기 시작하여 얼마 안 가 죽고 만다. 이것이 통상적인 의미의 정신이상과 무관하다는 사실은 넬리도 인정하고 히스클리프의 (다른 모든 면에서는) 멀쩡한 언동에서도 확인된다. 그렇다고 케틀처럼 히스클리프가 지배계급에 복수를 하면서 그들의 방법을 그대로 답습했던 과오를 인정하고 죽어간다고 풀이하는 것은, 예의 '일정한 도덕적 도식'에 맞춘 또하나의 인물을 만들어내는 데 불과하다. 그의 죽음을 두고 조지프는 악마가 잡아갔다고 하고 넬리 자신도 죽은이의 표정에 몸서리를 치지만 그 표정 자체는 "희열"(exultation)에 가득 찬 것이었다고 말한다. 그 전날 히스클리프 자신의 설명도 그랬다. "남에게 못할 짓 한 거라고 했지만 난 못할 짓 한 게 없고 뉘우칠 것도 없어. 난 너무 행복해. 그러면서도 충분히 행복하진 못해. 내 영혼의 행복이 내 육체를 죽이고 있지만 아직도 만족은 못하고 있어."(제34장 262면) 소설 앞머리(제3장)에서 록우드의 악몽 이야기를 듣고서 자기에게도 나타나달라고 캐서린에게 애절하게 호소했던 그의 소원이 드디어 이루어지기 시작한 것이다. 그 시기가 히스클리프의 복수가 진행될 만큼 진행되었고 복수의 공허성을 그가 깨닫게까지 된 시점과 일치함은 우연이 아닐 터이다.

　소설의 복잡한 서술구조는 환상적으로 보이기 쉬운 사건들과 일정한 거리를 두는 효과만을 갖는 것이 아니다. 이야기가 두 사람의 화자를 거치면서 정리가 되고 신빙성이 더해지기도 하지만, 줄리엣 미첼의 지적대로 시간적인 배열을 뒤섞어놓음으로써 우리는 작중의 가장 결정적인 사실이자 추후 모든 사건의 원인이 되는 어린시절의 경험을 소설의 곳곳에서 끊임없이 만나게끔 되는 것이다.[37] 그 결과로 "기존의 비평적 통념과는 달리 『폭풍의 언덕』에는 불가사의한 요소가 없다"[38]라는 판정을 조건없이 받아들일지는 분명치 않더라도, 리비스 또한 "캐서린에 관해 불가사의하거나 믿어지지 않는 것은 없으며 본질적인 사항에서는 히스클리프의 경우도 마찬가지다"[39]라고 동의하고 있음은 주목할 만하다.

　어쨌든 『폭풍의 언덕』의 중요인물 중 리비스가 가장 비판적으로 보았던 히스클리프조차 작중인물로서의 기본적 일관성을 지니고 독자의 공

---

37 Juliet Mitchell, "*Wuthering Heights*: Romanticism and Rationality," *Women: The Longest Revolution* (Virago 1984), 133면 이하 참조.

38 같은 글 143면.

39 Q. D. Leavis, 앞의 글 250면(미첼의 글은 저자의 말에 따르면 리비스 논문보다 앞서 1963~64년에 씌어졌다고 한다).

감범위에서 벗어나지 않는다면, 이는 리비스가 강조한 이 소설의 '인간적 중심성'(human centrality)을 한층 더해주는 일임이 분명하다. 그리고 이미 언급했듯이 이러한 중심성이 당대 역사의 기본적인 모순과 무관한 작품에서 성립하기도 어려운 것이다. 그런데 『폭풍의 언덕』의 경우 이 문제는 1840년대 영국사회의 자본제적 성격에서 출발하여 어떤 우의적 해석을 시도하기보다, 작품 자체가 세심하게 그려낸 18세기 말엽 영국의 특정지역의 특정갈등에서 출발하는 것이 순서임을 지적했었다. 그러면 작중의 주된 역사적 갈등은 무엇인가? 워더링 하이츠와 스러시크로스 그레인지가 일차적으로는 전통적 자작농민(yeoman)의 세계와 오랜 가문의 지주이자 새로운 시대에도 그 역할이 보장된 한급 높은 젠트리(gentry) 계급의 세계를 대표한다는 점에 별다른 의문이 없을 것이다. 또한 산업자본가나 노동자계급에 직접 소속된 중요인물이 나오지 않는다는 점도 분명하다. 그렇다면 단순히 19세기 중엽의 영국이라는 자본주의 사회에 산 것만이 아니고 실제로 산업혁명의 와중에서 노동자폭동의 현장이었던 지역의 주민으로 생장한 저자의[40] 동시대적 관심은 과연 어떤 수준, 어떤 형태로 작품에 구현되었다 할 것인가?

앞서도 잠깐 내비쳤듯이, 크게 보아 지배계급의 일원인 브런티 자매에게 일차적인 중요성을 띠었을 수도 있는 문제를 에밀리가 작품의 핵심으로 삼지 않았다는 점을 먼저 인정해야 한다. 이글턴이 말하는 '산업자본과 토지자본의 갈등'은 자신의 개인적 능력과 인격에 걸맞은 출세를 갈망하면서 동시에 기성상류층의 세련된 삶에 끌리기도 하는 샬롯 브런티 주인공들의 삶에서는 미상불 '주요갈등'을 이룬다고까지 주장할 수 있겠으나, 『폭풍의 언덕』에서는 하나의 '부차적 주제'일 따름이다. 물론 처녀시절 캐서린이 에드가와 히스클리프 사이에서 느낀 갈등에 그 비슷한 일면이 없

---

40 이러한 배경에 대해서는 D. Wilson(1947)의 지적에 이어 Eagleton, 앞의 책 3면과 Kavanagh, 앞의 책 8~9면 등에도 언급되어 있다.

는 것도 아니다.[41] 그러나 에드가를 선택하는 캐서린의 경우는 제인 에어와 같은 자력갱생의 의지와 거리가 멀다. 또 그 지점의 갈등에만 한정해 말한다면, 캐서린은 상공업자 또는 자작농민에 비해 상대적으로 유리한 대지주 내지 토지자본가의 세계를 선택했다기보다, 지배층과 피지배층 틈에서 후자를 배신했다는 말이 더 어울리는 것이다.

그렇지만 작품 전체를 두고 볼 때는 히스클리프든 누구든 노동계급의 전형은 작중에 없으며 산업자본가의 전형도 없다는 점이 오히려 중요하다. 거듭 말하듯이『폭풍의 언덕』은─이 점에서 스콧의『웨이벌리』(Waverley)나 마찬가지로─약 2세대 전에 이미 일어난 변화를 추적함으로써 그 변화의 산물인 현재사회의 성격을 탐구하는 소설인데, 스콧보다 훨씬 더 상상력에 의존하여 형상화된 그 변화는 스콧 소설 속의 구시대 청산과정과도 무관하지 않으면서 그보다 훨씬 엄청나고 본질적인 변화로 나타난다. 워더링 하이츠가 대표하던 자작농민 세계의 종언은 이 세계에 국한되지 않는 어떤 본질적인 삶의 가능성─바로 히스클리프와 캐서린의 어린시절에 부분적으로 실현되었고 그후에는 일그러진 표현밖에 못 얻었으나 히스클리프 나름으로 끝까지 집착하여 죽음에서 되찾은 바도 없지 않은 어떤 진실─이 결정적으로 상실 또는 매몰되는 계기로 부각되는 것이다. 이런 맥락에서는 산업자본가적 유형의 등장이 소설의 줄거리를 너무 복잡하게 만들 위험이 있는 정도가 아니라 그 문제의식을 도리어 흐려놓게 마련이다. 히스클리프 또는 다른 누구도 산업자본가가 아니기 때문에 린턴 또한 지주 또는 토지자본가로 한정되지 않고 다가오는 자본주의시대의 지배계급의 일원으로 일반화될 수 있으며, 자본가요 신사로 변모한 히스클리프의 행태도 자본의 **종별**을 따지는 차원이 아니라

---

41 Eagleton, 앞의 책 101면 참조: "내가 염두에 두고 있는 일차적 모순은 캐서린에게 주어진, 히스클리프와 에드가 린턴 사이에서의 선택이다. (⋯) 캐서린은 히스클리프가 사회적으로 열등하기 때문에 그를 구혼자로서 배척한다."

자본의 일반적 속성의 한 측면으로 해석될 여지가 오히려 커지는 것이다. 캐서린의 '배신'이나 신혼 헤어턴 부부의 스러시크로스 그레인지로의 이주도 자본주의의 정착이라는 필연적 과정의 일환으로서 좀더 전형적인 사건으로 승격함은 물론이다.

그런데 이렇게 예고된 시대가 헤어턴과 캐시의 결합에서 보듯 그나름의 역사적 연속성과 참신한 성취를 확보한 것으로 제시되며 그 시대의 피압박층이자 잠재적 주체로서의 노동자계급을 부각시키지 않는 까닭은 무엇일까? 히스클리프를 작가 당대의 산업부르주아지의 '간접적 상징'으로 파악한 이글턴은 바로 이 대목에서 소설의 '가능한 의식'의 한계를 발견했다. "산업부르주아지는 언쇼가와 린턴가 모두의 농경사회 바깥에 위치한다. 그러나 그것은 이미 **혁명적**인 계급이 아니며 따라서 히스클리프가 '형이상학적'으로 대표하는 것에 대한 충분한 사회적 상관물을 제공하지 못한다."[42] 짐작건대 이 말은 노동자계급이라는 새로운 혁명적 계급의 존재를 수용하지 못한 데에 이 소설의 '가능한 의식'의 한계가 있다는 뜻일 터이다.

그러나 '가능한 의식'의 개념을 적용할 때는 그것이 작가 개인이 아닌 시대의 문제라는 점을 혼동해서는 안된다. 1840년대는 톰슨(E. P. Thompson)의 명저 『영국 노동계급의 형성』(*The Making of the English Working Class*)이 보여준 바와 같이 영국에서 노동계급이 명실공히 하나의 계급으로 형성된 후다. 맑스와 엥겔스의 초기 저작이 씌어지고 있었고 선행하는 사회주의 사상가들의 업적은 이미 적잖이 쌓인 상태였다. 그렇다고 에밀리 브런티 개인이 맑스의 기간 저서를 읽었어야 한다거나 영국의 노동운동에 대한 깊은 지식을 가졌어야 한다고 주장하는 것은 생트집이나 다름없겠다. 하지만 **작품**의 의식이 어떤 이유로든 당대에 실제로 성

---

42 Eagleton, 앞의 책 116면. 강조는 원저자.

취된 새로운 수준의 세계관에 미달했다면, 이는 작가의 한계지 '가능한 의식'의 한계랄 수는 없다. 바로 그렇기 때문에 케틀처럼『폭풍의 언덕』을 영문학 최대 걸작 중 하나로 꼽는 평자는 히스클리프에서 헤어턴으로 이어지는 노동계급적 의식의 맥을 찾아내기도 했는데, 이 해석이 성급한 단정이라 보는 입장이라면 작품의 한계를 좀더 냉혹하게 규정하든가 아니면 당대 역사에 대한 그 통찰력의 수준을 달리 옹호할 수 있어야 할 것이다.

필자가 생각건대, 도대체 히스클리프 같은 인물을 작품의 가장 중심적인 인물로 시종 유지하면서 소설의 박진성과 인간적 중심성을 살릴 수 있었다는 것이 자기시대 역사와의 범연한 관계로써 되는 일이 아니다. 단순히 과거의 삶에 대한 이해와 애착이 깊었다거나 고향 요크셔의 산천에 대한 지극한 사랑, 또는 생명 그 자체에 견줄 만한 인간 욕망의 존엄성에 대한 인식을 갖춘 것만으로는 안되는 것이다. 물론 이런 것이 당연히 있어야 하지만, 그것이 당대 역사진행의 대세에 대한 완강한 저항의식에까지 이르러야 하고 그 완강함을 지탱해줄 어떤 민중적 연대의식을 갖춰야 한다. 다만『폭풍의 언덕』에서의 그러한 연대의식은 이렇게 우회적으로 추정되는 정도지 좀더 명백하고 건설적인 대안으로 구체화되지 않는데, 이것이야말로 작가 개인의 한계보다 '가능한 의식'의 한계인 측면이 훨씬 더 큰 문제일 것이다. 적어도 이 소설의 본질적 문제제기에 상응하는 차원에서는 19세기 중엽의 다른 어느 시인·소설가나 진보적 사상가, 선구적 민중운동가도 구체화된 설계를 내놓지는 못했으며, 워더링 하이츠로 상징되는 거의 원시적인 삶의 건강성을 지켜내는 싸움과 스러시크로스 그레인지가 대표하는 것보다 더욱 발전된 단계의 역사를 이룩하는 싸움이 둘이 아닌 하나의 창조적 과업으로 제3세계 곳곳에서 진행되고 있는 오늘날에 이르러서야 비로소 현실적인 과제로 부각되었다 하겠다.

6

이제『폭풍의 언덕』이 비록 완벽과는 거리가 멀지라도 탁월한 소설적
성과임이 어느정도 분명해졌으리라고 믿는다. 이는 위대한 영국소설의
전통에서 벗어나는 '일종의 변종' 운운했던 F. R. 리비스의 발언을 수정해
야 한다는 뜻도 되는데, 사실『폭풍의 언덕』을 로런스의『연애하는 여인
들』뿐 아니라 똘스또이의『안나 까레니나』, 디킨즈의『거대한 유산』들과
동일한 차원에서 생각해야 한다고 결론내린 Q. D. 리비스의 글이 부부 공
저로 된『방미강연집』에 발표된 사실로 미루어 F. R. 리비스로서도 일정한
자기비판을 수행했다고 볼 수 있다.[43]

동시에『폭풍의 언덕』의 위대성을 제대로 인정하기 위해 '장편소설'
(novel)보다 '설화'(romance)의 장르로 읽어야 한다는 주장은[44] 작품의
진가를 오히려 훼손하기나 하는 불필요한 주장이다. 이는 대개 '장편소

---

43 특히 앞서 참조한 Q. D. Leavis 글의 '부록 D'에서는 스콧의 소설과 셰익스피어의 비극
   이 미친 영향을 지적한 뒤, "『폭풍의 언덕』처럼 전혀 독창적이라거나 설명이 안되는 작
   품으로 흔히 주장되어온 작품의 경우" 이런 영향관계가 특히 흥미롭다고 하며, "이는
   또한 그 작품의 진정한 독창성이 어디 있는지를 아는 데도 도움이 된다"는 말로 끝맺는
   다(274면). 그런데 훌륭한 비평가의 발언은 우리가 그 결론 자체를 수긍할 수 없는 경
   우에도 우리의 사고를 자극하고 우리 나름의 좀더 타당한 결론에 도달하는 데 필요한
   근거를 제공하는 일이 흔하거니와, 브런티에 관한 F. R. 리비스의 발언도 사실은 더 높
   은 평가로 발전시킬 수 있는 중요한 실마리를 이미 지니고 있다. 그는 에밀리 브런티
   가 "주제들의 낭만적 해결을 소설가에게 부과한 스콧의 전통"과 "'실제' 생활의 표면
   을 거울처럼 비춰주기를 요구하던 18세기 이래의 전통"으로부터 결정적으로 벗어났다
   고 했는데(The Great Tradition 제1장 말미의 Note: 'The Brontës'), 이 진술의 앞부분을
   그녀가 스콧 소설에서 배우되 스콧보다 훨씬 투철한 예술가적 자세를 보여주었다는 말
   로 바꾸고, 뒷부분은 18세기 소설의 사실주의와 결별함으로써 도리어 리얼리즘의 본령
   에 다가갔다는 말로 발전시키면, 「『폭풍의 언덕』에 대한 새로운 접근」에서 나온 결론
   과 크게 다른 것이 없어진다.

44 예컨대 Northrop Frye, Anatomy of Criticism (Princeton Univ. Press 1957), 304면 참조.

설'의 표준을 전통적 사실주의 소설에 두는 소설관에 근거한 발상인데, 장편소설의 참된 장르적 특징이 사실주의 대 설화문학의 양분법을 극복하며 그 양자를 자체내에 용해하는 것이라는 점을 간과하고 있다. 예컨대 『폭풍의 언덕』을 단순한 설화나 단순한 소설 어느 쪽도 아니고 그 두 장르가 긴장 속에 공존하는 텍스트로 읽어야 한다는 최근의 한 해석도 애당초 고식적인 소설관을 전제한 것이다.[45] 아니, 미국소설의 독특한 전통으로서 호손(Hawthorne)이 말한 바 '로맨스'의 중심성을 거론한 리차드 체이스도, 영국의 소설들 역시 위대한 작품일수록 당연히 로맨스적 요소를 포용한다는 사실을 놓치고 있다. 그래서 그는 리비스의 '일종의 변종' 운운하는 발언을 받아, 물론 영국의 전통에서는 그것이 맞는 이야기지만 가령 『폭풍의 언덕』이 미국인이 쓴 작품으로 밝혀졌다고 상상할 경우 오히려 미국소설사의 주류에 놓였으리라고 주장한다.[46] 이는 『폭풍의 언덕』의 소설적 성과──더구나 『주홍글씨』나 『모비딕』과는 너무도 다른, 에밀리 브런티라는 영국의 작가만이 써낼 수 있었던 소설적 성과──에 대한 우리의 논의와 전혀 어긋날 뿐 아니라 미국문학의 이해에도 한정된 도움밖에 주지 못한다. 즉 미국소설사의 일정한 특성을 현상적으로 기술하는 하나의 방편이기는 하지만, 그 진정으로 위대한 작품들이 어떻게 영국이나 다른 나라 소설문학의 걸작들과 마찬가지로 설화적 요소와 사실주의적 요소를 종합하고 있는지, 그러면서도 어떻게 이 작업을 달리 수행하여 그들 나름의 독특한 소설적 성과를 이루고 있는지를 밝히는 데는 차라리 방해가 되는 것이다.

어쨌든 진정한 리얼리즘과 협의의 사실주의를 구별하는 핵심적 사항 가운데 하나가 전자는 설화적 상상력을 배제하지 않고 오히려 후자의 요

---

45 Nancy Armstrong, "Emily Brontë In and Out of Her Time," *Genre*, xv, 3(1982년 가을호).
46 Richard Chase, *The American Novel and Its Tradition* (Johns Hopkins Univ. Press 1957), 3~4면.

소와 결합시킨다는 것이다. 바흐찐이 장편소설은 많은 장르 중에 또하나의 장르라기보다 다른 장르들에 홀로 맞설 정도로 근대세계의 대표적인 문학형식이라고 한 주장도 리얼리즘론과 상통하는 것이며, 19세기 영국에서 소설문학이 '극시'(dramatic poem)의 경지에 달하면서 시적 성과로서도 오히려 시문학의 성취를 압도하게 되었다는 F. R. 리비스의 논지도 그 점에서는 마찬가지다. 아니, 19세기 소설문학이 다다른 새로운 경지에 주목했다는 점에서 바흐찐의 소설론보다 더욱 리얼리즘의 핵심을 짚었다고 할 수 있다. 왜냐하면 진정한 리얼리즘 소설에서 이루어지는 사실주의 소설과 설화문학의 결합은 단지 두 장르의 통합만이 아니고 18세기의 산업주의와 천박한 합리주의에 대한 블레이크, 워즈워스 등 위대한 시인들의 반발이 '낭만주의'라는 또하나의 이데올로기로 굳어지는 대신 새로운 현실인식·역사창조의 차원으로 '변증법적 비약'을 이루었음을 뜻하는 것이기 때문이다.[47]

에밀리 브런티와 영국 낭만주의운동의 밀접한 관계는 새삼 말할 필요도 없다. 더구나 그는 일부 낭만주의자들 자신이나 많은 빅토리아조 동시대인들과 달리 낭만주의 고유의 진실을 중화하여 어떤 '종합'—사실은 타협—에 도달한 일도 없다. 바로 그렇기 때문에 『폭풍의 언덕』은 소설이기보다 설화라는 말이 나올 정도로 강렬한 낭만적 분위기를 견지한다. 그러나 낭만주의의 변증법적 극복이 낭만주의와 반낭만주의의 적당한 타협이 아니듯이, 『폭풍의 언덕』도 좋은 의미의 설화적 요소, 즉 더 나은 삶에 대한 인간 본연의 꿈을 구현하는 자세를 완강하게 고집하는 가운데 그것이 현실의 삶에 대한 가장 정확하고 냉엄한 인식과도 하나를 이룬 새로운 차원의 작품, 즉 탁월하게 장편소설다운 장편소설이 되었다고 말하는

47 19세기 리얼리즘 소설의 성취를 낭만주의의 변증법적 극복으로 보는 관점에 대해서는 졸고 「리얼리즘에 관하여」, 『민족문학과 세계문학 2』(창작과비평사 1985) 367~69면, 및 거기 원용된 루카치, 리비스 등의 글 참조.

것이 옳겠다.

그런데 '변증법적 극복(또는 종합)'이라는 말은 많은 사람들이 즐겨쓰지만 브런티 소설의 변증법적 성취에 대해 반드시 같은 인식을 갖고 쓰는 것은 아니다. 예컨대 프라이의 설화론에서 출발하여 그 '변증법적 자기부정'을 기하는 프레드릭 제임슨의 경우를 보자.[48] 그는 프라이가 그처럼 중시하는 설화라는 장르는 선·악 양분법에 근거한 비역사적이고 비변증법적인 장르라고 보는데,『폭풍의 언덕』이 기본적으로 설화적 소재를 다루고 있다는 전제를 받아들이면서 구조주의자들(특히 그레마스 A. J. Greimas)의 서사물 분석방법을 이에 적용한다. 그 특징은 '줄거리'라든가 '인물'을 중심으로 인상이나 직관에 근거하여 작품을 평가하는 대신, 그러한 사건 및 인물들을 발생시키는 저변의 동력(그레마스의 이른바 actant)이 어떤 구조로 되어 있는지를 가려내는 것이다. 이런 식의 분석에 따르면, 히스클리프는──제임슨은 인물이라기보다 일정한 actant의 표면화된 모습이라는 뜻에서 '히스클리프'라고 따옴표를 붙이기도 하는데──이야기의 주인공 또는 주도역이 아니라, 그러한 역할을 가장하여 실제로는 언쇼·린턴 양가의 재산을 회복시키고 다음 세대의 결정적 애정관계를 성사시키는 (모든 민담과 설화에 등장하는) 시혜자(donor)의 몫을 해내고 있는 것이다. 그런데 히스클리프의 이러한 표면적 인상과 심층적 기능의 괴리는 설화 특유의 도덕적 양분법을 불가능케 한다. 이는 우연한 효과가 아니라 "히스클리프가 이 설화에서 역사의 소재지이기 때문"[49]인데, 그의 미지의 축재과정은 작중현장에서 벗어나 이루어진 일종의 원시축적 단계에 해당하며 그 결과로 나타나는 새로운 경제적 활력이 성적 열정을 매개

---

48 Fredric Jameson, *The Political Unconscious*(Cornell Univ. Press 1981), 제2장 "Magical Narratives: On the Dialectical Use of Genere Criticism," 특히『폭풍의 언덕』과 스땅달의 작품들을 논한 제3절 참조.
49 같은 책 128면. 강조는 원저자.

로 현실화된다. 그러다가 히스클리프가 노쇠해서 사라지는 것은 "자본주의의 생소한 동력이 시골 향사 세계의 농경생활의 태고부터 지속되어온 (순환적인) 시간과 화해하도록 만드는 서사적 장치를 이룬다." 그리고 이런 역사적 해석은 비역사적 도식을 일단 엄밀히 적용하여 그 한계를 스스로 노출케 하는 '변증법적' 방법을 통해서만 그 정확성을 확보할 수 있다는 것이다.[50]

제임슨의 작품해석은 『폭풍의 언덕』이 설화가 아니고 어디까지나 설화적 요소를 수렴·지양한 소설이라는 우리의 결론과 크게 어긋나지 않는다. 또한 히스클리프가 낭만적 주인공이냐 전형적 악한이냐라는 식의 막연한 논의에 비해서도 월등한 것이 사실이다. 하지만 그처럼 난삽한 분석 노력에 걸맞은 비평적 성과가 실제로 이루어졌는지는 의문이다. 헤어턴과 2세 캐서린의 사랑에 대한 해석은 리비스의 남달리 긍정적인 평가보다도 더욱 과장된 느낌인 반면, '히스클리프'를 통한 역사의 개입을 지적하기는 하지만 그것은 "구원과 소원성취를 안겨주는 유토피아적 결말이 그와같은 (자본주의의) 생소한 동력을 자애로운 힘으로 변형시키는 댓가를 치르고서야 얻어진다"(129면)는 이데올로기적 한계를 드러내는 것으로 판명된다. 이는 제임슨과는 다른 방법을 택했던 우리의 결론보다 훨씬 인색한 평가인데, 본고의 방법이 기본적으로 작품의 직관적 이해에 바탕하고 있지만 직관에 만족하지 않고 그나름의 논리적 검증을 거친 결론인만큼 이제 와서 그것을 포기할 일은 아니다. 오히려 애초부터 소설로 읽었어야 할 책을─더구나 저자 스스로가 적잖은 공을 들여 사실주의적 역사소설의 일면까지 갖추어놓은 책을─군이 설화로 읽었다가 다시 설화만이 아님을 '발견'하는 방식이야말로 다분히 부질없는 법석이었고 도중에 작품의 진실마저 왜곡되지 않았나 싶다. 예컨대 히스클리프를 설화적 주인공

---

50 같은 책 128~29면.

으로 보는 관점을 바로잡는 과정에서 '시혜자적 행동자'의 개념이 제시되고, 그에 따라 앞세대의 열정보다 다음 세대의 그것에 더 결정적인 비중을 부여하게 되며, 그러다보면 실제로 당대의 '가능한 의식'의 최첨단까지 나간 소설적 성과보다 그 보수적 일면에 더 주목하게 마련인 것이다.

출중한 이론가이며 스스로 변증법적 비평을 지향하는 제임슨의 경우가 이럴진대 이런저런 최신 사조의 이름으로 '상식적' 또는 '직관적' 작품해석을 뒤집는 것을 장기로 삼는 비평들의 폐단이 어떨지는 길게 논증할 필요도 없다. 물론 새로운 사조 자체를 덮어놓고 배척하자는 것은 아니다. 더구나 종래의 남성 위주 사고를 극복하려는 여성론적 비평은 문학 전반에 관해서도 그렇거니와 특히 브런티 자매의 작품세계에 대해서는 수많은 참신한 통찰을 기약하는 관점이다. 그러나 적어도 그중 하나의 유명한 선구적 사례인 길버트와 구바의『폭풍의 언덕』론은[51] 작품의 소설적 성과를 새롭게 조명했다기보다 종래의 형이상학적·신화적 해석의 틀에 여성론적 내용을 담는 선에 머물었다는 느낌이다. 예컨대 히스클리프를 악마나 지옥과 연결시키는 것을 뒤집어 가부장사회가 소외시킨 '여성적' 자아의 표현으로 본다거나, 그가 캐서린을 자기의 '영혼'이라고 일컬었던 표현을 그대로 받아 "둘이 함께 그들은 명실상부하고 남녀양성적인 (아니 좀더 정확히 말해 여성인간적인) 전체 — 여성의 남성이며 싸르트르적인 의미로 대자적인 여성이 함께 이루는 하나의 완전한 여성 — 를 구성하는 것이다"[52]라고 풀이하는 식이다.

제임슨이나 길버트, 구바처럼 소박한 독자의 의표를 찌르는 작품해석

---

51 Sandra Gilbert and Susan Gubar, *The Madwoman in the Attic: The Woman Writer and the Nineteenth Century Literary Imagination* (Yale Univ. Press 1979), 제8장 "Looking Oppositely: Emily Brontë's Bible of Hell."

52 "Together they constitute an autonymous and androgynous (or, more accurately, gyandrous) whole: a woman's man and a woman *for herself* in Sartre's sense, making up one complete woman."(앞의 책 295면)

이 하나의 극단에 이른 것이 앞에서도 언급한 캐버너의 브런티론이다. "정신분석학, 구조주의 및 탈구조주의 텍스트이론, 현대 맑스주의" 등의 언어를 포용하고 에밀리 브런티와 관련하여 제기되는 "비평이론의 문제들, 여성론과 역사적 유물론의 관계 및 역사와 무의식의 관계의 문제들"을 다루겠다는 야심을 서문에서 피력한 저자는, 그나름의 복잡한 분석을 통해 히스클리프는 '욕망의 무정부성'을 실천하여 딸을 범하는 아버지의 대리역으로, 넬리 딘은 그러한 욕망을 금지하는 '가부장적 율법'을 대표하여 '언어적 통제'를 행사하는 존재로 설정하는 한편, 이를 다시 자본주의 문제와 연결시켜, "히스클리프는 노동자인 **동시에** 자본가인바, 자본주의 실상에 다름아닌 자본가와 노동자의 관계의 표상이다. 그는 실제로 그 자신에 불리하게 작용하는 생산력이 되게끔 촉매된 노동자의 표상인 것이다"(강조는 원저자)라는 결론을 끌어낸다.[53] 이런 논의에 단편적으로 값진 통찰이 전혀 없는 것은 아니다. 문제는 소설을 소설로 읽지 않고 특별한 이론에 의해서만 그 숨겨진 의미가 드러나는 '텍스트'라는 불가사의한 물건으로 신비화할 때, 이론가──이론가 아닌 독자는 독자 행세도 못하게 된 판이니까──에 의한 텍스트의 남용을 규제할 길이 없어지고 값진 통찰과 황당한 억설을 가려내기도 너무나 피곤해진다.

이런 고달픔이 몇몇 예외적인 글이나 브런티 연구에 국한된 것만이 아님은 근년의 해외 비평서(뿐만 아니라 이제는 제법 많아진 국내 논저)들이 웅변해준다. 이럴 때 우리는 작품 자체, 소설 자체로 겸허하게 되돌아가는 수밖에 없다. 소설이 변증법적 성취라면 소설을 소설로 읽는 데도 변증법적 독법이 요구되는 게 사실이다. 그런데 이러한 독법이 표피적 현상에 안주한다는 의미의 '상식적' 또는 '직관적' 독법을 넘어서서 숨겨진 본질에 대한 법칙적 내지 이론적 인식을 요구하기는 하지만, 실천과 일체

---

53 James H. Kavanagh, *Emily Brontë*, 서문 15면, 제1장 "Patriarchal Law and the Anarchy of Desire," 및 제7장 93면 참조.

화된 인식이라는 점에서 다시 '직관'에 가까워지게 마련이다. 말하자면 이론과 실천으로 두루 단련된 직관적 독서가 되는 셈이다. 일찍이 로런스가 "문학비평은 비평가가 평하고 있는 책이 그에게 불러일으킨 느낌에 대한 숙고된 설명 이상일 수 없다"[54]고 단언한 것도 인상비평이나 상식론을 옹호하는 말이 아니고 비평에서도 '분열되지 않은 감수성'의 작용을 요구한 셈이며, 이론적 검증을 거치면서도 이론의 경지를 벗어난 변증법적 비평을 암시했다고도 하겠다.

앞서 우리는 『폭풍의 언덕』을 어디까지나 소설로서 읽고 그러한 맥락에서 히스클리프의 전형성을 탐구하는 가운데 드디어 제3세계의 민중적 과제로까지 이어지는 과정을 살펴본 바 있다. 그런데 출발점을 우리의 현실에서 잡더라도 결국 소설을 소설로 읽고, 작품을 작품으로 읽는 '변증법적 독법'에의 요구로 귀착하지 않는가 한다. 다시 말해, 책에 대해서나 현실에 대해서나 소박한 인식만으로는 남의 종살이를 못 벗어나지만, 그렇다고 소박한 진실을 버리고 어려운 이론에다 싸움터를 한정할 때 기왕의 상전들을 결코 당해낼 수 없게끔 되어 있는 것이 우리의 상황이다. 그런 점에서 온갖 새로운 이론들의 범람은 그 자체가 기존의 지배관계를 유지하는 하나의 방편이기도 하다. 이에 맞선 자기해방의 노력은 곳곳에서 전개될 필요가 있는데, 『폭풍의 언덕』이라는 한편의 소설을 읽는 경우에도 외국의 소설 따위가 우리 현실과 무슨 상관이 있으랴는 소박한 의식의 유혹과, 숨겨진 의미를 찾다가 현실도 잃고 작품도 잃을 위험을 아울러 이겨내는 독서를 성취할 때 그러한 자기해방이 또 한걸음 나아간다고 할 것이다.

—『외국문학』, 1987년 봄호(12호)

---

54 D. H. Lawrence, "John Galsworthy," *Phoenix* (Heinemann 1936), 539면: "Literary criticism can be no more than a reasoned account of the feeling produced upon the critic by the book he is critcizing."

주체적 인문학을 위한 서양명작 읽기

콘래드의 「어둠의 속」을 중심으로

김중곤(사회자): 안녕하십니까. 오늘 41회 관악초청강연을 시작하도록 하
겠습니다.[1] 우선 저는 오늘 사회를 맡은 의과대학의 김중곤 교수라고 합
니다.

말씀을 듣기 전에, 제가 간단히 백낙청 교수님에 대해서 소개하도록 하
겠습니다. 어떻게 소개를 드려야 할지 상당히 고민을 했습니다. 일례로 백
교수님을 한국의 대학교수라고 평하는 분도 계시고, 또 영문학 학자라고
표현도 하시고, 서울대학교 영문학 교수라고 표현도 하시고, 어떤 분들은

---

1 서울대 기초교육원이 주최한 제41회 관악초청강연은 2009년 12월 3일 서울대 61동 302호
강의실에서 열렸다. 김중곤(金重崑) 서울대 의대 교수가 사회를 맡고 김도균(金度均) 법
학전문대학원 교수, 이경우(李京雨) 공대 재료공학부 교수(자유전공학부 부학부장), 임
홍배(林洪培) 인문대 독문학과 교수가 토론자로 참여했다. 이때의 녹취록을 바탕으로 단
행본 『백낙청─주체적 인문학을 위하여』(서울대 출판문화원 2011)가 마련되었는데 여
기에는 발언 내용 외에 독자의 편의를 위한 여러가지 설명자료가 포함되었다. 본고는 이
들 자료와 사회자에 의한 연사의 약력 소개를 생략한 채 나머지 내용에 첨삭을 가한 것
으로서 일부 추가사항은 각주로 처리했다. 초청해주신 서울대 기초교육원 여러분과 사
회자, 약정토론자 등 함께해주신 모든 분들, 그리고 원고정리 과정에 도움을 준 서울대
출판문화원 송기철씨에게 감사의 뜻을 표한다.

문학인, 또는 문학평론가라고 평하기도 하십니다. 일부에서는『창작과비평』의 오랜 편집인으로 또 베스트셀러를 양성한 출판기획가로서 평을 하시기도 하고, 또 나아가 통일운동가, 또는 시민운동가, 정치평론가, 더 나아가서는 언론인, 방송인으로까지 선생님의 역할을 이야기하고 있어서 제가 선생님의 그 약력을 소개해드리는 데 어디다 중점을 둬야 할지 포커스를 찾기가 상당히 어려울 정도로 굉장히 다양하게 활약을 하셨습니다.

우선 선생님의 약력을 간단히 말씀드리겠습니다. (…)

이제부터 선생님 말씀을 청해 듣도록 하겠습니다.

제1부 백낙청 강연

여러분 반갑습니다. 오늘 날씨가 어두침침하고 을씨년스러운데 이렇게들 와주셨군요. 관악초청강연이 세 파트로 되어 있는 줄 알았는데 네 파트로 된 것 같아요. 오늘 첫째 파트는 '백낙청과 그의 시대'라는 주제로 김중곤 교수께서 연구발표를 해주신 셈인데,(청중 웃음) 날더러 약정토론을 하라고 했으면 비판할 내용도 더러 있습니다만 그건 순서에 없는 것 같으니, 곧바로 '둘째 파트'로 들어가겠습니다.

주체적 인문학과 문학비평적 능력

제목을 '주체적 인문학을 위한 서양명작 읽기'라고 하고 부제를 '콘래드의 「어둠의 속」을 중심으로'라고 달았습니다. 여러 분야의 전공자가 모인 대중을 위한 인문학 교양강좌인데도 특정 작품을 중심으로 진행하려고 생각한 것은, 인문학이라는 게 원래 구체적인 문헌에 대한 세심한 읽기를 떠나서는 존립할 수 없다는 저 나름의 신념이 있기 때문입니다. 그렇긴 한데 정작 준비를 하면서 보니까 발표하는 과정에서 그런 작업을 수행하기는 현실적으로 어렵겠다는 생각입니다.

대상 작품으로 콘래드의 「어둠의 속」, 영어로 Heart of Darkness라고 하죠. 이 작품을 선택한 이유는 나중에 설명하겠습니다만, 강연 도중에 이 작품에 대해 세심한 읽기를 해내려면 우선 시간상의 제약이 있고 또 번역본만 가지고 하기에는 좀 어려울 것 같습니다. 번역본에 관해서 저는 처음에 그냥 '어둠의 속'이라는 제목으로 최근에 나온 것을 검토했었는데, 뒤늦게 '암흑의 핵심'이라는 제목으로 출간된, 저하고 영문과에 오래 함께 계셨던 이상옥(李相沃) 교수의 번역본(민음사 1998)을 보게 되었습니다. 여기서 텍스트를 가지고 세부적인 이야기를 할 기회는 많지 않겠습니다만 여러분들이 번역으로 읽으신다면 이 책이 그중 잘된 걸로 추천하고 싶습니다.[2]

나중에 얘기하는 과정에 더 분명해지겠습니다만 이 Heart of Darkness라는 작품이 정말 제대로 잘된 작품이냐 아니냐, 또 그것이 우리에게 일러주는 바가 정확히 어떤 것이냐를 따지려면 그 문장을 놓고서 세심하게 분석하고 검토해야 되는데, 그러자면 역시 아무리 잘된 번역이라 하더라도 번역만 가지고는 힘들지요. 원본하고 대조를 해가면서 얘기를 해야 하는데 그러면 시간도 걸리지만 아마 여러분들이 저 사람이 영문과 교수면 교수였지 우리를 무슨 영문과 학생 취급하나 이렇게 생각하시겠지요.

아무튼 제목에 내건 '주체적 인문학'에 대한 저의 생각, 또 그것과 문학비평과의 관계, 이런 일반적인 이야기로 시작할까 합니다. 주체적 인문학이라고 해서 인문학이 뭐 자연과학과 달리 객관성을 아예 포기하고 주관주의로 나가겠다는 말은 아닙니다. 인문학은 사람이 자기 삶의 주인 노릇을 하며 사람답게 사는 실천을 지향한다는 점에서 주체성을 띠어야 합니

---

2 「어둠의 속」의 번역 현황과 주요 번역본들에 관해서는 영미문학연구회 번역평가사업단 지음 『영미명작, 좋은 번역을 찾아서』 1권, 창비 2005, 399~410면 참조.

다. 동시에, 그런 목적을 위해서도 사람다움과 세상의 됨됨이를 학문적으로 탐구해야 한다는 점에서 그나름의 객관성 내지 일반적 타당성을 지녀야 옳습니다. 그래서 주체적 인문학이라 하더라도 인문학 나름의 객관성에 대한 지향은 분명히 있다는 점을 먼저 말씀드립니다.

그런데 이렇게 말하는 인문학이라는 것은, 서울대학교 편제만 보더라도 자연과학대학, 사회과학대학, 인문대학 이렇게 나뉘어 있고 흔히 인문대학에 속한 과목들을 인문학 내지 인문과학이라고 하는데, 제가 얘기하는 인간다운 삶을 제대로 살기 위한 실천적이면서도 종합적인 학문이라는 것은 그런 분리 이전의 학문을 뜻하지요. 현재의 대학편제상 인문대학에 속하는 분과학문들로서의 인문학하고는 다른 개념입니다.

그렇긴 하지만 현실적으로는 인간다움의 탐구에 골몰해온 문헌들에 대한 연구가 인문학의 중요한 요소를 차지하게 마련이고, 또 그걸 하다보면 일정한 전문화도 필요하기 때문에, 본래 의미의 인문학적 탐구와 인문대학에서 다루는 전문적 학문들 사이에 각별한 관계가 있는 건 사실입니다. 다만 그런 전문화라든가 분과화는 어디까지나 하나의 방편이고 인문학 자체는 원래 그런 걸 뛰어넘는 것을 목표로 하고 있다는 점을 강조하고 싶습니다.

앞서 문헌을 검토한다고 했는데, 문헌을 읽으려면 우선 글을 읽을 줄 알아야 하지요. 또 덮어놓고 글자를 알아보고 넘어가기만 하는 게 아니라 읽으면서 생각하는 능력이 필요합니다. 생각하면서 읽는 능력, 그런 의미에서 저는 일정한 '문학비평적' 능력이 온갖 전문화 이전에 갖춰야 할 기본조건이라고 주장한 바가 있습니다. 아까 저의 최근 저서로 『어디가 중도며 어째서 변혁인가』(창비 2009)라는 책을 소개해주셨는데 그 책에 실린 「근대세계의 인문정신 그리고 한국의 대학」이라는 글에서도 그런 주장을 했어요. 인문학이 제대로 쇄신되려면 인문학의 기본조건으로서 이런 문학비평적 능력이 필요하다는 걸 강조했습니다.

거듭 말하지만 어떤 분과학문이라든가 영문과 같은 특정 어문학과에서 전문적으로 가르치는 비평수업을 해야 한다는 뜻은 아닙니다. 사실 이런 기본적인 '문학비평적 능력'이라는 것은 초중등 교육과정에서부터 함양되어야 하는 '글을 읽고 생각하는 능력'인데, 이를 위해 글 중에서도 좋은 글들을 읽고 생각하는 훈련이 필요한 거지요. 쉽게 말하면 가령 우리가 노래를 한다, 노래를 배운다고 하면 가수도 아닌데 꼭 남 앞에 나가서 부를 만큼 잘 부를 필요는 없습니다. 그냥 자기가 부르고 흥이 나면 되는 거지요. 그러나 노래를 즐겁게 부르다보면 그냥 부르고 말기도 하지만 더 잘 부르려는 욕망도 생기게 마련이지요. 그런데 더 잘 부르려면 잘 부르는 사람이 부르는 노래도 들어봐야 실력이 늘게 되고, 또 곡도 정말 잘된 곡을 부르는 걸 들어봐야지 그야말로 노래의 맛을 알고 자기도 더 즐겁게 노래를 부를 수가 있습니다. 글 읽기도 마찬가지예요. 좋은 글을, 제대로 된 좋은 글을 읽고 거기에 재미를 붙일 때, 글맛을 정말 알게 되고 그런 글 읽기를 통해서 자기도 생각을 늘리고 인문적인 교양을 갖추게 될 수 있는 겁니다.

그래서 영문학에서는 19세기에 매슈 아놀드(Matthew Arnold)라는 비평가가 교양, culture를 얘기하면서 '세상에서 생각되고 말해진 최선의 것을 아는 것'의 중요성을 강조했습니다. 영어로 'to know the best that has been thought and said in the world' 이런 말을 했는데, 특별히 어떤 작품들을 좋은 거라고 자기가 정해놓고 그것만 읽으라고 강요하고 그것을 안 읽는 사람을 교양없는 사람으로 폄하하는 일은 엘리뜨주의적인 태도로 비판받아야겠습니다만, 사람이 글을 읽고 생각하는 훈련은 누구나 필요한 것이고 그러려면 좋은 글을 읽을 필요가 있고 좋은 글 중에서도 가능하면 세상에서 말해지고 생각된 것 중에 최선의 것을 되도록 많이 접해본 경험이 중요하다는, 이런 아주 상식적인 이야기로 받아들일 수 있다고 봅니다.

좋은 글이 꼭 좁은 의미의 문학작품이어야 할 필요는 없어요. 오히려 좁은 의미의 문학작품만 편식해서는 문학도 제대로 할 수가 없습니다. 그렇긴 하지만 좋은 글 중에서도 말하자면 우리 읽는 사람들의 전인적인 반응, 온몸의 반응을 이끌어내는 것을 목표로 삼고 이를 위해 언어의 예술을 최고 수준에서 구사한 작품들, 그게 훌륭한 문학작품일 텐데 그런 것을 접해보는 경험이 중요하지요. 그래서 이런 의미의 문학적 교양이 인문학의 기초를 이룬다고 말할 수 있겠습니다.

그런데 아무리 훌륭한 작품이라도 그걸 읽어낼 언어능력이 없으면 소용이 없지요. 또 언어를 읽는 능력은 있다 하더라도 가령 그 작품에서 얘기하고 있는 맥락이라든가 정황에 대해 전적으로 무지하다면 그것도 작품을 제대로 읽는 데는 장애가 됩니다. 어느 나라 사람이든 자기 모국어로 된 문학이 제일 중요하다고 말하는 이유가 이런 것이지 싶어요. 우선 모국어기 때문에 외국어를 배워서 읽는 것보다 훨씬 수월하고 정확하게 읽을 수가 있고, 또 자기 나라 자기 지역에서 생산된 문학이라서 그 맥락이라든가 작품을 낳게 만든 여러가지 역사적인 실감이라든가 이런 것을 공유하기 쉽기 때문에 모국어로 된, 그리고 자기 나라, 자기 지역에서 생산된 문학이 가장 소중한 인문학적 자산일 수밖에 없습니다. 다시 말해서 한국인에게는 바로 한국어로 된 한국문학이 그런 자산에 해당한다고 하겠습니다.

서양 근대문학에 대한 주체적 읽기

다른 한편, 한국문학의 경우에는 그것이 인문학적 자산으로서 좀 부족한 면도 있는 것 같아요. 어느 나라 문학이나 그 나라 문학만 가지고 충분한 인문학적 교양을 제공할 순 없지만, 한국어로 된 문학의 경우 첫째는 우리가 오랫동안 문화생활을 해왔고 여러가지 풍부한 문화유산을 갖고는 있지만 문학 분야에서는 현대 한국인이 언어의 장애를 느끼지 않고 읽을 수 있는 우수 작품의 양이 매우 한정되어 있습니다. 쉽게 말해서 과거 우리의 많은 문학적 자산이 한문으로 되어 있는 거예요. 그런 점도 있고, 한문이 아닌 옛날 우리말이라 해도 가령 영어 같으면 17, 8세기의 영어로 된 작품을 현대인이 약간의 교양만 있으면 큰 어려움 없이 읽을 수 있지만 우리는 중세국어가 되면 참 어려워지지요.

또하나는 세계화의 현단계에서 한국문학이 갖는 전지구적 문화 속의 비중이나 위상이 제한적이라는 겁니다. 그래서 어느 나라 사람이든 자국어의 문학밖에 몰라서는 원만한 교양을 갖추었다고 하기 어렵지만 현대 한국인의 경우 국문학에만 의존할 수 없는 사정이 더욱 심각하다고 생각합니다. 이처럼 두 가지 제약사항을 말했는데, 그중 첫번째 즉 한국어 문학유산의 절대적 빈곤 문제는 우리가 동양고전을 비롯한 외국문학의 다양한 자산을 원문으로 또는 좋은 번역으로 섭렵함으로써 보완할 수 있겠지요. 물론 외국어 실력이 딸린다거나 좋은 번역이 없다든가 하는 제약은 있지만 어쨌든 그런 식으로 보완하는 길이 있겠는데, 두번째 말한 제약, 다시 말해 세계문학 속에서 현재 한국문학이 갖는 주변성이라고 할까 하는 데서 오는 문제는 한편으로 한국문학의 상대적 위상을 높이기 위해 우리가 한국문학을 번역해내고 외국에 알리는 노력을 하긴 해야겠습니다만, 그런 현실적 노력을 수행하면서 다른 한편으로는 현시점에서 중심적 위상을 차지하고 있는 서양의 근대문학에 대한 우리 나름의 읽기를 통해 대처할 수밖에 없다고 생각합니다.

그래서 어떻게 보면 영문학 교수로서 자기 직업에 대한 옹호를 하는 셈인데, 물론 저는 개인적으로 영국문학 자체가 매우 풍부한 유산을 가졌다고 믿고 제가 좋아하는 작가나 작품이 많은 것이 사실입니다만, 그 사실 여부를 떠나서 근대 세계체제의 중심부에서 이 세계를 이끌어오고 있는 실세를 가진 그런 문화권의 문학을 우리가 파악하지 않고는 현대세계에 제대로 대처하기도 어렵고 충분한 인문적 교양을 갖췄다고 말하기도 어렵다는 것입니다.

그런데 서양문학의 고전들이 차지하는 이런 중요성이 실은 주체적 인문학에 대한 위협이 되기도 합니다. 역사적으로 보면 서양의 고전들이 갖는 이른바 보편적 가치라는 것을 식민통치자들이 식민주의나 제국주의의 도구로 이용했습니다. 오늘날에도 이른바 제1세계에 대한 지구상의 나머지 여러 민족과 주민들의 문화적 종속을 부추기는 경향이 확실히 있습니다. 그렇기 때문에 한국 독자 내지는 비서구권 독자로서 주체적 읽기라는 것을 강조하지 않을 수가 없지요. 그런데 이런 소위 주체적인 읽기가 특정 지역의 특수한 관점에 국한되는 특수주의나 주관적인 읽기가 된다면 그건 그냥 반발하고 저항하는 것이지 세계의 다른 지역 사람들, 나아가 중심지역에 있는 사람들로부터도 타당성을 인정받고 그럼으로써 우리가 세계 속에서 위상을 높일 수 있는 그런 읽기는 못되는 것이지요. 특수주의·주관주의를 넘어 전지구적 호소력을 지닐 때만 진정한 주체성을 인정받을 수 있을 것입니다.

이런 독법을 두고 저는 오래전에 한 강연입니다만 「외국문학을 어떻게 이해할 것인가」(『민족문학의 새 단계』, 창작과비평사 1990)라는 글에서 '이이제이(以夷制夷)'라는 표현을 쓴 적이 있습니다. 이건 동양사에서 만나는 표현이지요. 옛날 중화민족이 주변의 오랑캐들과 싸우면서 오랑캐를 시켜서 오랑캐를 제어한다, 이이제이한다고 했는데. 말하자면 우리가 서양문학을 주제적으로 읽을 때, 뭐 이건 좀 농담 섞인 표현입니다만 이이제이를 할 필요가 있다, 서양문학을 저술한 그 서양 오랑캐들의 작품을 우리가 제대로 읽어가지고 서양의 제국주의자 오랑캐들을 잘 다스릴 필요가 있다 하는 이야기였어요. 우리가 서양의 제국주의적인 침략을 물리쳐야 한다고 해서 서양문학을 무조건 배격할 것이 아니라, 오히려 그들 내부에서 자신의 행태를 비판하고 단죄하는 그런 요소를 끌어다 활용하는 것이 우리 자신의 수고를 덜면서 서구비판의 목적을 더욱 효과적으로 달성하는 길이라는 것이었습니다.

　이것은 한편으로는 서양인들 자신이 서구중심적 읽기를 마치 그것이 보편적인 읽기인 양 내세우는 데에 저항하는 자세지만, 동시에 제국주의 서양의 산물이라고 무조건 배격하거나 비판만 하는 데도 동의하지 않는 태도입니다. 물론 실제로 얼마나 이이제이가 가능한지는 구체적인 작품을 놓고 사안별로 판단할 일이겠습니다.

정전 읽기의 의미와 정전의 재평가

　그런 검토에 들어가기 전에, 제가 제목에 서양명작 읽기라는 표현을 썼는데 요즘은 제국주의냐 아니냐 하는 문제를 떠나서 특정 작품들을 명작이라든가 고전이라든가, 또는 이건 공격하는 사람들이 잘 쓰는 용어입니다만 '정전(正典)'이라고도 하지요. 영어로는 canon인데, 특정 작품을 정전의 반열에 넣어서 특권화하는 것 자체에 대해 비판이 많습니다. 나아가 문학의 개념 자체를 문제시해서, 소위 문학이라는 것도 전반적인 문화연구의 대상으로 연구하면 되지 문학을 다른 문헌이나 문화적 텍스트와 별개의 것으로 설정하는 것은 신비화하는 것이다 하는 이른바 탈문학론도 자주 만나게 됩니다.[3]

　문학을 지나치게 신비화하거나 영구불변의 정전목록을 만들어서 다른 사람에게 강요하는 일은 당연히 비판해야 합니다. 또 문학연구에서 온갖 종류의 작품, 꼭 고전이 아니더라도 다양한 종류의 작품을 읽는 건 좋은 일이고, 나아가 문학에 대한 기존개념에 부합하지 않는 텍스트까지 폭넓게 다루는 것도 바람직한 일이죠. 그러나 아놀드의 문구 그대로 세상에서

---

3 테리 이글턴(Terry Eagleton) 등 탈문학론자들을 비판적으로 검토한 저서로 유명숙『역사로서의 영문학: 탈문학을 넘어서』, 창비 2009 참조.

생각되고 말해진 최선의 것이 과연 어떤 것이고 또 차선의 것은 어떤 것이며 그런 기준에 도저히 부합할 수 없는 건 어떤 것인가를 끊임없이 탐구하고, 또 기존의 평가에 대해 성찰하고 재평가하는 주체적 노력은 인문학에서 생략할 수 없는 작업입니다. 그런 걸 탐구하고 생각하고 재평가를 거듭하는 노력 자체가 사실은 인간이 사람답게 살기 위한 노력의 중요한 일부입니다. 또 그런 노력의 구체적인 한 방편으로서 우리가 좋은 글을 읽되 생각하면서 읽는 작업을 떠나서는 인문적인 교양 쌓기가 있을 수가 없겠지요. 그래서 이런 노력을 통해서 형성되거나 또 해체되기도 하고 수정 보완되기도 하는 그러한 고전의 목록을 정전이라고 한다면 이것은 흔히 말하는 정전주의, 어떤 목록을 딱 고정시켜놓고 그것만이 영구불변의 고전들이라고 주장하는 정전주의하고는 구별되어야 한다고 봅니다.

정전주의에 대한 논란과 관련해서 영문학에서 정전주의의 대표적인 인물로 곧잘 꼽히는 리비스라는 평론가가 있지요. 그에 대한 얘기를 조금 준비했습니다만 시간관계상 대부분 생략할까 합니다. 그런데 리비스가 사실은 기존의 영문학 정전을 굉장히 많이 수정한 사람이에요. 그는 정전주의자가 아니라 내가 지금 말하듯이 기존의 정전을 재평가하고 해체할 건 해체했는데, 그 과정에서 새로운 정전의 반열에 올려놓은 작가 중의 하나가 바로 조셉 콘래드입니다.[4]

콘래드에 대한 재평가와 「어둠의 속」

콘래드는 사실 당대에도 물론 좋아하는 사람들은 아주 좋아했고 동료

---

4 F. R. Leavis, *The Great Tradition: George Eliot, Henry James, Joseph Conrad* (1948), revised edition, Penguin 1974; 국역본 프랭크 레이먼드 리비스『영국소설의 위대한 전통』, 김영희 옮김, 나남 2007. 리비스의 정전 개편작업에 관해서는『백낙청회화록』제4권, 창비 2007, 405~406면 참조.

작가 중에서도 콘래드를 매우 높이 평가하는 사람들이 적지 않았어요. 오늘 배포된 리플릿 참고자료에도 나와 있는데, 콘래드는 원래 폴란드 태생이지요. 폴란드 태생이고 그 사람의 제1외국어가 영어가 아니고 불어였습니다. 훗날에도 일상회화에서는 프랑스어를 더 잘했어요. 그러다가 나이 들어서 영국 배를 타는 선원이 되면서부터 영어를 배워가지고 뒤늦게 작가가 되었는데 소설을 영어로 썼습니다. 그러니까 좀 기이한 경력의 소유자지요. 그래서 그런 걸 아는 사람들이 더 애착을 갖기도 했습니다. 생전에는 소수 독자만이 그의 진가를 알아봤고, 많은 독자들에게는 그냥 배 타고 먼 이국적인 곳을 다닌 체험에 근거한 모험 이야기 쓰는 그런 작가로 알려졌었는데, 이런 사람을 정전의 반열에 올리는 데에 리비스 같은 평론가가 큰 기여를 했지요.[5]

콘래드가 일부 동료작가들로부터 높은 평가를 받기도 했다고 했는데 한두 가지 여담삼아 소개하지요. 콘래드보다 선배인 헨리 제임스(Henry James)도 그중 하나고, 조금 연하인 버지니아 울프(Virginia Woolf) 같은 작가도 콘래드를 좋아했어요. 프랑스에서는 이런 에피쏘드가 있어요. 앙드레 지드(André Gide)라고 여러분이 아시죠. 뽈 끌로델(Paul Claudel)은 앙드레 지드의 친구인 동시에 그 자신 시인이고 희곡작가인데, 끌로델하고 지드 등 몇이 모여앉아 얘기를 하는 도중 누군가 당시 동양에 대한 작품으로 제일 알려진 키플링(Rudyard Kipling) 얘기를 하니까 끌로델이 좀 경멸하는 눈으로 보면서 키플링 같은 걸 뭘 얘기하냐, 콘래드를 읽어야 된다고 그러는데 지드를 포함해서 많은 사람이 콘래드가 누군지도 몰랐다고 해요. 그래서 콘래드의 뭐를 읽으면 좋겠냐고 물었더니, '다 읽어야지' 그랬다는 거예요. 그래서 그때부터 지드가 콘래드를 열심히 읽어가지

---

5 물론 그에 앞서 시인 T. S. 엘리엇이 그의 시 "The Hollow Men"(1925)의 제사(題辭)로 「어둠의 속」의 한 구절을 인용함으로써 콘래드의 명성을 높이는 데 크게 일조했다.

고 나중에는 콘래드를 만나기도 하고 친구가 되기도 했지요.[6]

또하나 콘래드를 무척 존경했던 유명한 작가가 토마스 만(Thomas Mann)입니다. 토마스 만이 말년에 그런 얘기를 했어요. 자기더러 20세기의 가장 위대한 소설가라고 그러는데 자기는 그런 말만 들으면 부끄러워서 쥐구멍에라도 들어가고 싶은 심경이라는 거예요. 왜냐, 20세기에 제일 위대한 작가라면 조섭 콘래드지 어떻게 토마스 만이냐, 그런 말을 한 적이 있습니다. 어느 편지에 그렇게 써서 지금 서간집에도 남아 있어요.[7]

1948년에 리비스가 쓴 *The Great Tradition*은 '영국소설의 위대한 전통'이라는 이름으로 우리말 번역도 나와 있습니다. 이 책이 나온 뒤부터는 콘래드가 정전의 지위를 확보했고 「어둠의 속」이 그런 정전의 하나로 많이 읽히게 되었습니다. 또 학교에서 가르치다보면 장편소설은 학생들이 읽기를 괴로워하잖아요. 근데 이게 중편이거든요. 그래서 거의 강의계획서마다 다 들어가게 되는 행운이라면 행운을 누린 소설입니다. 그런 지위를 한참 잘 누리다가 70년대 중반에 와서, 이건 제국주의를 비판한 책이 아니라 오히려 제국주의와 인종주의를 옹호한 책이다 하는 문제제기가 있고, 또 페미니즘 비평이 나오면서 기존의 남성들이 쓴 정전에 대해서 성차별주의적인 요소를 찾아내서 비판하는 글이 많이 등장했지요. 그래서 뒤늦게 「어둠의 속」이 과연 정전의 반열에 들어가 마땅한 작품이냐 아니냐 하는 논란이 벌어졌습니다. 그런 점에서도 오늘 제가 여러분과 한번 검토하고 생각을 나눠보기에 아주 적절한 작품인 것 같아요.

이 작품은 1899년에 처음 나왔는데, 콘래드가 콩고를 직접 찾아간 것이

---

6 André Gide, "Joseph Conrad" (1924) in: R. W. Stallman, ed., *The Art of Joseph Conrad: A Critical Symposium*, Michigan State University Press 1960.

7 1951년 8월 28일 *The New York Herald Tribune*지의 문학란 편집자 Irita Van Doren에게 보낸 편지(Thomas Mann, *The Letters of Thomas Mann*, selected and translated by R. and C. Winston, Penguin 1970, 445면).

1890년이었다고 합니다. 그러니까 그 무렵에 콩고강을 따라서 벨기에령 콩고—콩고가 프랑스령 콩고도 있고 벨기에령 콩고도 있었는데 벨기에령 콩고의 내륙 깊숙한 데까지 갔었어요. 이 작품에 나오는 말로(Marlow)라는 영국인 선장이 바로 그곳을 다녀오는데, 그 경험담을 말로가 작중 화자가 되어서 작품 안의 자기 친구들한테 들려줍니다. 일종의 액자소설이지요. 그런데 이 작품에는 말로 외에 1인칭 화자가 따로 있어요. 그 사람은 말로의 얘기를 듣는 사람 중 하나입니다. 그 사람하고 친구들 몇이 모여가지고 밤중에 갑판에 앉아서 말로가 하는 아주 기나긴 이야기를 듣습니다. 그래서 그 사람의 1인칭 서술이라는 일차적 프레임 즉 '액자'가 있고요. 그 액자 속에 말로가 또 1인칭으로 자기 목소리로 들려주는 이야기가 대부분을 차지합니다. 이중으로 액자소설인 거지요.

참고자료를 보니까 줄거리를 좀 소개했던데, 안 읽으신 분들을 위해서 작품이 대충 어떤 작품이라는 걸 얘기할 필요가 있겠지요. 그런데 읽어보신 분들은 알겠지만 줄거리를 요약해서 안 읽은 사람한테 그 실감을 전달하기가 참 어려운 작품이에요. 뭐 액자소설이고 말로라는 선장이 콩고 내륙지에 다녀왔고 거기서 커츠(Kurtz)라는 인물을 만났고 그 사람이 이러저러했다, 이런 사실이야 물론 전달할 수 있지만 그렇게 말해가지고는 영 실감이 안 오게 되어 있는 거예요.

실감이 안 나는 소개말의 한 예로 배포된 참고자료에 있는 걸 한번 읽어보겠습니다. 그에 앞서, 리플릿에 '1902년 작'이라고 되어 있는데 이건 잘못이고요. 1899년 출간입니다. "19세기 말 아프리카 콩고를 배경으로 하고 있다." 이건 물론 맞는 얘기이고 "영화 「지옥의 묵시록」의 원작으로도 유명하다." 이것도 사실이고 대단히 유명한 영화인데 불행히도 제가 이 영화를 못 봤습니다.

"줄거리는 다음과 같다. 원래 큰 배의 선장을 하던 말로는 사람들의 만류에도 불구하고 탐험심에 끌려 작은 배의 기선의 선장직을 맡아 콩고로 떠난다." 콩고 안에서 운항하는 배의 선장 노릇을 해볼 생각으로 갔는데 콘래드도 어릴 때 아프리카 지도를 보니까 그때는 아직 백인들이 탐험하지 않은 지역이 백지로 남겨져 있었다고 해요. 그래서 거기에 한번 가봐야겠다는 게 어릴 때 꿈이었다지요. 말로나 콘래드 자신이 갈 때쯤 해서는 그 일대가 점령국에 따라서 여러가지 다른 색깔이 칠해졌는데, 어쨌든 그런 탐험심이 주된 동기가 되어서 콩고로 갔습니다. "하지만 현지에 도착하니 그가 운항할 배는 크게 파손돼 있었다." 이건 뭐 그렇게 중요한 사항은 아닙니다.

말로가 고생 끝에 내륙의 목적지에 도착해서 커츠라는 인물을 만났더니 그 사람이 거의 죽어가고 있어서 그 사람을 데리고 나오는데 도중에 커츠가 죽습니다. 그런데 그게 이야기의 거의 전부고, 이야기의 굉장히 큰 비중을 차지하는 커츠하고 만나서 그 사람이 죽기까지의 이야기는 페이지 수로 하면 별로 많지가 않아요. 아프리카로 가는 도중에 이런저런 일들이 생기고, 콩고에 닿아서 정작 자기가 타려던 배도 파손돼 있어서 고쳐야 되고, 그리고 뱃길로 강을 거슬러 올라가는 도중에 또 여러가지 겪는 일이 있어요.

가령 영국에서 배를 타고 콩고강 입구까지 가는 도중에 보니까 아프리카 해안에서 프랑스 군함이 해안에다 대고 포를 쏘고 있어요, 대포를. 그것을 콘래드가 "firing into the continent"라고 표현합니다. 대륙 속에다 그냥 쏘고 있더라. 거기 뭐 아무도 없고 쏴봤자 무슨 효과가 날 것 같지도 않은데 군함이 그야말로 아프리카 대륙 전체에 대고 쏘듯이 포를 펑펑 쏘고 있는 겁니다. 이런 에피쏘드들이 여러가지 누적되면서 백인들이 아프리카에 가서 식민을 하고 문명을 전파하고 한다는 일이 얼마나 엉터리 같은 짓인가 하는 실감을 전해주지요.

콩고강 중류지대로 가려면 하구에서 조금 올라가다가 배에서 내려 한동안 육로로 가게 되어 있답니다. 콩고강이 너무 급류가 많아서 항해를 못하는 구역이기 때문이래요. 그래서 다시 배를 탈 때까지 걸어가는 도중에 여러가지 사건과 상황묘사가 있고, 회사 대표부에 들러서 자기 배를 고쳐서 강을 타고 올라갑니다. 올라가는 과정에서 커츠라는 인물에 대해서 이런저런 얘기를 많이 들으면서 말로도 호기심이 자극되지만 독자도 '아, 이 사람이 어떤 사람일까' 하는 호기심을 저절로 갖게 됩니다. 배를 고치는 동안 같이 일하는 사람들에게 커츠라는 인물의 이야기를 들을 뿐만 아니라, 이곳에서 혹사당하는 흑인들이 비참하게 죽어가는 여러 정황을 목격합니다.

다시 리플릿 자료로 돌아갑니다. "커츠는 강을 따라 올라가면 나오는 밀림 깊숙한 곳에 주재하고 있으며 상아 중계무역으로 돈벌이를 하고 있다. 그는 오지의 주재원으로 왔지만 아예 밀림에 정착했다. 그는 원주민들 사이에 신적인 존재로 군림하고 있으며, 잔인한 인물로 알려져 있다. 말로는 자신의 임무가 죽을 병에 걸린 커츠를 문명세계로 다시 데려오는 일인 것을 알게 되고…" 가서 보니까 그랬던 거지 처음에는 그에게 보급물자를 가져다주려고 떠났던 거죠. 편지 쌓인 것 등을 갖다주는데, 커츠라는 사람이 하여간 그 일대에서 아주 유명하고 굉장히 유능한 주재원입니다. 상아를 그 누구보다도 많이 확보하는 사람이고, 점차 드러나는 사실은 이 사람이 거기 있으면서 사람이 좀 변한 거예요. 가령 자료에서 말하듯이 신적인 존재로 군림을 하고, 또 자세한 얘기는 안 나옵니다만 온갖 괴상한 예식을 치르고 사람들도 많이 죽이고 죽인 사람 목을 잘라서 막대에다가 걸어놓기도 합니다. 또 처음에는 무역을 하다가 나중에는 원주민들 조직해가지고 인근에 출동해서 상아를 약탈해오기도 하는데, 말로가 갔을 때 병이 아주 깊어 있습니다. 그래서 그 사람을 데리고 나오는데, "강을 거슬러 올라가면서 차차 알 수 없는 밀림의 힘에 압도당한다"는 자료 내용처럼 말로는 그런 밀림의 실감을 쭉 느끼면서 갔어요. 가서 커츠를 만나 커츠의 그러한 상태를 확인하니까 밀림의 힘이, 또는 여기 아프리카 대륙의

'어둠'의 힘이 커츠를——그러니까 커츠는 자기가 그것을 정복했다고 생각했지만 사실은 어둠의 힘이 커츠를 정복했던 거지요.

"그리고 말로가 커츠를 만났을 때 그는 문명의 관점에서 볼 때 인격이 붕괴된 상태였다. 말로가 커츠를 데려나오는 도중 커츠는 마지막으로 '무서워라, 무서워라'라는 말을 하면서 최후를 맞이한다." 리플릿은 이렇게 끝맺는데 실은 얘기가 여기서 끝나지 않습니다. 나머지 대목에 관해서는 제가 나중에 더 얘기를 하겠습니다만, "무서워라, 무서워라"라는 말이 영어로는 "The horror! The horror!"예요. 그런데 여러분 아시겠지만, 영어에 "horror"라는 말과 "terror"라는 말은 뜻이 좀 다릅니다. terror는 그냥 무서운 것, terrible은 무섭다는 뜻이고요. horrible 하면 끔찍하고 해괴하고, 그니까 사람에게 공포감을 주는데 그냥 겁나는 게 아니라 너무나 끔찍하다거나 또는 반인륜적이라든가 야만스럽다든가 이런 뜻이 있습니다. 그래서 그냥 "무서워라 무서워라"보다는 오히려 "끔찍해라, 끔찍해라"가 낫지 않을까 싶습니다. 아니, the라는 정관사가 붙어 있으니까 '저 끔찍한 것!'이라는 뉘앙스가 따릅니다.

편의상 자료를 따라 읽으면서 대충 어떤 이야기인지를 말씀드렸습니다. 그런데 이게 정전 반열에 오르면서 「어둠의 속」 혹은 「암흑의 핵심」에 대한 해석이 그 내면적이고 '보편적'인 의의 쪽으로 기우는 경향이 생겼어요. 아프리카 여행담은 하나의 표면적인 것이고 실은 인간내면의 탐구, 앨버트 게라드라는 평론가가 있는데 그의 표현으로는 "the journey within", 즉 인간내면의 무의식세계로의 여행이라는 거지요.[8] 또는 여기 쓰인 상징을 중심으로 신화적인 해석을 한다든가, 어쨌든 그런 소위 '인간의 보편적 면모'를 주로 부각시키게 되었습니다.[9]

---

8 Albert J. Guerard, *Conrad the Novelist* (Harvard University Press 1965), 제1장 'The Journey Within' 참조.
9 말로의 여행을 성배(聖杯, Holy Grail)를 찾아나선 탐구여행으로 해석한 Jerome Thale,

애초에 리비스는 Heart of Darkness를 칭찬하면서도 스타일상의 몇가지 결함을 지적하고 콘래드에 이런 문제점이 있다는 식의 비판도 했는데, 그후 게라드 같은 사람은 리비스가 이 작품의 주제가 내면으로의 여행이라는 사실을 간과하거나 경시하기 때문에 그런 비판이 나오게 된 것이지 그게 절대로 결함이 아니라고 주장합니다. 물론 Heart of Darkness라는 작품을 두고 그렇게 읽는 것도 한 가지 방법이지만 누구에게나 설득력을 갖는 독법이 되기는 어려울 듯합니다.

인종주의와 식민주의 문제

그런데 이런 식의 접근에 정면으로 도전하고 나온 사람이 나이지리아 출신의 작가 치누아 아체베(Chinua Achebe)지요. *Things Fall Apart*라는 소설을 쓴 작가인데, 나이지리아는 콩고보다 조금 북쪽에 있을 거예요. 아체베가 콘래드를 읽고, 또 콘래드가 보편적인 가치를 갖는 불후의 명작이라고 너도 나도 예찬하는 이야기를 들을 때, 아프리카인으로서 속이 뒤집어지는 거예요. 그래서 콘래드 「어둠의 속」의 인종주의에 관한 강연을 1975년에 했고 그 글이 77년에 잡지에 발표됐는데, 첫머리부터 이런 얘기가 나옵니다. 사람들이 자기가 미국 대학에서 아프리카 문화를 가르친다고 하면 아프리카에 무슨 문화가 있는가 하는 식으로 나오곤 하는데, 바로 아프리

"Marlow's Quest"(1955)나 지옥(내지 저승)으로의 여행으로 읽은 Lilian Feder, "Marlow's Descent Into Hell"(1955), Robert O. Evans, "Conrad's Underworld"(1956) 등이 모두 작품의 '보편적' 의의를 부각시킨다(세 편 모두 위의 Stallman 엮음 *The Art of Joseph Conrad*에 수록). 물론 「어둠의 속」이 단순히 제국주의의 아프리카 식민지지배를 고발한 문건이 아니고 이런 '보편적' 또는 상징적 차원을 지닌다는 점은 분명하다. 그러나 그 점에 대한 강조가 제국주의에 대한 비판과 콘래드의 고뇌를 좀더 '본질적'인 이야기에 입힌 일종의 외피로 격하할 때, 그러한 '보편주의'는 서구중심주의의 한 표현에 불과한 것임을 부인하기 어렵다.

카에 대한 그런 인종주의적인 편견을 적극적으로 표현하고 강화하는 데 이바지하는 것이 콘래드의 Heart of Darkness다. 제국주의에 대해서 문제 제기를 하는 것 같지만 기본적으로 거기에는 아프리카인이 없고, 아프리카인으로 등장하는 인물 중에 우선 한마디라도 대화를 하는 사람이 몇 안 되고, 아프리카는 그야말로 어둠의 대륙, 어둠의 핵심, 실은 저네들이 와서 설치다가 망해가지고 나가면서 그게 마치 무슨 아프리카의 신비한 악령의 힘이 그 사람을 타락시킨 것처럼 얘기하고 있다는 거예요. 그래서 아체베가 아주 딱 부러지게 이렇게 질문합니다. Heart of Darkness를 위대한 예술작품이라고 할 수 있느냐, 답은 No라는 거예요.[10]

아체베의 노골적인 문제제기가 이뤄지면서 논의가 활발해졌지요. 그의 말이 딱 맞든 안 맞든 그때까지 이런 문제를 얘기하면 좀 촌스러운, 마치 「어둠의 속」이라는 위대한 문학작품을 하나의 여행담이나 무슨 정치논설로 읽으려고 하는 촌놈 취급을 하는 풍토에 아체베가 아주 큰 변화를 가져온 게 사실입니다. 그뒤로 여러가지 후속 논의가 나오는데, 자세한 얘기를 하기는 어렵습니다만 제 생각은 콘래드가 비록 동시대인들의 인종주의로부터 완전히 자유롭지는 못하지만 작품에서 제국주의 또는 인종주의에 대한 강력한 비판을 찾아볼 수 있는 것은 틀림없다는 것입니다. 또 이런 저의 관점에 부합하는 꽤 설득력 있는 해석이 나오기도 했습니다.

제가 사용하고 있는 텍스트가 Norton Critical Edition이라고, 작품

---

10 Chinua Achebe, "An Image of Africa: Racism in Conrad's *Heart of Darkness*," (1977, 1988) in Joseph Conrad, *Heart of Darkness*, Norton Critical Edition (Fourth Edition), ed. Paul B. Armstrong (W. W. Norton 2006), 336~49면. 물론 아체베 이전에도 「어둠의 속」의 사회적·역사적 내용을 제거하는 비평에 대한 반론은 있었다. 특히 리비스와 맑스주의 비평의 영향을 동시에 받은 레이먼드 윌리엄즈의 경우가 그렇다(Raymond Williams, *The English Novel from Dickens to Lawrence*, Oxford University Press 1970, 145면). 그에 앞서 영국의 맑스주의 비평가 케틀은 『노스트로모』론을 통해 콘래드 문학의 사회적·역사적 내용을 부각시킨 평론을 선보인 바 있다(Arnold Kettle, *An Introduction to the English Novel*, Hutchinson, Vol. 2 (1953), Second Edition 1967, 제2부 제2장).

의 원문 외에 여러가지 비평문, 참고자료 등을 한책에 묶은 건데 Heart of Darkness는 워낙 많이 읽히고 연구되는 작품이라 그런지 이 작품의 Norton Critical Edition이 네 번에 걸쳐 나왔어요. 지금 제가 가진 게 2006년에 나온 제4판입니다. 여기 보면, 가령 헌트 호킨즈라는 사람의 「『어둠의 속』과 인종주의」라는 글이 실려 있고[11] 또 제러미 호손의 「『어둠의 속』에 나오는 여자들」[12]에서는 콘래드의 성차별주의 내지 남성우월주의에 대한 일부 여성주의자들의 비판에 맞서, 말로가 피력하는 여성관은 유럽 여성에만 해당하며 그나마 노동계급의 유럽 여성에는 해당되지 않는다는 점을 지적합니다. 그리고 콘래드의 인종주의라는 것도 그런 맥락에서 달리 해석할 여지가 있음을 강조합니다. 두 사람 모두 아체베가 너무 단순화해서 읽었다는 점을 꽤 자상하게 논하고 있지요.

사실은 저도, 그게 1969년이니까 벌써 40년이 됐군요. 「콘래드 문학과 식민지주의」라는 글을 쓴 적이 있어요. 저의 첫번째 평론집에 실려 있습니다. 그리고 강연준비를 하면서 거기서 200면에서 203면에 걸쳐서 한 구절을 인용하겠다 그래놓고 정작 그 책을 놓고 왔어요.(청중 웃음) 뭐 잘됐죠. 시간도 없고 또 내가 쓴 걸 자꾸 읽으면서 하는 것이 모양새도 안 좋은데, 아무튼 그 시점에서 저는 솔직히 고백하면 성차별주의에 관한 논의는

---

11 Hunt Hawkins, "*Heart of Darkness* and Racism," 위의 책 365~75면. 호킨즈는 콩고를 무대로 한 콘래드의 단편 「진보의 전초기지」(An Outpost of Progress)에서는 발언하는 흑인이 등장하고 원주민을 다룬 여러 작품이 그들의 능동적 모습을 보여줌을 지적하면서, "그가 「어둠의 속」에서 아프리카인들의 역할을 상대적으로 축소하고 소홀히 한 것은 의도적이었을 것"(위의 책 366면)이라고 주장한다. 곧, 콘래드는 아프리카인보다 유럽인들에게 초점을 맞추고자 했던 것이며, "커츠의 타락이 아프리카인들로부터 오는 것이 아니라 유럽과 커츠 자신으로부터 오는 것임을 콘래드는 분명히한다. (…) 그는 '핵심이 텅 비어' 있어 내면적 자제력이 없기 때문에 황야의 속삭임에 약하다. 그런데 말로가 이야기 끝머리에 깨닫듯이 어두운 황야는 아프리카에만 있는 것이 아니라 브뤼셀의 길거리에도 어른거리고 템즈강 위에도 맴돌고 있다."(371면)

12 Jeremy Hawthorn, "The Women of *Heart of Darkness*," 같은 책 405~15면.

못했습니다. 그런 문제에 대한 인식이 부족했지요. 다만 제국주의 문제에 대해서는 호킨즈라든가 호손 같은 사람들이 지금 하고 있는 것과 비슷한 얘기를 40년 전에 했다고 자부합니다. 관심 있으신 분은 『민족문학과 세계문학 1』(창작과비평사 1978; 합본평론집, 창비 2011)에 실린 「콘래드 문학과 식민지주의」, 별로 길지도 않은 글이니까 한번 읽어봐주시기 바랍니다.

인종주의를 문제삼은 비평 외에 '신역사주의'(New Historicism)의 시각에서 콘래드를 비판한 예도 있습니다. 콘래드가 작품을 쓸 당시의 역사적 상황에 대해 자세히 조사해서 가령 Heart of Darkness라는 작품이 어떻게 그 시대의 이데올로기에 물들어 있는가 하는 것을 보여주는 그런 식의 비평인데, 콘래드가 벨기에의 식민지 통치는 제대로 비판했지만 영국의 식민지주의가 벨기에의 식민지주의보다 우월하다는 것을 은연중에 선전하는 그런 이데올로기적인 작업을 했다는 겁니다.[13]

콘래드 개인은 영국에 귀화해서 자기를 받아주고 자기 문학을 가능하게 해준 영국에 대해서 늘 감사하는 마음이었고 영국이 식민지지배를 다

---

13 예컨대 고부응 『초민족시대의 민족 정체성: 식민주의, 탈식민 이론, 민족』(문학과지성사 2002) 제10장에서는 (「어둠의 속」이 아닌 『로드 짐』이 주요 대상이지만) 콘래드가 결국 "영국 제국주의의 정당성 옹호"(229면)에 기울어 있음을 지적하고, "콘라드 비평의 일반적 흐름을 거스르면서, 그리고 작가인 콘라드가 주입하려 하는 식민 이데올로기의 작용을 드러내 밝히"(257면)는 '저항적 읽기'를 촉구한다. 물론 신역사주의 비평가들이 모두 이렇게 단호하게 콘래드를 영국 제국주의 옹호자로 보는 것은 아니다. 브랜틀링거의 경우, 「어둠의 속」이 커츠의 허위적 이상주의를 폭로하는 차원에서는 "제국주의 이데올로기에 대한 통렬한 비판을 제공"하지만 좀더 일반적인 차원에서 "콘래드는 콩고에서 저질러진 잔혹행위에 대한 관심을 끄고 동료 예술가로서의 커츠, 콘래드 자신이 그토록 매력적이며 어쩌면 남몰래 위안이 되는 걸로 느꼈던 허무주의의 정신적 영웅 커츠와 자신을 동일시한다"(Patrick Brantlinger, "[Imperialism, Impressionism and the Politics of Style]," 위의 Norton Critical Edition 394면)는 것이다. 이는 리비스의 「어둠의 속」 문체 비판과도 상통하는 날카로운 지적이다. 다만 커츠와의 '자기동일시'는 다소 과장된 판정이며, "사회비평으로서 「어둠의 속」의 반제국주의 메씨지는 그 인종주의, 그 반동적 정치자세, 그 인상주의에 의해 역전된다"(395면)는 결론도 지나친 단순화라 생각된다.

른 나라보다 잘하고 있다는 생각도 분명히 갖고 있었어요. 말로도 잠깐 그런 얘기를 합니다. 더구나 벨기에령 콩고라는 것이 아시는 분은 아시겠지만 영국이나 프랑스가 국가 차원에서 운영하는 식민지하고는 달랐어요. 이건 벨기에의 왕, 레오폴드라는 왕 개인의 재산이었습니다. 벨기에라는 국가의 식민지가 아니고 벨기에령 콩고 전체가 레오폴드의 사유재산이었지요. 그러니까 뭐 엉망진창이죠. Heart of Darkness에서 묘사된 상황이 그런 현실을 반영하기도 합니다. 그러나 이 작품 자체를 보더라도 커츠라는 사람은 핏줄이 많이 섞여 있고 말로가 그런 얘기를 하면서 "모든 유럽이 그를 만들었다", 이렇게 말합니다. 그래서 이건 벨기에에 국한된 비판이 아니고 앞서 프랑스 군함이 아프리카 대륙에 대포를 쏘아대는 그런 디테일을 보더라도, 콘래드가 영국 식민지주의에 대한 비판을 정면으로 들고 나오지 않은 것은 사실이지만 벨기에의 식민통치에 대한 영국 식민통치의 우월성을 부각시키려고 했다는 해석은 좀 억지인 것 같아요.

또 콘래드의 다른 작품들, 특히 말레이반도 등 동남아시아 쪽을 다룬 작품들을 보면 ― 영국의 식민주의자를 다룬 『로드 짐』(Lord Jim) 같은 작품이 좋은 예입니다만 ― 영국인들을 결코 좋게 보고 있지 않아요. 또 콘래드의 최대 걸작으로 꼽히는 『노스트로모』(Nostromo) 같은 작품은 라틴아메리카를 배경으로 하는데 거기서의 표적은 미국의 신식민지주의라고 할 수 있습니다. 그래서 영국 식민지주의, 미국의 신식민지주의. 벨기에의 약탈적이고 저급한 식민지주의, 이런 것들을 다 콘래드 나름으로는 비판했다고 말하는 게 옳을 것 같아요. 그 비판이 과연 얼마나 철저했느냐 또 얼마나 훌륭한 작품이 나왔느냐 하는 것은 별도로 따지더라도, 콘래드가 영국 식민지주의를 옹호했다고 하는 것은 좀 안 맞는 해석인 것 같습니다.

「어둠의 속」과 페미니스트 비평

또 한 가지 중요한 비판은 아까도 얘기했듯이 페미니스트들이 던진 비판인데요. 말로라는 사람이 요즘 식으로 말하면 남성우월주의자인 것은 틀림이 없겠지요. 그리고 말로하고 콘래드를 동일시하는 것은 맞지 않지만 콘래드도 개인적으로는 당시 영국 선원들의 남성 위주의 생각을 꽤 공유했으리란 것은 상식적으로 이해할 수 있습니다. 그러나 작품 내용을 보면 좀 달라요. 일부 페미니스트들은 여성을 그냥 형편없이 그려놓았다, 세상사를 아무것도 모르고 남자들이 그런 걸 말해줄 필요조차 없는 존재로 제쳐놓았다고 비판합니다. 다른 한편 인종주의를 문제삼는 사람들은 나중에 말로가 벨기에 브뤼셀로 돌아와서 커츠의 약혼자를 찾아가는데 그 여자는 멋있게 그리면서도 커츠가 아프리카에서 데리고 살았던 걸로 짐작되는 여자는 커츠가 떠나올 때 소리를 질러대는, 무슨 야만의 상징처럼 그려놨다고 비판하기도 합니다.[14]

그러나 이 경우에도 아까 얘기한 제러미 호손이 상당히 적절하게 해명했다고 보는데요. 제국주의, 즉 커츠라는 사람이나 또 그 사람을 비롯한 유럽의 남자들이 멋있는 이상을 앞세워 아프리카에 가서 그런 못된 짓을 하고 불행을 만드는 제국주의적 행각과, 세상사를 모르고 곱게 살면서 자기들의 이상을 앞세워 그런 남자들을 존경하고 지원하는 여성들의 이상주의가 사실은 결부되어 있다는 점이지요.[15] 콘래드는 그런 이상주의 자

---

14 예컨대 Norton Critical Edition에 실린 Marianna Torgovnick, "Primitivism and the African Woman in *Heart of Darkness*" 참조.

15 "약혼녀의 불모상태의 고립은 가정 내부의 문화에 국한된 인물이 아프리카에서 자신들의 이름으로 어떤 일이 행해지고 있는지에 대한 온전한 인식으로부터 분리된 상태를 사실적으로 묘사한 것이다. 동시에 유럽 문화에서 남녀차별이 낳은 결과의 일부를 정확히 그려내기도 한다. 제국주의의 목적수행을 위해 아프리카로 보내지는 것은 유럽의 남자들이다. 그러나 우리는 남정네들이 제국주의를 위해 실제로 무엇을 하는지를 모르는

체를 비판하고 있다는 거예요. 호손이 중요하게 지적하는 또 한 가지는, 이 게 계급문제와도 관련되어 있다는 점이지요. 여자들이 세상을 모르고 곱 게 사는 것은 노동계급에는 해당되지 않는다는 거예요. 부르주아지에나, 지배계급에나 있는 현상이지요. 또 이것이 인종문제하고도 관련이 되는 데, 아프리카에서는 여자들이 그렇지 않다는 것입니다. 그리고 사실 커츠 의 약혼녀인 벨기에 여성은 아름답고 고상하게 그려놨지만 죽음의 상징 으로 제시되는 데 비해서 그 야만인 여자는 그야말로 생명이 넘치는 인물 로 묘사되어 있다는 거예요. 그래서 Heart of Darkness에 나오는 여성들만 잘 들여다봐도 콘래드가 성차별문제 또 계급문제, 인종주의와 제국주의 문제 이런 것을 종합적으로 성찰하고 비판하고 있음을 알 수 있다는 주장 을 합니다. 저는 이것이 상당히 설득력이 있는 비평이라고 생각합니다.

주체적 읽기를 위하여

제가 주체적인 읽기를 얘기하면서 서양에서 나온 이런저런 평론에 공감 한다는 얘기를 하니까 그럼 주체적인 게 뭔가, 이런 의문을 가지실지 모 르겠습니다. 그러나 우리가 주체적인 읽기를 한다고 해서 생전에 듣도 보 도 못한 무슨 기상천외한 해석을 내놔야 하는 건 아니라고 봐요. 우리의 주체성을 침해하는 기존의 여러가지 독법에 대해 분명한 비판의식을 가 지되 우리가 전지구적인 호소력을 갖는 주체적인 서양명작 읽기를 하는 데 도움이 되는 기존의 논의들을 우리 눈으로 알아보고 수용하는 것도 중 요하다고 생각합니다. 오히려 더 많은 공부가 필요합니다. 다만 어디까지 나 줏대를 세워서 하는 공부라야 하고, 서양쪽 문헌들의 그 많은 물량과 평

유럽의 여성들이 그들에게 강력한 이데올로기적 밑받침을 제공하고 있음을 본다. 「어 둠의 속」이 진지한 독자에게 시사하는 것은, 이상과 행동, 이론과 실천 사이의 분리가 부분적으로 젠더의 분리에 의해 관철되고 있다는 사실이다."(Hawthorn, 앞의 글 410면)

균적으로 높은 전문성에 압도돼서 거기 매몰되는 공부가 아니라야지요.

그리고 이건 그냥 적당히 절충해서 넘어가는 것하고도 다르다고 봐요. 우리가 작품에 대해서도 냉정하게 따지고 기존의 여러 비평에 대해서도 시비를 냉정하게 가리는 일이 요구되는데, 쉬운 예로 팔레스타인 출신의 학자요 비평가였던 에드워드 싸이드가 『문화와 제국주의』라는 책에서 「어둠의 속」을 논한 게 있지요.[16] 물론 그전에 콘래드 연구서를 따로 낸 적도 있는 사람입니다만, 그의 Heart of Darkness론을 보면 제가 말한 '이이제이론'하고 상당히 통합니다. 다시 말해서 이 작품을 제국주의적인 편견을 조장하는 방식으로 읽을 수도 있지만 또다른 방식은 오히려 제국주의에 대한 비판으로 읽을 수가 있다, 이제 그게 바로 이이제이론이죠.

그런데 그의 「어둠의 속」론은 콘래드의 시대적 한계라는 것을 굉장히 강조해요. 그러니까 그 시대적 한계 속에서는 콘래드가 최선을 다했지만 시대적인 한계가 너무나 엄연해서 당시에 아프리카의 여러 나라들이 그후에 식민지에서 해방이 돼서 새로운 주체로 나설 수 있는 가능성을 전혀 꿈꾸지 못했다는 거예요.

그것 자체는 맞는 말이지요. 하지만 제가 볼 때 그의 비평은 한편으로는 너무 간단하게 모든 것을 시대적 한계라고 말하고 넘어가는 것 같아요. 그 시대에도 여러가지 다른 생각, 앞선 생각을 하는 사람들이 있었으니까 그런 것하고 비추어서 콘래드를 비판할 여지도 있는 것이고, 또하나는 작품상의 세부적인 결함, 리비스 같은 비평가가 콘래드를 높이 평가하면서도 문장 스타일이 가령 별 의미없는 형용사를 너무 많이 쓴다든가 이런 걸 지적했는데, 싸이드는 '시대적 한계' 속에서는 미학적으로 완벽했다는 듯이 두루뭉술 넘어갑니다. 사실 리비스 자신이 제국주의 문제를 정면으로 들이대지 않았지만, 그가 지적하는 수식어의 남용이라든가 하는

---

16 Edward Said, *Culture and Imperialism* (Vintage 1993), 제1장 3절 'Two Visions in *Heart of Darkness*'.

그런 스타일상의 결함하고 제국주의를 인식하고 비판하는 데 있어서 콘래드가 지녔던 한계하고 이런 것들이 다 얽혀 있거든요. 그런 것을 작품을 세밀히 읽으면서 가려내야 하는 것이지요.

더 작은 모임에서 충분한 시간을 갖고 한다면 저도 이제부터 그런 작업을 했을 터인데 이 자리에서는 그것이 불가능합니다. 다만 Heart of Darkness가 당시의 식민지 현실이나 영국 또는 서구세계의 상황에 대한 어떤 수준의 인식에 도달했는지를 정확하게 가늠하는 작업은 작품의 결정적인 대목에서 어떤 문장들이 얼마나 적절하게 사용되었느냐를 판단하는 작업과 직결되어 있다는 점을 거듭 강조하고 싶어요. 주체적 읽기라는 것은, 남들이 — 특히 선진국의 비평가라는 사람들이 — 미리 만들어놓은 선입견에 휘둘리지 않는 주체적인 자세로 우리가 작품에 접근함으로써 가령 Heart of Darkness 같은 작품에 대해서도 훨씬 원만하면서 자상하고 정확한 읽기가 가능해지고 그런 의미에서는 우리가 영문학 텍스트를 가지고서도 영국인이나 미국인이 아닌 한국인으로서 인문학적 훈련을 더 착실하게 할 수 있다는 얘기가 되겠습니다. 원래 저의 주제가, 출발점이 주체적 인문학이었고 그 인문학을 위한 서양명작 읽기의 중요성을 말씀드렸고 그 한 예로 Heart of Darkness라는 콘래드의 작품에 관해 이런저런 이야기를 소개했는데, 제 강연은 대충 이것으로 마치고 여러분들과 질의응답하고 토론하는 과정에서 할 얘기가 더 있으면 하도록 하겠습니다. 감사합니다.

제2부 패널 질문과 토론

김도균: 저는 대학교 학부시절 선생님의 평론집을 읽고는 콘래드의 「어둠의 속」에 큰 관심을 가졌습니다. 이번 기회에 저는 법학자의 관점에서 콘

래드의 「어둠의 속」(「암흑의 핵심」, 이상옥 옮김, 민음사)을 다시 읽어보았습니다. 영어 원서로도 함께 읽었습니다. 먼저 이 책을 읽는 데 가동된 법학자의 관점이라는 것에 대해 간략하게 말씀드리고자 합니다. 한국사회에서 법은 사회적 약자들의 고통에 둔감하고 사회적 약자들을 지배하는 통치수단에 지나지 않는다는 비판이 강합니다. '법의 지배'(the rule of law)란, 법을 통치수단으로 삼는 '법에 의한 지배'(rule by law)에 지나지 않는다는 비판이지요. 본래 '법의 지배' 이상은 권력을 통제하고 시민의 권리와 이익을 보호하기 위해 태동하고 발전되어온 정치이념이지만, 한국사회에서는 여전히 법이 통치수단으로 작동하고 있습니다. 이를 개선하기 위한 여러가지 대책이 있겠지만, 일단 저는 법을 해석하고 적용하는 법률가들의 정신에 초점을 맞추고자 합니다. 선생님께서 인용하신 매슈 아놀드의 교양에 대한 정의를 저는 매우 좋아합니다. 물론 선생님의 영향 때문입니다. 그의 저서 『교양과 무질서』(Culture and Anarch)에서 아놀드는 '교양'이란 "지금까지 인간과 관련된 사안에서 생각되고 말해진 것들 중 최선의 것을 알게 됨으로써 총체적인 완성을 추구하는 것"으로 정의하고, 이 앎을 통해 "우리의 고정관념과 습관에 신선하고 자유로운 생각의 줄기를 갖다대는 것"이라고 강조하고 있습니다.[17] 선생님은 이에 비추어서 '주체의 인문학'이 지향하는 정신을 논하신 바 있습니다. 선생님의 사상을 법질서에 적용해본다면 다음과 같이 말할 수 있을 것입니다. '세상에서 법에 대해 생각되고 말해진 최선의 것들을 알고 익혀' 한국의 법질서를 최선의 작품으로 만들려고 노력하는 법률가들을 교육하고 양성하는 것이 매우 중요하다는 것입니다.

최근 판결을 예로 들어 설명해볼까 합니다. 최근까지 우리 법원은 남성에서 여성으로 성전환수술을 받고 전환된 성(性)으로 오랫동안 살아온 사

---

17 매슈 아놀드 『교양과 무질서』, 윤지관 옮김, 한길사 2006, 247면 참조. 이하 토론자의 발언에 달린 각주는 모두 토론자들 자신이 제공한 것임.

람을 성폭행한 행위를 강간죄가 아니라 성추행죄로 처벌해왔습니다. 그 이유를 보면 다음과 같습니다. 형법 제297조는 "폭행 또는 협박으로 부녀(자)를 강간한 자는 3년 이상의 유기징역에 처한다"고 규정하고 있고, '부녀자' 또는 여성임을 판단하는 기준은 성염색체가 핵심이라는 것입니다. 이러한 전제에서 성전환수술을 통해서 여성이 된 사람은 형법 제297조에서 말하는 '여성'이 아니라는 것이 종전 법원의 견해였습니다. 이러한 근거에서 대법원은 과거 판결(1996.6.11. 선고 96도791 판결)에서 강간죄를 부인했고 그 입장은 일관되게 유지되어왔습니다. 물론 법관들도 성을 결정하는 것이 생물학적 요인만은 아니라는 점을 인식하고 있었지만 어쩔 수 없었을 것입니다. 그런데 최근 부산지방법원의 판결(부산지방법원 2009. 2. 18. 선고 2008고합669 판결)에서 대법원의 기존 판례에서 벗어나는 결정을 내렸습니다. 이 판결을 읽으면서 저는 아놀드의 저 유명한 말을 떠올렸고, 법률가의 인문적 교양이 갖는 아름다움을 느꼈습니다. 그 판결의 내용을 간추려보자면 아래와 같습니다.

① 근래에 이르러 우리나라를 비롯한 세계 각국은 모든 국민들이 가진 행복추구권과 사생활 보호, 인간다운 생활을 할 권리에 근거한 헌법 또는 법의 근본원리에 바탕을 두어 위와 같은 성전환 수술을 받은 자의 사정을 깊이 이해하고, 혹은 법원의 재판으로, 혹은 의회의 입법으로, 혹은 헌법재판소의 결정과 이에 따른 입법 명령 등으로 이 시대의 소수자에 해당하는 성전환자의 그 처지와 형편에 합당한 처우를 하고 있는 것이 대세이다.

② 성전환자에 대한 사정과 법리가 이러함에도, 사회구성원들 중에는 사안의 실상을 제대로 이해하려는 진지한 노력도 없이, 자신들과는 다르다는 이유만으로, 편견과 오해에 사로잡혀 그들의 존재에 대한 근거 없는 혐오감이나 막연한 불쾌감을 드러내는 사람들도 있다. 심지어

는 자신의 가족들로부터 배척당하기도 한다. 이 때문에 그들은 사람들의 눈을 피하여 주로 야간업소에서 일을 하면서 평생을 외롭고 고단한 삶을 영위할 수밖에 없는 것이 현실이다. 바로 이것이 오늘날 성전환자들이 겪어야 하는 불행의 주된 원인이다. 그들에게 발생한 성정체성의 혼란은 그들의 책임이 아니며, 그들이 새로운 성으로 살겠다는 진정한 성의 주장이 '공서양속(公序良俗)'이나 사회질서에 반하는 것도 아니다.

③ 보편타당한 원리를 추구하는 재판은 본래 사람에 대한 깊은 이해와 관심을 그 바탕으로 한다. 그런 점에서 사법의 본령은 삶의 현장과 소통하는 것이며, 대상사건의 영역 내에 있는 모든 사람들의 문제와 애환에 진지하게 귀를 기울이는 것이다. 특히 형사사법절차에 있어서는 피고인의 권리보장에 못지않게 범죄의 피해자 등 사건관련자들에 대하여도 그 지위와 처지에 합당한 배려와 처우를 소홀히 할 수 없는 것은 지극히 당연하고 또 중요하다. 이는 곧 국가가 삶의 제분야에 있어서 모든 국민의 인간다운 생활과 행복의 추구를 돕고자 하는 헌법 원리를 실질적으로 구현하는 것이다. 이에 본 법원은 그와 같은 목표에 입각하여 종래의 이론과 선례를 근거로 구체적인 사실관계를 확인한 다음, 성적 소수자인 피해자의 법률상 지위를 위와 같이 인정함으로써, 이러한 배려가 이제 노경에 들어서는 피해자가 우리와 다름없는 이 사회의 보통사람으로서 다른 사람들과 자유로이 어울려 자신의 성정체성에 합당한 편안하고 명예로운 여생을 보낼 수 있는 하나의 계기가 되기를 기대한다.

판결의 타당성은 견고한 법적 논리(냉정한 법적 이성) 이외에도 해당 재판관이 전제로 삼는 가치들 및 원리들의 타당성, 해당 사회의 '법적 교양'(legal culture)의 정도에 따라 결정된다고 보면 어떨까요? 아놀드의 견해를 법에 응용해본다면, 위 판결은 '지금까지 법에 대해 인류가 생각하고 말하고 공적으로 결정한 것들 중 최선의 것들'에 비추어서 우리 사회의 과거결정들을 고찰하고, 그에 비추어서 성전환자의 문제와 관련된 결정을 최선의 정치적·법적 작품으로 만들어보려는 노력의 산물이라고 말할 수 있을 것입니다.

말이 길어졌습니다. 요지는 한국의 법질서를 최선의 작품으로 만들기 위해서는 훌륭한 법률가들이 나와야 하고, 이를 위해서는 법학도와 법률가들이 인문학적 교양을 배우고 익혀야 한다는 것입니다. 이러한 문제의식을 가지고 한 법학자가 「어둠의 속」을 읽으면서 해석한 바를 이제 선생님께 여쭈어보고자 합니다. 이처럼 제멋대로 엉뚱하게 해석해도 좋을지 선생님의 가르침을 받고자 합니다.(청중 웃음)

'어둠의 속'이라는 제목 자체를 보자마자 저는 다양한 상상을 하게 되었습니다. 여기서 '암흑'(어둠: darkness)은 무엇이며, '속, 핵심'(심연: heart)은 과연 무엇을 상징하는 것일까? 무릇 좋은 작품이란 이처럼 제목에서부터 독자의 상상력을 자극하는 힘이 있다고 생각합니다. 물론 저의 상상력은 법학자로서의 상상력이라는 점을 염두에 두셨으면 합니다. 우선 저는 '암흑의 핵심'에서 '공간적이고 지리적 개념'을 떠올렸습니다. 그리고 '제국주의의 원동력과 핵심'을 나타내는 권력의 개념으로도 이해했습니다. 마지막으로는 이러한 악행을 가능하게 하는 '인간내면에 웅크리고 있는 폭력의 심연'과 같은 심리학적 개념을 암시하는 것으로도 해석했습니다. 이 세 가지를 조합해서 저는 「어둠의 속」을 읽는 실마리로 삼아보기로 했습니다.

우선 「어둠의 속」(민음사 판 「암흑의 핵심」) 도입부를 제가 한번 읽어보도록 하겠습니다.

조수는 이미 밀려들고 있었는데 바람은 거의 불지 않았다. 천지가 한쪽으로 뻗은 바다는 끝없는 수로의 시작처럼 우리들 앞에 놓여 있었다. 저 멀리 바다와 하늘은 이음새도 없이 접합되어 있었다.

저는 이 도입부의 문장에서 '세상에 대한 낙관', 진보와 개발을 향한 이상주의가 표현되어 있다고 해석해보았습니다. 영국으로부터 세계로 뻗어나가는 그 무한한 확대와 지배의 이념을 주인공은 계몽과 발전으로 순진하게 생각했겠지요. 그런데 화자인 말로의 이야기가 끝나는 소설의 말미에 보면 "우리는 그만 썰물이 시작되는 것도 모르고"라는 부분이 있습니다. 저는 '썰물'이라는 표현은, 주인공이 제국주의의 저변에 놓여 있던 개발이나 발전에 대한 이상의 정체를 깨닫고 난 후 생겨난 환멸을 암시하는 것은 아닐까, 하고 생각해보았습니다. "시커먼 구름으로 가려져 있었다"라는 문장이나 "세상 끝난 곳까지 나 있는 고요한 물길은 찌푸린 하늘 아래에서 음침하게 그리면서 어떤 **엄청난 암흑의 핵심 속으로** 통하고 있는 것 같았다"라는 문장에서 썰물, 시커먼 구름, 찌푸린 하늘, 엄청난 암흑의 핵심으로 이어지는 고요한 물길과 같은 표현들은 사물의 총체적 연관성 속에서 현실을 인식하고 난 후 깨닫게 된 세계의 본모습 같은 것을 나타낸다고 이해했습니다. 이렇게 해석을 하게 되자 떠오르는 생각들은 다음과 같았습니다. 당시 제국주의 수탈을 묘사하는 이 소설이 현재 한국사회의 우리에게, 그리고 법학자에게 의미를 갖는다면 그것은 무엇일까? 현재 한국사회에서 과연 '암흑의 핵심'은 무엇일까? 가령 '용산참사'에 담겨 있는 '암흑의 핵심'은 무엇일까?

인간을 개발의 대상으로 보고 불필요한 사람들을 '쓰레기 같은 존재'로 처리하고 폐기해버리는 의식과 행동, 개발이데올로기, 토건자본의 탐욕, 인간의 존엄과 생명 경시. 이것이 콘래드가 말하는 '암흑의 핵심'과 연결되는 것은 아닐까, 생각을 해보았습니다. 한국사회 구성원의 지위에서 추방된 '쓰레기가 되는 삶들'의 존재와 이를 양산하는 폭력.[18] 이것이 현재

---

18 지그문트 바우만 『쓰레기가 되는 삶들: 모더니티와 그 추방자들』, 정일준 옮김, 새물결 2008.

적 의미의 '암흑의 핵심'이 아닐까 하고요. 아마 선생님이 보시기에는 저런 독법은 정말 기이해서 어떻게 할 수 없다고 쓴웃음을 지으면서 고개를 흔드시겠지요.

또한 든 생각은 4대강 사업과 암흑의 핵심이었습니다. 「어둠의 속」의 무대가 강이라는 점을 떠올리니 자연스럽게 4대강 사업과 연결이 되더군요. 제가 말씀드리고자 하는 바는, 제국주의 시대의 '암흑의 핵심'과 현재 4대강 개발시대의 '암흑의 핵심'이 하나의 물길로 이어져 있다는 것입니다.

토건사업과 발전, 그리고 수탈의 제국주의. 이것이 한국사회의 제국주의가 아닐까 싶습니다. 바로 토건자본 제국주의의 원천에 암흑의 핵심이 도사리고 있을 것이고, 콘래드의 작품이 그려내고 드러내고자 했던 것이 바로 그 심연은 아니었을까, 생각해봅니다. 커츠가 죽으면서 내지르는 "The horror! The horror!"라는 비명이야말로 '용산참사'를 낳은 의식과 행태를 보면서 든 우리의 공포를 가장 잘 표현하는 것이라고도 생각합니다.

이렇게 저는 콘래드의 「어둠의 속」을 읽으면서 현재 한국사회의 '암흑의 핵심'을 떠올렸습니다. 이렇게 개발과 성장, 우리 내면의 탐욕에 적용해서 재구성해서 읽는 독법은 너무 나아간 것이겠지요? 그야말로 마구잡이의 독해, '방향성이 없는 제멋대로의 상상력'에 기반을 둔 독해로 선생님을 어처구니없게 해드려 죄송합니다.(일동 웃음) 아놀드적 의미에서의 교양을 갖추어서 한국 법질서를 최선의 작품으로 만들 법률가들의 교육에 진지한 관심을 가진 법학교수의 고민이려니 이해해주셨으면 합니다.

백낙청: 법률가가 말씀해주셨는데 우선 저는 법률 하시는 분이 이런 코멘트를 해줘서 대단히 반갑습니다. 왜냐하면 용산참사 얘기를 하셨지만 우리나라 사법부는 용산참사에서 당국이 잘못한 것은 하나도 없다고 판단했거든요. 그런데 서울대학교 법학전문대학원 교수님께서 전혀 다른

관점에서 접근하고 계시다는 게 그나마 위안이 됩니다. 지금 사법부는 어떤지 몰라도 김교수님한테서 배우고 나간 학도들은 나중에 좀 다른 판결을 내려주기를 바라겠습니다.[19] 4대강 사업도 사실은 법적인 문제가 참 많지요.

도입부와 결말의 물때에 관해 말씀하신 것부터 얘기해보죠. 도입부에는 밀물이다가 뒤에 가서 썰물 얘기가 나오는데 그 대조가 갖는 역사적 상징성이랄까 그런 생각을 저는 못해봤어요. 제국주의가 나중에 가서는 썰물로 바뀌었다고 하셨는데, 정확히 말하면 그 사람들이 배 위에서 썰물 때를 기다리고 있었던 거죠. 썰물이 되어야 배를 타고 바다로 나가기가 좋으니까. 그래서 기다리면서 말로 얘기를 듣다가 얘기에 취해서 썰물 때를 놓쳐버린 겁니다. 그러니까 사실은 얘기 끝날 적에도 물때는 밀물이에요. 시작에는 밀물이다가 썰물로 끝난다는 지적은 사실과 좀 안 맞는 것 같아요. 하지만 끝에 가서 암흑 얘기가 다시 나오는 건 사실이에요.[20] '암흑의 핵심'이 아프리카 대륙을 주로 얘기한 거라고들 알고 있지만 정작 이 작품을 읽어보면, 시작하면서 영국도 원래는 세상의 암흑의 일부였다고 말합니다. 여기 번역본을 보면 11면인데요. "그런데 이 땅도 한때는 이 지구의 어두운 구석 중의 하나였겠지,라고 말로가 갑자기 입을 열었다." 그러니까 배 위의 어둠속에서 말로가 영국의 템즈강 상류 쪽을 보면서 사

---

19 성전환자의 권리에 관한 판결문은 원고 정리과정에서 발언자가 추가한 내용이라서 현장에서는 언급하지 못했지만 '교양'의 개념에 부합하는 훌륭한 문건이라는 점에 동의한다.

20 따라서 작품 첫머리와 결말에서 '밀물과 썰물'의 대조보다 말로 이전의 첫째 화자가 처음에는 빛과 밝음에 주로 눈을 돌리다가 끝에 가서는 어둠을 의식하게 되는 대조를 주목하는 비평이 훨씬 설득력을 갖는다. 말로는 처음부터 '어둠'을 이야기하지만 이야기를 들어주는 동료들은 대체로 무감각한데, 다만 넷 중에서 유독 화자만은 말로의 이야기를 경청하면서 의식에 변화를 일으킨다는 것이다(Seymour Gross, "A Further Note on the Function of the Frame in 'Heart of Darkness'" [1957], *The Art of Joseph Conrad*, 182~84면).

실은 이 영국도 옛날에는 아프리카와 똑같은 어둠이었다고 말하는 거예요. 그런데 이 대목에 대해서도 좋게 보는 사람이 있고 나쁘게 보는 사람이 있지요. 좋게 보는 사람은 아프리카와 영국의 어떤 본질적인 연속성이랄까 상통성을 얘기했다, 나쁘게 보는 사람은 옛날에 영국이 그랬는데 지금 영국은 발전이 되어서 저 멀리 나가 있고 아프리카는 현재도 어둠이다라고 말하는 거라는 거지요. 하지만 이런 식의 부정적 해석은 방금 김교수님이 지적하신 마지막 대목에 가면 뒤집어질 수밖에 없는 것 같아요. 왜냐하면 현재의 영국에 대해서도 어둠을 얘기하면서 끝나거든요. 그 어둠이 전지구상에 퍼져나가고 있다고 했기 때문에, 밀물 썰물은 모르겠습니다만 어둠에 대한 지적은 참 정확한 것 같고요.

「어둠의 속」을 읽으면서 아프리카나 제국주의 서구의 어둠뿐 아니라 우리가 사는 한국사회의 어둠에 대해서도 생각하고 '암흑의 핵심'이 무엇일까 성찰하는 것은 건전한 독서태도라고 봐요. 거기에 대해 죄송하다고 하실 필요는 없지요.(웃음) 그런 성찰을 발전시켜 작품의 내용을 몇단계에 걸쳐 연결지어 나가면 오늘날 한국의 토건자본이라든가 한국 자본주의의 야만적인 사례들, 저는 이런 야만성이 최근 1, 2년 사이에 두드러졌다고 보는데, 그런 것들하고 연결하는 것도 가능한 일이겠지요. 그런데 비평에서는 맞는 얘기냐 틀린 얘기냐 하는 것보다도 맞는 얘기를 하더라도 얼마나 '간을 맞춰서' 하느냐가 중요하다고 봐요. 그때그때의 상황과 맥락에 맞는 만큼의 얘기를 하고 더이상 안하는 게 좋은 비평의 요건인데, 가령 제가 Heart of Darkness론을 쓰면서 한국의 토건 자본주의 얘기를 하면 아 저 사람은 자나 깨나 저런 얘기만 한다라는 소리 듣기 십상이고 좋은 평론으로 인정을 못 받기 쉽지요. 반면에 그런 게 아니고 몇사람이 그냥 부담없이 자기 소감을 얘기하면서, 야, 사실 우리 한국도 전혀 다른 현실이라고 봐선 안되지 않느냐, 벨기에령 콩고 못지않게 야만적인 이러저러한 예도 있다, 이렇게 말하는 선에 '간을 맞춰서' 얘기하면 그건 그나름의 훌류한 비평일 수 있다고 생각해요. 김교수님이 그런 훌륭한 비평에 접근하고 계시다고 생각합니다.

임홍배: 선생님께서 이 작품에 대한 기존의 평들을 소개하시면서 어느 정도의 한계는 있지만 제국주의나 인종차별주의에 대한 강력한 비판을 찾아볼 수 있다는 점을 강조하셨는데, 저도 작품을 읽으면서 대체로 그런 느낌을 받았습니다. 예컨대 화자는 정글 속에서 종국에는 미쳐버린 커츠를 회상하면서 이렇게 말합니다. "그의 영혼은 미쳤어. 황야에서 혼자 있었기 때문에 그의 영혼은 자신의 내부를 들여다보았던 거야. 정말이지 미쳐버렸단 말이야!"[21] 애초에는 아프리카의 야만을 퇴치하고 문명을 전파하겠다는 허황된 사명감에 들떠서 콩고로 들어왔던 서구인이 스스로의 야만적인 행위로 인해 내면이 황폐해지고 문자 그대로 '암흑의 속'으로 비참하게 변질된 모습을 잘 보여주는 것 같습니다. 결국 미칠 수밖에 없었던 이러한 정신적 파탄은 원주민들의 목을 쳐서 장대 끝에 매다는 등의 야만적 행위에 상응하는 양상으로 묘사되고 있는 것 같습니다.

다른 한편 말로라는 인물이 이야기를 풀어가는 방식에서도 커츠라는 인물과 그의 행적에 비판적 거리를 두는 아이러니가 느껴집니다. 말로가 템즈강의 선상에서 옆에 있는 친구들한테 자기 경험담을 구술하듯이 여행담을 얘기하는데, 그런 점에서 백선생님께서 말씀하신 대로 액자소설의 형식을 취하고 있습니다. 그런데 말로가 이야기하는 방식을 보면 때로는 자신의 무지와 편견을 여과없이 드러냄으로써 서구인의 자기중심주의랄까 편견을 스스로 폭로하는 양상이 벌어지기도 합니다. 독문학에서 쓰는 용어로 말하면 일종의 Rollenprosa(역할산문)라고 할 수 있는데, 작가의 반어적 의도를 전달하기 위해 작중인물에게 일정한 역할을 맡기는 것입

---

21 조셉 콘라드 「어둠의 속」, 나영균 옮김, 민족문화사 2000, 125면.

니다. 작가가 아이러니를 구사할 때에 작중인물하고 작가 자신을 동일시하지 않으면서 거리를 두고 때로는 악역이나 모자라는 역할을 시키기도해서, 작중인물이 간혹 헛소리를 하고 그러죠. 이러한 아이러니는 토마스만이 아주 즐겨 쓰는 수법인데, 아까 백선생님 말씀을 듣고 보니까 토마스 만이 콘래드를 그렇게 높이 평가했다면 우연의 일치는 아닌 듯합니다. 말로라는 인물도 보면 커츠를 묘사할 때나 원주민들의 비참한 모습을 묘사할 때나 본의 아니게 서구 식민주의의 야만성을 스스로 드러내는 효과를 내는 것 같습니다.

말로가 커츠라는 인물을 묘사할 때 일종의 분열증적 태도를 보이는 것도 그런 맥락과 관련이 있지 않을까 합니다. 커츠가 죽기 직전에 "끔찍해! 끔찍해!"(The horror! The horror!)라고 단말마의 비명을 외치는데, 그 대목 바로 앞에서 말로는 커츠라는 인물에 대해 이렇게 말합니다. "내가 감동을 받은 것은 아니야. 혹했던 것이지."[22](I wasn't touched. I was fascinated.) 그러니까 커츠라는 인물의 사람됨이나 그의 행동에 진심으로 공감할 수는 없었지만, 그럼에도 마치 뭔가에 홀린 것처럼 빠져들었다는 뜻으로 이해가 됩니다. 바로 이런 이중적 태도야말로 야만을 퇴치하겠다는 서구 우월주의가 맹목적인 광기의 소산이 아닌가 하는 의구심을 불러일으킵니다.

아까 말씀하신 리비스의 논평 중에 이 소설에 대하여 다음과 같이 부정적으로 언급한 대목이 있습니다.

「어둠의 속」에는 작가의 논평이 개입 내지 심지어는 침입으로, 혹은 심히 거슬리는 침입으로 느껴지는 대목들도 있다. '헤아릴 수 없는'(inscrutable)이라든가 '상상할 수 없는'(inconceivable), '입에 담을 수

---

22 같은 책 129면.

없는'(unspeakable) 같은 말이 지나치게 남발된 것은 아닌가 하는 의문이 생겨나게 되는데, 그런 연후에도 이런 말들은 다시 등장한다.[23]

그리고 콩고강의 '숨 막히는 불가사의'에 대해 작가가 "헤아릴 수 없는 의도를 품고 있는 무자비한 힘이 지닌 정적이었네"라고 묘사한 것에 대해서도 작가의 이처럼 애매모호한 묘사를 식민주의에 대한 인식의 한계로 보고 있습니다. 물론 그러한 한계는 분명히 짚고 넘어가야겠지만, 관점을 달리해서 보자면 이런 부분도 말로라는 서구인의 인식의 한계 내지 무기력을 드러내는 효과가 있지 않을까 하는 생각도 듭니다.

백선생님께서도 1969년도에 쓰신 글에서 그런 한계를 지적하셨더군요. 책을 놓고 오셨다고 하니까 제가 한번 읽어드리겠습니다.(일동 웃음)

영국의 평론가 F. R. 리비스가 지적하고 있듯이, 이러한 형용사를 통한 거듭된 강조는 인간 영혼의 '말할 수 없는' 깊이의 신비에 대한 독자들의 인상을 더 크게 하려는 목적이지만 사실은 오히려 인상을 흐려주는 결과가 된다. 그러면 콘래드가 보여주고자 하던 것, 그가 말하고자 한 그 '어둠'에는 어딘가 객관화가 덜 되고 그로 하여금 형용사를 남용해가며 강조하지 않을 수 없도록 만드는 무엇이 있었단 말인가?[24]

말하자면 이 소설이 서구 자체의 '어둠의 속'을 어느정도 드러내는 데는 성공하고 있지만, 좀더 객관화시켜서 형상화하는 리얼리티는 부족하다고 평가하신 게 아닌가 합니다. 그래서 위 인용문의 조금 뒤에 보면, "「어둠

---

23 프랭크 레이먼드 리비스 『영국소설의 위대한 전통』, 김영희 옮김, 나남 2007, 273면 이하.
24 백낙청 「콘래드 문학과 식민지주의」, 『민족문학과 세계문학 1』, 202면; 합본평론집, 244면.

의 속』에서 콘래드가 그리는 아프리카 대륙의 검음은 유럽 문명과 그 제국주의의 도덕적 어둠의 상징일 뿐 아니라 어딘가 그것 자체로서 파괴적이고 인간을 부패시키는 '헤아릴 수 없고 상상도 못할' 신비스러운 힘이라는 인상을 주기도 한다"라고 이 작품의 의의와 한계를 지적하고 계십니다.

그 다음에 여성문제에 관해서는 저도 선생님께서 평하신 것과 비슷하게 읽었습니다. 예컨대 "여자들은 여자들의 아름다운 세계 안에 머물러 있도록 도와주어야 해"[25]라고 하는 대목을 보면 거친 바깥세상을 다스리는 것은 남자들의 몫이고 여자들은 '집안의 화초'로 얌전하게 있어야 한다는 전형적인 이분법이거든요. 또한 남자들은 대단한 모험가이자 영웅으로 숭배받기를 바라는 남성적 욕망이 투사되어 있는 것이기도 하고요. 여성에 대한 묘사에서도 일종의 '리얼리즘의 승리'가 발휘되는 대목도 있는 것 같습니다. 잠깐 스쳐가듯이 묘사되는 콩고의 여성에 대해 설명을 해주셨지만, 유럽의 여성상이 온실의 화초 같다면 콩고의 여성에겐 뭐라고 설명할 수 없는 건강한 힘이 느껴지니까요.

그런데 커츠의 약혼녀 얘기가 나오는 마지막 대목은 이 소설에서 일종의 후일담에 해당되는데, 이 부분을 저는 커츠의 삶에 대한 개인적인 혹은 집단적인 역사적 기억이 어떤 형태로 재구성되는가 하는 차원에서 흥미롭게 읽었습니다. 좀더 일반화해서 보자면, 이와같은 아프리카 식민지 개척 혹은 식민 지배가 후대의 사람들에 의해 과연 어떤 방식으로 기록되고 역사로 서술될 것인가 하는 차원의 문제라 할 수도 있지요. 우선 말로는 커츠의 약혼녀에게 커츠가 죽으면서 남긴 말이 "끔찍하다!"가 아니라 "당신의 이름을 불렀다"고 거짓말을 하는데, 약혼녀의 입장에서 보면 마지막까지 자신에 대한 사랑을 저버리지 않았다고 믿는 이러한 '로맨스'의 환상은 커츠가 유럽을 떠날 때 품었던 '야만 퇴치'의 사명감을 더욱 신

---

25 「어둠의 속」, 96면.

성하고 거룩한 것으로 미화시켜주는 구실을 합니다. 커츠와 같은 남자들을 아프리카 오지로 떠나보낸 유럽의 처녀들은, 나아가서 유럽인들은, 돌아오지 않는 남자들에게서 일종의 '성지 순례담'을 떠올리게 되는 것입니다. 그런데 독자의 입장에서 보면, 말로가 거짓말을 하고 있다는 것을 뻔히 드러내는 묘사이기 때문에 그러한 환상은 허구에 불과하다는 것을 작가는 분명히 드러내고 있는 셈이고, 그런 만큼은 작가가 서구 식민주의에 비판적 거리를 두고 있다고 평가할 수 있지 않을까 합니다.

그런가 하면 커츠의 사촌이 기억하는 커츠와 식민회사 직원이 기억하는 커츠는 서로 이질적인 이미지로 엇갈립니다. 커츠의 사촌은 커츠가 '음악가의 소질'이 있는 예술가적 교양을 지닌 인물이라고 하고, 식민회사 직원은 미개지역에 대한 커츠의 방대한 정보를 식민회사의 이윤창출을 위해 써먹을 궁리에 혈안이 되어 있습니다. 다른 한편 '국제야만퇴치협회'라는 단체는 공공연히 야만인들을 '말살'하라는 슬로건을 내세우는데, 식민회사의 논리와 합쳐서 보면 결국 아프리카인들을 말살해서라도 상아를 착취해 오라는 식민주의의 논리가 저절로 폭로되는 형국입니다. 커츠와 안면이 있다는 신문기자는 커츠의 성격을 가리켜서 '극단적'이기 때문에 만약 살아서 돌아왔다면 야당 정치인이 되었을 거라고 말하는데, 이런 묘사도 아이러니로 읽으면 커츠의 콩고 착취가 그만큼 '극단적'이었다는 뜻으로 이해할 수도 있을 것 같습니다. 이 '극단적'이라는 번역어의 원문이 궁금해서 찾아보니까 'hysteric'이라고 되어 있는데, 앞에서 말씀드린 대로 결국 자신의 황폐한 내면을 들여다보고 미칠 수밖에 없는 맹목적인 광기와 통하는 표현인 것 같습니다.

백낙청: 말로와 작가의 거리, 중요한 점을 잘 지적해주셨습니다. 사실 소설의 첫 화자가 얘기하는 내용하고 말로가 말한 내용하고 작가 콘래드 사이에 어떻게 보면 이중, 삼중의 거리가 있어요. 왜냐하면 말로의 이야기

가 나오기 전에 1인칭 화자의 서술로 시작하지만 그 1인칭 화자도 콘래드는 아니거든요. 그걸 콘래드로 볼 이유가 없고, 배 위에 그렇게 모여앉아서 말로 얘기를 듣는 사람들이 대개는 콘래드 선장이 알고 사귈 만한 부류의 사람들이지만 콘래드에게는 작가로서의 다른 세계도 있잖아요. 저들은 그런 세계는 모르는 사람들입니다. 회사의 중역이라든가 뭐 그런 사람들. 그래서 거기에 나오는 'I'라는 화자하고 콘래드의 거리가 있고, 그 'I'하고 말로는 많은 것을 공유하고 있지만 어쨌든 I는 I고 말로는 말로고, 어떤 의미로는 말로가 콘래드의 세계에 더 가까운 면이 있어요. 그러나 어쨌든 말로 얘기가 그 화자의 얘기도 아니고 콘래드 자신의 이야기도 아닌 거지요.

그런데 어떤 작품에서는 일부러 작중의 화자가 틀린 소리 한다는 사실을 명백하게 드러내잖아요. 한국 작품을 예로 든다면 채만식(蔡萬植)의 「치숙(痴叔)」에 나오는 조카애가 우리 삼촌은 형편없는 인간이라고 막 욕을 하는데 가만히 듣다보면 그 녀석이 형편없는 녀석이거든요. 「어둠의 속」에도 작가와 말로의 거리가 분명히 있지만 그런 식의 명백한 아이러니는 아니라고 봐야지요.

더 중요한 것은, 임교수가 지적하셨지만 말로의 얘기 내부에 이미 아이러니가 많기 때문에 그걸 정확히 이해하면서 작가와의 거리를 가늠하기가 참 어렵습니다. 아이러니 중에는 명백하게 반대 얘기를 하기 위해 구사하는 아이러니도 있지만, 이건지 저건지 분명하게 재단하기 싫으니까 모호하게 남기기 위해서 구사하는 아이러니도 있고, 하여간 그런 여러가지 거리두기가 있는데 그 문제를 잘 상기시켜주셨다고 생각합니다.

제가 놓고 온 책을 인용해주셔서 감사한데 그사이에 주최측에서 친절하게 해당 대목을 복사해서 갖다주셨네요. 기왕에 얘기가 나왔으니까 그 대목을, 임교수가 생략하고 읽으신 대목을 좀 읽어드리겠습니다. 이건 임교수 질문에 대한 답변은 아닌데, 제가 이때다 하고서 핑계삼아 읽습니다.

아까 읽어주셨듯이, 인간 영혼의 '말할 수 없는' 깊이의 신비에 대해서 자꾸 이런 강조를 콘래드가 하는 것이 그 목적은 그 신비에 대한 독자들의 인상을 더 크게 하려는 것이지만 사실은 인상을 흐려주는 결과가 된다고 말했고요. 그 다음 단락은 이렇게 나갑니다.

우리는 이 작품의 '어둠'이 막연히 인간내면의 본질이라든가, 원죄(原罪)의 상징이라든가, 인생의 허무함 같은 것이 아니고 구체적인 시대의, 구체적인 어둠임을 보았다. 아프리카 정글의 물리적인 어둠이나 아프리카 사람들의 피부의 검음도 이 작품에서는 당시 유럽문명 내의 역사적으로 규정된 어떤 '어둠'과의 관련에서 비로소 그 '어둡고' '무서운' 힘을 발하는 것이다. 그렇지 않고서 그들의 정글 자체, 피부색 자체를 도덕적인 어둠과 연관시킨다면, 그것은 인종적인 편견이요 그야말로 제국주의적인 사고방식이랄 수밖에 없다. 그런데 「어둠의 속」에서 콘래드가 그리는 아프리카 대륙의 검음은 유럽문명과 그 제국주의의 도덕적 어둠의 상징일 뿐 아니라 어딘가 그것 자체로서 파괴적이고 인간을 부패시키는 '헤아릴 수 없고 상상도 못할' 신비스러운 힘이라는 인상을 주기도 한다. 아프리카의 삶이 원래 그런 것이라면 거기 침입한 유럽의 제국주의자가 개인적으로 어리석은 모험은 했을지언정 제국주의 자체의 역사적 책임은 없어지고 마는 것이다. 작품 「어둠의 속」의 성공적인 부분이 그처럼 실감있게 고발하고 있는 제국주의의 성격에 대해서 콘래드의 시선이 흐려지는 순간—그것은 제국주의적 어둠을 직감하면서도 그에 대한 구체적인 대안을 갖지 못했던 작가로서의 어쩔 수 없는 한계이기도 하지만—그의 빛나는 언어구사에도 무리가 생긴다는 사실은 지극히 흥미있는 일이다. (『민족문학과 세계문학 1』, 창작과비평사 1978, 202~203면; 합본평론집, 창비 2011, 244~45면)

말하자면 문체상의 문제점과 콘래드의 제국주의 인식에서의 어떤 한계를 연결짓고자 했던 것입니다. 다만 제가 "구체적인 대안" 운운한 것은 오해의 소지가 있을 것 같아요. 싸이드처럼 아프리카 국가들의 독립이라는 대안을 생각지 못한 '시대적 한계'를 말하는 걸로 이해될 수 있는데, 저는 콘래드가 그런 걸 예견 못한 걸 탓한다거나 일반적으로 작가에게 현실적인 대안을 제시하라고 요구할 생각은 없습니다. 다만 제국주의의 어둠이라는 것도 역사적으로 형성된 것이니만큼 그것을 인간의 노력을 통해 극복하려는 의지, 아프리카가 아니면 유럽에서라도 그걸 넘어서려는 의지와 그럴 수 있다는 신념 같은 게 더 있었으면 하는 거지요.

브뤼쎌에 말로가 돌아와서 만난 사람들 등 여러가지 지적을 해주셨는데, 저의 작품소개가 미흡한 걸 보충해주셨다고 생각합니다. 마지막에 약혼녀와의 대화에서, 제가 아까 자세한 소개를 안했습니다만 그 여자가, 아, 그렇게 훌륭한 분이 저렇게 외롭게 가버리다니 너무 애석하다며 슬퍼하니까 말로가 위로할 겸 해서, "제가 끝까지 있었습니다. 그리고 마지막 말도 제가 들었습니다"라고 말하지요. 그 말을 하는 순간 자기도 아차 하는 거예요. 왜냐하면 말로가 들은 말이라는 게 커츠가 자기 인생의 실패를 자인하는 "The horror! The horror!" 하는 절규였거든요. 그것도 목소리도 잘 안 나와서 그냥 겨우 속삭이듯이 하는 "The horror! The horror!" 하는 말이었는데, '마지막 말도 들었습니다'라고 하다가 움찔해요. 약혼녀가 그 말씀, 그 마지막 말이 뭐였습니까, 당연히 묻는 거지요. 그 말을 꼭 듣고서 간직하겠다는 거예요. 그런데 "The horror! The horror!" 이걸 가지고는… 그래서 그 말이 목에까지 나오는데 꾹 참고 결국 거짓말을 합니다. "그는 당신의 이름을 부르면서 죽었습니다"라고요. 그랬더니 아, 내가 그럴 줄 알았습니다, 하면서 여자는 감격해서 울고, 그러는 걸 놔두고 말로는 나와버리는데, 그 앞의 어느 대목을 보면 말로가 자기가 세상에서 제일 싫어하는 게 거짓말이라고 합니다. 내가 남보다 특별히 윤리적인 인간이라서가 아니고 어쨌든 나는 거짓말을 하고 나면 못 견딜 지경인 그런 체질이라고요. 바로 그런 말로가 완전히 생거짓말을 했어요.[26] 그리고 그 거짓말을 여자는 덥석 받아가지고 정말 감동해서 커츠에 대한 환상을 그대로 지니면서 살아갈 터인데, 그건 그야말로 완전히 거짓에 입각한 삶이죠. 이제까지도 속고 살았지만 앞으로의 삶도 더 철저히 속고 사는, 어떻게 보면 스스로 속이고 사는 그런 삶인데, 여기 콘래드의 비판의식이 분명히 들어 있다고 봐야지요.[27]

---

26 말로의 긴 이야기를 끝맺는 이 대목의 번역은 다음과 같다. "커츠는 자기가 정당한 대접을 받는 것을 원할 뿐이라고 말하지 않았던가? 그러나 나는 그를 그렇게 대접할 수가 없었어. 나는 그녀에게 진실을 말할 수가 없었던 거야. 그 진실이 그녀에게는 너무 암울하게, 온통 너무 암울하게만 들렸을 테니까"(「암흑의 핵심」, 175~76면) 원문의 앞부분은 "Hadn't he said he wanted only justice? But I couldn't, I could not tell her."인데, 커츠가 자기는 오로지 진실된 평가를 원할 뿐이라고 말했던 대로 한다면 사실을 말해줬어야 하지만 그럴 수 없었다는 뜻이다. 그런데 마지막 문장 "It would have been too dark—too dark altogether (⋯)"(Norton Critical Edition 77면)를 "그 진실이 그녀에게는 너무 암울하게, 온통 너무 암울하게만 들렸을 테니까"라고 옮기면 작품의 정확한 이해에 미흡할 수 있다. 'It'는 '그 진실'이라기보다 '진실을 말해주는 행위'로 해석하는 것이 옳을 터이며, 그렇게 했을 때 세상이 온통 너무 엉망이 되고 필요 이상으로 암울해졌을 거라는 생각이 말로로 하여금 거짓말을 하게 만들었을 것이다. "그 진실이 그녀에게는 너무 암울하게, 온통 너무 암울하게만 들렸을" 거라는 추정이야 너무 뻔해서 말로가 굳이 그런 생각을 피력하는 것이 한가롭게 들릴 수 있다.

27 약혼녀에 관해서는 그 점이 분명한데, 이렇게 거짓말을 한 말로에 대해 그리고 이런 거짓말로 끝난 그의 이야기 전체에 대해 어떻게 생각할 것인가 하는 핵심적인 문제가 남는다. 이야기를 들은 작중의 청자들 가운데 '왜 그런 거짓말을 하고 다니나?'라고 힐난하는 사람은 없다. 오히려 말로가 그녀에게 진실을 털어놓았다면 사나이답지 못하고 신사답지 못한 행동을 했다고 비판했기 쉽다. 여기에는 성숙한 인간들로서의 당연한 상식과 더불어 그들의 여성차별의식이 작용하고 있을 텐데, 말로 자신은 어떤가? 그 또한 체질에 안 맞는 짓을 했을지언정 윤리적인 과오를 저질렀다는 의식은 없는 것 같다. 반면에 자랑하는 기색도 아니다. 다만 커츠의 거짓 및 약혼녀의 거짓과 거리를 두어온 자신도 거짓으로부터 완전히 벗어날 수 없음을 확인한 데서 '어둠'에 대한 그의 인식이 더욱 깊어지고 청자 중 적어도 '1차 화자'에 대한 설득력이 더 커졌을 수는 있다. 그렇다고 소설의 마지막 단락에서 이야기를 마친 말로가 "명상에 잠긴 부처의 자세로" 앉아 있다는 묘사가 곧 그가 깨달음의 경지에 올랐음을 암시하는 것(William Byssshe Stein,

이경우: 먼저 선생님의 강의를 오랜만에 듣게 되어 감회가 새롭습니다. 제가 1980년 대학에 입학해서 선생님 강의를 들었습니다. TV에서 나오는 유명한 분이 눈앞에서 강의하신다는 것에 매우 감격도 했습니다. 그리고 첫 시간에 선생님께서 "내가 오랜만에 학교로 돌아왔고, 그동안 강의를 많이 하고 싶었다. 그래서 강의를 열심히 할 계획이고 그 측면에서 개전의 정이 있다고 할 수 있겠다"라고 하신 것이 기억이 나고 정말 강의를 열심히 하신 것도 기억에 남습니다.

저는 전공이 금속공학이고, 그중에서도 제련기술입니다. 제가 생각할 땐 아주 중요한 분야 중의 하나인데요. 이 글의 배경이 제 전공과 밀접하게 연관되어 있습니다.

콩고강이 아마 전세계에서 수량이 가장 많거나 두번째 되는 강으로 알고 있습니다. 다시 말하면 물이 굉장히 아주 많이 흐르는 강입니다. 아마 밀림지역이기 때문이겠지요. 그리고 콩고 지역은 아프리카에서 굉장히 많은 광석이 나는 곳입니다. 이 두 가지가 연관됩니다. 콩고강이 물이 풍부하고 급류가 많아서 굉장히 많은 수력자원이 있습니다. 이를 활용하기 위해 댐을 만들고 그 댐에 제련소를 연결해서 금속을 경제적으로 만들 수 있습니다. 한국에서는 상상할 수 없는 좋은 조건입니다. 한국은 전기가 많이 드는 걸 못 만들잖아요.

전 사실 이 글을 읽기 전까지 콩고는 아프리카의 한 나라이며, 제가 전공에서 배웠듯이 상당히 지하자원도 많고 콩고강 덕분에 제련소 만들기에 굉장히 좋은 조건을 가지고 있는 그런 곳이라는 것 정도를 알고 있었

"The Lotus Posture and the 'Heart of Darkness'," *The Art of Joseph Conrad*, 179~81면)인지는 불분명하다. 아무튼 말로와 콘래드 사이에 어떤 거리가 있는지, 또 그러한 콘래드(즉 작품 「어둠의 속」)에 대해 독자는 어디까지 공감하고 얼마큼의 거리두기를 할지, 각자가 섬세한 읽기를 통해 분별할 수밖에 없다.

습니다.

제가 말씀을 드리고자 하는 것이 뭐냐 하면 인문학 비전공자에 대한 인문교양 교육입니다. 제가 공과대학에서 그리고 작년부터 자유전공학부 교과과정을 설계하면서 교양교육 계획 설계에 많이 관여를 했습니다. 그런데 항상 딜레마가 교양교육을 언제 실시해야 되는가 하는 문제입니다. 그리고 서울대학교 공과대학에서 10년 전부터 주장하는 게 교양과 전공이 같이 가르쳐져야 한다는 것입니다. 1학년 때 교양을 몰아서 배우고 2학년 때 전공, 3학년 때 전공이 아니고 1, 2, 3학년을 가면서 교양과 전공 수업을 같이 들어야 한다는 것입니다.

저도 그 방향에 동의하는데 이유는 교양이란 종합교육이라고 생각하기 때문입니다. 교양을 제대로 이해하려면 다양한 지식이 필요하다는 것입니다. 선생님의 강의를 들으면서, 물론 그 30년 전의 저하고 지금 저하고 비교하는 것은 무리일 수 있긴 하겠지만 제가 느낀 거는, 아, 교양은 대학 졸업하고 가르쳐야 되는 게 아닌가 하는 생각까지 들었습니다.(일동 웃음) '충분한 지식과 관심이 있으면 짧은 시간에도 한 학기 내용을 다 커버할 수 있을 것 같은데' 라는 생각이 들었습니다. 저는 주체적인 인문학 읽기와 같은 이런 연구성과가 교양교육이라는 형태로 다른 전공분야의 학생을 가르치는 과정을 전제로 질문을 드리고자 합니다. 교양교육은 어느 시기에 어떤 식으로 하는 게 가장 효과적일 수 있는가 하는 것입니다. 좀더 지식이 많은 상태에서 자기 지식을 갖고 교양을 접하면서 뭔가 더 새로운 걸 찾아가는 게 좋은지 아니면 자기 지식을 쌓아가는 과정에서 교양교육을 받고 관련된 책들을 읽으면서 자기 걸 만들어가는 게 좋은지 말입니다. 둘다 좋을 것 같긴 한데 만약에 선택을 해야 한다면 어느 쪽이 더 좋을까 하는 것이 첫번째 선생님께 의견을 구하고 싶은 것입니다.

그다음에 두번째 질문은 이런 종류의 교육이 어떻게 강조되어야 하는가입니다. 아까 잠깐 말씀드렸지만, 이건 제가 가진 지식에 연관되는 것일 수도 있는데, 콩고강의 역사, 예를 들어 당시, 19세기 말에, 상아가 중요했고 그 때문에 책에 나온 문제가 생겼지만, 제가 보기에 상아가 주목적일 때까지는 아프리카인은 그래도 상황이 나았을 것 같습니다. 자기에게 필요없는 상아 주고, 별 의미가 없긴 하지만 쇳조각 받고 그런 식의 무역이었겠지요. 그런데 그후에 아프리카의 산업화가 많이 진행되면서 사실 더 심각한 문제가 생겼습니다. 유럽인들이 처음에 말씀드린 광물에 눈을 돌리기 시작하면서 아프리카인들은 정말 불쌍해졌습니다. 열악한 광산에 끌려가서 일을 해야 되고 그야말로 열악한 노예생활이 시작된 거죠. 책 중에 잠깐 폭발하는 장면 같은 것을 읽으면서 왠지 다음에 광산에 가기 위한 중간과정이었을 것 같다는 생각이 들었습니다. 이러한 책, 인문학적인 내용을 다루면서도 그 배경이 되는 기술적인 현황, 그리고 정치경제적 상황과 같이 종합적인 변화들이 엮이면서 강의가 되면, 그런 교육이 되면 굉장히 여러가지를 줄 수 있는 강의가 되지 않을까 생각해보았습니다. 제 질문은 그런 것들을 엮으면서 강의가 되는 것이 좋은 것인지 아니면 지금 선생님께서 말씀하신 것들처럼 깊이있게 들어가는 것이 좋을지 생각해보자는 것입니다.

예들 들어서, 어떤 개인에게는 인종주의적인 측면 또는 여성학적인 측면에서 깊이 파고들어가는 방법이 있을 수 있을 것 같고, 아니면 여러 상황들이 서로 엮여서 발전되면서, 아프리카가 상아, 그리고 그다음에 자원의 굴레에서 못 벗어나고 고통을 겪었으며, 아직도 그렇게 훌륭한 자원을 갖고 있음에도 굉장히 열악하게 남겨져 있는 상황, 그런 부분과 연관시키는 교육으로의 발전방법은 없을까라는 것이 두번째 질문입니다.

요약하면 하나는 어느 시기에 어떻게 교양교육을 하는 게 좋겠느냐, 또 하나는 인문학적인 교양을 어떻게 배워나갈 수 있겠느냐 하는 것입니다. 저는 종합 교양교육이 좋겠다는 생각이 드는데 거기에 대한 말씀을 좀 듣고 싶습니다.

346

백낙청: 1980년 제가 학교에 돌아와가지고 처음 강의한 과목을 들으셨다니까 정말 반갑습니다. 그런데 나도 기억이 그렇게 또렷하진 않지만 그날 내가 '개전의 정' 얘기는 안했을 것 같은데요.

이경우: 제가 받아들인 바로는, 내가 나가보니까 예전에 강의를 더 열심히 할 수 있었고 했었어야 하는데 하지 못했기 때문에 이번 학기에는 정말 강의를 열심히 할 거다. 이런 내용이었고, '개전의 정'이라는 말을 반어법으로 사용하셨다는 것은 대학 1학년이었던 그 당시에도 그렇게 들렸습니다.

백낙청: 개전의 정이란 말을 왜 쓰기 싫어했느냐면 그때 당국에서 우리한테 요구한 게 바로 '개전(改悛)의 정(情)' 곧 '뉘우치는 뜻'이었거든요. 나는 74년에 '민주회복국민선언'에 서명하고 사표 내라는 걸—그때는 동숭동이었어요, 동숭동에서 총장실에 불려가서 사표 내라는 걸 안 냈더니 문교부가 파면을 했는데, 난 내가 잘못했다는 생각은 안하고 살았거든요. 그러다가 박정희 대통령이 암살되는 바람에 돌아온 건데 개전의 정이 있을 리가 없지요.

그런데 지금 이경우 선생이 말씀하신 그런 생각은 했어요. 학교 떠나 있어 보니까 내가 학교에 있을 때 학생들을 좀더 열심히 가르쳤으면 좋았겠다 하는 뉘우침이 있었고 또 돌아왔을 때, 이건 뭐 콘래드하고 관련없는 얘기가 길어집니다만, 돌아왔을 때 어떤 생각을 했느냐 하면 우리 국민이 나에게 직장을 찾아줬다, 그러니까 열심히 하는 게 내 도리겠다. 그래서 그때 여러가지 정치적으로 소용돌이치는 상황이고 저에 대한 요구도 많았습니다만 제가 그런 쪽에는 안 갔지요. 그 덕택에 5·17 나고서 대학교수들 많이 해직되고 그럴 때 저도 남산 중앙정보부에 가서 한 열흘 있다왔습니다만 해직은 면했어요. 그 사람들이 나를 개전의 정이 있는 교수로 분류를 했던 거지요. 그래서 아마 수업 도중에 개전의 정이라는 표현을 썼다면 그거는 말로처럼, 콘래드처럼 아이러니를 섞어서 쓴 말일 겁니다.

콩고강에 대해서 이렇게 또다른 각도에서 지식을 보태주시니까 참 좋은데요. 거기까지는 좋은데 그다음에 아주 어려운 질문으로, 콩고강뿐 아니라 지금 콩고라는 나라가 그때하고도 형편이 바뀌었는데 그후의 역사에 대한 지식을 우리가 Heart of Darkness를 논할 때 어느 정도로 연관시켜서 논하는 게 적당하냐 하는 질문이지요. 그게 참 어떤 의미에서는 문학비평의 핵심을 건드리는 질문입니다.

왜냐하면 문학이 좋은 게요, 삼라만상하고 다 연관이 된다는 거예요. 무엇과 연결시켜도 무방합니다. 동시에 문학공부가 어려운 것은, 연결시키는 건 자유인데 남들한테 얘기할 때는 그 맥락에서 적절하다고 나도 느끼고 상대방도 느끼고 인정해줄 만한 이야기로 한정해서 말하는 훈련이 중요한 거지요. 바꿔 말하면 그런 게 인문적 교양의 일부예요. 우리가 인생 살아가는 데도 그런 훈련, 그런 교양이 필요하지 않습니까. 그래서 현대 콩고의 역사를 Heart of Darkness론에 도입하는 것이 적절하냐 않냐 하는 것은 Heart of Darkness를 논의하는 그때그때의 상황과 대화 상대자에 따라서 달라진다, 이렇게 답할 수밖에 없을 것 같습니다. 다만 어느 경우든 Heart of Darkness를 더 잘 이해하는 데 도움이 되는 이야기라야 좋은 작품비평이고, Heart of Darkness와 관계없이 콩고의 현대사를 이해하는 데만 도움이 되는 거라면 그 자체로서 값진 담론일 수 있지만 Heart of Darkness를 구실로 문학비평이 아닌 다른 일을 하는 거지요.

그에 앞서 교양과목, 교양교육을 언제 시작하는 게 좋냐는 질문을 하셨습니다. 저는 인문적 교양의 기초가 제가 말한 그런 의미의 문학비평적 능력, 그러니까 꼭 어려운 문학작품을 읽고서 해석을 하고 그러한 비평을 하는 능력이 아니라 글을 읽고 생각하는 능력, 생각하면서 읽는 능력, 이게 기본이라고 한다면 아까도 말씀드렸습니다만 초중등교육 과정에서 이미 시작되어야 한다고 봅니다. 불행히도 우리나라 중고등학교 교육에서 그런 거를 제대로 안하죠. 자칫하면 애들 대학 떨어지게 만들기 좋으니까 안하는데, 그래도 거기서 시작이 되어야 하고 대학에서는 당연히 해야 하는데, 제가 말한 정의를 따르면 꼭 교양과정에서 해야 하는 것은 아니고 전공과목에서도 해야 하고 교양과목에서도 해야 하고 그렇습니다.

그리고 오늘 문학 이야기 하는 김에 한 가지 덧붙이면, 문학공부의 좋은 점이 바로 그거예요. 문학공부는 어느정도 전문적인 공부지만 그건 기본적으로 비전문적인 능력을 함양하는 공부입니다. 그러니까 누구에게나 필요한 교양이 되는 거지요. 다른 전공과목도 제대로 가르치면 교양교육을 겸하게 마련입니다만 특히 영문학을 제대로 가르치고 학습하면, 저 자신이 그렇게 가르쳤노라고 장담하진 못합니다만, 전공과목을 하는 도중에도 교양교육이 되고 또 그렇게 하는 교양교육이 이른바 교양과목을 따로 배우는 것보다 더 의미가 있을 수도 있어요. 그리고 교양교육은 졸업한 뒤에도 계속돼야지요. 교양은 평생교육이에요. 그래서 딱히 언제 시작해야 된다고 답은 못 드립니다만, 제가 말씀드린 그런 기본적인 교양교육은 어릴 때부터 시작해서 평생을 가는데 그때그때 정황에 맞는 방법을 활용해야겠지요.

제3부 청중 질문 및 토론

김중곤: 주체적 인문학, 비평적 능력 이런 걸 말씀을 하셨는데 혹시 그게 똑같은 작품을 보고 다르게 해석을 하는 것이 그 사람의 능력도 있겠지만 또 처한 환경이나 사고방식 같은 것의 영향도 굉장히 많이 받는 게 아닐까 싶기도 합니다.

백낙청: 그렇습니다. 많은 서양 사람들이 스스로 서양문학의 고전을 해석하면서 그게 보편적인 해석이라고 내세우는데 사실은 그 사람들이 처한 상황에서 내놓는 특정한, 특수한 해석이라는 거지요. 서구중심적인 해석을 보편주의로 가장하고 나오는데 그것을 제대로 극복하려면, 너희는 너희 입장에서 해석해라 우리는 우리 입장에서 해석한다, 하는 식으로 그냥 1대 1로 맞서가지고는 안되고, 우리가 그들과 다른 처지에 있기 때문에 그들의 소위 보편적인 해석이라는 게 보편적이 아닌 점을 알아보기 쉬운 처지에 있는 걸 활용해서, 출발을 거기서 해서 우리가 내리는 해석은 우리하고 다른 처지에 있는 사람들이 보더라도 덜 주관적이고 우리의 특수한 처지에 덜 얽매여 있는, 그런 의미에서 좀더 전지구적인 호소력이 강한 해석을 내놓자는 취지였습니다.

김중곤: 지금 말씀하신 덜 주관적이라는 표현이 상대방들이 그렇게, 뭐 그렇게도 해석할 수 있겠구나,라는 정도의 수준도?

백낙청: 네. 그러니까 구체적인 예로 돌아가면 콘래드를 그야말로 정전이라고 딱 세워놓고 하는 해석 중에 많은 것이 인종주의 문제라든가 제국주의 문제 이런 것을 대개 추상화해버리고 인간내면을 깊이 탐구한 소설로서 보편성을 갖는다고 했었는데 그게 서구 사람들이 아프리카 사람을 무시해서 자기들 멋대로 한 서구중심적인 해석이라고 공격하고 나온 것이 아체베의 비판 아닙니까.

그런데 아체베는 작품이 갖고 있는 비판적인 내용은 전혀 찾으려 하지 않고 그야말로 분노에 차서 "Conrad is a bloody racist"라고 단언했어요. 물론 여기서 bloody라는 건 문자 그대로 피를 철철 흘린다는 게 아니고 영국 사람들이 잘 쓰는 일종의 욕이지요. 나중에 아체베가 그걸 수정해서 "a thoroughgoing racist", '철저한 인종주의자'로 바꾸었어요. 조금 점잖은 표현으로 바꾸었지만 하여간 형편없는 인종주의자라고 단죄하고 나왔는데, 그 수준에 머물러서는 서양 사람들이 볼 때, 심지어 같은 비서구권의 아시아인들이 보더라도, 아프리카인으로서 화난다고 해서 작품을 너무 주관적으로 읽은 게 아니냐 이렇게 말할 수 있어요. 그러니까 서구인들의 자기중심적 읽기뿐 아니라 비서구인으로서의 주관적 반응에서도 한걸음 더 나가야 한다는 거지요. 우리가 주체적인 입장에서 보편타당한, 아니 '보편'은 좀 과한 말입니다만 일반적인 타당성을 지니고 전지구적인 호소력을 지닌 그런 해석을 내놓으려면, 우리가 서양인이 아니기 때문에 서양인이 내놓은 소위 보편주의적인 해석이 진짜 보편성을 갖는 게 아니라는 점을 확실히 지적하면서도, 우리가 내놓는 해석 자체는 서구 사람들 중에서도 온당한 해석을 내놓는 사람들과 교류하고 소통하고 합의할 수 있는 그런 비평을 하도록 정성을 기울여야 합니다.

청중 질문 1: 문학이라는 게 사실 다른 전공하고 어느정도 보완적인 관계에 있지 않나, 이렇게 생각하는데요. 어떻습니까. 그리고 선생님이 말씀하시는 '주체적' 읽기가 혹시 주체사상과 관련이 있는 건가요?

백낙청: 네, 다른 학문하고 보완적인 관계에 있는 건 맞고요. 그런데도 제가 자꾸 일정한 문예비평적인 능력이 기본이라고 하는 것은 다른 학문을 하기 위해서도 글을 읽고 생각을 할 수 있어야 하잖아요. 그래서 그런 의미의 비평적 능력이라면 그건 더 기본적이고 공통된 것이다, 이렇게 말씀을 드릴 수가 있겠고요. 주체라는 단어. 제가 아까 정전이니 고전 이런 개념들도 요즘 여러가지 논란에 휩싸여 있다는 말을 했는데 사실은 주체도 그렇습니다. 그런데 그게 주체사상 때문에 그런 것은 아니고요. 저의 해석이 주체사상에 물들어 있나 아니냐 하는 것은 해석의 내용을 보시면

알 것 같아요.(일동 웃음)

물론 콘래드의 Heart of Darkness를 해석한 북한 평단의 문헌은 제가 접해보지 못했습니다만, 서양문학에 대한 북녘의 이런저런 평론이 대개가 판에 박힌 해석들인데 그런 것과 저의 독법의 차이를 보시면 될 것 같습니다. 뭐 그건 길게 얘기할 성질은 아닌데, 사실 주체라는 것도 요즘 비평이론이나 철학담론에서 그 개념 자체를 굉장히 비판적으로 보는 경우가 많지요. 고정된 주체를 설정하는 것은 특히 서양철학에서 데까르뜨의 '생각하는 주체', 이른바 Cartesian subject 또는 cogito로서의 나, 이런 것은 역사적으로 구성된 것이지 그런 주체가 원래부터 실재하는 것은 아니다 하는 얘기들을 합니다.

또 개인적인 주체가 아니고 집단적인 주체에 대해서도 많이들 비판적이죠. 어느 집단을 그냥 하나로 똘똘 뭉친 주체로 설정하는 것은 전체주의나 독단으로 흐를 위험이 많다고 해서 그것도 역사적·사회적으로 형성된 일종의 허상이다 하는 주장을 하는데, 이 문제에 대한 제 생각은 정전에 대한 입장하고도 비슷합니다. 처음부터 고정불변의 무엇이, 주체라는 그런 물건이 있는 것처럼 생각하는 것은 우리가 비판하고 해체해야 마땅하지만, 동시에 이 주체라는 것은 우리가 끊임없이 만들어가면서 살아가는 거라고 보거든요. 그래서 그런 의미의 주체적 읽기, 다시 말해서 한 사람의 개인으로서 또는——우리의 주체성이나 정체성이라는 게 여러 겹이잖아요——한 개인으로서의 정체가 있고, 남자로서 또는 여자로서의 정체성도 있고 어느 사회에 속하느냐 하는 것도 있으며, 사회도 지역사회도 있고 국가도 있고 민족도 있고 여러가지가 있어요. 하여간 그런 다양한 구성요소를 가진 주체를 그때그때 어떻게 형성해가느냐 하는 게 중요하고, 그런 차원의 주체가 개인으로서나 또는 집단으로서나 제대로 형성된 사람이 제대로 자기 삶의 주인 노릇하면서 잘 사는 사람이라고 생각합니다. 서양문학을 주체적으로 읽는다는 것도 그런 주체로서 읽는 일이며 동시에 그런 주체를 형성하는 과정의 일부가 되겠습니다.

청중 질문 2: 예, 말씀 잘 들었습니다. 그런데 저는 아직 그 책을 못 읽었고요. 말씀 듣고 보니까 책을 꼭 읽어야 될 것 같습니다. 그런데 Heart of Darkness라는 것이, 마음의 선과 악마. 두 가지가 있다면 악마가 현대문명, 당시의 문명을 이끌어가는 그러한 것을 제국주의적 문명이 자숙하는 내레이션이 아닐까, 여러 선생님의 말씀을 듣고 그렇게 느껴봤습니다. 그리고 선비정신이 없어진 것이 가장 안타까운 사회현상이라고 개인적으로 인식하고 있는 사람인데, 선비정신이란 것이 자기의 말과 행동이 일치하는 것, 그 덕목이지요. 그런 의미에서 선생님은 타고난 선비시구나. 그런 것을 느껴봤습니다. 보통사람이면 피하고자 하는 군입대인데 자진해서 들어오신 일이라든가 그런 것을 좀 말씀해주시면 하고요.

더불어서 soft power시대인데, 인간이 너무나 soft한 게 있으니까 hard power나 근대인의 집중이라든가 어떠한 시대흐름을 어떻게 확장시켜야 하는지 그런 것이 대학에서 시작되어야 하는 건지 그런 것을 생각해봤습니다. 이상입니다.

백낙청: 대학에서 시류를 바꾸는 계기를 찾아내야 한다는 말씀에 저는 동감이고요. Heart of Darkness라는 제목에 대해서는, 제목이 참 재밌긴 한데 번역하기가 참 어렵습니다. 지금 제일 널리 알려져 있는 번역은 '어둠의 속'이라는 것이고요. 그런데 heart는 심장 아니에요? 심장인데, 또 심장부, 중심부 그런 뜻도 되지요. 동시에 heart는 마음을 가리키기도 하고. 그러니까 '암흑의 핵심'이라고 번역하면 그건 심장이라는 구체적인 뜻에선 조금 멀어지는 대신, 우리 마음속에 있는 어둠이든 아프리카 대륙에 있는 암흑이든 그것의 핵심 이런 뜻이 조금 더 부각이 되는 거지요. '어둠의 속'이라고 해놓으면 원제를 모르는 사람이 영어로 다시 번역한다고 할

때 'Inside the Darkness'라고 할 수도 있는 거고요.

콘래드가 heart라는 말을 썼을 때는 이런 의미들이 다 있는 것 같아요. 요는 그 '어둠의 속'의 핵심은 뭐냐, '암흑의 핵심'의 핵심은 뭐냐, 그게 아프리카 자체가 지닌 어떤 마성 같은 것이냐. 그렇게 본다면 그건 인종적인 편견에 흐른 것인데, 이 작품에는 그렇게 볼 수도 있을 법한 대목들이 더러 나옵니다. 그러나 말로라는 인물이 그런 마성이나 마력 같은 걸 느꼈다는 것 자체는 우리가 충분히 인정할 수 있는 사실이기 때문에, 말로가 그런 걸 느꼈다고 해서 콘래드가 꼭 아프리카 자체가 어둠의 세계고 콩고 내륙지대가 어둠의 속이다, 암흑의 핵심이다, 이렇게 보는 것은 아니라고 말할 여지도 있어요. 아까도 제가 그랬습니다만 런던이나 브뤼쎌에서도 그 어둠이 감지가 되고 있다는 등의 서술이 있고, 또하나 중요한 것은 커츠라는 사람이 아프리카에 들어가서 그렇게 야만화되고 몰락을 했는데, 말로는 물론 그만큼 오래 있지 않았고 자기가 오래 있어서는 안된다는 걸 금방 알아차리고 나오기 때문이기도 하지만, 말로가 거듭거듭 이런 말을 합니다. 그런 식으로 어떤 궁극적인 진실이나 암흑에 직면했을 때 기댈 수 있는 건 아무것도 없고 오로지 자기 자신 속에 뭐가 있느냐에 달려 있다. 다시 말해 자기 깜냥이 그럴 때 드러난다는 거예요.

커츠가 그렇게 된 게 사실은 커츠가 허황된 이상주의와 제국주의의 자기변론, 스스로 변호하고 정당화하는 이데올로기에 사로잡혀 있었고 내면은 텅 비어 있었다는 말도 나와요. 커츠는 텅 비어 있었기 때문에 그렇게 된 것이고, 말로는 원래가 그런 인간이 아니기 때문에 그런 것을 이겨낼 수 있는 사람이다, 그러니까 아프리카에 있다든가 또는 유럽에 있다든가 그런 게 중요한 게 아니고 인간이 자기 삶을 어떻게 사느냐 하는 게 중요하다는 얘기가 담긴 것 같고요.

젊을 때 귀국 입대한 거에 대해서는 아까 김종곤 교수님의 독립된 발제나 다름없는 연사소개를 해주신 데 대해 제가 약정토론자로 나섰으면 지

적할 것도 있다고 했는데, 그중 하나가 이 대목입니다. 제가 선비정신이
투철해서 자진입대했다, 이렇게 말할 수 있으면 얼마나 멋지겠습니까. 그
런데 그런 것은 아니었고요. 당시 정황이 이랬습니다.

요즘도 병역연령 이전이면 유학갈 수 있고 그후 징집될 나이가 돼도 유
학중이면 연기할 수 있지요. 제가 고등학교 졸업할 때도 그랬는데 그뒤로
는 바뀌어서 병역을 마치기 전에는 외국을 못 가게 됐습니다. 우리 동기
들은 제도가 이렇게 바뀌기 전에 떠날 수 있었던 마지막 기라서 굉장히
많이들 외국에 갔어요. 유학 가겠다는 포부도 있지만 군대 안 가려고 무
작정 나간 경우도 많아요. 그런데 일단 가고 나서는 돌아오면 즉시 군대
를 가야 하니까 일부러 안 돌아오고 이것저것 하다보니까 아주 눌러앉게
된 사람들이 참 많은데, 제 경우는 일부러 군대에 들어가려고 온 것은 아
니고요. 다만 미국에 한 5년 사니까 지겨워서 더 못 살겠기에 내가 군대를
가면 갔지 이러고 살고 싶진 않다 그래가지고 한국에 왔던 거지요.

그런데 와보니까, 그 때가 4·19 직후였는데 군대 안 갔다 오면 아무것도
못하겠더라고요. 취직도 못하고 그래서 군대를 가기로 한 것이고 기왕이
면 빨리 가자고 지원입대 형식으로 갔어요. 군대를 가서 또 좀 있으니까,
아, 이건 도저히 못 견디겠어요. 돌아올 때는 한국에 한참 있을 작정을 하
고 돌아왔는데, 군대에 가서는 이거 하루 빨리 어떻게 제대할 길이 없나
하고 찾아보니까 지금은 없는 제도인데 외국유학을 가게 되면, 그때는 문
교부 시험도 치고 외무부 시험도 치고 그래야 했습니다만, 그 시험에 합
격을 하면 1년 만에 소위 귀휴 조치를 내려줬어요. 집에 보내줍니다, 유학
가라고. 그랬다가 출국을 해서 학교에 등록하면 정식으로 제대가 됐어요.
그래서 옳다 됐구나 해가지고 새로 유학시험을 쳐서 합격을 해서 군복무
1년 만에 귀휴했다가 이듬해 출국하면서 제대가 됐습니다. 그러니까 상당
히 영악하게 살아온 거지 뭐 선비정신이 투철한 것은 아닙니다. (웃음)

청중 질문 3: 저는 지금 대학원에서 서양역사를 공부하는 학생인데요. 교수님 강의 잘 들었고, 소설 내용과는 별개로 저는 개인적으로 서양역사를 연구하면서 그쪽의 이론을 받아들였고, 연구서를 검토하면서 제가 나름대로 분석을 하고 해석을 한다고 생각을 하면서도 제가 그쪽 이론에 너무 치중하는 게 아닌가, 과연 주체적으로 연구할 방법이 있는가 스스로 검열을 하면서 왔거든요. 앞으로도 저는 분야가 서양 쪽이다 보니까 그쪽 문헌들을 많이 보게 되고 그쪽 역사를 보면서도 아무래도 그쪽의 시각에서 한국인으로서 제 스스로 정말 주체적으로 그쪽 분야를 연구하고 있나 이런 생각을 많이 하는데요. 그런데 선생님께서는 영문학계에서도 되게 열심히 연구를 하시고 또 그 학계 이외에도 사회적으로도 되게 활동을 많이 하셨잖아요. 그래서 영문학 쪽으로 연구하고 이론 공부하신 것이 사회활동을 하시고 또 담론을 생산하시는 데 어떻게 영향을 미쳤는지 그런 부분에 대해서 좀 여쭤보고 싶습니다.

백낙청: 명색이 영문학도이면서 외도를 많이 한 게 사실입니다. 영문학을 좀더 열심히 못한 것에 대해서는 좀 후회가 있고요. 그러나 아직은 늦지 않았으니까 앞으로 더 열심히 하려는 다짐을 하고 있습니다. 그런데, 영문학만 하지 않고 다른 이런저런 일 한 것 자체를 후회하지는 않아요. 그런 것이 영문학하는 데도 도움이 됐고 또 영문학 공부한 것이, 지금 질문하신 것이 바로 그것일 텐데, 다른 일을 생각하고 정리하는 데도 많이 도움이 됐어요. 특히 저는 한국문학을 논할 때 내가 읽은 영국이나 서양 이론가들을 끌어들이는 걸 좋아하지는 않지만, 아마 제가 쓴 글을 읽는 사람들은 제가 공부한 영국의 작가나 비평가들로부터 얼마나 많은 영향을 받고 그걸 활용하고 있는지 대개 아실 겁니다. 궁금하면 내 책을 사서 읽어보세요. (일동 웃음)

청중 질문 4: 저는 종교학과 이택연이라고 합니다. 이 작품에서 제일 핵심적인 부분인 커츠의 "The horror! The horror!"라는 부분을 꼭 커츠가 자기 인생을 회고하면서 반성하겠다는 의미로만 해석이 가능한 건지, 아니면 작품 전체에서 악의 본질이 뭔지 계속 묻는 듯한 것을 풍기고 있으므로 혹시 그게 커츠가 죽어가면서 자기가 저지른 악의 원인을 죽음 직전에 깨달아가지고 그 공포심이야말로 악의, 자기가 저지른 악의 원인이 아닐까 또는 그걸 통해서 작가가 악의 근원이 공포심의 원인, 이런 식으로 해석할 가능성이 있는지 그걸 여쭤보고 싶습니다.

왜냐하면 조셉 콘래드의 다른 작품들 가령 "The Secret Sharer"에서도 동거인이 무의식을 상징한다고 해석하는 학자들이 많이 있더라고요. 그래서 저자 자신이 심층심리에 관심이 많았다면 "The horror! The horror!" 대목을 그렇게 해석할 가능성이 있는지, 아니면 인생의 원죄에 대한 것이라고 해석할 가능성은 전혀 없다고 보는 것이 타당한지……

백낙청: 커츠가 정확히 어떤 뜻으로 "The horror! The horror!" 그랬는지 그건 사실 아무도 모르지요. 설명이 없으니까. 그리고 그 사람이 내가 아프리카에 와서 저지른 만행이 끔찍하다, 이런 식으로 정리해서 말한 거는 아닐 거예요. 자기가 저지른 일들도 이제 죽을 때가 되니까 생각이 날 것이고 살아온 인생 전체도 생각날 것이고 그러면서 인생 자체가 끔찍하다, 또는 지금 말씀하셨듯이 인간의 원죄하고도 연결될 수 있는 그런 삶 자체가 끔찍하고 무서운 것이다 하는 생각도 있을 수가 있는데, 다만 그런 원죄라든가 '인생의 허무함' '삶 본연의 어둠' 그런 것만 따로 떼어서 얘기하는 것은 오히려 작품을 추상화하는 폐단이 있지 않을까 하는 생각을 말했던 겁니다. 하지만 이런 게 다 섞여 있고 지금 말씀하신 그쪽으로도 가능성이 열려 있는 것은 틀림이 없다고 봐요.

"The Secret Sharer"는 조금 긴 단편인데 그것도 그렇게 상징적으로만 해석하는 것은, 개별적인 서양의 평론가나 학자가 일부러 그런다는 것이 아니고 아까 말씀드렸지만 그들이 역사적으로 그런 처지에 있기 때문에 생긴 일종의 습성이나 풍토라고 생각해요. 기득권세력의 위치에서 구체적인 역사문제는 따지면 따질수록 자기들이 손해인 면이 있지요. 안 따질수록 유리한 그런 위치에 있는 사람들이, 그런 세계에 사는 사람들이 그러한 현실적인 측면은 사상해버리고 인간의 어떤 '보편적'인 모습이라든가 이런 쪽으로 해석하기를 선호하게 되는 게 아닌가 싶어요. 콘래드의 작품을 무슨 사실적인 보고서라든가 또는 전통적인 사실주의 소설로 읽을 것은 아니지만, 콘래드 자신은 자기는 사람들이 살고 고통받고 감관을 통해서 아는 이 세계보다 더 신비하고 진귀한 게 어디 있느냐, 이런 것을 떠나서 이상한 상징을 만들어내고 판타지를 만들어내고 하는 건 절대로 안한다고 말한 적이 있습니다.

말년의 작품인데,『그림자 선(線)』(*The Shadow Line*)이라고 이건 짧은 장편에 속하지요. 그 작품을 보면 얼핏 판타지적으로 읽힐 요소가 나와요. 일부 비평가들이 그런 해석을 했는데 콘래드가 나중에 서문을 쓰면서 자기는 그런 짓은 안한다고 해명한 겁니다. 자기는 우리가 구체적으로 살아가고 있는 현실의 삶이 너무나 소중하고 그것 자체가 마법의 세계처럼 진기한 것이기 때문에 거기에 충실하고자 늘 노력했지 다른 것은 안한다는 말을 했는데, 그래서 고지식한 사실주의 차원에서 콘래드를 읽어도 안되지만 또 추상적이고 관념적인 걸로 비약시키는 것도 콘래드로서는 별로 환영하는 독법이 아닌 것 같아요.

청중 질문 5: 오늘 선생님께서 강연하실 때 구체적인 문화론에 대해서 의구심이 생겨서 여쭤봅니다. 오늘 강의 내용들은 기존 서구비평을 비판적으로 수용하고 특수하고 혹은 추상적인 관점만을 맹목적으로 유입하지 않으면서 전지구적인 호소력을 갖추어야 한다고 말씀하셨습니다. 그러면서 이이제이라는 단어, 사자성어를 인용하셨는데 여기서 전지구적인 호소력을 가지고 있다는 게 지금 사실상 지구 전체가 서구적인 구조, 즉 19세기 이후에 형성된 서구적인 구조 위에 기반을 형성하고 있어서 지금 여기 전지구적인 호소력이라는 표현 자체가 결국은 서구적인 비평의 일종의 답습에 불과한 것이 아닌가 궁금합니다.

그리고 아까 질의응답 시간에 나온 서구의 비주류적 해석과의 교류라는 건 또 결국은 전체 서구의 역사적 관점에서, 서구에서 비서구권으로 각종 사상이나 구조가 유입된 기존 구조의 일종의 재반복, 재구성, 재반복에 불과한 것은 아닐까요? 처음에 말씀하셨던 것이 결국은 여전히 비서구권 국가들이 서구권 국가들에 대해서 문화적 종속 유지에 기여하는 쪽으로 가지 않을까 하는 의심입니다. 스타팅 포인트가 이미 서구 비평자의 관점, 서구적 구조의 관점에서 시작됐다는 게 제게는 일종의 시작점에서부터의 종속적인 현상의 유지로 느껴지는데 어떻게 생각하십니까.

백낙청: 우리가 아무리 달갑지 않더라도 지금 세계현실을 보면, 특히 문화적인 현실을 보면 일정한 종속관계가 있습니다. 그래서 그런 현실에서 일단 출발한다는 것이 저의 취지이고 다만 그것을 극복하려고 한다는 건데, 자칫하면 종속적인 현실을 인정하고 거기서 한걸음도 더 나아가지 못한 채 그것을 유지하는 데에 기여할 위험이 분명히 있지요. 그래서 그러한 위험이 있다는 지적이라면 얼마든지 동의를 하겠고, 다만 그러한 시도가 모두 실패했느냐, 그것은 사안별로 따져야 할 것 같아요.

나 자신이 시도한 것을 포함해서 따져야 하는데 '이이제이'란 말은 절반은 우스개로 쓴 거지요. 서양의 서구중심주의가 있듯이 동양에는 중국인들의 중화중심주의가 있는데 거기서 나온 말이거든요. 자기들 아닌 사람은 다 오랑캐고 그래서 오랑캐를 다스릴 때도 오랑캐를 써서 다스리면 더 좋다 하는 건데, 내가 왜 그 말을 썼느냐 하면, 지금 서구와 비서구 사회의 이런 위계질서가 있고 그런 종속적인 관계에서는 서양 사람들이 하도 우리를 오랑캐 취급을 하니까, 오히려 우리가 그들을 오랑캐 취급 하는 용어를 한번 써보자는 정도로 한 것입니다. 그런데 이이제이한다고 해서 꼭 서양의 비주류와 손잡고 주류를 배격하는 것은 아니에요. 콘래드의 「어둠의 속」도 사실은 주류에 확실하게 속하는 작품이죠. 또 아까 얘기한 리비스 같은 사람도 오히려 영문학의 정전주의자로 비판을 받는 사람인데, 그래서 주류냐 비주류냐 따질 건 아니고, 오히려 비주류가 너무 쉽게 비주류로 나가는 것에 대해서도 우리는 주체적인 자세로 비판하고 판단하자는 겁니다.

가령 콘래드를, Heart of Darkness를 그냥 위대한 작품으로 보지 않고 그것은 벨기에 식민주의에 대해서나 아주 가혹한 비판을 했지 사실은 영국 식민주의를 띄워주는 작품이라는 그런 식의 비판은 서양에서도 말하자면 '비주류'의 비판이에요. 비주류적인, 적어도 스스로 비주류를 표방하는 그런 비평입니다. 그런데 저는 주류 아닌 비주류를 따라가는 것도 종속적이긴 마찬가지라고 보거든요. 주류든 비주류든 간에 우리 처지에서, 또 우리 처지만 보는 게 아니라 작품 자체를 열린 마음으로 제대로 읽을 때, 합당한 것은 받아들이고 합당하지 않은 것은 주류건 비주류건 비판하고 그러면서 우리의 입장을 세워가자는 거지요. 그렇게 해봤자 결국은 서양문화의 헤게모니를 강화해주는 것밖에 안되지 않느냐 하는 의견도 있을 수 있겠습니다만, 저는 이이제이라는 게 가능하다고 봐요. 그러니까 오랑캐를 이용해서 다른 오랑캐를 제어한다는 게 자칫 오랑캐들 전부를 강화시켜주는 꼴이 될 수도 있지만, 오랑캐 일부를 강화해주면서 오랑캐 전체를 한층 효과적으로 제압하는 전략일 수 있거든요. 마찬가지로 서양소설이나 서양문학의 위대한 면을 우리가 제대로 읽어내서 그것을 서양의 제국주의라든가 식민지주의라든가 이런 것을 비판하는 데 활용한다면 현재의 잘못된 서양 지배체제를 강화하는 게 아니고 오히려 그것에 대해서 아주 효과적인 비판과 해체작업을 수행하면서, 동시에 서양 동양을 막론하고 인류 공통의 위대한 문화유산을 공유하는 길이라고 생각합니다. 그래서 이이제이는 그냥 하나의 어법이고 진짜 목적은 그야말로 인종이나 국적이나 이런 걸 떠나서 우리가 인간으로서 공유할 만한 작품을, 그것이 서양 것이든 동양 것이든 함께 공유하는 일이 더 분명한 목적이라고 할 수 있겠습니다.

청중 질문 6: 선생님이 말씀하신 것 중에서 저도 영문학을 가르치는 입장에서 제 귀에 다가온 것은 전인적 반응을 이끌어내는 최고의 언어예술로서 문학이라는 말씀인데요. 그냥 간단히 설명하고 넘어가셨지만 문학작품이라는 게 어떤 점에서 그런 전인적 반응을 이끌어낼 수 있는 것인가, 그 전인적 반응이라고 하는 것은 함의가 무엇인가, 그것을 조금 설명을 해주시면 좀 좋겠습니다. 그것이 바로 우리가 궁금할 뿐만 아니라 외국문학에서 우리가 그런 것을 느낄 수 있을 때 인문학 읽기가 될 수 있을 것 같은데요.

백낙청: 김수영(金洙暎) 시인이 한 얘기가 있어요. 시는 온몸으로 온몸을 밀고나가는 것이다라고요. 이건 온몸을 내던지는 것하고는 다르죠. 온몸으로 온몸을 밀고나가는 것은 가만히 앉아서도 하는 일이고, 온몸을 내던지는 것이 경우에 따라서는 몸을 도구화하는 일이 될 수도 있어요. 어쨌든 온몸으로 온몸을 밀고나가는 것이 시라고 했는데 그런 의미에서 전인적이라는 거지요. 그래서 그것을 가령 다른 종류의 읽을거리하고 비교해보면 과학이나 철학, 철학이 다 그런 건 아니지만 전문적인 학술서적을 보면 그건 온몸이 다 가동된다기보다는 주로 두뇌를 가동하지요. 어떤 경우는 감성도 동시에 작용하는 것이 이로울 때도 있지만 많은 경우 과학이나 철학에서는 오히려 감성의 작용을 철저히 배제하는 게 제대로 된 읽기

를 하는 방식이라고 강조하기도 합니다. 그에 반해서 문학에서는 머리는 머리대로 잘 돌아가고 또 감정은 감정대로 함께 돌아가야지 제대로 반응한다고 보지요. 흔히 우리가 시적인 것이라고 하면 무슨 유행가 들을 때처럼 나른해지고 몽롱한 기분이 들면 그게 '시적'이라고 말하기도 합니다만, 그건 좀 유치한 경지고 정말 훌륭한 문학이라면 두뇌는 두뇌대로 또 심장은 심장대로 온몸이 작동케 하는 것이 훌륭한 시의 경지고 제대로 된 문학이지요. 그래서 그런 일을 하는 언어예술이 제대로 작동하고 있는 글들을 읽는 훈련이 반드시 필요하지 않느냐 하는 얘기였습니다.

찾아보기

문학이 무엇인지 다시 묻는 일

민족문학과 세계문학 5

초판 1쇄 발행 / 2011년 5월 30일

지은이 / 백낙청
펴낸이 / 고세현
책임편집 / 박신규
펴낸곳 / (주)창비
등록 / 1986년 8월 5일 제85호
주소 / 413-756 경기도 파주시 교하읍 문발리 513-11
전화 / 031-955-3333
팩시밀리 / 영업 031-955-3399 편집 031-955-3400
홈페이지 / www.changbi.com
전자우편 / literat@changbi.com
인쇄 / 상지사P&B

ⓒ 백낙청 2011
ISBN 978-89-364-6334-2 03810